NADA FICA NO PASSADO

JENNIFER HILLIER

NADA FICA NO PASSADO

Esta é a história de três amigos: uma que foi assassinada, uma que foi para a prisão e aquele que está procurando a verdade por 14 anos...

Tradução de
Maria José Silveira e Felipe Lindoso

JAR OF HEARTS COPYRIGHT © 2018 BY JENNIFER HILLIER
PUBLISHED BY ARRANGEMENT WITH ST. MARTIN'S PUBLISHING
GROUP. ALL RIGHTS RESERVED.
COPYRIGHT © FARO EDITORIAL, 2023

Todos os direitos reservados.
Nenhuma parte deste livro pode ser reproduzida sob quaisquer meios existentes sem autorização por escrito do editor.

Diretor editorial **PEDRO ALMEIDA**
Coordenação editorial **CARLA SACRATO**
Assistente editorial **LETÍCIA CANEVER**
Preparação **DANIELA TOLEDO**
Revisão **BARBARA PARENTE E CRIS NEGRÃO**
Capa e diagramação **OSMANE GARCIA FILHO**
Imagem de capa **FEDOROV IVAN SERGEEVICH | SHUTTERSTOCK**

Dados Internacionais de Catalogação na Publicação (CIP)
Jéssica de Oliveira Molinari CRB-8/9852

Hillier, Jennifer
    Nada fica no passado / Jennifer Hillier ; tradução de Maria José Silveira, Felipe Lindoso. — São Paulo : Faro Editorial, 2023.
    288 p.

    ISBN 978-65-5957-250-2
    Título original: Jar of hearts

    1. Ficção norte-americana I. Título II. Silveira, Maria José III. Lindoso, Felipe

22-6081   CDD-813

Índice para catálogo sistemático:
1. Ficção norte-americana

1ª edição brasileira: 2023
Direitos de edição em língua portuguesa, para o Brasil, adquiridos por **FARO EDITORIAL**

Avenida Andrômeda, 885 — Sala 310
Alphaville — Barueri — SP — Brasil
CEP: 06473-000
www.faroeditorial.com.br

Para Mox

PARTE UM
9 NEGAÇÃO

PARTE DOIS
57 RAIVA

PARTE TRÊS
99 BARGANHANDO

PARTE QUATRO
209 DEPRESSÃO

PARTE CINCO
243 ACEITAÇÃO

283 EPÍLOGO
287 NOTA DA AUTORA

PARTE UM

NEGAÇÃO

*"Nem sei por que eu estava correndo — acho
que foi por pura vontade."*

— J. D. Salinger, *O Apanhador
no Campo de Centeio*

1

O JULGAMENTO MAL APARECEU no noticiário nacional. O que é bom, já que menos publicidade atrai menos jornalistas. Mas é ruim também, porque o quão depravado um crime precisa ser hoje em dia para conseguir manchetes nacionais?

Depravado pra caramba, pelo visto.

Há apenas uma breve menção a Calvin James, conhecido como Estrangulador de Sweetbay, no *New York Times* e na *CNN*, e seus crimes não foram tão sensacionais a ponto de merecer uma matéria na revista *People* ou comentários no noticiário noturno da TV. Mas para os moradores da costa noroeste do Pacífico — pessoas nos estados de Washington, Idaho e Oregon —, o julgamento do Estrangulador de Sweetbay é assunto quente. O desaparecimento de Angela Wong quatorze anos atrás agitou a área de Seattle, já que o pai de Angela é um alto funcionário da Microsoft e amigo de Bill Gates. Houve grupos de busca, entrevistas, recompensa monetária, que aumentava a cada dia que ela não voltava para casa. A descoberta dos restos mortais da garota de dezesseis anos tanto tempo depois — e apenas a oitocentos metros de sua casa — provocou ondas de choque na comunidade. O pessoal da região se lembra. #JustiçaparaAngela estava bombando no Twitter naquela manhã. Foi a nona ou décima *hashtag* mais postada por cerca de três horas apenas, mas ainda assim...

Os pais de Angela estão no tribunal. Haviam se divorciado um ano depois do desaparecimento da filha, o último fio de um casamento que foi se desfazendo por uma década. Agora estão sentados lado a lado, algumas fileiras atrás da mesa do promotor, com seus esposos atuais, unidos na dor e no desejo de ver a justiça ser feita.

Georgina Shaw não consegue encarar os olhos deles. Ver a dor e a fúria gravadas nos seus rostos é a pior parte da coisa toda. Ela poderia tê-los poupado de quatorze anos de noites mal dormidas. Ela poderia ter-lhes dito tudo na mesma noite em que tudo havia acontecido.

Geo poderia ter feito muitas coisas.

Quatorze anos atrás, a mãe de Angela era uma mulher fútil e materialista, mais preocupada com sua posição social do que em prestar atenção na filha adolescente. O pai não era muito melhor, um viciado em trabalho que preferia jogar golfe e pôquer nos fins de semana a estar com a família. Até o desaparecimento de Angela. Então eles se uniram, para depois se separarem. Reagiram ao desaparecimento como qualquer família normal e amorosa faria. Ficaram vulneráveis. Emotivos. Geo quase não reconheceu Candace Wong, agora Candace Platten. Ela engordara dez quilos em um corpo que antes era impossivelmente magro, mas o peso extra a deixara mais saudável. Victor Wong parece mais ou menos o mesmo, um pouco mais barrigudo e com muito menos cabelos.

Geo passou um bom tempo de sua juventude na casa de Angela, comendo pizza na cozinha dela, dormindo ali várias vezes quando seu pai fazia plantões noturnos na emergência do hospital. Ela cuidou dos Wong nos dias em que sua única filha não havia voltado para casa, assegurando que ela seria encontrada, dando respostas que os faziam se sentir melhores, mas que estavam longe da verdade. Os Wong foram convidados para a formatura da turma do colégio St. Martin, onde receberam um prêmio especial em homenagem a Angela, que havia sido líder de torcida, estrela do time de vôlei e aluna exemplar. E todos os anos depois do colégio, em qualquer lugar do mundo onde estivesse, Candace Wong Platten mandava um cartão de Natal para Geo. Uma dúzia de cartões, todos assinados do mesmo jeito. *Com amor, a mãe da Angie.*

Agora eles a odeiam. Os pais de Angela não desviaram o olhar de Geo desde que ela entrou no tribunal. Nem os jurados, agora que ela está sentada no banco de testemunhas.

Geo está preparada para as perguntas e as responde como havia praticado, mantendo os olhos fixos em um ponto qualquer no fundo do tribunal. O promotor distrital adjunto a preparara bem para esse dia, de modo a parecer que ela está ali apenas para jogar luz sobre os acontecimentos daquela noite, para acrescentar drama e cores ao julgamento. De qualquer modo, o promotor considera o caso ganho. Tinham muitas provas para condenar Calvin James em três outros assassinatos que aconteceram muito depois do de Angela, mas Geo está ali apenas para falar sobre a noite em que sua melhor amiga havia morrido. É o único assassinato em que está envolvida e, logo depois do depoimento, ela será despachada para o Centro Correcional Aveleira para começar a cumprir sua pena de cinco anos.

Cinco anos. É ao mesmo tempo um pesadelo e um presente, o resultado de um acordo bem montado por seu advogado famoso e caro, além da pressão sobre o promotor distrital para que o Estrangulador de Sweetbay fosse para a cadeia. O público pressiona para que o assassino em série seja condenado à morte, mas isso não vai acontecer. Não em uma cidade tão desafiadoramente liberal como Seattle. Mas o promotor tem grandes chances de conseguir cinco prisões perpétuas consecutivas para Calvin James, assim, em contraste, a condenação de Geo a cinco anos de prisão está longe de ser o suficiente, segundo alguns comentários da #JustiçaParaAngela, nas redes sociais. Geo ainda será jovem quando for libertada, com bastante tempo para recomeçar. Ainda poderá se casar, ter filhos, desfrutar a vida.

Em teoria, pelo menos.

Ela arrisca olhar para Andrew, sentado ao lado do pai dela, na terceira fileira do fundo. Ele é a razão que a fez se vestir bem naquele dia. Pediu que seu vestido Dior favorito e seus sapatos Louboutin fossem trazidos para ela naquela manhã. Seus olhares se encontram. Andrew lhe oferece um sorrisinho de encorajamento, e isso a aquece um pouco, mas ela sabe que não vai durar.

Seu noivo não sabe o que ela fez. Mas logo vai descobrir. Geo olha para as mãos, cuidadosamente cruzadas no colo. Ainda tem no dedo o anel de noivado, um diamante ovalado de três quilates e um quilate adicional de diamantes menores cercando a pedra central. Por enquanto. Andrew Shipp tem um gosto impecável. Claro que sim, vem de uma boa educação, de uma família importante e uma enorme conta bancária. Depois que ele terminar o noivado — o que é claro que fará, já que a única coisa que lhe importa mais que Geo é a empresa da família —, ela devolverá o anel.

Claro que ela devolverá. É a coisa certa.

Uma foto ampliada de Angela está montada em um cavalete diante do júri. Geo se lembra do dia em que a foto foi tirada, algumas semanas depois de começar o primeiro ano no colégio St. Martin. Geo tem a versão completa da foto em algum lugar de sua casa, na qual as duas melhores amigas estão lado a lado na feira de Puyallup — agora renomeada como Feira Estadual de Washington —, Geo com uma nuvem de algodão-doce azul na mão, e Angela com uma casquinha de sorvete que derretia depressa. A foto, agora ampliada e com Geo cortada, é um *close* de Angela sorrindo, o sol fazendo seu cabelo brilhar e os olhos castanhos cintilarem. Uma bela garota em um belo dia, com o mundo a seus pés.

Ao lado da foto, em outro cavalete, está outra foto ampliada. Mostra os restos de Angela, descobertos no bosque atrás da casa de infância de Geo. Apenas uma pilha de ossos jogados na terra, e qualquer pessoa concordaria que dá para ver coisas muito piores na TV. A única diferença é que os ossos mostrados são reais, pertencem a uma garota que morreu jovem demais e de modo violento demais para a compreensão de qualquer um.

O promotor continua o interrogatório, pintando para os jurados uma imagem de Angela Wong através do olhar de Geo. Ela continua respondendo a tudo, não adicionando mais detalhes que o necessário. Sua voz ecoa através dos alto-falantes da pequena sala do tribunal, e ela soa mais calma do que se sente. Sua profunda tristeza — que ela carrega consigo desde a morte de Angela — parece diluída na busca de falar com clareza e de modo articulado.

Da bancada da defesa, Calvin a observa com atenção enquanto ela fala, seu olhar a penetra. É como ser violada mais uma vez. Geo descreve para o tribunal como era o relacionamento deles quando eram namorados, quando ele ainda era Calvin e não o Estrangulador de Sweetbay, quando ela tinha apenas dezesseis anos e achava que estavam apaixonados. Ela descreve o abuso, tanto verbal como físico, mostrando para o tribunal enfeitiçado a natureza obsessiva e controladora de Calvin. Descreve seu medo e confusão, coisas que nunca havia discutido com ninguém antes disso, nem mesmo com Angela e, com certeza, não com seu pai. Coisas que por anos havia guardado em um cofre mental, num canto de seu cérebro, e que jamais havia se permitido visitar.

Se dessem um diploma por compartimentação, Geo já seria doutora.

— Anos depois, quando viu os noticiários, você conseguiu compreender que Calvin James era o Estrangulador de Sweetbay? — o promotor pergunta.

Geo sacode a cabeça.

— Eu jamais via o noticiário. Escutei alguma coisa sobre isso do meu pai, já que ele ainda vive em Sweetbay, mas nunca fiz uma conexão. Acho que não estava prestando atenção.

Essa parte é verdade, e quando ela olha Calvin de relance, os cantos da boca dele se levantam só um milímetro. Um leve sorriso. Seu antigo namorado era bonito quando tinha vinte e um anos, e ninguém discordaria disso. Mas agora, com trinta e cinco, ele parece uma estrela de cinema. Seu rosto está mais cheio, os cabelos despenteados em ondas perfeitas, os pequenos traços grisalhos nas costeletas e as rugas ao redor dos olhos só aumentam seus atrativos. Está sentado à vontade na cadeira, com um terno e gravata simples, rabiscando em um bloco de papel amarelo. O leve sorriso não havia deixado seu rosto desde o momento em que Geo entrou no tribunal. Ela suspeita de que apenas ela consiga perceber isso. Ela suspeita que é destinado apenas a ela.

Quando seus olhares se encontram, um formigamento a atravessa. Esse maldito formigamento, mesmo agora, mesmo depois de tudo. Desde o dia em que se conheceram até o último momento que o viu, o formigamento jamais desapareceu. Ela nunca havia sentido isso antes, ou desde então. Nem mesmo com Andrew. Nunca mesmo com Andrew. Seu noivo — assumindo que ela ainda pode chamá-lo assim, já que o casamento planejado para o próximo verão não acontecerá — jamais despertou essa sensação.

Suas mãos continuam repousadas no colo, e ela gira o anel, sentindo seu peso, a segurança que transmite. Foi simbólico quando Andrew lhe deu, não apenas pela promessa de casamento, mas também pela vida que ela havia construído. Graduada na Universidade Estadual de Puget Sound. Com MBA pela Universidade de Washington. E, aos trinta, é a mais jovem vice-presidente da Farmacêutica Shipp. E daí se parte de sua carreira de sucesso se deve ao fato de ser noiva de Andrew Shipp, o executivo e herdeiro do trono? O resto se deve ao fato de que ela se matou de trabalhar.

Não importa. Agora essa vida acabou.

Por um lado, ela sabe que se livrara do pior. O advogado famoso valeu cada centavo que Andrew havia pagado. Mas, por outro, *a porra de cinco anos*. Na prisão, ninguém vai se importar com sua educação e seu sucesso lá fora, que até ser presa, ela tinha um salário de mais de meio milhão — incluindo os bônus — e que estava prestes a fazer parte de uma das famílias mais antigas da elite de Seattle. Quando ela sair — supondo que irá sobreviver e não ser esfaqueada no chuveiro —, terá um registro criminal. Um crime grave. Jamais conseguirá um emprego regular. Qualquer um que colocar seu nome no Google, ficará sabendo do caso do Estrangulador de Sweetbay, já que nada desaparece na internet. Ela terá que reconstruir a vida completamente. Mas não do fundo, e sim mais profundo que o fundo, rasgando o caminho para conseguir sair do buraco que ela mesma havia cavado.

Ela continua falando sucinta e claramente, contando os eventos daquela noite. O júri e os espectadores ouvem com arrebatada atenção. Mantendo o olhar focado em qualquer ponto no fundo do tribunal, ela descreve tudo. O futebol e depois a festa na casa de Chad Fenton. O jarrão de ponche de frutas, tão temperado de vodca que a palavra *temperado* não parecia ser a certa. Ela e Angela deixando a festa mais cedo, as duas rindo e tropeçando até a casa de Calvin, com seus vestidos curtos, completamente bêbadas. A música pulsante do estéreo de Calvin. Angela dançando. Angela flertando. Bebendo ainda mais, o mundo girando, virando um caleidoscópio de imagens e cores estonteantes, até que, por fim, Geo desmaiou.

Então, algum tempo mais tarde, a volta para a casa de Geo, com Calvin dirigindo, e Angela dobrada dentro do porta-malas do carro. A longa caminhada pelo bosque, guiados apenas pela luz fraca de uma minilanterna presa no chaveiro de Calvin. O ar frio da noite. O cheiro das árvores. A dureza do solo. O som do choro. O vestido de Geo, sujo, coberto de terra, e relva, e sangue.

— Você não viu de fato Calvin James cortar o corpo? — o promotor pressiona.

Geo estremece. Ele tenta focar no desmembramento de Angela, tentando fazer com que soasse do modo mais horrível, ainda que sua melhor amiga já estivesse morta, o que já era pavoroso o bastante.

— Não, eu não vi quando ele fez isso — ela responde. Não olha para Calvin quando diz isso. Não consegue.

— O que ele usou?

— Um serrote. Do depósito no quintal.

— O serrote do seu pai?

— Sim. — Ela fecha os olhos. Ainda podia ver o brilho do aço quando Calvin o ergueu ao luar. O cabo de madeira, os dentes do serrote. Depois ficaria coberto de sangue, pele e cabelos emaranhados. — O chão estava muito… havia muitas pedras. Não conseguimos cavar um buraco grande o suficiente para… para… ela inteira.

Há um movimento no tribunal. Um farfalhar e depois um murmúrio abafado. Andrew Shipp se levanta. Olha para Geo, e seus olhares se cruzam. Ele acena um pedido de desculpas com a cabeça, e seu noivo abre o caminho para sair do tribunal, desaparecendo atrás das pesadas portas do fundo.

É possível que ela jamais o veja novamente. Isso lhe dói mais do que esperava. No colo, ela gira com força o anel por alguns segundos e guarda mentalmente a dor para outro momento.

Walter Shaw, agora com um lugar vazio ao seu lado, não se move. O pai de Geo não é conhecido como alguém emocionalmente expressivo, e a única evidência de seus sentimentos reais é a lágrima solitária que escorre por seu rosto. Ele nunca havia escutado a história, e ela jamais o culparia se seguisse Andrew para fora da sala. Mas seu pai não sai. Graças a Deus.

— Quanto tempo demorou? Para cortá-la em pedaços? — o promotor pergunta.

— Um tempo — Geo diz, em voz baixa. Um soluço cresce no meio da sala. Os ombros de Candace Wong Platten se agitam, e o ex-marido coloca os braços a seu redor, embora ele claramente esteja prestes a fazer o mesmo. Os atuais esposos dos dois estão em silencioso horror, sem saber como reagir. Não é a filha deles, não é a perda deles, mas também sentem tudo. — Parece que levou muito tempo.

Os olhos de todos se fixam nela. Os olhos de Calvin se fixam nela. Devagar, o olhar de Geo vaga pela sala até que seus olhares enfim se encontram. Pela primeira vez, desde que chegou ao tribunal, ela sustenta o olhar. Quase imperceptível, com um minúsculo movimento, percebido apenas porque ela o observa, ele acena com a cabeça. Ela foge do olhar e volta a focar no promotor, que faz uma pausa para beber um gole de água.

— Então você a deixou lá — o promotor distrital adjunto diz, caminhando na direção do banco de testemunhas. — E prosseguiu com sua vida como se nada tivesse acontecido. Mentiu para a polícia. Mentiu para os pais dela. Deixou que eles passassem quatorze anos sofrendo, sem saber o que havia acontecido com a única filha deles.

Ele para. Faz uma cena ao olhar fixo para Geo, depois para Calvin e, em seguida, para os jurados. Quando volta a falar, sua voz está alguns decibéis acima.

— Você deixou a sua melhor amiga enterrada num buraco, a menos de cem metros da casa onde você morava, depois que o seu namorado a cortou em pedaços.

— Sim — ela diz, fechando os olhos novamente. Ela sabe o quanto soa horroroso, porque sabe como isso foi horroroso. Mas as lágrimas não descem. Ela não tem mais nenhuma sobrando.

Alguém chora suavemente no tribunal. Mais como um gemido, na verdade. O peito da mãe de Angela arfa, o rosto coberto pelas mãos, o esmalte vermelho brilhante visivelmente lascado mesmo de onde Geo está. A seu lado, Victor Wong não chora. Mas suas mãos tremem com violência quando sobem até o bolso de cima do terno e tiram o lenço para entregar à ex-esposa.

O promotor não tem mais perguntas. O juiz anuncia um recesso para o almoço. Os jurados fazem fila para sair, e os espectadores se levantam e se alongam. Telefonemas são feitos. Repórteres digitam furiosamente nos laptops. O oficial de justiça ajuda Geo a descer do banco de testemunhas, e ela passa devagar na frente da mesa da defesa, onde Calvin está sentado, e ele se levanta, agarrando sua mão quando ela passa, detendo-a por um momento.

— É bom ver você — ele diz. — Mesmo nessas circunstâncias.

Os rostos dos dois estão a centímetros de distância. Seus olhos são exatamente como ela se lembra, de um verde vívido e um toque dourado em volta das pupilas. Às vezes, ela vê esses olhos em seus sonhos, escuta sua voz, sente suas mãos sobre seu corpo, e mais de uma vez despertou coberta de suor. Mas agora ele está ali, tão real como sempre.

Ela nada diz, porque não há nada a dizer; não quando todos em volta olham para eles, escutando. Ela recolhe a mão. O oficial de justiça a empurra um pouco.

Geo sente o pedaço de papel que Calvin deslizou para sua palma e fecha as mãos, enquanto o desliza para o bolso do vestido. Ela interrompe a caminhada para se despedir do pai, girando o dedo para soltar o anel de noivado e dar a ele, a única joia que usa. Walter Shaw abraça-a grosseiramente. E a solta, virando-se para que ela não veja seu olhar desabando.

O julgamento não acabou, mas a parte de Geo, sim. A próxima vez que verá o pai será quando ele a visitar na prisão. O oficial de justiça a leva de volta para a cela. Ela se senta no banco do canto e, quando os passos do oficial de justiça se afastam, coloca a mão no bolso.

É um pedaço de papel rasgado do bloco de notas. Ali, Calvin rabiscou com sua caligrafia clara.

De nada.

Embaixo das duas palavras, desenhou um pequeno coração.

Rasga o papel em pedacinhos e o engole. Porque o único modo de se livrar daquilo é consumindo-o.

Geo fica sozinha na cela, imersa em pensamentos. O passado, o presente e o futuro se misturam, as vozes interiores soando em conjunto com as vozes reais dos policiais no final do corredor. Ela pode ouvi-los conversando sobre o último episódio de *Grey's Anatomy*, e se pergunta se tem como ver a série na prisão. Ela não tem a menor ideia de quanto tempo passa até que uma sombra aparece do outro lado das barras da cela.

Olha para cima e vê o detetive Kaiser Brody parado ali. Está segurando um saco de papel da hamburgueria local e um *milk-shake* de morango. O saco está cheio de manchas de gordura e imediatamente sua boca se enche de água. Ela não havia comido nada desde o café da manhã, que foi apenas um potinho de aveia fria servido em uma bandeja suja ali mesmo na cela.

— Se não for para mim, então você é muito cruel — ela diz.

Kaiser levanta o saco.

— É para você. Pode comer... se me disser o que Calvin James deslizou para a sua mão lá no tribunal.

Geo encara o saco.

— Não sei do que você está falando.

— Ele pegou a sua mão e deu alguma coisa para você.

Ela sacode a cabeça. Já pode sentir o cheiro da carne grelhada. Cebola frita. Batatas fritas. Seu estômago rosna alto.

— Ele não me deu nada, Kai, juro. Agarrou a minha mão, disse que era bom me ver, eu puxei a minha mão e não respondi nada. Só isso.

O detetive não acredita nela. Faz um sinal para o agente penitenciário, que destranca a porta de aço. Ele inspeciona suas mãos, depois o chão. Faz um sinal para que ela se levante, e ela obedece. Ele a revista de cima a baixo, verificando os bolsos. Resignado, entrega o saco para ela. Ela o rasga para abrir.

— Calma. — Ele se senta a seu lado no banco frio. — Tem dois hambúrgueres aí. Um é para mim.

Geo já havia desembrulhado o seu. Dá uma enorme mordida, a gordura da carne grelhada escorrega pela frente do vestido chique. Ela não se importa.

— Isso é permitido?

— O quê? O hambúrguer? — Kaiser ergue o pão de cima do seu e adiciona as batatas fritas. Coloca o pão de volta e dá uma grande mordida. — Você assinou o acordo, ninguém se importa se eu falo com você.

— Não acredito que você ainda faça isso. — Ela olha para o hambúrguer dele, fingindo nojo. — Batatas fritas em cima do hambúrguer. É tão colegial.

— Mudei em algumas coisas — ele diz. — Em outras, não. Aposto que com você também.

— Então o que você está fazendo aqui? — ela pergunta minutos depois, quando já havia comido metade do hambúrguer e o estômago parou de doer.

— Sei lá. Acho que só queria que você soubesse que não odeio você.

— Há um monte de razões para isso.

— Não mais — Kaiser diz e depois suspira. — Finalmente tenho uma resposta. Posso deixar tudo isso de lado. Você guardou esse segredo por muito tempo. Quatorze anos... Nem imagino o que isso fez com você. Por si só já é uma punição.

— Acho que os pais de Angela não concordam com você. — Mas ela fica contente que ele tenha dito isso. Faz com que se sinta um pouco menos que um monstro. Mas só um pouco.

— Por isso é que você vai para a prisão. Para cumprir a sua pena, sair e recomeçar a sua vida. Do começo. Você vai sobreviver a tudo isso. Sempre foi forte. — Kaiser põe o hambúrguer no banco. — Sabe, é engraçado. Quando descobri o que você tinha feito, queria te matar. Pelo que fez com Angela. Pelo que nos fez passar. Pelo que você *me* fez passar. Mas quando vi você de novo...

— O quê?

— Lembrei como era. Éramos todos os melhores amigos, porra. Não dá para apagar essa merda.

— Eu sei. — Geo olha para ele. Por baixo daquela casca de tira durão, ela vê bondade. Sempre houve bondade no interior de Kaiser. — Quando tudo aconteceu, eu queria ter te contado o que eu havia feito. Tantas vezes. Você saberia o que fazer. Você sempre foi a minha...

— O quê?

— A minha bússola moral — ela diz. — Fiz muita merda, Kai. E me afastar de você foi uma delas.

— Você só tinha dezesseis anos. — Kaiser mais uma vez suspira fundo. — Uma criança. Como eu. Como a Angela.

— Mas com idade suficiente para saber.

— Olhando para trás, muitas coisas agora fazem sentido. O jeito que você ficou depois daquela noite. O modo como se afastou de mim. Abandonando a escola pelo resto do ano. Calvin colocou você mesmo em uma armadilha. Eu não percebi o quão ruim era a coisa toda. — Kaiser toca em seu rosto. — Mas hoje você contou a verdade. Agora tudo acabou. Finalmente.

— Finalmente — ela repete, tirando uma grande mordida do hambúrguer, mesmo que já não estivesse com fome.

É mais fácil mentir com a boca cheia.

2

NA PRISÃO EXISTEM TRÊS TIPOS de moeda: drogas, sexo e informação. Embora a última das três tenda a ser a mais valiosa, anfetaminas e chupadas são as mais confiáveis. E já que Geo não lida com drogas, o dinheiro tem que dar conta. Ela precisa de coisas para sobreviver na prisão e tem que providenciá-las assim que possível, quando já tiver uma unidade e um trabalho definidos.

Todos os detentos novos ou que voltaram à prisão no Centro Correcional Aveleira — ou Inferneira, como às vezes é chamado — passam as primeiras duas semanas na área de recepção, enquanto a avaliação vai sendo feita. É aplicada uma bateria de testes psicológicos, junto com algumas entrevistas e uma extensa pesquisa de antecedentes, de modo a determinar onde o prisioneiro vai dormir e trabalhar. A esperança de Geo é ser enviada para uma área de segurança média e trabalhar como cabeleireira. Mas o que ela realisticamente pode esperar, segundo a primeira reunião com o psicólogo da prisão, é ir para a segurança máxima nos primeiros três anos e trabalhar como zeladora.

— Não é assim tão ruim — diz a psicóloga, em uma tentativa de animá-la. A placa na mesa diz que seu nome é P. Martin. — Há mais agentes penitenciários na área máxima. A área de segurança mínima vem com privilégios, mas a máxima vem com proteção.

Soa como uma bobagem para Geo, mas como nunca foi presa antes, não há como argumentar. Faz três horas que chegou à Aveleira, e a psicóloga é a primeira pessoa com quem fala que não está de uniforme. P. Martin — Pamela? Patrícia? Não há nenhuma indicação do primeiro nome da mulher em qualquer lugar da sala — parece mesmo se preocupar com o bem-estar dos presos. Geo imagina o que a levou até ali. Não pode ser dinheiro. Seu moletom é barato; o tecido do casaco é repuxado nas axilas e pontas de fios aparecem na costura.

— Qual é o seu sistema de apoio? — a psicóloga pergunta. Quando Geo não responde, ela reformula a frase. — Quem virá visitar você aqui? Quem você espera ver quando sair? Porque esse dia vai chegar, e você deveria pensar sobre essas pessoas todos os dias que estiver aqui. Isso vai manter você focada.

— Meu pai — Geo responde. Ela nunca teve muitos amigos, e depois do julgamento tinha certeza de que não tinha mais nenhum. — Eu estava prestes a me casar, mas... isso não vai mais acontecer.

— E a sua mãe?

— Morreu. Quando eu tinha cinco anos.

— Última pergunta — Martin diz. — Com que raça você se define? Você parece branca, mas o formulário de ingresso diz outra.

— Outra é o correto — Geo diz. — Minha mãe era meio filipina, e meu pai é um quarto jamaicano. Sou mestiça.

Clicando a caneta, a psicóloga concorda com a cabeça e anota alguma coisa em seu arquivo.

— Temos sessenta e cinco por cento de brancos aqui e, já que parece branca, você se mistura. Mas se é parte negra, você pode ter amigas negras. Isso é bom.

— Também sou um quarto asiática.

— Menos de um por cento da população de presos vem das ilhas do Pacífico. Isso não ajudará você. — A psicóloga a examina com atenção. — Então, como você se sente? Deprimida? Ansiosa? Algum pensamento suicida?

— Se eu disser que sim, posso ir para casa?

A psicóloga deu uma risadinha.

— Ótimo. Senso de humor. Mantenha isso. — Ela fecha a pasta. — Muito bem, garota. Acabamos aqui, por enquanto. Vejo você em uma semana. Se precisar de mim antes disso, peça a um guarda.

As primeiras duas semanas se passaram sem nenhum incidente, apesar de todos os presos novos estarem sujeitos à vigilância para suicídio, pois a prisão é um lugar altamente deprimente. Geo mantém a cabeça baixa e só fala para responder, passando a maior parte do tempo sozinha. Na manhã em que deve se integrar à população geral, está desperta bem antes do alarme.

É difícil acreditar que há menos de seis meses ela foi entrevistada para um artigo na revista *Pacific Northwest,* uma matéria que fazia um perfil da Farmacêutica Shipp para a edição anual de "100 melhores empresas para trabalhar". Aos trinta anos, Geo era a mais jovem mulher executiva da Shipp em uma década, e o título do artigo era "Conduzindo a Shipp para novos rumos: o rosto jovem de uma das companhias mais antigas da América". A foto usada mostrava Geo sentada na ponta de uma enorme mesa dentro da sala de reuniões completamente envidraçada, pernas cruzadas, barra do vestido bem acima do joelho, sorrindo para a câmera. O tema da matéria era diversidade no ambiente de trabalho, mas, ironicamente, não fazia nenhuma menção à herança mestiça de Geo. O artigo focava apenas em sua juventude e gênero — ambos os assuntos que seriam suficientes para destacá-la no clube de velhos homens brancos das grandes farmacêuticas — e seus planos para expandir a divisão de estilo de vida e beleza da companhia.

Ela suspeitava de que a maioria da equipe executiva da Shipp odiava aquela foto e também que ela tivesse sido a escolhida para representá-la, ainda que ninguém mencionasse isso na sua frente.

No dia da prisão, Geo estava falando naquela sala de reuniões. As portas se abriram, e um sujeito alto com jeans escuro e um casaco de couro entrou, acompanhado por três policiais uniformizados de Seattle. Foram seguidos por uma embaraçada assistente administrativa, com as mãos se agitando em desculpas enquanto tentava acompanhá-los. As doze cabeças sentadas na enorme mesa se voltaram ao som da comoção.

— Sinto muito, eles não esperaram que eu batesse na porta — a assistente administrativa disse, sem fôlego, uma jovem chamada Penny, que trabalhava havia apenas um mês na companhia.

O homem com jaqueta de couro encarou Geo. Ele parecia extremamente familiar, e sua mente frenética tentava situá-lo. Havia um distintivo de detetive preso no bolso de cima, e ela pôde perceber o volume do coldre perto da bainha do casaco. Era alto e bem em forma, muito diferente de como se parecia no ensino médio, quando era vinte quilos mais magro e dez centímetros mais baixo...

Kaiser Brody. Que diabos.

Isso atingiu Geo em cheio, e seu coração parou. Seus joelhos amoleceram, e a sala girou um pouco, obrigando que ela se encostasse na mesa para se apoiar. A sala de reuniões, resfriada e arejada alguns segundos antes, ficou subitamente quente. O detetive percebeu sua reação e abriu um sorrisinho pretensioso.

— Georgina Shaw? — perguntou, mas ele sabia muito bem quem era ela. Caminhou em sua direção, dando a volta na longa mesa oval, com os policiais uniformizados atrás, passando pelos rostos espantados dos executivos. — A senhora está presa.

Geo não protestou, não disse uma palavra, não emitiu nenhum som. Apenas fechou o laptop, sua apresentação desaparecendo da grande tela atrás dela. O detetive sacou as algemas. Essa visão a fez piscar.

— É do protocolo — ele disse. — Eu pediria desculpas, mas a senhora já sabe que não sinto por isso.

Os membros do comitê executivo não sabiam o que fazer e assistiram em espantoso silêncio, enquanto o detetive puxou seus braços para trás, colocou as algemas e começou a levá-la para fora da sala. A confusão deles era compreensível. A Georgina Shaw que conheciam não era alguém que seria presa por qualquer coisa. Ela era o novo rosto da Shipp, afinal. Era a vice-presidente da empresa. E a bendita noiva de Andrew Shipp, e tudo aquilo parecia estar completamente errado.

A voz do executivo soou alta e clara, e todos se viraram. Andrew Shipp não participava da reunião, mas seu escritório ficava ao lado e evidentemente alguém lhe dissera o que estava acontecendo. Ele estava parado na porta da sala de reuniões, barrando a saída.

— Que diabos vocês pensam que estão fazendo? — Andrew tentou alcançá-la, mas um policial jovem o bloqueou. O rosto do CEO enrubesceu, sem dúvida porque ninguém jamais ousara bloqueá-lo, seja lá para o que fosse. — Isso é *ridículo*. Quais são as acusações? Tire imediatamente essas algemas. Isso é *ridículo*.

Geo tentou sorrir para ele, assegurar que ela estava bem, mas Andrew nem olhava para ela. Estava encarando os policiais, cada centímetro de seu corpo irradiando aquela mistura especial de ultraje e arrogância que você só pode ter se houver crescido com um monte de dinheiro.

Mas os policiais não se importaram. Eles não se importavam que a mulher algemada tinha um escritório dois andares abaixo, ou que a recepção para seu casamento aconteceria no pretensioso clube de golfe do qual a família de seu noivo era sócia, ou que ela achasse que era uma loucura que cobrassem quatrocentos dólares por um prato que era basicamente um bife com fritas. Eles não se importavam que ela tivesse escolhido peônias rosa para seu buquê ou que o vestido de casamento viesse de Nova York. Não davam a mínima para isso. Como deveriam. Porque nada disso importava mais. E provavelmente jamais importou.

O detetive a levou para fora da sala de reuniões. A mão dele estava em sua nuca, não empurrando, e sim guiando-a com firmeza. Kaiser Brody não cheirava a nada que ela lembrasse. O rapaz que ela havia conhecido naquela época jamais usava colônia, mas agora ela detectava nele um suave perfume almiscarado, que logo reconheceu como Yves Saint Laurent. Ela sempre foi boa em distinguir cheiros. Havia comprado a mesma colônia para Andrew, mas ele nunca a usava, queixando-se de que lhe provocava dor de cabeça. Muitas coisas provocavam dor de cabeça em Andrew.

As algemas balançavam em seu pulso. Estavam frouxas o suficiente e, com algumas manobras, com um pouco de contorcionismo, ela provavelmente conseguiria se livrar delas. Kaiser a algemara para se exibir, marcar um ponto. Provocar uma cena. Para humilhá-la.

Andrew andava logo atrás, tentando impedir o caminho, e Kaiser balançou um mandado na cara dele.

— Detetive Kaiser Brody, Departamento de Polícia de Seattle. A acusação é de assassinato, senhor.

Andrew arrancou o mandado das mãos dele e leu tudo com olhos arregalados. Mesmo com seu terno de dois mil dólares, ele ficava um pouco aquém de bonito, com o corpo macio, o rosto redondo, os cabelos rareando. A força de Andrew vinha de um lugar diferente.

— Não diga nada — ele disse para ela. — Nem uma palavra. Vou ligar para o Fred. Vamos cuidar disso.

Fred Argent era o chefe do departamento legal da Shipp. Lidava com a estratégia corporativa, contratos, assuntos de processos. Nem de longe tinha experiência criminal, e era disso que Geo precisava. Mas não havia tempo para discutir. O detetive a empurrava para fora da sala de reuniões, enquanto o resto da equipe executiva continuava paralisada, com a boca aberta.

Andrew foi com eles por todo o caminho até o elevador, que ficava ao fim do corredor virando a esquina. A notícia da prisão de Geo parecia se espalhar com mais rapidez que a caminhada. Ela passou pela mesa de sua assistente, Carry Ann, e disse:

— Ligue para o meu pai. Não quero que ele saiba pelo noticiário.

A jovem concordou, olhos arregalados, a pequena mancha de café derramado ainda visível em sua saia, mesmo depois da vigorosa tentativa naquela manhã para se livrar dela. Menos de uma hora atrás, as duas conversaram sobre a melhor maneira de se livrar daquela mancha, e ela procurava um desses removedores pelo escritório, enquanto Geo comentava sobre o novo restaurante que ela e Andrew foram na noite anterior.

Agora, essa vida estava acabada. Tudo pelo qual ela havia batalhado, a vida construída sobre o segredo que ela tentava manter escondido... Tudo evaporava diante de seus olhos.

— Tudo vai terminar bem — Andrew lhe disse diante do elevador. — Não diga nada, está me ouvindo? *Nada*. O Fred vai encontrar você na delegacia. Vamos conseguir o melhor advogado para você. Não se preocupe com nada. — Ele encarou Kaiser, o rosto furioso. — Essa acusação é uma besteira sem tamanho, detetive. Está cometendo um erro gigantesco. O chefe Heron, seu patrão, é membro do meu clube de golfe e vou ligar pessoalmente para ele. Preparem-se para uma ação.

O detetive não disse nada, mas outra vez os cantos da boca subiram um pouco. Outro daqueles sorrisinhos. Ele tinha esse sorrisinho na escola? Geo não conseguia se lembrar.

As portas do elevador se fecharam, enquanto Andrew berrava para o assistente trazer seu celular. No minuto seguinte, ela e o detetive permaneceram imóveis diante das portas espelhadas. A música suave tocava pelos alto-falantes escondidos. Geo ouviu a respiração de um dos policiais uniformizados atrás dela. Um chiado suave, com um leve assovio no fundo. Septo desviado, provavelmente. A mão de Kaiser ainda estava em sua nuca. Ela não se importava. A pressão era reconfortante.

Nada de música ambiente para a empresa Shipp. Os elevadores eram chiques, conectados com Pandora, que era programada para uma seleção de faixas suaves de artistas antigos e modernos. Mais dos antigos. Os números da tela baixavam silenciosamente na descida do elevador enquanto ouviam a suave tensão do Oasis, uma banda que Geo gostava quando estava no colégio. Um dos outros policiais, uma jovem cujo septo não tinha problemas, acompanhava a canção em voz baixa. Geo não acompanhava *Wonderwall*, apesar de saber toda a letra.

HOJE VAI SER O DIA
QUE ELES VÃO JOGAR TUDO DE VOLTA EM VOCÊ.

Os números continuavam descendo enquanto passavam por cada andar, disparando para o térreo. Talvez ela tivesse sorte. Talvez o elevador batesse no chão e explodisse. Dezesseis, quinze, quatorze...

— Você não ficou surpresa quando eu cheguei — Kaiser disse, observando-a no espelho.

Geo não disse nada, porque não havia nada a dizer. Ela havia encenado aquilo um milhão de vezes na cabeça, mas em nenhuma dessas fantasias seu velho amigo fazia o papel do policial que a prendia. Ela nem sabia que Kaiser era tira, mas teve que admitir que ele desempenhava bem o papel. Havia apenas traços do jovem que ela conhecera. A barba cobria o queixo onde costumava haver acne. Os ângulos do rosto eram mais acentuados. Mas os olhos eram os mesmos. Assombrados. Desapontados.

Ele estava certo. Ela não se surpreendeu. Esperava por esse dia havia muito tempo, sabendo que em algum momento ele chegaria. E agora que estava ali, não havia mais como esconder. Chega de carregar um segredo como um insuportável bloco de cimento de duas toneladas. Devagar, expirando o longo fôlego que ela tinha carregado por quatorze anos, ela permitiu que seus ombros relaxassem. Os músculos tensos de suas costas e pescoço começaram a se soltar. Ela abre um sorrisinho para seu velho amigo, e ele levanta uma sobrancelha. Não, ela não estava nem um pouco surpresa.

Ela estava *aliviada*.

— Shaw — diz a voz aguda, sacudindo Geo de seu devaneio. O sino matinal já havia tocado. Ela levanta o rosto e vê uma agente penitenciária de pé na porta da cela, vestida com um uniforme azul-escuro, cabelos presos num coque apertado. A guarda é baixa, mas atarracada e musculosa, e Geo não tem dúvida de que ela poderia derrubar alguém com o dobro do tamanho.

— Sua avaliação terminou. Você será transferida. Vamos andando.

— Onde vão me colocar?

— Na máxima — a guarda diz, e o coração de Geo afunda. — Mas vai ficar no salão, já que a sua unidade está em construção.

O "salão" é uma acomodação temporária. Outro dia, ela ouviu uma presa se queixando com uma guarda de como é lotada, e recuou.

— O salão? Então não posso ficar aqui na unidade de recepção até...

A risada da guarda corta a frase.

— Você acha que aqui é um hotel? Que se você não gostar das suas acomodações pode se queixar e conseguir um quarto melhor? Sacuda o rabo, Shaw. Antes que eu obrigue você a fazer isso.

Geo recolhe suas poucas posses. Que agora estão reduzidas a uma pequena caixa de plástico com produtos de higiene baratos e um suéter com o letreiro DEPARTAMENTO PENITENCIÁRIO impresso nas costas com letras enormes.

— Mas você vai trabalhar como cabeleireira — a guarda diz. — Pode ficar contente com isso. A maioria das novatas começa na cozinha, mas precisam de alguém que saiba cortar e tingir cabelos. Você trabalhava num salão de beleza lá fora?

— Tipo um — Geo responde.

— Ei. — A guarda a examina com atenção enquanto seguem pelo corredor. — Você não é a garota que fatiou a melhor amiga?

Geo não responde.

— Que porra doentia — a guarda diz, e é difícil saber se está enojada ou impressionada. Talvez os dois. — Fico espantada de deixarem você trabalhar com tesouras.

Eu também, pensa Geo. *Eu também.*

3

NO COMEÇO, GEO não esperava escapar disso. Angela Wong era popular demais, amava demais a vida para que alguém acreditasse que ela sumiria por conta própria. Mas quando os primeiros dias se passaram sem nenhuma batida em sua porta, ela começou a imaginar se seria possível que ninguém jamais soubesse o que ela havia feito. Dias se transformaram em semanas. Semanas viraram meses. Com o tempo, os anos se passaram, e Geo começou a achar que o passado permaneceria enterrado. Uma piada trágica, mas muito conveniente.

Quando finalmente aquilo a atingiu, Geo pode não ter ficado surpresa, mas estava completamente despreparada. Porque, sério, o que pode preparar você para a prisão? Nenhum filme nem a televisão, que servem apenas para entreter e animar. A realidade da prisão — a desolação, o tédio e o medo permanente de ser atacada — é horrível. Suas duas primeiras semanas na triagem, sozinha em uma cela que tinha sua própria pia e toalete, pareceu moleza comparada ao pesadelo que ela está vivendo agora, para alguém da geração *pop*.

Bem-vinda à Inferneira.

A psicóloga, P. Martin, estava certa quando disse que as unidades de segurança máxima tinham mais guardas. Entretanto, mais guardas não as tornam mais seguras. Ainda mais quando você dorme num espaço lotado onde todo mundo está com um humor de merda, *inclusive* as guardas. Mesmo que a Aveleira esteja longe da lotação, as duas unidades que estão em reforma haviam enchido as outras três, e o excesso foi afunilado para um grande salão de recreação convertido em habitação comunitária. É a pior situação possível para a vida na prisão.

Já se foi a expectativa de privacidade. Há lutas diárias. Objetos pessoais são roubados com frequência. A ameaça de violência paira no ar como uma nuvem de tempestade. Cinquenta mulheres adultas dormindo tão próximo umas das outras não é normal. O salão tem vinte e cinco beliches duplos, alinhados em cinco colunas. O barulho constante provoca a sensação de que o salão é ainda menor, e o cheiro persistente de suor e peidos torna tudo claustrofóbico.

A agente penitenciária escolta Geo até um beliche duplo no canto do fundo do salão, passando por todo o pavilhão. As mulheres a encaram enquanto ela passa, e ela se esforça para manter uma expressão neutra no rosto para que não pensem que ela é fraca ou hostil — ali dentro, uma é tão má quanto qualquer outra. Geo está consciente de que tem aparência diferente das demais. Seu cabelo negro tem luzes que mostram o trabalho de um salão de beleza caro. Seus dentes são perfeitos. Ela não tem tatuagens no rosto — aliás, em lugar nenhum. Não faz parte de nenhuma gangue nem está envolvida com drogas. E, ao contrário das outras presas, esta é a primeira vez que está presa. Pode estar vestida com a mesma roupa cinza, que é o uniforme das presas, mas não tem nada em comum com elas, e isso é notável.

Ela é uma virgem de prisões. E todas conseguem sentir o cheiro disso.

— Este é o seu — a guarda diz com voz neutra, parada diante do beliche duplo.

Há um suéter sobre o colchão de cima e duas revistas esfranguelhadas na cama de baixo. Geo não sabe qual deles está desocupado.

— Fico com a de cima ou a de baixo? — pergunta.

A guarda dá de ombros e se vira para sair.

— Sei lá. Pergunta para a sua colega de beliche.

Uma enorme mulher branca de idade indefinida — algo entre trinta e cinquenta anos é o palpite de Geo — se aproxima, gingando. A presa deve pesar mais de cento e cinquenta quilos, e Geo respira o suor azedo de seu corpo quando ela se aproxima. Um coque emaranhado de cabelos loiros tingidos empilhado em cima da cabeça, exibindo uns cinco centímetros de raízes castanho-escuras. O pescoço nem aparece, o que deveria estar ali está coberto por uma massa de queixos duplos. As sobrancelhas estão pintadas em linhas negras paralelas, e o rosto franze quando vê Geo. Há letras tatuadas nos dedos que parecem salsichas. A mão direita soletra SEM. E na mão esquerda está gravado FARRA.

A farra acabou. Pois é.

A mulher senta-se na cama de baixo. Há um pequeno armário de metal entre cada beliche duplo, e meia dúzia de fotos está pregada na porta, mostrando a mulher um pouco mais jovem, um pouco mais magra. Em uma delas, um negro esbelto está ao lado dela, com um garoto a seu lado. O garoto é magro como o pai, mas o rosto redondo é uma boa mistura dos dois, com grandes olhos castanhos, pele suave cor de café e um sorriso cheio de dentes. Na foto, os três parecem felizes.

Sua companheira de beliche, ameaçadora como parece, é mãe. Ótimo. Não pode ser tão ruim assim.

— Sou Bernardette — a presa diz. A voz é profunda, com um leve sotaque. De algum lugar do leste europeu. Polonês, talvez. Ou tcheco. Deslizando a mão por baixo do colchão, ela tira um saco de pirulitos de alcaçuz. Não oferece nenhum a Geo, mas oferece algo que parece um sorriso. — Todo mundo me chama de Bernie.

— Georgina — ela diz, devolvendo o sorriso. — Todo mundo me chama de Geo.

— Bem-vinda. — Bernie a encara, e Geo percebe os círculos de sujeira ao redor do pescoço que antes estavam escondidos pelas dobras da pele. — Já que vamos ser colegas de beliche, você precisa saber logo que tenho três regras.

— Tudo bem. — Geo ainda está de pé, segurando suas coisas, ainda mais porque não sabe onde deve colocá-las. Já que a mulher está sentada na cama de baixo, ela supõe que a de cima vai ser a sua, mas o suéter dela ainda está no colchão. Ela não se atreve a mexer nele.

— Primeira. Não coma a minha comida. Nunca. — A presa gordona morde outro pedaço do pirulito, mastigando com a boca semiaberta. — Se você vir alguma coisa em cima da minha cama, isso não é um convite para pegar essa coisa. Não se atreva nem a pedir.

— Entendido.

— Segunda. Eu ronco. Alto. E se você reclamar para a guarda, como a outra garota fez, vai levar uma surra, como fiz com ela. Se o meu ronco te incomodar, é só pegar uns tampões de ouvido na loja da prisão.

— Sem problemas. — Geo não consegue deixar de pensar que o que vai chateá-la mesmo é o fedor da mulher.

— Terceira. Eu prefiro o beliche de cima. Você dorme no de baixo.

— É mesmo? — Geo está surpresa. Pensava que o beliche de baixo era o melhor e, além do mais, não consegue imaginar a mulher com todo aquele peso subindo para o beliche de cima sempre que precisar se deitar.

— É, o ar lá em cima é mais fresco. Essas putas aqui estão sempre peidando e arrotando, e aí pela meia-noite o ar fede que nem um maldito banheiro. E eu tenho um nariz sensível — Bernie informa e seus olhinhos maus desafiam Geo a discordar dela. — Você tem algum problema com o beliche de baixo?

— Nenhum — Geo diz, pensando se alguém já morreu com um beliche de cima desabando. Ter o peito esmagado enquanto dorme deve ser um jeito horrível de morrer.

Como se lesse sua mente, Bernie informa:

— Não se preocupe. A cama não quebra. Se é o que está pensando.

Geo balança a cabeça depressa.

— Não estou preocupada.

— Primeira vez aqui na Inferneira? — Sua nova companheira saca outro pirulito de alcaçuz e enfia metade na boca. Os dentes estão vermelhos da tintura do doce. Parecem um pouco com sangue.

— Sim — Geo responde, achando melhor ser honesta. — Alguma dica para mim?

A mulher dá de ombros.

— Não é tão ruim quanto dizem. Você se acostuma. Esse arranjo de agora é que é uma merda — ela balança o braço enorme na direção do salão —, mas vai ficar melhor quando a gente voltar para as celas. Já andei por todo lado. Isso aqui não é o melhor, mas também não é o pior.

Geo concorda com a cabeça. Ela não pergunta por que a mulher está ali. Já tinha ouvido falar que não é educado. Também não é se pedisse para a mulher se mexer para que ela possa se sentar na cama que concordaram que seria a sua. Em vez disso, aponta para as fotos na porta do armário.

— Sua família?

— É — Bernie diz e finalmente sorri. — Fico com as fotos aí para me lembrar do que tenho quando voltar para casa. — Ela então se levanta, deixando no colchão o formato da bunda e das coxas.

Os lençóis já estão fedidos com o cheiro da mulher, mas Geo se obriga a corresponder ao sorriso quando enfim coloca suas coisas na cama. A armação de metal geme, enquanto Bernie sobe devagar até a cama de cima e se deita.

— Você tem um homem esperando lá fora?

— Não sei mesmo. — É a resposta mais sincera que ela pode dar. — Ei, a gente tem permissão para usar os telefones?

— Sim, a qualquer hora até meia hora antes de apagarem as luzes — Bernie responde. — Depois do saguão, perto dos banheiros. Fala com a guarda antes de você sair. Elas que te levam para fora.

As mulheres sussurram entre si, enquanto Geo caminha até a guarita, mas ninguém fala com ela. Ela se pergunta se estão curiosas porque a viram na TV ou porque ela é nova. Devem ser as duas coisas.

Há uma fila enorme para os telefones, e a guarda de plantão informa que ela pode falar apenas por quinze minutos antes que tenha que desligar e voltar para o fim da fila. Geo espera quase uma hora até que um telefone fica livre, então respira fundo ao ligar para o celular de Andrew. Cinco toques depois, a chamada é encaminhada para o correio de voz.

Pensando que ele não atende porque não reconhece o número, ela tenta ligar para a empresa. A assistente atende, o que significa que teve que discar 1 para aceitar a cobrança.

— Oi, Bonnie. Andrew está?

— Srta. Shaw — a assistente responde, soando perturbada. No mesmo instante, Geo sabe que as coisas mudaram. Ela sempre foi amistosa com Bonnie e nem uma vez deixou de chamá-la pelo primeiro nome desde que Geo começou a namorar Andrew. — Sinto muito, mas o Sr. Shipp não deseja falar com a senhora.

Geo fecha os olhos. *Senhorita Shaw. Senhor Shipp.* Ela abre os olhos.

— Ele quem disse isso?

— Sim, senhora, foi ele. Só tenho autorização de falar com você desta vez.

Geo solta o ar aos poucos, tentando pensar no que fazer. Quando volta a falar, sua voz é dura.

— O que ele gostaria que eu fizesse com o anel? — O anel de noivado está numa caixa na casa do pai, junto com todas as suas outras posses, já que sua casa está à venda. — Quer que eu mande para ele ou gostaria de ir buscá-lo?

— Ele disse que a senhora deve mandar aqui para o escritório. — Há uma hesitação na voz da assistente, e Geo compreende que a conversa deve ser difícil também para ela.

— Bonnie...

— Não posso falar com você, Geo. — A voz de Bonnie é um sussurro. — Sinto muito. De verdade. A empresa está uma loucura. Estamos recebendo muitas chamadas, todo mundo quer saber se Andrew tem alguma coisa a dizer sobre o fato de sua ex-noiva e vice-presidente da empresa ser uma assassina condenada e namorada de um assassino em série.

— Mas eu não fui condenada por...

— O que importa é o que todos *acham* — Bonnie diz. A voz mal passa de um murmúrio. — E você sabe como são as coisas aqui, Geo. Todos estão preocupados com a reputação da empresa. Tivemos que fazer uma nota para a imprensa.

— E o que a nota diz? — Quando a mulher não responde de imediato, Geo pede: — Bonnie. Por favor. Me diga.

— Diz que não perdoamos nem apoiamos você de maneira nenhuma e que sentimos muito pela família da vítima. Andrew... — Bonnie faz uma pausa. — Foi o próprio Andrew que escreveu. Sinto muito.

— Mas ele pagou os custos da minha defesa. — Sua voz soa oca, até para si mesma.

— Eu sei. E ele ouviu o pai dizer que não gostou nada disso, mas na época você era a noiva dele. Geo, sinto muito, mas tenho que desligar agora. — Bonnie parecia mesmo preocupada. — Por favor... por favor, não ligue novamente para cá.

A ligação é desligada.

Então é isso. Nem um adeus, nem uma chance de ela se explicar ou pedir desculpas. Andrew tinha terminado tudo, seguindo como um covarde e deixando que a assistente desse o golpe. Um relacionamento de dois anos acabado, simplesmente assim. Ela coloca o telefone no gancho e dá lugar para a presa seguinte. Mas não rápido o suficiente. Seus ombros se batem.

Os olhos da mulher se estreitam. Ela é menor que Geo, mas não há medo em seu rosto.

— Presta atenção, sua puta.

— Desculpa — Geo responde, conseguindo de algum modo soar com sinceridade, mesmo que tenha sido a outra mulher a esbarrar nela. A última coisa que precisa é de uma briga, mas se a mulher começar uma, ela não terá escolha senão tentar liquidar o assunto depressa. Caso contrário, corre o risco de ser vista como fraca. Ela já viu programas de TV demais para saber que se levar um pé na bunda e uma guarda perguntar sobre isso mais tarde, ela não vai poder nunca, jamais, contar. Fofocar com uma guarda sobre qualquer coisa é um não absoluto. Na prisão, a única coisa mais baixa que um pedófilo — o que já é baixo pra caramba — é ser dedo-duro. Se você dedurar uma vez, vai ser dedo-duro para sempre. Os outros presos jamais confiarão em você e vão infernizar sua vida.

Bernie está de bom humor quando Geo regressa. Ainda está estendida no colchão de cima, uma montanha de mulher. O saco de pirulitos de alcaçuz está vazio, a bolsa plástica pendurada na beira da cama. Ela se vira de lado e, com Geo de pé, estão praticamente olho no olho.

— Bom telefonema? — Bernie pergunta.

— Você havia me perguntado se eu tinha um homem. Agora posso dizer oficialmente que não.

A mulher se estica e arruma um cacho de cabelo que caiu no rosto de Geo.

— Tudo bem. Aqui dentro você não precisa deles. Tem muita coisa que a gente pode fazer sem eles.

Geo se afasta, incomodada. Ela resiste ao impulso de mostrar que está tremendo, mas, por dentro, se sente mal. A presa do beliche ao lado dá uma olhada, e um olhar que parece ser de piedade cruza seu rosto antes de ela virar o rosto. Ou talvez Geo esteja imaginando coisas. Talvez esteja ficando paranoica.

Naquela noite, não acontece nada de ruim, nem na noite seguinte, mesmo com Geo deitada por horas, punhos e maxilar rígidos, antecipando o pior. Todas as noites, antes de cair no sono, ela não consegue imaginar que essa é a sua vida. Todas as manhãs ao despertar, não acredita que essa é a sua vida. Finalmente a pegou, essa depressão que P. Martin tinha avisado. O sentimento esmagador de que ela não deveria mesmo estar ali — que um erro gigantesco foi cometido em algum momento —, é impossível deixar de lado. E essa capa de negação não a protege. Não ajuda. Deixa-a sufocada. Deixa-a vulnerável. Parece que alguém pegou sua vida, despedaçou-a em mil pedaços e depois remontou tudo. Os pedaços são reconhecíveis, mas estão todos nos lugares errados.

No terceiro dia no salão, ela repara que sua colega de beliche está mesmo muito contente. Jantam juntas naquela noite, sentando-se uma em frente à outra numa mesa com quatro outras mulheres. Bernie está bem loquaz com ela e com as outras presas, falando sem parar da visita que recebeu do filho naquela manhã. Todas as vezes que ri coloca uma mão no braço de Geo. Parece ser inofensiva.

Uma mulher com a pele cor de chocolate escuro e cabelo afro cortado bem curto encara Geo da outra mesa. Não há hostilidade em sua expressão, apenas curiosidade franca. As outras mulheres da mesa de vez em quando também a olham, murmurando uma com a outra. Geo imagina o que elas veem quando olham para ela. Sabe que parece branca, mas também está ciente de que sua etnia é evidente para pessoas que sabem procurá-la. Está na tonalidade caramelada da pele, a forma ligeiramente amendoada dos olhos. Seu cabelo, entretanto, é liso. O cabelo de sua mãe.

Quando Geo termina de comer, a mulher negra se encontra com ela na devolução de bandejas. As outras mulheres da mesa estão atrás dela, alguns centímetros atrás, não perto o suficiente para ouvir a conversa das duas, mas perto o bastante para reagir se acontecer alguma coisa. Claramente são seguranças dela.

— Você é negra? — a mulher pergunta. Há uma quase nobreza no modo como fala. A voz é profunda, a pronúncia exata. De perto, o rosto é bonito, suave e sem rugas, com as maçãs do rosto altas. Os olhos são quase negros.

— Um oitavo — Geo responde, sentindo necessidade de ser específica, mas não se importa em explicar o resto.

— Vi que você fez amizade com a Bernardette. — A mulher olha de relance para Bernie, que ainda está na mesa, comendo. O olhar volta para Geo, avaliando sua pele, seus olhos e seu cabelo. — Ela é chamada de Mamute. — Não é preciso nenhuma explicação.

— Não somos amigas. Só estamos no mesmo beliche.

A mulher concorda com a cabeça.

— Me avisa se esse arranjo está funcionando para você. Se não estiver, talvez a gente possa trocar você de lugar.

O bom humor de Bernie continua depois do jantar, e Geo começa a entender que o humor dela está diretamente ligado à comida. Ela fala até as luzes se apagarem, contando a Geo sobre as várias prisões em que esteve, incluindo Oregon e Califórnia. Drogas e roubo — principais acusações da maioria das mulheres ali. Uma criminosa profissional. É de se pensar que depois da terceira condenação, ela buscaria outro trabalho, mas não é assim que funciona uma mente criminosa.

As portas do salão sempre ficam abertas durante o dia, exceto se houver um isolamento, mas quando as luzes se apagam, as mulheres são trancadas. Se você precisa fazer xixi, é necessário pedir a um dos guardas na guarita, que provavelmente dormem ou estão vendo um filme. Geo se deita na cama, e o cansaço logo a vence. Ela não havia dormido bem desde que chegou ali, e o sono está se ajustando. Enfim, como uma bênção, ela cai no sono.

Ela só acorda quando os dedos de salsichas da colega de beliche estão bem dentro de sua vagina. Bernie está por cima dela, seu corpo exorbitante se espalhando no corpo menor de Geo como um gigantesco balão de água, a pele quente, e úmida, e salgada, o hálito de leite estragado. Os olhinhos brilhantes parecem passas em um monte de massa e olham fixos para ela. Bernie sorri e lambe o rosto de Geo do queixo até a maçã do rosto. No salão escuro, sua língua parece púrpura.

Cama de baixo. Essa é a razão. Mais fácil para estuprar alguém. O beliche é difícil de ver da guarita no outro lado do salão. E para tornar as coisas piores, Bernie enfiou as pontas do lençol sob o colchão de cima, de modo que cai como uma cortina sobre o colchão de Geo. Se um guarda olhar, só pode ver o lençol. E se o guarda arrancar o lençol, isso dá tempo a Bernie para saltar de cima dela e insistir que o que estão fazendo é consensual. A punição para sexo consensual entre presos é a transferência para a segurança máxima.

Mas elas já estão na segurança máxima.

Geo abre a boca para gritar, mas Bernie está pronta para isso, e a enorme mulher enfia uma meia em sua boca. Mas não é necessário, porque seus pulmões já estão comprimidos. A Mamute, pesando mais que o dobro que ela e três vezes mais larga, a está sufocando. Em pânico, ela começa a se contorcer e chutar o máximo possível, mas a mulher apenas pressiona mais forte, o hálito azedo flutuando nos ouvidos de Geo, enquanto ela se toca.

— Está gostando? Está bom para você? Fica molhadinha para mim. Queridinha.

Mal conseguindo se mover, a mão de Geo desliza sobre o lençol, mas não consegue agarrá-lo forte o bastante para puxá-lo. Só consegue mover um pedacinho, o suficiente para captar o olhar da presa no beliche ao lado, encarando. Mas, depois de um ou dois segundos, a presa olha para o outro lado.

De algum modo, em um salão cheio de mulheres, Geo está sozinha com sua agressora.

Incapaz de fazer qualquer coisa, ela não tem escolha a não ser ficar quieta. Lágrimas silenciosas rolam por seu rosto. Um minuto depois, Bernie resmunga e rola para o lado, permitindo que Geo respire ofegante.

— Ninguém vê nada deste lado, puta — sua companheira de beliche diz, esticando suas roupas. — O nosso beliche não aparece na câmera. Então você só pode mesmo ficar quieta, e aí eu não vou ter que te matar. Mas você gostou, não foi? Sei que gostou.

Geo soluça alto, interrompida quando a Mamute bate em seu rosto. Depois tira o lençol e sobe de volta para sua cama. Geo enfia o travesseiro no rosto para poder chorar sem ninguém ouvir.

Ela não compreende nada daquilo. Bernie é *mãe*. A foto de seu filho está colada no maldito armário a meio metro de distância. Geo fica jogada na cama o resto da noite, fedendo com o suor avinagrado, as pernas apertadas, apavorada ao pensar que a Mamute vai voltar para sua cama. E ela consegue algum conforto com os ruidosos roncos que vêm de cima; significa que sua colega de beliche caiu num sono profundo.

Geo, entretanto, não dorme. Tal como não dormiu da última vez que foi estuprada, tantos anos atrás. Ela sabe, por experiência, que leva um tempo para recuperar a alma.

E mais tempo ainda para a alma parar de sangrar.

4

PELA MANHÃ, GEO belisca apaticamente a aveia empapada e a torrada queimada, enquanto sua companheira de beliche senta-se diante dela à mesa, seu lugar habitual. Hoje, Geo começa a trabalhar no salão de beleza, o que de alguma forma, deveria ser algo animador, mas tudo o que ela quer é descobrir algum canto quieto e se esconder. Se ontem Bernie estava bem-humorada, hoje estava com ânimo ainda melhor. Geo evita olhar para ela, mas quando seus olhares finalmente se encontram, a Mamute sorri.

Sem desviar o olhar de Geo, Bernie balança os dedos, depois faz uma cena ao colocá-los sob o nariz e respirando fundo. Então, mete dois dedos na boca e chupa. As mulheres da mesa riem do gesto obsceno, ainda que com nervosismo. O estômago de Geo se revira. Antes que consiga evitar, vomita na bandeja e na parte da frente de sua própria camisa, percebendo que a aveia que sai é exatamente igual à que entrou.

— Merda! — A presa a seu lado salta para fora do banco. — Sua puta nojenta.

Poucos segundos depois, um guarda está ao seu lado.

— Levanta, Shaw — ele diz, com o rosto coberto pelo desgosto, enquanto observa a aveia regurgitada sobre a camisa e as calças de Geo. — Você precisa ir para a enfermaria? O que aconteceu com o seu rosto?

A maçã do rosto de Geo mostra uma marca roxa no lugar onde Bernie bateu apenas algumas horas atrás, mas essa é só uma parte da dor que ela sente. Ela balança a cabeça, ainda sentindo náuseas. A última coisa que quer é que uma enfermeira a examine. Não quer ser tocada de maneira nenhuma. Os olhos de todos estão fixos nela, incluindo os da Mamute.

— Basta... basta uma chuveirada, acho. Estou bem.

— Vá direto para o banheiro e se limpe. — E fala no ombro onde está seu walkie-talkie. — Zeladoria no refeitório, agora.

Geo sai do refeitório, humilhada, enquanto as outras prisioneiras soltam risadinhas. Não precisa olhar para Bernie para saber que sua colega de beliche está às gargalhadas com as outras.

38

Ela se banha no pequeno boxe do chuveiro com cortina rasgada, usando seus chinelos de borracha. A água quente está toda aberta, mas a temperatura não passa de morna, e a água vai ser desligada em oito minutos, tenha ela terminado ou não. Com rapidez, Geo usa sua barra de sabão nos cabelos e no corpo, já que alguém roubou seu xampu. Esfrega a pele com as unhas, até que fique vermelha.

Quando a torneira é desligada, ela abre um pouco a cortina e tateia a parede, procurando a toalha, que não está pendurada onde a deixou. Abre de vez a cortina e dá um pulo quando vê uma pessoa parada ali, encostada no balcão do outro lado dos chuveiros, com a toalha de Geo no braço.

É a mulher negra do dia anterior. Hoje ela está sem a comitiva. As duas estão sozinhas no banheiro.

— Me chamo Ella Frank — ela diz. Ao ver que Geo não se mexe, ela estende a toalha. — Você deve estar congelando.

Geo está com frio, mas não há como alcançar a toalha sem sair do chuveiro, o que ela finalmente faz, pingando, enquanto a mulher lhe entrega. Às pressas, ela se embrulha na toalha, tremendo. Mas não apenas por causa do ar frio. Ela sabe da reputação de Ella Frank. Todo mundo ali sabe, mas Geo ainda não sabia exatamente quem ela era até a mulher dizer o nome. E agora as duas estão ali, paradas uma diante da outra, Geo praticamente nua. Ela não tem nada com que se proteger, nem botas para se defender com um chute. Sem saber o que essa mulher quer dela, mas já sabendo que não vai aguentar ser estuprada mais uma vez. Ela prefere morrer.

— Não vou machucar você — Ella Frank diz. — Não sou a Mamute.

A garganta de Geo se aperta.

— Você sabe?

— Tenho olhos e ouvidos por todos os lugares.

— Por que você não me avisou ontem? — As palavras saem antes que Geo possa impedir, e estremece com sua própria franqueza.

— Não é da minha conta proteger você. A menos que você queira. — A mulher fixa o olhar em Geo. É intenso. Sem piscar. As duas são quase do mesmo tamanho, mas Geo não tem dúvidas de que Frank pode matá-la sem sequer suar. — Você sabe quem eu sou?

Geo acena com a cabeça, se lembrando da história toda. Nas fotografias de jornais, como mulher de James Frank, um chefe traficante, Ella estava sempre impecavelmente vestida, cabelo negro e longo e batom fúcsia brilhante. A versão de Ella Frank na prisão era mais sutil — já não há tecido caro, o cabelo está curto, os lábios sem batom, as roupas são os macacões da prisão que todas usam —, mas ela parece perigosa como sempre. Está no modo como se porta, como fala e como está olhando para Geo agora. Ella comandava a equipe de segurança do marido, assassinando seus inimigos notáveis, atirando na cabeça deles com a arma de pequeno calibre que usava em um coldre preso na coxa. Ela está presa pelo assassinato de dois rivais, ainda que os boatos digam que chegou a matar pelo menos uma dúzia.

E não é menos poderosa ali dentro do que era lá fora. Ella Frank é responsável por quase todas as drogas que entram todos os dias na Aveleira. Envolvida atualmente em uma disputa territorial com outro traficante, ela está em uma situação que fica cada vez pior. Mas, ao contrário da maioria das mulheres da Aveleira que serão soltas em algum momento no futuro, Ella Frank cumpre várias condenações perpétuas. Jamais sairá e vai morrer ali dentro. O que significa que não tem nada mais a perder. O que a faz extremamente perigosa.

— Você é Georgina Shaw — Ella diz. — Li sobre você. Grande executiva lá fora. Aposto que ganhou um monte de dinheiro.

— Também gastei muito dinheiro.

Ella ri suavemente.

— Entendo bem. A vida é curta. Melhor desfrutar dela enquanto dura, não é mesmo? — Seu olhar está fixo no rosto de Geo. A íris é tão escura que Geo não consegue ver as pupilas. — Então, sua companheira de beliche está gostando muito de você. O que acha disso?

— É terrível — Geo diz. Sua voz sai como um sussurro.

Ella balança a cabeça.

— Conheço a Bernardette de outra prisão. Ela deve ter gozado dentro da calcinha tamanho triplo quando você foi designada para aquele beliche. Você é bem o tipo dela. Branca. Bonita. Elegante. Você sabe que vai continuar acontecendo?

— Sim. — Desta vez a resposta sai como um gemido.

— Posso fazer parar — a negra diz, o olhar jamais desviando do rosto de Geo. — Posso fazer de um modo que ninguém aqui jamais tocará em você. Quer a minha ajuda?

Geo fecha os olhos, sabendo que a próxima palavra que disser irá mudar tudo.

— Sim.

— A minha ajuda não é grátis.

Ela volta a abrir os olhos.

— Sei disso.

— Tudo bem — Ella diz e sorri. — Vou cuidar disso. Agora vá se vestir. Mas, antes de eu ir, permita que te dê um conselho, de mulher para mulher.

Geo olha as roupas limpas dobradas sobre o balcão ao lado de Ella. Nem ousa pegá-las. Isso exigiria que se aproximasse.

— É claro — ela responde.

— Mantenha a cabeça erguida — Ella diz. — Comporte-se como se mandasse no pedaço. Não abaixe a cabeça para ninguém. Esse seu jeito, com esse cabelo arrumadinho de garotinha branca e essa sua carinha de garotinha branca, jamais vai passar despercebido aqui. Então assuma isso. Se alguém mexer com você, acabe com a puta. Está entendendo? Eu posso e vou proteger você, mas posso acabar esfaqueada amanhã. Então, como é que você fica?

Geo balança a cabeça.

— Entendo. Obrigada.

Ella entrega as roupas para Geo. Quando Geo vai pegá-las, a toalha desliza e de repente está nua de novo. A outra mulher a olha de cima abaixo. Dá uma risadinha.

— É, você é bonita. Mas não é o meu tipo. Prefiro um cacete.

Geo se veste depressa.

— Uma das minhas garotas vai encontrar você no salão de beleza mais tarde — Ella diz. — E você vai dar o que ela pedir.

Duas horas se passam antes que alguém se aproxime dela no salão de beleza. Geo a reconhece como uma das seguranças de Ella. Entrega para a mulher o que ela pede, de olho na câmera montada no teto.

— Não se preocupa com isso — a mulher diz. — A guarda que deveria olhar o monitor está... distraída.

A mulher está de volta menos de meia hora depois.

— Lavei bem lavado, mas é melhor lavar com água sanitária — ela diz. — E você não perdeu isso de vista, entendido?

Geo entende. Uma hora depois, quando está almoçando no refeitório, a prisão entra em confinamento.

Bernardette Novotky, também conhecida como a Mamute, está morta.

A notícia se espalha como um incêndio pela prisão. Bernie foi descoberta na lavanderia da prisão, atrás da máquina de passar a vapor. Não há dúvida sobre como aconteceu. Múltiplas punhaladas furaram sua carótida, e ela morreu em segundos.

Geo está deitada no chão do refeitório, com as mãos embaixo da cabeça, junto com as demais presas. Os guardas fazem buscas pela arma do crime e levam as inimigas conhecidas de Bernie — que são muitas — até o escritório para interrogá-las. Mas não vão solucionar. A tesoura que Geo deu para a presa mandada por Ella foi limpa com água sanitária e trancada de volta na gaveta antes do almoço, pela mesma guarda que entregara a ela de manhã cedo.

No decorrer do dia, sem mais pistas, os guardas interrogam as presas do salão, uma por uma. Começam com Geo, já que foi sua companheira de beliche que morreu. Ela diz a mesma coisa que todas dirão — que não viu nada, não escutou nada e não tem a menor ideia de quem possa ter feito aquilo. Ignora os olhares e sussurros das outras prisioneiras e, por um breve instante, considera apontar o dedo para a mulher do beliche ao lado, que sabia que Geo estava sendo estuprada e não fez nada. Mas decide não dizer coisa alguma. Se a posição das duas fosse invertida, Geo teria feito o mesmo.

Mais tarde, o corpo é finalmente recolhido. O confinamento é encerrado, e a vida na prisão volta ao normal. Mas agora há um novo normal. Com o beliche de cima vazio, Geo dorme. Pela primeira vez desde que chegou na Inferneira, dorme por oito horas.

No café da manhã do dia seguinte, Ella Frank se senta à sua mesa no refeitório. Sorri. Geo sorri de volta. Sentam-se uma diante da outra, como duas velhas amigas, comendo as salsichas supercozidas e o ovo emborrachado.

— Com está indo, Georgina? — Ella pergunta, simpática. — Você parece descansada.

— Dormi bem — ela responde. — E minhas amigas me chamam de Geo.
Ela ri.

— Então agora somos amigas? E eu aqui pensando que tínhamos só um acordo de negócios. Eu presto um serviço, você presta um serviço. *Quid pro quo*. É assim que funciona aqui.

— E se isso for mais que um negócio? — Geo pergunta. Ela não tem a menor intenção de enfiar drogas no rabo ou fazer parte do grupo feminino de segurança. — E se nos tornarmos... sócias? Você tem um negócio para dirigir, e eu sou uma mulher de negócios. Se você se lembra, eu era muito boa em meu último trabalho. Uma das minhas responsabilidades, talvez a mais importante de todas, era a maximização de lucros. Acho que nós duas podemos muito bem trabalhar juntas. Acho que você já sabe disso, na verdade. Caso contrário, você nem teria se importado em me ajudar.

O sorriso da outra mulher a faz parecer mais jovem. Mais suave. Mas a voz, mesmo melíflua, ainda é de aço.

— Você aprende fácil, Geo. E é uma oferta atraente. Mas você se esqueceu de uma coisa. Eu não preciso de você.

É a vez de Geo sorrir.

— Você tem filhos, não é?

— Como é? — A voz de Ella endureceu.

— Alguma vez você pensou em começar a fazer um fundo para a faculdade deles? — Geo fala rápido, antes que Ella fique furiosa. Está em um terreno perigoso. A simples menção aos filhos de outra mulher pode provocar sua morte ali. — Sei que ainda são pequenos, mas aposto que são espertos. E se algum quiser ir para a faculdade? Empréstimos estudantis podem ser arrasadores. Posso ajudar nisso. — Ela faz uma pausa para deixar o assunto ser absorvido. — Não há razão para que a sua família não prospere financeiramente, de modo legítimo. Posso ajudar você a criar uma bela renda para eles. Algo que dê a eles segurança quando crescerem.

Os olhos escuros de Ella a avaliam, procurando alguma indicação de que Geo esteja tentando enganá-la. Não descobre nada e finalmente diz:

— Tudo bem. Estou ouvindo.

As duas conversam até o fim do café da manhã.

Quando Geo volta do turno de trabalho mais tarde, sua caixa com produtos de higiene, que esqueceu de guardar depois da chuveirada matinal, ainda está na cama, onde ela a tinha deixado. Dessa vez, ninguém a havia tocado. Xampu, creme dental, até mesmo um sabonete novo, está tudo ali. Uma guarda a busca pouco depois.

— Shaw, você está sendo transferida — ela berra.

Geo franze a testa.

— Para onde?

— Cela individual. Acabou de abrir uma.

— Como? Pensei que as outras unidades estavam lotadas por conta da construção.

A guarda levanta a sobrancelha.

— Você quer ou não? Pegue suas tralhas e me encontre no corredor.

Mais uma vez, Geo recolhe suas coisas. Enquanto caminha para fora do salão pela última vez, suas colegas presas se afastam. Algumas mulheres até mesmo desviam o olhar depois do contato inicial. É um sinal de deferência. Um sinal de respeito.

No mundo real, é possível conseguir respeito através do trabalho duro, admiração, lealdade e às vezes amor. Na prisão, só há uma maneira: você é respeitada por medo.

Em sua nova cela individual, Geo descobre um celular enfiado embaixo do colchão, tal como Ella Frank disse que estaria.

5

A CARTA ATÉ PARECE INOCENTE.

Envelope azul simples com o nome dela, número prisional e o endereço do Centro Correcional Aveleira escrito com letras regulares e claras. Geo não reconhece o nome e o endereço do remetente. Abre o envelope, que contém uma única página de papel também azul, cuidadosamente dobrado, e mais daquela caligrafia bem-feita. Ela começa a ler.

Trinta segundos depois, a carta é enfiada de volta no envelope, e o envelope é enfiado no meio de um livro que ela já leu duas vezes. O livro então é colocado em uma prateleira acima de sua mesa, para jamais voltar a ser tocado.

Geo olha para as próprias mãos, estão trêmulas. *Ele escreveu para ela.* Droga. As lembranças ameaçam ressurgir, romperem as barreiras que Geo passou anos construindo ao redor da mente e do coração. Ela não quer pensar nele. Sempre foi muito mais fácil fingir que ele não está em algum lugar por aí. Sua habilidade em compartimentalizar os diferentes pedaços de sua vida é a única porra de razão que mantém sua sanidade.

Não. Não não não. Droga.

Ela sente algo no rosto e o toca, e fica chocada ao descobrir que está chorando.

Droga.

— Hora ruim? — A prisioneira da cela ao lado está parada na porta aberta, observando-a com uma expressão preocupada. A mulher mais velha tem quase sessenta anos, uma vivacidade de mulher, com cachos bordô brilhantes e boca expressiva que sempre está rindo, comendo ou xingando. Às vezes, as três coisas ao mesmo tempo. Ella Frank pode ser a sócia de Geo, mas Cat Bonaducci é a amiga de Geo. A primeira amiga de verdade que ela tem em muito tempo.

A última havia sido Angela.

— Mais ou menos — Geo diz, mas acena para que ela entre. — O que foi?

— Quero tirar uma foto nova. Para essa coisa de amizade por correspondência de que já falei. Você pode dar um jeito no meu cabelo? — Ela mostra uma caixa de tintura da única marca que é possível comprar na prisão.

— Escreva-para-presa? Tem mesmo certeza de que o nome não é namore-uma-presa? — Geo esfrega os olhos. — Claro. Tenho um tempo antes do primeiro compromisso.

Cat segue Geo para fora da cela. Elas tocam a campainha para que abram a porta e possam descer até a ala educacional, onde fica o salão de beleza. Cat também traz seu pequeno estojo de cosméticos. Ela também deve pedir ajuda com a maquiagem. Tecnicamente, as presas só podem ter apenas seis artigos de beleza, mas é uma regra imbecil que a prisão nem se importa. Quanto melhor as mulheres pareçam, melhor se sentem. E quanto melhor se sentem, mais alta é a moral de todas. E quando a moral está alta, as ocorrências de violência são baixas.

O salão é, na verdade, uma sala pequena com pia de lavagem, cadeira e uma pequena mesa com espelho. As presas têm que comprar a própria tintura na loja da prisão, e Geo só pode ter acesso a tesouras depois que um guarda destranca a gaveta e assina a liberação. Ela abre a caixa de tintura e começa a misturar a cor de Cat.

— O que é que há com você? — Cat pergunta quando Geo começa a aplicar a tintura nas raízes brancas dos cabelos da amiga. — Você estava chorando?

Geo não responde. Não quer falar sobre a carta. O passado deve ficar no passado; é a única maneira de seguir em frente.

— Talvez. Agora cala a boca e me deixa fazer a mágica.

— Você nunca me contou como aprendeu a ser tão boa com cabelos e maquiagem — Cat comenta, fechando os olhos, enquanto Geo trabalha. Os vapores da mistura são fortes. — Eu achava que lá fora você trabalhava num escritório.

— Frequentei uma escola de cabeleireiros e maquiagem por um ano. Entre a graduação e o mestrado.

— Tá brincando...

Geo sorri.

— Foi isso mesmo que o meu pai disse. Quando contei, depois da formatura, que havia me matriculado na Emerald Beauty Academy, ele pensou que era brincadeira. Achava que seria uma perda de tempo.

Na verdade, o que Walter Shaw disse mesmo foi: "Uma escola dessas é para gente que não consegue entrar na universidade, Georgina. Você já é graduada, pelo amor de Deus, e quer ir para uma escola para fracassados do ensino médio?". Mas ela não queria dizer isso para Cat, que nunca terminou o ensino médio.

— Foi divertido — Geo continua. — Passava cinco dias da semana aprendendo tudo o que era possível aprender sobre maquiagem e cabelos. Depois disso, consegui um estágio na Farmacêutica Shipp, e o resto, como dizem, é história. Eles tinham um programa de reembolso para o curso de MBA, aproveitei isso e fui subindo.

Contar essa história para Cat a fez pensar em Andrew. Já faz dois meses, e o nome de seu ex-noivo continua na lista dos seus visitantes aprovados. Ela nem se preocupou em retirar. Isso significa descer até o escritório de visitantes e dizer que retirassem o nome, e Andrew Shipp — com seu bendito rabo branco e privilegiado — não merecia um grama da energia que teria que gastar. Não que ela lhe desejasse mal. Ela simplesmente não quer ter nada com ele. Seu pai dizia que as pessoas só têm mesmo uma oportunidade de amor verdadeiro, e se isso for verdade, Geo já havia desperdiçado sua oportunidade aos dezesseis anos com um namorado que é um assassino em série, conhecido como o Estrangulador de Sweetbay.

Ela se lembra de pensar em como esse era um nome bobo quando Kaiser Brody lhe informou pela primeira vez, no dia em que foi presa. Estavam sentados um em frente ao outro no interrogatório da polícia de Seattle. Fred Argent, o chefe da assessoria jurídica da Shipp, estava completamente perdido, enquanto Kaiser explicava o que seu namorado Calvin James havia feito.

Agora isso não parecia mais tão bobo.

— Espere aí — Fred disse, com toda sua pinta de advogado corporativo experiente, mais de cinquenta anos, branco e completamente ultrajado ao pensar que alguém da própria Shipp estava sendo tratado como um criminoso comum. — Pensei que o senhor estava prendendo a srta. Shaw pelo assassinato de alguém chamado Angela Wong.

— E estamos, mas esse não é o único crime de que Calvin James é acusado — Kaiser respondeu. — Pelo que sabemos, ele assassinou mais três outras mulheres na última década.

Geo respirou fundo. Imediatamente, Fred se inclinou para sussurrar algo a ela. Seu hálito fedia a uísque velho, não era nenhum grande segredo que o velho advogado guardava uma garrafa de Jack Daniels em uma de suas gavetas. Devia ter tomado umas duas doses antes de se encontrar com ela ali.

— Liguei para Daniel Attenbaum, o melhor advogado de defesa de Seattle. Ele já vai chegar. Andrew disse que você não deve se preocupar com nada. Ele vai cobrir todas as despesas com sua conta particular. Enquanto isso, não diga nada, está bem?

Kaiser observava os dois, divertido. Depois abriu uma pasta de papel-manilha na mesa e tirou fotos de dentro.

Duas delas, ambas vinte por dez centímetros, em cor. Arrumando-as lado a lado, ele empurrou as duas para o outro lado da mesa.

— Angela Wong — ele disse.

Fred Argent olhou as fotos e ficou pálido, os olhos disparando de uma foto para a outra várias vezes. Geo deu uma olhada de relance, suspirou de novo e desviou o olhar. Era tão horrível quanto ela imaginava.

— Meu Deus! — O advogado colocou a mão na boca. — Isso é... — Nem terminou a frase. Não conseguia. Fred passava a maior parte do seu dia em um escritório confortável, escrevendo contratos, lendo as letras miúdas e discutindo os aspectos legais do negócio farmacêutico. Ele parecia estar realmente traumatizado.

Mas a fotografia de uma pilha de ossos humanos e farrapos de roupa poderia traumatizar qualquer um.

— A bolsa estava enterrada com ela — Kaiser disse, falando com Geo. — Lá estavam a carteira de motorista e a carteira estudantil. E também a câmera dela. Não há dúvidas de que é ela.

Geo não disse nada.

— Lembra dessa câmera? — Kaiser sorriu. — Uma coisinha da moda que o pai ganhou em um torneio de tênis. Pequena, mas não era digital. Na época, não havia mesmo câmeras digitais disponíveis para venda. Era uma trinta e cinco milímetros. Ela sempre a carregava de um lado para outro, tirando fotos de tudo. Sempre comprando filmes na 7-Eleven. Lembra?

Geo se lembrava.

— O filme foi preservado dentro da câmera desde aquela noite. Revelamos as fotos. Quer vê-las? Você e eu aparecemos em um montão delas. É uma verdadeira explosão vinda do passado.

Internamente, Geo sacudiu depressa a cabeça. Externamente, nem piscou.

— Como é? — Fred Argent disse. — Receio não estar compreendendo nada disso. Você fala com a srta. Shaw como se os dois tivessem um relacionamento prévio. Vocês se conheciam fora dessa... situação?

— Qual é, cara? — Kaiser disse com indiferença, e Geo quase ri. Era uma coisa que eles diziam na escola. — *A srta. Shaw* e eu nos conhecemos há muito tempo. A gente era... como é que os jovens dizem hoje em dia? Melhores amigos para sempre. Melhores amigos, junto com a Angela Wong. Não é, Geo?

Mais uma vez, Geo não disse nada.

Kaiser mais uma vez tirou da pasta um pequeno envelope com fotos. Tirou as fotos e colocou um montinho diante de Geo.

— São da câmera da Angela. Dá uma olhada. Tenho certeza de que vai se divertir. Éramos tão jovens.

Ela não queria olhar, mas não conseguia evitar. A foto no alto da pilha era dos três, tirada alguns dias antes da noite da morte de Angela. Estavam de pé na entrada da casa de Angela, e Kaiser havia tirado a foto do reflexo no enorme espelho do saguão. Geo tirou a foto do monte e a examinou de perto. Kaiser estava certo, eles pareciam muito jovens. Ele era mais magro na época, e não tão alto como agora. Geo parecia tímida e constrangida ao lado dele. Angela estava do outro lado, posando com a mão no quadril e o cabelo jogado para o lado, se mostrando para a câmera. Geo era bonita. Angela era linda.

Ela começou a folhear o resto das fotos. Angela tinha mesmo fotografado de tudo nos dias antes de morrer — escola, ensaio da torcida organizada, jogo de futebol, a festa de Chad Fenton... e depois Calvin. Ele estava na última foto com Geo. Estavam sentados lado a lado na cama dele, no apartamento dele, depois da festa. Geo usava um vestido azul curto, que estava levantado quase até a calcinha. Sua cabeça estava no ombro de Calvin, e ele estava com a mão em sua coxa. Ele não conseguia estar perto dela sem tocá-la. Estava sempre acariciando-a, brincando com seu cabelo, apertando sua mão. Ela tremeu. Fazia muito tempo que não pensava nisso.

Ela não *havia se permitido* pensar nisso por muito tempo.

Ela nem se lembra da fotografia sendo tirada. E como poderia? A foto não mostrava, mas ela estava tão bêbada naquela noite que mal conseguia ficar de pé.

— Quem é esse? — Fred Argent estava inclinado na direção de Geo, franzindo a testa para a foto.

— Esse, senhor, é o Estrangulador de Sweetbay — Kaiser disse. — De quando ele namorava Georgina.

Um suspiro profundo. Desta vez, não de Geo. Ela olhou de relance para o advogado da Shipp, no qual gotas de suor se formavam na raiz dos cabelos. A pressão sanguínea do sujeito devia estar a mais de vinte, sem dúvida porque a noiva do seu patrão estava metida em uma grande encrenca. E ele estava comprometido com a proteção dela, algo que obviamente não era capaz de fazer.

— E o que há de tão extraordinário com a descoberta dos restos da Angela depois de tantos anos é que isso nos permitiu resolver três outros casos de assassinato neste estado. — Kaiser estala os dedos para enfatizar. — Nós já tínhamos o DNA dele no banco de dados por três outros assassinatos, mas nenhuma identidade. Então revelamos o filme da câmera de Angela. Imaginem o meu choque, a porra do meu choque, quando compreendi que Calvin James estava com a Angela na noite em que ela morreu. E você também.

— Mas isso não quer dizer que ela... — Fred começou, mas Kaiser levantou a mão.

— Agora tínhamos a identidade de um possível suspeito — o detetive continuou. — Rastreamos Calvin e o prendemos em uma lanchonete em Blaine. E vocês sabem onde fica Blaine, não é? Bem na fronteira canadense. O merdinha estava prestes a cruzar para o Canadá. Tinha passaporte e tudo. Se ele fizesse isso, talvez jamais o pegássemos. Adivinhem o que ele estava comendo quando o pegamos. Adivinhem.

Geo não disse nada.

— Uma salada — Kaiser disse. — Não é engraçado? Porque nunca pensamos sobre o que os assassinos em série comem, não é? Quero dizer, além de Jeffrey Dahmer.

Fred Argent empalideceu.

— Desculpe, piada besta — Kaiser disse, sarcástico e sem nenhum arrependimento. — Mas acontece que os psicopatas muitas vezes são simplesmente iguais a mim e a você. Prestam atenção no peso, cuidam da pressão arterial. Sabiam que algo em torno de cinco por cento de todos os executivos podem ser classificados como psicopatas? Li em algum lugar.

Eram quatro por cento, Geo também havia lido esse livro.

— E você estava na trilha rápida do sucesso na sua empresa, não era? Em quantas pessoas você pisou para chegar lá? Tenho acompanhado a sua trajetória. Será que o ricaço do seu noivo-herdeiro-do-trono conhece o seu segredo? — A voz de Kaiser era educada, mas não havia dúvidas sobre o gume logo abaixo da superfície. — Se você tivesse ido até a polícia na noite em que matou Angela, poderia ter salvado mais três vidas. Calvin James tinha vinte e um anos, e você só tinha dezesseis. Poderia ter feito um acordo e jamais conhecer uma cela por dentro. Poderia ter poupado aos pais quatorze anos de agonia, sem saber o que havia acontecido com a filha. Poderia ter poupado os amigos dela da dor de todas essas perguntas não respondidas. Porque você sabia de tudo durante todo esse tempo, Georgina. Você sabia. *Você sabia.*

As duas últimas palavras não foram gritadas, mas bem que poderiam ter sido. Geo se encolheu como se ele tivesse lhe dado um tapa.

— Quer saber o que ele fez com as três outras mulheres? As mulheres que ele matou porque você não falou nada? — Agora Kaiser respirava rápido, o peito pulsando. Tirou mais fotografias da pasta e as espalhou pela mesa. As fotos eram horríveis, os corpos descoloridos, inchados. Porque a morte é horrível. — Primeiro, ele estuprou cada uma delas, depois as estrangulou e então enterrou os cadáveres no mato. Ele deve ter achado que já havia escapado de um e isso o deixou excitado, então por que não fazer de novo? E de novo. E de novo. Você assassinou a sua melhor amiga e depois seguiu adiante com a sua vida como se *aquela porra não tivesse acontecido.*

As palavras doeram. Geo sentiu que estava encolhendo na cadeira.

— Eu a amava — ela sussurrou novamente. — Você sabe disso.

— Georgina, pare de falar — Fred interveio. O celular dele vibrou, e ele leu a mensagem. — Droga, Attenbaum está preso no trânsito. Vai demorar pelo menos mais vinte minutos. Nem mais uma palavra até ele entrar na sala, entendido?

— Calvin diz que você secretamente a odiava — Kaiser disse.

O estômago de Geo se contraiu.

— Calvin está aqui?

— Esteve, por algum tempo, mas já foi levado. — Seu velho amigo se inclinou, os olhos jamais se desviando dos de Geo. — Você não o reconheceria agora. Está com os cabelos compridos, barba espessa. Tenho certeza de que ele vai se arrumar para o julgamento. Disse que, naquela época, você e a Angela cultivavam uma rivalidade. E o engraçado é que, logo depois que ele disse isso, percebi que estava certo. Eu bancava sempre o pacificador entre vocês duas, mas pensava que todas aquelas briguinhas e competições eram coisas de garotas.

— Jamais desejei que algo de ruim acontecesse com ela — Geo disse.

— Por Deus, Georgina, *por favor.* — Fred Argent olhava para a porta fechada, como se pudesse fazer Daniel Attenbaum entrar pela simples força de vontade.

— A boa notícia é que o promotor distrital não quer você — Kaiser disse, repetindo o que era dito em todos os filmes policiais. — Eles querem o Calvin.

— E o que supostamente tenho que fazer para ajudar? — ela perguntou.

Fred Argent soltou um suspiro profundo e colocou a cabeça entre as mãos.

— Testemunhe — Kaiser disse. — O promotor distrital vai concordar com um acordo em troca do seu testemunho. Mas você precisa decidir rápido, antes que o promotor decida que não precisa de você.

— Georgina, Andrew disse... — Fred começou, mas ela sacudiu a cabeça.

— Não importa o que Andrew disse. — Geo respirou fundo. — Você pode ir agora, Fred. Eu espero Attenbaum. Quando você se encontrar com Andrew, diga que eu o amo, e que estou agradecida pela ajuda e o apoio, e que sinto muito pelos embaraços que causei. Vá adiante e prepare o meu pacote de desligamento. Eu assino hoje à noite.

— Pacote de desligamento? — O advogado parecia ter sido pego totalmente desprevenido.

Geo voltou-se para ele e conseguiu sorrir com tristeza.

— Tenho que me desassociar da empresa, é claro. Tudo isso vai ser uma publicidade terrível para a Shipp. Mas gostaria que você me tratasse com justiça. Eu era um ativo valioso e quero o que me é direito. Acho razoável ter um ano de salário, mais o bônus que receberia.

— Isso é... prematuro — Fred disse, a boca um pouco aberta. — Andrew vai...

— O julgamento será público, com certeza. Mas se eu assinar um acordo de confidencialidade, que ficarei feliz em assinar se o acordo for justo, podemos evitar que minha situação pessoal afete a Shipp. Converse com Andrew. Tenho certeza de que ele irá concordar que é o melhor para a empresa.

Ela percebeu o olhar de Kaiser e sabia o que ele devia estar pensando. Era um momento terrível para fazer um acordo de negócios, mas ela jamais teria conseguido chegar ao nível executivo de uma grande corporação com trinta anos de idade sem a habilidade de negociar sob pressão.

Felizmente, é uma habilidade que vale para outras situações, uma que fará toda a diferença entre sobreviver à prisão e morrer ali. Também é autopreservação. Sua carreira corporativa está liquidada. O melhor que ela pode esperar é pegar esse acordo e investir, acrescentando ao que irá conseguir reunir com Ella. Quando for solta, poderia ter o suficiente para começar de novo. Ela sempre poderia renovar sua licença de cosmetologia e abrir um salão.

51

Geo faz os retoques finais no rosto de Cat e entrega um espelhinho de plástico para sua amiga.

— Terminei. Dá uma olhada.

Cat olha o reflexo e balança a cabeça em aprovação.

— Para onde você acabou de ir? Você parecia distante. Ouviu alguma coisa do que eu disse nos últimos dez minutos?

— Desculpa. — Geo suspira. — Foi um daqueles dias.

— Aqui na Inferneira, todo dia é um daqueles dias. — Cat se levanta. — Já vou. Encontro você no refeitório. Tchauzinho.

Cat praticamente dá no pé, uma mulher pequena com um coração e um espírito tão grandes. Geo pensa que poderiam ter se conhecido fora dos muros da prisão. A mulher mais velha cometeu grandes erros na vida, mas Cat é uma boa pessoa.

A próxima "cliente" de Geo não é uma boa pessoa. Ela se senta e entrega a Geo algumas páginas arrancadas de uma velha revista de beleza que fica na sala de recreação. Geo escuta por educação, tentando não pensar em como a mulher e seu marido, que tinham uma creche, filmavam as crianças nuas e enviavam os filmes para um site de pornografia infantil. A mulher cumpre a sentença na segurança máxima, para seu próprio bem, e tem permissão para dois cortes de cabelo por ano. O marido dela foi espancado até a morte dois anos atrás, na prisão masculina.

A pedófila lhe diz que deseja uma franja.

Agora essa é a vida de Geo, rodeada por todos os modelos de maldade humana, que não fazem nada para tornar o mundo melhor, que tiram, tiram e tiram, e não dão nada em retorno. E, de muitas maneiras, ela não é melhor do que as outras. É exatamente o que ela merece. Ela pega a tesoura e começa a aparar.

Está vendo, papai? Falei que a escola de beleza viria a calhar.

Já é quase hora do almoço quando ela tem uma folga, mas é abordada por uma guarda quando caminha para o refeitório. Shawna Lyle.

— Shaw — a guarda chama. A mulher mal passa de metro e meio de altura, e o uniforme apertado mostra os rolos de gordura na cintura e a grossura das coxas. Mas essa suavidade física é enganadora. Não é alguém com quem se pode brincar. — Você tem visita.

— Quem é? — O estômago de Geo está roncando. Ela ouviu dizer que hoje serviriam chili, que é uma das coisas que a equipe de cozinha faz que realmente tem o gosto que deveria ter.

— Não sou a porra da sua secretária social. — Se o olhar matasse, Geo já teria sido empurrada para dentro de um moedor de carne. — Quer ver o cara ou não?

Deve ser seu pai, mas ele costuma visitá-la aos domingos. Geo não está com ânimo de socializar, mas segue a guarda pelo corredor na direção do espaço de visitas, uma área aberta com uma dúzia de mesas e cadeiras e uma fileira de máquinas de venda encostadas na parede. Há até uma área de brinquedos para as crianças e uma bela visão dos jardins atrás da prisão.

— Aí não — a guarda diz. — Lá. — E aponta na direção de uma das salas de visitas particulares. Muito menos confortáveis, mas lá dentro é possível uma privacidade completa. Ninguém vigiando, nem câmeras, só uma mesinha com quatro cadeiras e uma porta. Geralmente as salas são reservadas para visitas dos advogados, mas o chique Daniel Attenbaum não é mais necessário depois que o julgamento de Calvin terminou.

Confusa, ela abre a porta. Kaiser Brody está apoiado na ponta da mesa, verificando o celular.

— O que você faz aqui? — ela pergunta.

Kaiser a olha de cima a baixo, para seu cabelo, suas roupas. Ela se sente insegura sob o exame dele. Uniformes de prisão estão longe de ser lisonjeiros, e ela está sem maquiagem. Ela estava muito melhor na última vez que se encontraram. Mas ele também. Os olhos do detetive estão injetados de sangue e no meio de círculos profundos e escuros. Uma barba de três dias cobre a parte de baixo do rosto.

— Você está bem? — Kaiser pergunta.

— Sim — Geo responde. — E *você*?

— Feche a porta. — Ela faz o que ele manda. Ele coloca o celular no bolso e se apruma. — Vou perguntar logo de uma vez. Você tem tido contato com Calvin James desde que chegou aqui?

— Claro que não — ela diz, a respiração acelerando. — Ele também está preso. E os prisioneiros não têm contato uns com os outros. Além do mais, nem teria razão para isso. Não estamos mais ligados a nada.

— Tem certeza?

Ela pensa na carta que recebeu antes, o papel azul dentro do envelope azul com um nome e endereço do remetente não familiares, e logo tira isso da cabeça.

— Sim, tenho certeza.

O olhar de Kaiser examina seu rosto.

— O que ele deu para você naquele dia no tribunal? E não diga "nada", porque sei que ele te deu alguma coisa. Era um pedaço de papel, amarelo, arrancado do bloco de anotações. O que estava escrito lá?

— Nada...

— Pare — ele diz, levantando a mão. — Pare logo com essa porra. Não minta para mim. Sei que ele deu alguma coisa para você. Eu vi. E preciso saber o que é, então pare com essa porra de tentar me enrolar, Georgina. Era um número de telefone? Alguma maneira de entrar em contato com ele? *O que ele te deu?*

As últimas cinco palavras foram gritadas. A saliva de Kaiser cai em seu nariz e rosto. Chocada com a fúria, ela limpa a cara, recuando até a porta fechada.

— Era um bilhete. Não lembro o que dizia. Desenhou um coração nele. — Era uma meia mentira. Ela sabia exatamente o que estava escrito. *De nada.* Mas ela não pode contar isso para Kaiser, pois teria que explicar o que significa. E não pode fazer isso. Jamais fará isso.

— Não era um tipo de endereço? Ou um telefone? — O queixo de Kaiser estava tenso. Ambas as mãos estão dobradas em punhos, tão apertadas que os nós dos dedos estão brancos. Está prestes a perder a paciência e, de repente, ela tem medo de que ele bata nela. Olha para o teto. Nenhuma câmera ali.

— Nada disso — ela volta a dizer, esperando soar mais convincente. — Era um bilhete bobo. O que eu lembro é do coração. Não havia nenhuma informação de contato nele, juro. Por que isso é tão importante?

— Porque ele fugiu da prisão — Kaiser responde, e na hora o coração de Geo para. — Há três dias. Teve ajuda de dentro. Uma agente penitenciária e a advogada dele. Duas mulheres. E as duas estão mortas.

Sua boca se abre, mas não sai nada. Ela a fecha com força, então torna a abri-la, e ainda não sabe o que dizer. Fecha novamente a boca.

— Ok, então você não sabia. — Kaiser parece satisfeito com sua reação. Ele solta um longo suspiro e volta a se inclinar sobre a mesa. — Acredito em você.

— É claro que eu não sabia — Geo finalmente fala, recuperando a voz. — Mas por que você está me contando isso? Olha onde eu estou. É claro que não posso ajudar você a encontrá-lo.

— Achei que você gostaria de saber — Kaiser diz. — Em algum momento, você vai sair daqui. E nem quero pensar que não avisei você.

— Me avisou sobre o quê?

Kaiser põe a mão no bolso e tira um pedaço dobrado de papel amarelo. É o mesmo pedaço de papel que Calvin rabiscava no dia em que ela prestou testemunho no tribunal. A folha está rasgada embaixo.

O pedaço que ele entregou a ela. E que ela engoliu.

Ela pega o papel e desdobra. As margens estão cheias de uma confusão de rabiscos, rascunhos, imagens e palavras aleatórias. Mas, bem no centro, Calvin desenhou um enorme coração. E dentro do coração, escreveu duas iniciais com caligrafia cursiva.

GS.

Seu coração para um segundo e depois volta a bater no triplo do ritmo. Ela se esforça para não deixar que ele perceba sua reação.

— Tenho muita convicção de que ele vai tentar entrar em contato com você — Kaiser diz, esfregando o rosto. — Não sei como, mas quando ele fizer isso, preciso que você me conte.

A carta azul pisca em sua consciência e depois some.

Geo lhe devolve o papel.

— Não vai — ela diz, tão desafiadora e cheia de autoridade que ela mesma quase acredita nisso. — Não há razão. E agora tenho que ir. — Se ela não sair agora, ele vai perceber tudo em seu rosto. Então dá a volta e abre a porta.

— Georgina — Kaiser diz. — Cuide-se aí dentro.

Ela faz uma pausa, então se vira para ver seu amigo pela última vez. Com o distintivo na cintura, o casaco de couro gasto, o rosto desalinhado... ele parece um estranho. Talvez ele a tenha amado um dia, quando os dois eram jovens, mas já faz muito tempo, quando ela era merecedora de amor. Agora tudo é diferente. É doloroso olhar para ele.

Ele a faz lembrar da pessoa que ela era.

— Não quero mais ver você, Kai — Geo diz, baixinho. — Por favor, não volte aqui.

PARTE DOIS

RAIVA

*"Quem luta contra monstros deve se atentar
para não se tornar também um monstro
no processo."*

— Friedrich Nietzsche

6

A NOTIFICAÇÃO SUAVE do aplicativo de e-mail desperta Kaiser Brody, e ele procura seu iPhone para verificar. São apenas cinco e meia da manhã e lá fora ainda não está claro. A seu lado, Kim murmura baixinho. Ela não se mexe. Seus cabelos loiros se espalham em uma mistura de fios pelo travesseiro, e ele observa seu sono por um momento, sentindo a estranha mistura de emoções sempre que eles fazem isso. Ele tem que despertá-la às seis para que ela tenha tempo de chegar em casa antes que o marido — que esta semana faz plantões noturnos — perceba que ela esteve fora a noite toda.

Ou talvez não a acorde. Para ver o que acontece, que desculpas ela dará, tanto para o marido por passar a noite fora, como para ele, quando lhe disser que eles precisam ser mais discretos durante alguns dias, até que as coisas "se acomodem" em casa.

Ele suspira e abre o novo e-mail.

É de uma agente penitenciária do Centro Correcional Aveleira, a quem ele paga para enviar um relatório mensal sobre a prisioneira 110214, também conhecida como Georgina Maria Shaw. Isso só lhe custa cem paus por mês, enviados anonimamente via PayPal, o que não é muito. Mas no decorrer de cinco anos, todos os meses, essa merda acaba pesando. Porém, esse arranjo deve terminar hoje, já que Georgina deve ser libertada semana que vem.

Malditos cinco anos. Às vezes, parece que o tempo passou rápido, mas às vezes parece que não mudou nada.

O relatório em PDF vem com informações que não têm muito significado. Há um registro detalhado dos telefonemas dados e recebidos, e a lista de todas as pessoas que a visitaram no decorrer do mês. Além do advogado e do próprio Kaiser, a única pessoa que vai à prisão visitá-la é o pai. Seu ex-noivo, o executivo esnobe com uma barriguinha meio mole e cabelo ralo nem se deu ao trabalho.

O registro dos telefonemas é um pouco mais profundo. Ela fez sua usual ligação para um sujeito chamado Raymond Yoo, que, segundo seu website, é um "planejador financeiro independente, especializado em oportunidades de investimento exclusivas". Kaiser só pode supor que isso significa que o homem é um profissional em lavagem de dinheiro. E, uma vez por ano, no mesmo dia, Georgina faz uma chamada interurbana para Toronto, atendida por uma senhora de noventa anos, chamada Lucilla Gallardo. É sua avó materna.

Há também informações detalhadas sobre suas consultas médicas (apenas uma vez nos últimos seis meses, por uma irritação de pele no ombro), sua rotina de trabalho (no salão de beleza da prisão), seus trabalhos voluntários (ajudar colegas presas a se prepararem para exames). E até mesmo o que ela comprou na loja da prisão (absorventes, umidificador, chocolate). Se ela registrasse alguma queixa ou sofresse alguma sanção disciplinar, isso também apareceria no relatório. O que nunca aconteceu nesses cinco anos.

O que não quer dizer que não tenha acontecido.

Todos os meses, Kaiser passa os olhos pelos relatórios, dizendo a si mesmo que pretende verificar se ela teve algum contato com o ex-namorado, Calvin James. Mas se fosse honesto consigo mesmo (por que diabos ele quer fazer isso?), ele sabe que é simplesmente porque deseja saber como ela está. Na última vez que a viu, ela lhe pediu expressamente que não a visitasse mais. Ele obedeceu. Mas isso não significa que não se importe.

Não que se sinta culpado por ter feito a prisão. Não de verdade. Mas também não pode dizer que ficou feliz por ter feito isso.

Um parágrafo escrito pessoalmente pela agente penitenciária vem a cada relatório, contando alguns detalhes sobre a vida de Georgina no mês anterior. É realmente por isso que ele paga os cem paus por mês — pelas coisas que *não estão* no relatório. Quem são suas amigas, com quem ela discutiu, com quem está trepando, que contrabando a guarda suspeita que ela esconde, a moral geral dela.

Georgina está se saindo bem. Suas amigas mais próximas são uma mulher chamada Cat Bonaducci (que matou alguém enquanto dirigia bêbada e foi sentenciada a quinze anos) e Ella Frank.

A Ella Frank. Esposa de James Frank, um chefão do tráfico, atualmente cumprindo prisão perpétua na Prisão Estadual de Washington. Georgina fez amizade com ela logo nos primeiros dias da prisão, e a guarda já escreveu várias vezes que suspeita que ela esteja de alguma maneira envolvida no negócio de drogas de Ella Frank. Kaiser pouco se importa com isso. Pelo que sabe, o casal Frank jamais teve qualquer contato com Calvin James, também conhecido como Estrangulador de Sweetbay, e só isso é o que lhe importa.

O que Georgina faz para sobreviver na prisão é assunto dela.

— Está tudo bem? — O rosto de Kim está amassado no travesseiro, a voz abafada. O quarto está escuro, iluminado apenas pelo brilho do celular de Kaiser.

— Volte a dormir — ele responde. E ela obedece.

Por um lado, ele gosta que Kim esteja ali, porque é legal dormir ao lado de alguém que o compreende, compreende seu trabalho e que não espera ou deseja nada mais do que ele pode dar. Mas, por outro, odeia que ela esteja ali, porque é casada, e ele sabe que isso é errado.

Eles nunca discutiram onde esse caso vai acabar. O caso — uma palavra feia, mas ele sempre acreditou em chamar as coisas pelo nome — começou há mais de um ano. O marido de Kim, Dave, também é policial, trabalhando em outra delegacia, e seus horários são malucos. Seus horários quase nunca se chocam. Supostamente eles deveriam estar tentando construir uma família, mas Kim foi a primeira a deixar isso de lado, e agora é Dave que faz isso. Ela se sente solitária, faminta por atenção e legitimidade e precisa de um corpo quente ao seu lado tanto quanto Kaiser.

Mas essa situação não pode continuar para sempre. Já foi longe até demais, e ele começa a ficar chateado por ficar dando voltas, tendo que esconder de todos no trabalho. Não vale a pena, ainda mais porque ele não está — e jamais estará — apaixonado por Kim. E Kaiser também não tem certeza de que ainda é capaz de se apaixonar.

Isso faz dele o policial ideal. Não se preocupa em pedir desculpas a ninguém pelas longas horas de trabalho, sem filhos com que se preocupar, nem planos em família que possam ser estragados. Ninguém e nada para tomar conta, nem mesmo um vaso de plantas ou um peixinho dourado. Pode trabalhar quantas horas quiser, dormir quando quiser e comer o que e quando quiser. Ele se sente um "solteiro" de verdade — uma palavra idiota, um rótulo para fazer as pessoas se sentirem perdedoras, porque as pessoas são apenas pessoas — no Dia de Ação de Graças, no Natal e às vezes nem isso.

Ele já foi casado, com uma enfermeira que conheceu na emergência quando estava sendo costurado depois de parar uma briga de bar, logo após se formar na academia de polícia. Isso durou dezoito meses tempestuosos, terminando de modo tão decisivo como começou. Kaiser jamais a culpou, já que ele havia se transformado em uma pessoa insuportável, consumido pelo trabalho, jamais a colocando como prioridade. Ela o trocou por um sujeito que conheceu na internet, e quando a tinta secou nos papéis de divórcio, ele jurou que nunca mais se casaria.

Ele se deita no travesseiro e afasta alguns fios do cabelo do rosto de Kim. É de se supor que, depois de um ano, o marido descobriria que a mulher não dorme em casa enquanto ele está trabalhando. Mas até agora, ele não descobriu, talvez porque não queira. Kaiser já conheceu Dave, alguns meses atrás, no churrasco anual que a delegacia oferece às famílias. Havia apertado a mão do sujeito. Se o outro policial suspeitava de algo, não demonstrou nada. O sorriso foi caloroso para corresponder ao aperto de mãos, e os dois passaram alguns minutos falando sobre esportes, que é o que os homens fazem quando acabam de se conhecer e não têm mais nenhum outro assunto.

Kim se espreguiça novamente, abre apenas um olho na direção dele.

— Que horas são?

— Não se preocupa — ele responde. — Eu acordo você às seis.

Ela sorri, puxa as cobertas até o queixo e volta a cair no sono.

Ele relê o relatório, faminto por detalhes que não estão ali. Será que Georgina está feliz? Ou solitária? Está animada com a soltura ou temerosa de voltar para a sociedade civilizada depois do que fez? A descoberta dos restos de Angela Wong, depois de longos quatorze anos de a adolescente ter desaparecido, sacudiu Seattle, porque todo mundo se lembrava do caso. Houve muita especulação sobre o que poderia ter acontecido com ela. Mike Bennett, o atacante do time de futebol americano do St. Martin, e namorico dela, foi interrogado extensivamente sobre o desaparecimento, provocando especulações de alguns que acreditavam que ele pudesse tê-la assassinado. Isso poderia ter arruinado a vida de Mike e, no entanto, Georgina não havia dito nada.

Algo que ele jamais tinha perguntado, no dia em que a prendeu, foi a razão disso. Por que ela havia agido assim? E por que manteve o segredo? Mas lá no fundo, Kaiser sabia a resposta. Não perguntou porque não queria que ela mentisse mais uma vez para ele. Ele se lembra de como ela era com Calvin James. O efeito profundo que Calvin James tinha sobre ela. Geo agia de modo diferente quando ele estava por perto. Falava de modo diferente perto dele. Se *movimentava* de modo diferente perto dele. Era como se Calvin explorasse uma parte do painel de controle dela que ninguém mais poderia alcançar, ligava um botão que ninguém mais sabia que existia. Nem mesmo a própria Georgina.

Calvin James mudou a vida dela. Havia mudado a vida de todos eles... para pior. E planejou e executou a maior fuga de prisão da década, matando uma agente penitenciária e uma advogada no processo. Os três homens que fugiram com ele foram descobertos assassinados nos meses seguintes. Mas nada de Calvin James. Ele ainda está por aí.

Kaiser ainda se lembra da conversa que teve com o assassino em série na delegacia, pouco depois de sua prisão. O Estrangulador de Sweetbay sentia-se à vontade na sala de interrogatório, as mãos sobre a mesa, os punhos algemados. Jeans, camiseta, nenhum acessório, salvo um relógio com pulseira de couro no punho direito, o que Kaiser sempre estranhou, já que Calvin não era canhoto. Ele parecia todo despreocupado, como se simplesmente achasse que o mundo se acomodaria a seja lá o que ele desejasse.

O que, no final das contas, sempre acontecia, não é? Que filho da puta arrogante.

— Você sabe por que está aqui, não sabe? — Kaiser perguntou.

— Você acha que eu matei alguém. — Calvin respondeu.

O advogado dele se inclinou.

— Sugiro enfaticamente que não diga nada, Sr. James. Deixe que eu falo.

Calvin deu de ombros. Mais uma vez, despreocupado.

Um defensor público havia sido designado para ele, um sujeito magro e desgrenhado chamado Aaron Rooney, que Kaiser só tinha encontrado uma vez. Rooney se formou na Faculdade de Direito havia oito meses e andava tentando ganhar a vida trabalhando para o governo, o que era praticamente o pior emprego que um advogado iniciante poderia ter, com os piores clientes. Não havia glória nenhuma em ser defensor público. Alguma experiência de tribunal, talvez, mas a maior parte dos casos virava delações premiadas e jamais chegava ao júri. Rooney vestia um terno marrom folgado, estava com barba de cinco dias e os cabelos duros de tanto gel.

— Há muito tempo procuramos por você — Kaiser disse. — Três vítimas nos últimos nove anos, enterradas em covas rasas. Tenho certeza de que existem mais, mas ainda não encontramos. Levou tempo para identificar você. Já que não sabíamos o seu nome, estávamos chamando você de Estrangulador de Sweetbay.

— E eu gostei — Calvin disse.

— Quer saber como finalmente descobrimos que era você?

— Por que simplesmente não nos conta? — o advogado disse.

— Encontramos a primeira garota que você matou há muitos anos, o que aumentou para quatro a sua conta. — Kaiser observava o rosto de Calvin. A expressão era neutra, com apenas um pequeno esforço para parecer interessado. Olhos brilhantes. Um filho da puta bonito. Poderia ter sido estrela de cinema se houvesse dado um rumo diferente para a vida, mas pessoas como Calvin James, pessoas que estupravam e assassinavam mulheres, jamais mudavam de vida. Seus impulsos acabavam vencendo. — Você se lembra da primeira, não? Você enterrou o corpo no bosque, depois de tê-la cortado em pedaços. Ela estava no colégio e era a líder da torcida.

Calvin não disse nada e continuou escutando com educação.

— Caso tenha esquecido, o nome dela era Angela Wong. Dezesseis anos de idade, desaparecida há uns quatorze anos. — Kaiser deslizou uma pasta de papel-manilha pela mesa e a abriu. Dentro havia uma foto de Angela, colorida. — Ela estaria com trinta agora, mesma idade que eu, o que me deixa um pouco mais que emputecido por ter que me sentar à mesa diante do assassino dela.

— Detetive, se tiver algum problema pessoal com meu cliente... — Rooney começou.

— Vá à merda — Kaiser respondeu, sem deixar de olhar o rosto de Calvin nem por um instante. — Angela era uma garota linda, não era? Agora tudo o que resta dela é uma pilha de ossos e uma bolsa. Ah, e a câmera dela, que tinha fotos suas. — Ele se inclinou. — Me diga. Você sabia, no dia em que a conheceu, que iria matá-la? Era a Angela que você queria o tempo todo? Não sei se foi planejado ou não, e não me importa um caralho. Mas matá-la despertou em você o gosto por isso, não foi? Mas você não desmembrou as outras. Só a Angela. Só a primeira.

Os lábios de Calvin James se torceram, mas ele não disse nada.

— Seu filho da puta doentio — Kaiser disse. — Foi por isso que você se aproximou da Georgina na época, para alcançar a melhor amiga dela?

A boca de Calvin se abriu um pouco à menção do nome de Georgina. Depois sorriu, finalmente descobrindo a conexão.

— Eu conheço você — disse baixinho. — Puta merda. Você era o amiguinho delas no colégio, o cara magricela que eu via seguindo as duas como um cachorrinho, sempre agradecendo quando elas prestavam alguma atenção em você. Você era persistente, é verdade. — Seu sorriso se ampliou, revelando dentes brancos e bem alinhados. — Agora vejo que finalmente você tomou jeito de homem. Parece muito bem, cara. Grandão, machão. Agora você é o cara com uma arma e um distintivo. Olha só para você.

Kaiser devolveu o sorriso.

— Então me diga, como está a nossa adorável Georgina? — Calvin perguntou. — Quanto tempo ela te manteve só na amizade? Será que alguma vez vocês dois tomaram um porre e se pegaram uma noite? Quando foi que você conseguiu levantar a saia dela antes que ela desse um tapa na sua mão? Ela nunca deu um tapa na minha.

— Tudo isso é muito fascinante, mas quem é Georgina? — o advogado de Calvin interrompeu, parecendo pesaroso.

O criminoso e o tira o ignoraram.

— Qual é o envolvimento dela? — Kaiser perguntou diretamente a Calvin. — Ela ajudou você?

— Você não falou com ela? — Calvin relaxou na cadeira e esfregou o queixo. As algemas bateram uma na outra. Ele parecia totalmente relaxado. — Ah, você deveria falar com ela. Não posso falar por ela. Ela não gostaria disso.

— No máximo, ela foi sua cúmplice. — Kaiser deu uma olhada em Aaron Rooney. O defensor público parecia completamente perdido. — No mínimo, ela testemunhará contra você pelo estado. Vamos buscá-la mais tarde.

Calvin bufou.

— Então acho que vocês não são mais amigos.

— Nós te pegamos, Calvin — Kaiser disse, com um sorriso gelado. — Você nem precisa falar comigo. Tenho certeza de que Georgina vai falar. E mesmo que ela não fale, eu vou descobrir o que aconteceu naquela noite. Como você disse, sempre fui persistente. Sou que nem um cachorro com um osso nesse tipo de coisa. Cavo, cavo até saber de tudo. Vejo você no julgamento. — E se levantou, empurrando a cadeira para trás.

— Ela ainda é bonita? — Calvin perguntou. — Não que ela fosse tão bonita quanto a Angela, mas Georgina tinha alguma coisa naquela época, não é mesmo? Algo… especial. Acho que você e eu somos os únicos que percebemos isso. Pelo menos temos isso em comum.

— Vá se foder — Kaiser disse, irritado com a ideia de que ele e esse assassino tivessem algo em comum.

Calvin James riu.

O celular de Kaiser vibra na mesa de cabeceira, trazendo-o de volta ao presente. Faltam cinco minutos para as seis da manhã e ninguém liga assim tão cedo para ele, a menos que haja algum cadáver. Ele verifica o número e atende, já que é um tira e essa é a porra do seu emprego.

— Bom dia, tenente — diz em voz baixa, para não acordar Kim.

— Bom dia. — A voz do outro lado é feminina e cascalhenta, a voz de uma fumante inveterada que abandonou o vício recentemente. É sua chefe, Luca Miller. — Parece que você já está acordado.

— Acordei já faz um tempo. Tem alguma coisa para mim?

— Dois corpos perto de Green Lake. — Ela tossiu em seu ouvido. — Deveria ser trabalho de Canning, mas acho que você pode se interessar.

— Por quê?

— Um deles é de uma mulher desmembrada. Enterrada em uma série de covas rasas.

Kaiser se endireitou.

— Qual é o endereço mesmo?

— Ainda não disse — ela responde e recita o endereço para ele.

— Você só pode estar brincando — ele diz, espantado, quando seu GPS mental localiza o lugar. — Vou tomar uma ducha e chego lá em meia hora.

— Sem pressa, eles já estão mortos — Luca Miller diz, sem nenhum traço de sarcasmo. Ela já está nesse trabalho há muito tempo e está apenas apontando os fatos. — A perícia já está começando. Dentro de uma hora está bom. Quando chegar lá, faça o que puder na cena, e Peebles vai estar pronto para você.

Ela está se referindo a Greg Peebles, o médico-legista de King County. Ele é o melhor dos melhores, mas não costuma estar disponível a curto prazo, pois tem uma alta demanda.

— Peebles? Sério? — Kaiser diz. — Como é que você vai conseguir isso? Esfregando a lâmpada do gênio e fazendo um pedido?

— Eu disse que eram dois corpos — Luca responde. — Um deles é de uma criança.

Esse é o toque que põe as coisas em marcha. As crianças sempre têm prioridade. E se a criança foi achada junto com uma mulher desmembrada, tudo indica que a criança não morreu por acaso.

Ele desliga, enquanto Kim se senta ao seu lado, esfregando os olhos, os cabelos despenteados caindo sobre os ombros nus. Não é uma mulher de beleza clássica, mas sem dúvida é atraente e tem um sorriso caloroso que atrai as pessoas. Muitas vezes é comparada a Jennifer Aniston.

— O que foi?

Ele conta, e quando termina ela está mais desperta.

— Você acha que é coisa de Calvin James?

— Poderia ser coincidência, mas você sabe o que eu acho de coincidências. De qualquer modo, já passou das seis, e você já deveria ir. — Kaiser se levanta e vai para o banheiro. Não tem que andar muito. O apartamento é pequeno. Ele gosta desse jeito, menos coisas para limpar. Além do mais, passa pouco tempo em casa. — Tenho que tomar uma ducha.

— Quer companhia?

Ele faz uma pausa, então suspira. Isso tem que acabar de verdade. Não dá para continuar. É errado, uma confusão que, quanto mais tempo durar, mais complicada ficará.

Ele não responde, fingindo não ter ouvido a pergunta. Vai para o banheiro.

Mas deixa a porta aberta.

7

UMA GOTA DE ÁGUA POUSA na testa de Kaiser, caindo de uma folha ou galho de algum lugar acima dele. Havia chuviscado antes, e o cheiro de terra e árvores seria refrescante se não fossem as circunstâncias. Kaiser não entrava nesse bosque havia mais de cinco anos. No entanto, a cena de crime agora parecia estranhamente semelhante àquela de anos atrás. Só que desta vez há duas vítimas: uma mulher e uma criança.

A primeira a ser encontrada foi a mulher. Ou, para ser mais preciso, os *pedaços* da mulher foram encontrados primeiro. Seu tronco em uma peça grande, enterrada a cinquenta centímetros no terreno entre duas árvores. Espalhados ao redor, numa série de minicovas rasas, estão seus pés, canelas, coxas, mãos, braços e a cabeça. Os olhos estão faltando. Dois buracos irregulares mostram onde estavam os olhos, arrancados das cavidades oculares. Os investigadores da cena do crime ainda estão procurando por eles, mas não serão encontrados. Quem arrancou esses olhos o fez por alguma razão.

Só se pode tentar adivinhar a aparência dela quando viva. O rosto está frio e cinzento, a pele cerosa, os lábios puxados para cima dos dentes, na clássica careta da morte. Há muita sujeira e terra nos cabelos, o que atrapalha determinar se era preto ou castanho. Baseados nos rasgos da pele, ela foi cortada em pedaços por um instrumento dentado. Talvez um serrote. Desmembramentos são sempre horríveis, mas esse parece especialmente macabro.

Ela está enterrada quase no lugar exato do cadáver de Angela Wong.

Ele volta a atenção para a criança, cujo cadáver, felizmente, foi deixado intacto. Descoberta a um metro e meio distante do cadáver da mulher, a cova tem quarenta centímetros de profundidade, um metro de comprimento e trinta centímetros de largura. Um pequeno túmulo para um corpinho.

Ele parece ter uns dois anos de idade, baseado no tamanho e no número de dentes. Está com a calça de pijama do Homem-Aranha e um moletom com capuz azul, sem camiseta, as perninhas enfiadas em brilhantes botinhas de chuva vermelhas. A causa da morte sempre deve ser determinada pelo legista, mas é claro que o garoto foi estrangulado. As marcas vermelho-escuras no pescoço e as mordidas autoinfligidas na língua, junto com os característicos pontinhos vermelhos nos olhos, também conhecidos como hemorragia petequial, evidenciam uma asfixia. Além de alguns machucados desbotados na canela — normais de um garotinho ativo —, ele parece normal. As bochechas ainda estão gordinhas, a barriga confortavelmente redonda. A ponta da fralda está esticada para fora do pijama.

Só um bebê, de fato.

O moletom está desabotoado e revela marcas no pequeno peito do bebê. A princípio, Kaiser pensou que se tratava de sangue. Mas não era, porque sangue seco derrete com a chuva, e isso não aconteceu ali. O assassino usou um batom vermelho-escuro para desenhar um coração perfeito. E no centro do coração, duas palavras.

ME VEJA.

— Eu vejo você — Kaiser sussurra para a criança morta. — Eu vejo você.

A fotógrafa da cena do crime se inclina para tirar mais fotografias do garotinho, o brilho do *flash* iluminando tudo ao redor em rápidas fagulhas.

— É terrível, não é? Já viu algo assim antes, Kai? — ela pergunta.

Ele resiste à vontade de puxar o fecho do moletom do garotinho.

— Já — diz, com um tom seco.

Ela espera que ele diga mais, o que Kaiser não faz. Sentindo que ele não está a fim de papo, ela recua, deixando-o sozinho com seus pensamentos. Ele acena para os paramédicos, que esperam, pacientemente, por perto com a maca, indicando que os cadáveres estão prontos para transporte para o necrotério. Os técnicos da cena do crime estão lidando com os restos da vítima feminina, cada um dos quais tem que ser fotografado e catalogado individualmente.

Será que são mãe e filho? Isso é obra de Calvin James? O coração no peito do garoto faz Kaiser se lembrar dos rabiscos no bloco de notas do julgamento. Tudo isso fede ao Estrangulador de Sweetbay.

Exceto pelos olhos arrancados. Isso é novo. Assim como assassinar uma criança. Mas os monstros, como tudo mais, podem evoluir.

A cena está isolada, a área delimitada com a fita amarela da cena de crime. A entrada para essa seção do bosque está localizada no final de um beco sem saída, entre duas casas da Briar Crescent. Kaiser sai do bosque e caminha de volta para a rua, sem se surpreender com a já considerável multidão reunida atrás das barreiras. Vizinhos curiosos, é claro, juntamente com um par de vans dos noticiários e alguns repórteres.

A menos de duzentos metros dali fica a casa de porta azul. A antiga casa de Georgina. Ele não coloca os pés ali dentro desde que tinha dezesseis anos, mas ainda se lembra do cheiro que vinha da panela de barro, sempre borbulhando com alguma coisa. Nem Georgina nem o ocupado médico que era seu pai eram grandes cozinheiros, mas conseguiam fazer um ótimo cozido de carne naquela panela.

Quantas vezes Kaiser havia tocado aquela campainha para pegá-la para ir ao cinema ou para a praça de alimentação do shopping? Quantas vezes ele havia se sentado naquela sala de estar para assistir a *Melrose Place*, uma série que ele fingia detestar, mas que desfrutava secretamente porque significava passar um tempo com ela? Quantas vezes haviam se sentado no chão do quarto dela, bebendo refrigerantes da 7-Eleven e escutando Soundgarden e Pearl Jam, nas noites em que o pai dela trabalhava até tarde? Bem ali, nessa rua, há dezessete anos, quando estavam no primeiro ano do St. Martin... eles eram melhores amigos.

Isso quando Angela ainda estava aqui. Antes de ser declarada desaparecida, antes que seu rosto estivesse nos cartazes espalhados por toda a cidade, antes que seus ossos fossem achados naquele mesmo bosque, anos depois. Antes de Calvin James ser preso. Antes de Georgina ser presa.

Antes.

Antes.

Antes.

Agora, Kaiser se pergunta quem mora ali, imagina se sabem da bagagem que acompanha aquela casa, os segredos que esconde. Foi bastante fotografada depois que os restos de Angela foram descobertos. Os repórteres ficaram animados com o fato de o cadáver ter sido descoberto a uma distância menor que a de um campo de futebol da casa onde a mulher acusada do assassinato dormia todos as noites.

Kim Kellogg se aproxima, vestida com um jeans apertado e o casaco ajustado, o cabelo loiro amarrado num rabo de cavalo lustroso. A única indicação de que sua parceira é detetive policial e não uma estudante universitária é o distintivo dourado preso no casaco. Kim é o método enquanto ele é a loucura, e eles combinam bem no trabalho. E na cama também, se ele reconhecer com honestidade.

Todo mundo tem uma fraqueza. A de Kaiser sempre foram as mulheres não disponíveis.

— Como foi? — Ele mantém a voz seca e profissional. Havia muitos tiras por perto para que os dois falassem com casualidade.

— Verifiquei todos os relatórios de pessoas desaparecidas em Seattle. — O cacho de cabelo loiro cai no rosto dela, e Kaiser se aproxima para colocá-lo no lugar. Mas se contém no último segundo. — Não há ninguém que combine com a descrição do garoto. Mandei informações para as cidades vizinhas, então acho que logo teremos alguma coisa.

— Era um garoto saudável, com roupas novas — diz Kaiser. — Alguém amava esse menino. E o que há sobre a mulher?

— Nada ainda. Mandei dois policiais para a delegacia para trabalhar nisso, mas são muitas mulheres desaparecidas nessa faixa etária.

— Onde está o sujeito que os encontrou?

Kim aponta para um casal mais velho parado na calçada, conversando com alguns dos vizinhos.

— O Sr. e a Sra. Heller. Ele os encontrou, e ela ligou para a polícia. Vou trazê-los até aqui.

Cliff Heller é um aposentado de sessenta e tantos anos, com cabelo branco e barba combinando e parece estar completamente traumatizado por ter descoberto os cadáveres. Roberta Heller é uns trinta centímetros mais baixa do que o marido, vestida com um roupão fofo branco, e com um bobes cor-de-rosa preso acima da testa. Em contraste, ela se mostra exultante por estar envolvida na coisa mais excitante que aconteceu na vizinhança nos últimos tempos. Esse entusiasmo teria sido bem desestimulado se ela tivesse visto os dois cadáveres.

— Tenho um Corvette 69 que ando tentando consertar nos últimos anos — Cliff Heller diz a Kaiser. — A carroceria está boa, e seria ótimo se conseguisse colocar para funcionar de novo. Dei um pulo na garagem depois do café da manhã para trabalhar um pouco antes de sairmos para o almoço...

— Ele não se importa com esse estúpido Corvette — a esposa interrompe.

— Tudo bem. Então a cadela começou a latir e pensei em ir com ela dar um passeio pelo bosque. — Heller suspira. — Costumo sair com ela para caminhar, mas estava chovendo...

— Ele não se importa com a chuva — a mulher interrompe novamente.

— E foi aí que o senhor encontrou os cadáveres — Kaiser sugere.

— Foi a Maggie que os encontrou — Heller diz, com os ombros caídos. Ele aponta para a casa deles, onde Kaiser percebe um focinho dourado e peludo na janela, observando a comoção na rua. — Ela começou a latir e logo começou a cavar alguma coisa, e vi um braço saindo da terra mexida. Primeiro pensei que era uma boneca, mas quando me aproximei, percebi que não estava ligado a nada. Foi... foi mesmo um choque. Caí de costas, e foi então que encontrei o garoto.

O queixo de Heller começa a tremer, e a voz parece sufocada.

— Sei que eu não deveria tocar em nada, mas quando vi o rosto e o braço saindo do buraco, nem pensei, só reagi. Eu... eu o puxei para fora da terra. Ele é tão pequeno. Nós temos netos dessa idade. — Ele respira fundo e fecha os olhos. Um instante depois, se acalma um pouco e abre os olhos. — Não estraguei a cena do crime, não é?

— Você reagiu como qualquer pessoa normal.

— Graças a Deus.

A confirmação de que ele não havia estragado nada fez Heller se sentir melhor. A esposa massageia suas costas com uma das mãos. Com a outra, ela toma um gole de café, com o olhar observando o trabalho dos policiais.

Kaiser faz mais algumas perguntas. Nenhum dos dois Heller se lembra de ter visto algo estranho na noite anterior, nem carros desconhecidos estacionados no beco, nenhuma lanterna, nenhum ruído ou vozes.

— Nós nos deitamos bem cedo — Cliff Heller informa. — Oito e meia, nove horas no máximo. De qualquer modo, não teríamos visto nada depois dessa hora.

— Diga, isso tem alguma coisa a ver com Angela Wong? — Roberta Heller pergunta, animada, olhando direto para Kaiser. O bobes acima da cabeça se mexe de um lado para o outro. — A garota que desapareceu anos atrás, sabe? Os restos dela foram achados nesse bosque, não sei se você sabe disso. Pode estar relacionado. Walter deve estar com a cabeça girando, imaginando que diachos está acontecendo.

Kaiser levanta depressa a cabeça.

— Walter?

— Walter Shaw — a Sra. Heller diz. Ela aponta para a casa com a porta azul. — A filha dele foi...

— Sei quem ela é — Kaiser diz, com os olhos fixos na porta azul. — Ele ainda mora ali? — Ele podia jurar que Walter havia vendido a casa anos atrás.

— Sim, e a filha vai voltar para cá em alguns dias. — Roberta Heller funga. — Para cá, para esta vizinhança! Ela estava presa, sabe. Gosto do Walter, mas deixa eu contar, a filha dele não vale nada. Coisinha arrogante com seu trabalho importante, sempre fazendo barulho com os saltos altos quando vinha visitar. E a melhor amiga dela o tempo todo enterrada ali nesse mesmo bosque. Sempre soube que tinha alguma coisa errada com ela...

— Já chega, Roberta — o marido diz, colocando a mão em seu braço. — Já chega.

A vontade de Kaiser é de arrancar aquele cachinho ridículo do cabelo da mulher. Em vez disso, entrega seu cartão para Cliff Heller.

— Se o senhor se lembrar de algo mais, pode me ligar, de dia ou de noite.

Os cadáveres estão sendo levados. Kim havia feito um bom trabalho afastando a multidão para fora do beco, e apenas alguns vizinhos parados ali perto conseguem ver os corpos cobertos — um deles extremamente pequeno — serem colocados no fundo dos veículos de emergência. Cliff Heller quase chora de novo, e até Roberta Heller se comove um pouco vendo a forma pequena.

Kaiser leva um tempo passando os olhos pelo punhado de pessoas que ainda está por perto. Todos parecem ser residentes na vizinhança, xícaras de café ou cachorros na coleira; vários ainda de pijamas. Os civis sempre são atraídos pela excitação de uma cena de crime.

Um segundo depois, seu olhar se fixa em um rosto. Não em um rosto na multidão. Um rosto atrás do vidro. Alguém está olhando da casa com a porta azul. Kaiser caminha naquela direção, e segundos depois, seu dedo está prestes a tocar a campainha. A porta se abre antes que ele faça isso.

Walter Shaw está ali parado, uns cinco centímetros mais baixo que os quase um metro e noventa de Kaiser. O cabelo curto está grisalho e há mais rugas ao redor dos olhos e da boca desde a última vez que Kaiser o viu. Fora isso, o pai de Georgina parece mais ou menos o mesmo.

— Você ainda mora aqui? — Kaiser pergunta, mais como uma afirmação do que uma pergunta. — Pensei que havia vendido a casa. Depois do... depois do julgamento.

— Oi para você também. — Walter não parece contente ao vê-lo ali. — O mercado estava muito baixo, e eu não queria vender por uma ninharia. Além disso, ninguém quis comprar. Muita notícia ruim, graças a você.

— Georgina vai voltar para cá quando sair?

— Esta é a minha casa e, portanto, a casa dela também. — O homem mais velho cruza os braços. — E para onde mais ela iria?

Kaiser encara Walter Shaw, o pai de sua melhor amiga da escola, o pai da mulher que ele prendeu. Ele havia sentado à mesa de Walter, comido o guisado de carne de Walter e bebido a cerveja de Walter quando o homem não estava em casa, e ele estava apaixonado pela filha de Walter.

72

O pai de Georgina o encara de volta. Parece um confronto de olhares, nenhum dos dois querendo recuar, e nenhum dos dois sabendo o que dizer em seguida.

Kaiser fala primeiro:

— Eu me importo com sua filha, Walt. Sempre me importei. Espero que saiba que eu estava apenas fazendo o meu trabalho. — Não é exatamente um pedido de desculpas, mas é o melhor que ele consegue.

Depois de um momento, Walter concorda. Não é exatamente uma aceitação, mas é o melhor que *ele* pode fazer. Ele aponta com a cabeça na direção da atividade ao final do beco.

— Então, o que diabos está acontecendo ali?

— Ainda estamos tentando entender — Kaiser diz. — Aliás, Georgina alguma vez já disse qualquer coisa sobre onde Calvin James poderia estar?

O homem mais velho franze a testa. Não gosta da pergunta. E antes que Kaiser a reformule, a porta bate na cara dele.

8

A CRIANÇA ASSASSINADA foi identificada como Henry Bowen, de vinte e dois meses de idade. Seus pais, Amelia e Tyson Bowen, de Redmond, haviam prestado queixa naquela manhã, e até onde sabem, seu jovem filho ainda está desaparecido. Kaiser fará a notificação oficial de morte quando eles chegarem.

No mínimo, são dois mistérios solucionados. Agora sabem o nome da criança e confirmaram que a desconhecida assassinada não era sua mãe. Ainda que fosse mais fácil, do ponto de vista investigativo, se ela fosse a mãe.

Graças às maravilhas da tecnologia moderna — também conhecida como *smartphone* —, a foto que Amelia Bowen usou no formulário de registro de pessoa desaparecida havia sido tirada na hora de dormir na noite anterior. Kaiser não tem nenhuma dúvida de que aquele é o filho deles. Ele tinha o mesmo cabelo, os mesmos dentes da frente e o mesmo pijama do Homem-Aranha. Seja lá o que tenha acontecido com Henry, ocorreu em algum momento entre onze e meia da noite, quando sua mãe verificou o monitor de vídeo antes de dormir, e oito e meia da manhã, quando ela acordou e tornou a verificar.

— O que sabemos sobre os pais? — ele perguntou a Kim. Eles estão no pequeno vestíbulo do necrotério, onde Kim o localizou.

Ela pega seu bloquinho preto de anotações. Mesmo sendo gênia em tecnologia, a parceira de Kaiser é da tradição antiga no que diz respeito a anotações, preferindo escrevê-las à mão a digitar no celular, como a maioria dos tiras fazia. Até usa lápis para apagar erros quando necessário. Ela diz que o ato de escrever ajuda em sua concentração.

— Ambos trabalham para Microsoft, ele é engenheiro de software, e ela trabalha na área de Marketing. Moram em uma bela casa que a Zillow avaliou em pouco menos de um milhão de dólares. Ela dirige um Lexus; ele, um BMW. Henry passava os dias em uma creche chamada de Selva de Arco-Íris, que não fica longe da sede da Microsoft.

— Ricos — Kaiser diz.

Kim faz uma careta.

— Isso não é ser rico. É um pouco mais que a camada superior de classe média, para Redmond, de qualquer modo.

Ele nem discute. Cresceu em um apartamento em Seattle com a mãe solteira e macarrão com queijo três noites por semana. Seus avós economizaram o que puderam para pagar sua educação em um colégio católico. Kim cresceu perto da vizinhança de Bill Gates, no Eastside, e frequentou uma escola particular. A definição de "rico" para os dois é, no mínimo, diferente.

— O que mais? Como soaram no telefone?

— Não falei com eles. Falei com o policial que estava trazendo os dois para cá. — Kim está preparando um café. Todo mundo da polícia de Seattle sabe que o café do necrotério é o melhor, ainda que ninguém saiba a razão. — A mãe diz que ele costumava acordar por volta das sete e gritar, mas hoje de manhã, nenhum dos dois ouviu nada e continuaram na cama. Ela foi verificar como ele estava por volta das oito e meia. O garotinho havia sumido, e ela viu a janela escancarada. Acordou o marido e imediatamente ligaram para a polícia, porque ele ainda não era capaz de sair sozinho do berço.

— Eles têm empregada ou babá? — Kaiser pergunta, pensando na mulher desmembrada.

— Os únicos cuidadores dele são os da creche, e a adolescente que mora na casa ao lado que cuida dele quando o casal sai à noite. A adolescente está bem, verifiquei no Instagram dela que já postou três *selfies* hoje de manhã. — Kim ajeita seu rabo de cavalo. — Nenhum dos quatro cuidadores na creche corresponde à nossa desconhecida. Duas são velhas demais e as duas mais novas são jamaicanas. Nossa melhor chance é perguntar para os Bowen se a reconhecem.

Kaiser olha para ela.

— E como devemos fazer isso. Tirar uma foto só do nariz e da boca?

— Merda, é verdade, esqueci que os olhos não estão lá.

Kaiser abafa um suspiro. Kim é esperta para certas coisas. Organizada, meticulosa com suas anotações e relatórios bem completos. Mas de vez em quando sua cabeça não percebe algum detalhe óbvio, sem nenhuma razão. Kaiser fica puto com isso, mas morde a língua.

— Quando os pais chegam? — ele pergunta.

— O trânsito está pesado. Jogo dos Skyhawks. Talvez em uma hora, talvez mais.

— Vou falar com Peebles. — Kaiser se levanta e se estica. Suas vértebras estalam, agradecidas. — Me avise quando eles chegarem.

Ele bate à porta antes de entrar, apesar de duvidar que Greg Peebles ouça alguma coisa quando está na área, trabalhando. Os corpos foram colocados em mesas de exame um pouco distantes uma da outra, e o médico-legista está inclinado sobre o garoto. A criança está coberta com um lençol da cintura para baixo, o coração desenhado no peito ainda está forte e sem borrões.

ME VEJA.

Que porra significa isso? Depois de colocar as luvas sem látex, Kaiser se aproxima e gentilmente toca o coração com a mão enluvada. O desenho não borra.

A mulher foi — por falta de melhor expressão — emendada, e a distância pode parecer que ela está intacta. Mas não. Sob a iluminação forte da lâmpada do teto, o espaço de um centímetro que separa o torso da cabeça, pernas, pés, braços e mãos é extremamente evidente.

— Odeio quando você me traz uma criança — Greg Peebles diz para Kaiser, com seu sotaque arrastado. Seja lá o que esteja acontecendo, o legista nunca parece apressado ou estressado. É uma grande qualidade nunca ficar nervoso, mas pode ser um saco para Kaiser quando está pressionado para ter respostas. Como agora mesmo. — É a parte do trabalho que eu mais detesto.

— Mas tudo bem com uma mulher desmembrada?

Peebles dá de ombros.

— Eu não estava tentando parecer político, Kai. Mas quando aparece o corpo de um adulto, parte de você não consegue deixar de pensar, mesmo só por uma fração de segundo, "o que essa pessoa fez para merecer isso? Em que situação se meteu?". Mas quando aparece uma criança, *ninguém* jamais pensa assim. Crianças são inocentes. São pequenas. Não podem se defender dos predadores. Não fizeram nada para merecer tal violência. Não dá para supor que coisas ruins aconteçam com crianças. Isso vai contra o que qualquer sociedade civilizada considera aceitável. Seus instintos protetores afloram. — Ele pausa e depois olha para cima, a luz de sua lâmpada de cabeça bate direto nos olhos de Kaiser. — Tá bem, talvez isso seja um pouco político.

— Você pode desligar isso aí? — Kaiser diz, colocando a mão no rosto para se proteger.

— Desculpa. — Peebles levanta a mão e desliga a lâmpada. — Pronto. Os corpos estão limpos.

— Ora, Peebles. — Kaiser olha fixo para o garoto diante dele. Não deixa de concordar com Peebles. Há algo incrivelmente errado em ver uma pessoa tão pequena em uma mesa de autópsia. Ele é um tira de homicídio e treinado para ser objetivo, mas uma criança morta bate direto no coração que faz dele um ser humano. Mas é a mesma coisa com a mulher desmembrada, e ele espera jamais perder essa empatia. — Pare de me dizer essas porras. Me dê alguma coisa. Comece pela criança.

— Ele tem quase dois anos, baseado nos dentes. Mas você já sabe disso. — Peebles liga a lâmpada de cabeça, sua voz assumindo o tom profissional e maduro que sempre usa quando descreve o que descobriu. — Bem nutrido, nenhum sinal de trauma sexual ou abuso físico. Nenhum traço de fluidos corporais na roupa além de uma quantidade copiosa de saliva seca no capuz. Provavelmente dele mesmo, já que os molares estavam saindo.

— Nada embaixo das unhas?

— Restos de terra e areia, mas isso é consistente com o fato de ele ser uma criança. Tomou banho recentemente. Ainda dá para sentir o cheiro do xampu quando se chega perto. — Peebles se inclina sobre o corpo e inala. Se fosse qualquer outra pessoa seria repugnante. — Burt's Bee, a mesma marca que os meus filhos usavam quando pequenos. Supostamente natural. Ele não era negligenciado. Os pais o amavam. — Sua cabeça se levanta de repente, voltando a cegar Kaiser com a lanterna de cabeça. — Espera aí. Os pais não são os culpados, não é?

— Não parece — Kaiser responde, apertando os olhos. — Causa da morte?

— Todos os sinais apontam asfixia. As marcas de pressão no pescoço indicam que alguém, ele ou ela, usou as mãos. Calculo que tenha sido um homem, pois as marcas indicam dedos largos, mas não aposte nisso. Depois do meu divórcio, saí com uma mulher que tinha mãos bem grandes. Era meio perturbador. Faziam que tudo o que ela tocasse ficasse minúsculo.

A despeito da gravidade da situação, Kaiser dá uma risadinha. Peebles pisca, sem ter certeza de que disse algo tão engraçado. Os dois vão até a outra mesa.

— Agora, vamos ver nossa desconhecida. Encontrei Rohypnol e álcool no sistema dela, pequenos traços de THC. Ela fumou maconha em algum momento dos últimos dois dias — Peebles diz. — Também se engajou em relações sexuais, há traços de lubrificante de camisinha e espermicida, e ainda que existam algumas indicações de que o sexo foi violento, não posso confirmar se ela foi estuprada. Traços de pele sob as unhas. Pelo menos alguns são dela mesma, mas vou testar todos. Ela foi desmembrada com um serrote, com certeza depois da morte.

— Quanto tempo depois?

— Logo depois. Deve ter sido uma bagunça. As irregularidades dos padrões de corte sugerem que o assassino fez isso manualmente. Portanto, nada de motosserra. Sem tatuagens, uma pequena marca de nascença no alto da coxa direita. Cabelo castanho, mas tingidos de castanho mais escuro. Unhas bem-feitas. Altura provável de cerca de um metro e setenta. Diria que sua idade estava entre vinte e um e vinte e dois anos. Mas não aposte nisso.

— E os olhos? — Kaiser pergunta.

— Removidos com algum instrumento cego. Pensei primeiro em uma colher, mas agora acho que foi uma faca de manteiga por causa de pequenos rasgões consistentes com isso. — Peebles se apruma e tira a lâmpada da cabeça. — Tenho quase certeza de que foi estrangulada com alguma coisa mais dura, mas flexível, colocada ao redor do pescoço dela.

— Corda elástica?

— Meu palpite é um cinto. Há arranhões na lateral do queixo, onde ela pode ter se arranhado tentando escapar. Há um machucado nas costas, como se alguém a tivesse pressionado com o joelho para estrangulá-la por trás. Quer que eu demonstre?

— Não precisa — Kaiser diz. Ele já consegue visualizar.

— Faz você se lembrar de alguma coisa? — Peebles pergunta. A sobrancelha levantada indica que Kaiser está pensando a mesma coisa. — Ou de alguém?

— Calvin James. — Kaiser solta um longo suspiro, pensando nas três mulheres assassinadas pelo Estrangulador de Sweetbay depois de Angela Wong. Todas as três mortas de maneira similar, inclusive com o joelho nas costas, mas ele não diz mais nada, e Peebles não insiste. Greg é o legista, e Kaiser, o detetive. Nenhum se mete no trabalho do outro.

— Acho que li alguma coisa sobre ele ter sido visto no Brasil — Peebles diz. — Se passando por alguém de lá, bronzeado e saudável. Ou foi na Argentina? Acho que foi há uns dois anos.

Kaiser não responde. Havia lido a mesma coisa, mas a polícia de nenhum país jamais tinha conseguido um palpite forte o suficiente de Calvin James que pudesse ser rastreado. E isso incluía os EUA.

— Deixo você com eles por um tempo. — O legista tira as luvas. Os dois trabalham juntos há muito tempo, e se há alguém que sabe como o detetive processa as coisas nessa etapa de uma investigação de homicídio, esse é Greg Peebles.

A porta se fecha, e Kaiser puxa um banco e o coloca entre as duas mesas. Foca na criança. Na noite anterior, esse garotinho estava vivo. Rindo, batendo na água da banheira, brincando com seus brinquedos. Um ou os dois pais haviam carinhosamente lavado sua cabeça com Burt's Bee, acreditando — como era absolutamente direito deles — que haveria mais dez mil banhos, mais dez mil risadas e dez mil horas de dormir.

Eles estavam prestes a receber a pior notícia de suas vidas. Haverá choro, gritos e histeria, misturados com negação e incredulidade. Vão chorar pela criança, depois se virar um contra o outro, um acusando o outro de ter deixado a janela aberta, e culpando o outro por não ter verificado Henry logo de manhã cedo. Se irão superar ou não, só o tempo dirá, mas o índice de divórcios de pais que perdem um filho por rapto ou crime é exorbitantemente alto. Cada um faz o outro se lembrar da pior coisa que aconteceu com os dois.

E a mulher. Era filha, neta ou amiga de alguém. Há pessoas também sentindo sua falta. Ela não era uma desmazelada. Seus dentes são brancos. Ela pintou o cabelo. As unhas dos dedos estão cobertas com gel, algo que é preciso pagar uma manicure para fazer. Mulheres sem-teto não gastam dinheiro com manicures. No entanto, alguém a violou, cortando-a em pedaços como se ela fosse uma caixa de papelão pronta para ir para o lixo.

É algo que apenas um monstro poderia fazer. Kaiser uma vez conheceu um monstro como esse, e havia sido apresentado a ele por sua velha amiga Georgina.

E o que ela sabe sobre isso? Pode estar presa, mas será que teve contato com Calvin James, de um modo que não apareceu nos relatórios mensais? Será que ela sabe que dois cadáveres foram encontrados no bosque atrás de sua casa justo quando está faltando apenas alguns dias para que ela volte para casa, e que foram assassinados de maneira semelhante ao estilo do seu antigo namorado?

Kaiser se controla. É extremamente perigoso assumir que isso seja um trabalho do Estrangulador de Sweetbay. Ele tem que permanecer objetivo ou perderá algum detalhe. Além do mais, seria bastante imprudente, e estúpido, para Calvin James voltar para lá. Não que os psicopatas operem com a mesma lógica das pessoas normais.

Kaiser volta a tocar no peito do garotinho. O batom vermelho-escuro parece sangue de verdade. Com um pouco de sorte, talvez sejam capazes de descobrir a marca e, se for alguma coisa exótica ou difícil de comprar, pode ser uma pista. É uma possibilidade remota, mas não tinham nada mais em que se basear.

— Não sei como você consegue ficar sentado aqui sozinho — a voz de Kim diz atrás dele, e ele dá um salto. Ela está ali, com um maço de folhas de papel na mão. — Sei que é assim que você trabalha, mas é estranho.

Kaiser esconde a chateação, tanto com o comentário como pela interrupção.

— O que foi?

— Os pais estão aqui.

— Vieram rápido. — Alarmado, Kaiser se levanta. — O cadáver ainda não está pronto. O garoto precisa ser lavado antes que eles possam vê-lo.

— Pensei que iam demorar, mas o trânsito deu uma melhorada. Você tem que ir falar com eles. Estão perdendo a cabeça.

— Porra. — Kaiser pensa rápido. — Está bem. Chame o Serviço de Aconselhamento. Consiga que um conselheiro de luto venha para cá depressa. E me traga uma máscara.

Kim pisca, confusa.

— Que tipo de máscara?

— Algum tipo de máscara — Kaiser responde, impaciente. Ele detesta ter que explicar as coisas para alguém. Por mais que goste muito de Kim, está irritado, porque depois de um ano trabalhando e dormindo com ele, ela ainda não consegue ler sua maldita mente. — Não uma máscara de fantasia. Algo simples, como uma máscara de dormir, para que eu possa cobrir as órbitas vazias dos olhos da mulher e tirar uma foto. A esperança é que eles possam nos dizer quem ela é.

— Não é preciso máscara. Existe um aplicativo para isso.

— Hein?

Kim se inclina e tira o iPhone dele do casaco. Dá alguns toques na tela e, segundos depois, entrega o celular para ele.

— É chamado de aplicativo de tarja preta — ela diz. — Você tira a foto e depois coloca uma tarja preta onde quiser. — Observando o olhar dele, e Kaiser é o primeiro a admitir que não é nada bom com essas tecnologias novas, ela pega o celular de novo. — Permita-me.

Ela se posiciona acima da mesa onde está a desconhecida e tira uma foto. Depois dá mais alguns toques no celular antes de devolvê-lo para Kaiser. A coisa toda leva menos de um segundo.

— Pronto. Salvo na sua galeria de fotos. Cheguei a aplicar um filtro para que a pele dela ganhe uma corzinha. Só tenha certeza de não mostrar acidentalmente o original para eles.

Ele verifica a foto e tem que admitir que está impressionado. Do pescoço para cima, com a tarja preta sobre os olhos, a mulher da foto ainda parece estar morta, mas não *tão* morta. Graças ao filtro que Kim usou, a pele acinzentada aparece rosada.

— Isso funciona mesmo. Obrigado.

Ela coloca a mão no braço dele.

— Isso está incomodando você mais que o normal, não é mesmo, Kai? Você acha que foi Calvin James?

É claro que todo mundo está pensando o mesmo ou não continuariam perguntando. Kim ainda não era sua parceira quando os restos de Angela foram descobertos, e Kaiser nem mesmo trabalhou nos dois primeiros casos do Estrangulador de Sweetbay; eram casos de outro detetive. Mas, sim, ele está muito incomodado. Em tudo há uma sensação muito familiar, muito perto de casa, como se tudo estivesse acontecendo especificamente para lembrá-lo do passado.

Mas é mesmo uma linha de pensamento estreita e muito perigosa. Seu trabalho não é encontrar provas que caibam na teoria. É chegar a uma teoria a partir das provas. Ele tem que permanecer objetivo, mas está ficando difícil.

No elevador, Kim pega sua mão, falando em voz baixa e suave:

— Dave vai trabalhar hoje à noite. Plantão noturno. Posso ir depois das dez e meia e ficar a noite toda. Se você quiser.

— Talvez — Kaiser diz.

Mas ele já sabe que também quer que ela vá, e se odeia por isso.

9

OS PAIS DE HENRY BOWEN reagem exatamente como Kaiser disse que fariam. Gritam, choram, culpam a polícia, culpam um ao outro e, por fim, ficam em silêncio enquanto tentam, cada um, processar a nova realidade que agora enfrentam.

Os olhos de Amelia Bowen estão um pouco vidrados. Ela está sentada em silêncio no sofá azul na sala de conferências da delegacia de polícia, contida por fora, soltando fogo por dentro. Tyson Bowen anda de um lado ao outro da sala como um leão enjaulado, olhos brilhantes e intensos, as mãos dobradas em punhos, pronto para destruir alguém. Baseado na idade de Henry, Kaiser esperava encontrar pais mais jovens, mas os Bowen são mais velhos, com uns quarenta e poucos anos.

— Nós o adotamos. — A voz de Amelia Bowen é suave e distante. — Eu e o Tyson nos conhecemos na universidade, mas éramos tão ocupados, pensamos que esperaríamos pelo menos até os trinta anos para termos filhos e simplesmente desfrutar o nosso tempo juntos.

Tyson Bowen para de andar.

— Amelia, não...

Kaiser levanta a mão. É melhor deixar que ela fale; ficará mais responsiva e capaz de se lembrar de alguma coisa se lhe permitirem expressar a situação com suas próprias palavras. A primeira pergunta que ele fará, é claro, será sobre a mãe biológica de Henry, já que não foi Amelia quem o colocou no mundo. Ele está com o celular na mão e precisa apenas de alguns toques para mostrar a foto com a tarja preta da vítima feminina.

Mas ainda não.

— Todos os nossos amigos pareciam estar esperando para ter filhos também — Amelia continua —, e era ótimo sair para jantar e beber alguns drinques, ter vinte e seis, depois vinte e oito, e então vinte e nove, e não ter que se preocupar com noites sem dormir, com babás e as despesas de um filho. Então chegamos aos trinta e ainda não era a hora certa, porque decidimos avançar em nossas carreiras antes de diminuir o ritmo para sermos pais.

Trabalhamos duro, nós dois fomos promovidos, e então percebemos que precisávamos da casa certa, da vizinhança certa e de boas escolas por perto. E de repente completamos trinta e cinco, começamos a pensar em engravidar, mas logo descobrimos que havíamos esperado tempo demais e já não podíamos mais. Tentamos fertilização *in vitro* e eu acabei abortando duas vezes. Então entramos na fila para adoção e esperamos dois anos para sermos selecionados. Quando soubemos que a mãe biológica do Henry havia nos escolhido, esse foi o melhor dia das nossas vidas.

O tom distante de sua voz se suaviza. Ela faz uma pausa. O coque frouxo em sua cabeça está torto, e ela levanta a mão e brinca com um cacho errante de cabelo castanho pendurado em um dos lados.

— Estávamos na sala de parto. A primeira vez que o peguei no colo, um minuto depois que ele nasceu, ele já parecia que era meu. Não importava que tivesse acabado de sair de dentro de outra mulher. Ele era meu, eu senti isso e sei que o Henry também sentiu, porque ele me olhou, e nós dois soubemos. Então eu pensei, por que diabos esperamos tanto tempo? Por que achávamos que tudo tinha que ser perfeito? As crianças já são perfeitas, e tudo fica no lugar quando você põe um filho no colo. Todas as coisas com as quais você pensou que teria que se preocupar não importam. — Ela encontra o olhar do marido. Tyson Bowen está parado em um canto da sala, observando-a com lágrimas nos olhos. — E agora ele se foi. Eu não entendo. Não entendo. Não entendo.

Ela se inclina, o peito destroçado pelos soluços. O marido se senta a seu lado e a abraça com força.

— Vou dar alguns minutos a vocês — Kaiser diz, mas nenhum dos dois responde. Naquele momento são apenas os dois, envoltos um no outro, sua dor envolvendo os dois.

Ele sai da sala e indica que a conselheira de luto pode entrar. O filho dos Bowen está morto e, apesar do sentimento de urgência para descobrir o que aconteceu, ele pode deixar que os pais chorem por um tempo. Ele desce pelo corredor, indo direto para sua mesa, e liga o computador.

— O relatório sobre o batom usado para escrever no peito do garoto já chegou — Kim diz. Ela está sentada em sua mesa, bem em frente à dele. — Vi que você estava ocupado com os pais e não quis interromper.

— Já vi — ele diz, clicando no relatório. — Porra, esse foi rápido.

— Porque eu estreitei o campo de buscas — Kim diz, e ele levanta o olhar para ela. — Pedi para verificarem se era uma linha fabricada pela Farmacêutica Shipp.

— Por que seria... — ele começa e para quando faz a conexão. — Ah, é verdade.

A Farmacêutica Shipp, a antiga empresa onde Georgina trabalhava. E por isso, bem por isso, é que ele gosta de Kim. Para cada detalhe óbvio que ela deixa escapar, há um que ela descobre e que ninguém mais pensaria.

— Meu palpite estava certo. É *mesmo* um produto fabricado pela Shipp. — Há uma nota de triunfo no tom da parceira. — Eles estão para lançar uma nova linha de cosméticos, e esse batom em particular aparece apenas em dez tonalidades. O coração no peito da criança foi desenhado com um deles.

— Estão para lançar?

— Ainda não estão amplamente disponíveis. O batom pode ser comprado apenas na Nordstrom e na loja principal aqui de Seattle. Está à venda há apenas uma semana.

— Uma semana? Só isso?

Ela sorri, feliz porque ele está contente.

— É isso aí.

— Ligue para a loja e...

— Já liguei. Logo mandarão as filmagens da segurança.

Ele se senta de volta na cadeira e sorri para ela.

— Bom trabalho.

— Tudo está ligado a Georgina Shaw, Kai. — Kim pula da cadeira, o rabo de cavalo balançando atrás da cabeça. — Está claro que há alguém querendo chamar a atenção dela. Telefonei para a Aveleira e requisitei cópias do registro de visitas, ligações telefônicas, correspondência. Talvez ela tenha estado em contato com Calvin James.

Mesmo que tenha, os relatórios não irão mostrar isso, como Kaiser sabe muito bem. Mas ele não pode dizer a Kim que andou pagando uma agente penitenciária por informações, assim ele apenas diz:

— Bem pensado.

— E você também pode falar com ela. Ela vai ser solta em alguns dias.

Kaiser gira a cadeira. Não quer que sua parceira veja seu rosto. Seus sentimentos por Georgina são complicados, sempre foram.

— Sei que vocês já foram próximos, mas isso foi há muito tempo — Kim diz. — Não deixe que isso impeça você de fazer o que for possível para resolver esses assassinatos. A vítima foi morta exatamente do mesmo modo que Angela Wong. Foi enterrada no mesmo bosque, perto da casa da Georgina. O batom é feito pela empresa em que ela trabalhava. Sabe quantas linhas de batom existem nos Estados Unidos, Kai? Eu procurei. Milhares.

Marcas importantes, marcas pequenas, linhas que já estão descontinuadas, mas ainda podem ser encontradas no eBay. Isso não foi feito com um batom velho que estivesse por aí. Foi escolhido por alguma razão.

A mente de Kim está a toda no modo analítico. Ele sabe disso pelo modo como ela se expressa, a fala rápida, mas bem clara.

— Tem que ser Calvin James. Ele ainda anda por aí. Talvez esteja de volta. E talvez a sua velha amiga Georgina saiba de tudo isso.

— Você não a viu no julgamento, há cinco anos, Kim — ele diz. — Ela nem olhava para ele. Em momento nenhum pôs os olhos nele enquanto estava testemunhando, até o final, e depois só porque ele falou com ela.

— Ela estava aterrorizada?

— Não, não era medo. Alguma outra coisa. Ressentimento, talvez. Como se ele a fizesse se lembrar da pessoa que ela já foi, e o odiava por isso.

Calvin James podia ter sido acusado do assassinato de quatro mulheres, mas foi a prisão de Georgina Shaw que jogou o caso no foco da mídia. Uma executiva de uma grande farmacêutica envolvida no assassinato a sangue frio de sua melhor amiga na adolescência? Era mais divertido que uma comédia e mais emocionante que o noticiário político.

Nada é mais satisfatório para os humanos do que ver uma pessoa fracassar. Ainda mais quando é alguém que tem tudo o que você não tem: beleza, inteligência, educação, emprego bem pago, noivo rico.

Kaiser conhece três versões de Georgina Shaw. A primeira é a garota que ele conhecia no ensino médio — a doce líder de torcida que tinha amigos em todos os níveis sociais e que sempre tirava notas altas. A segunda é o que ela se tornou depois que conheceu Calvin — distraída, abatida, inacessível, egoísta. A terceira é a mulher que ele prendeu na sala do conselho da Shipp, quatorze anos depois — bem-sucedida, madura, exausta… e cheia de remorsos.

Qual será sua versão agora?

Kim está ao telefone, falando com alguém que só pode ser seu marido, a julgar pelo tom suave de voz. Kaiser volta para a sala onde os Bowen estão, a cabeça pesando com todas as perguntas para as quais ele precisa de respostas.

É possível que Georgina ainda esteja apaixonada por Calvin, e evitá-lo no julgamento há cinco anos tenha sido apenas uma encenação? Naquele dia, ele passou alguma coisa para ela no tribunal, algo que ainda incomoda Kaiser sempre que ele pensa nisso. Ela negou que fosse algo importante, mas ele não acredita nela. Claro que não. Com ou sem remorsos, não existe mentirosa melhor que Georgina Shaw.

Ele abre a porta da sala de conferências. Os Bowen estão amontoados no sofá. A conselheira está falando suavemente. As três cabeças olham para Kaiser quando ele entra.

— Eu sinto muito — ele diz mais uma vez. Não há por que perguntar como eles estão.

— Queremos descobrir quem fez isso — Tyson Bowen diz. Está um pouco mais calmo que antes, mas não muito. A voz está trêmula. A seu lado, a esposa concorda com a cabeça.

— Com certeza. — Kaiser pega seu celular e dá um toque para abrir a foto da mulher morta, com a tarja preta. — Preciso que olhem para essa foto e me digam se reconhecem essa mulher.

Amelia Bowen se inclina, dá uma boa olhada na tela do celular e suspira.

— Essa é Claire Toliver — ela diz. — Ah, meu Deus. — Olha para o marido em busca de confirmação e ainda que ele demore apenas mais alguns segundos, confirma a declaração com um rápido aceno de cabeça.

— Quem é essa Claire Toliver? — Kaiser pergunta aos dois.

— A mãe biológica do Henry — Amelia Bowen diz. — Ela morreu? O que tem de errado com os olhos dela?

Kaiser responde à primeira pergunta, mas não à segunda. Eles não precisam saber.

10

O RELATÓRIO QUE KIM solicitou ao diretor da Aveleira está no e-mail de Kaiser na manhã seguinte. Cobrindo todos os cinco anos de prisão de Georgina, é grande demais para baixar no iPhone, portanto, ele se senta à mesa de Kim com seu café e entra no computador dela. Sua parceira só chegará uma hora mais tarde — ela deixou o apartamento dele de manhã cedo para tomar um banho e trocar de roupa — e sempre que ela não está, ele prefere se sentar à mesa dela. É mais organizada. A mesa de Kim está sempre em ordem, as canetas arrumadas como um buquê no suporte de cerâmica. Em contraste, parece que um drogado remexeu tudo na mesa de Kaiser à procura de drogas.

Ele rola depressa o relatório. Há menos detalhe ali do que os relatórios que recebe da guarda que ele paga todos os meses e, é claro, não existem observações pessoais. Mas é interessante ver os cinco anos da vida de Georgina Shaw resumidos em um único arquivo. Isso permite que Kaiser tenha uma perspectiva diferente para as informações que recebeu todo esse tempo.

O correio dela, por exemplo. Tal como muitos presos que têm notoriedade, Georgina recebia e-mails de fãs e, no período de cinco anos, recebeu mais de mil cartas. Mas dez dessas cartas vieram do mesmo endereço. De algum modo, Kaiser não registrou essa informação nos relatórios mensais de sua fonte lá dentro, e só pode supor que não a notou porque os relatórios listavam apenas o *nome* dos remetentes, que são todos diferentes.

Seja lá quem escreveu para Georgina de um endereço de Spokane, no estado de Washington, usou um apelido diferente cada vez. Tony Stark. Clark Kent. Bruce Banner. Charles Xavier. E assim por diante. As identidades "reais" de super-heróis de ficção.

— Porra — Kaiser murmura. Foi um baita erro, e não pode culpar ninguém a não ser ele mesmo.

Ele localiza o endereço em Spokane através do banco de dados da polícia de Seattle e acha um resultado com o nome de Ursula Archer. Ela tem sessenta e poucos anos, é bibliotecária aposentada cujo marido morreu há um ano. Kaiser pega o telefone e disca o número.

Trinta segundos depois, ele está falando com a mulher. Leva mais quinze segundos para explicar quem é e a razão da ligação, mas ela não demonstra suspeita. Ao contrário, a mulher parece feliz por ter alguém com quem falar.

— Você deve estar falando do Dominic — Ursula Archer diz. A voz dela é ao mesmo tempo suave e afiada, todas as sílabas pronunciadas com nitidez, apesar de o tom não ser duro. Faz Kaiser se lembrar de uma professora que teve no colégio. — Ele ficou com a gente há alguns anos. Fomos seus pais adotivos durante três anos. Você diz que ele escreveu cartas para uma mulher?

Kaiser abafa seu desapontamento. Está claro que as cartas não são de Calvin James.

— Sim, para uma presa do Centro Correcional Aveleira chamada Georgina Shaw.

A mulher suspira, e ele quase pode ver sua cabeça balançando na outra linha. A fotografia da licença de motorista dela, que ele abriu na tela do computador, mostra uma mulher com cabelo loiro-escuro caminhando para o grisalho, em corte Chanel com um bico um pouco mais comprido.

— Esse nome não me soa familiar — ela diz. — Mas a verdade é que Dominic escreveu para muitos presos. Começou como um projeto escolar. Ele estava fazendo algum tipo de projeto sobre a vida nas prisões depois que um ex-presidiário fez uma palestra na escola. O senhor já ouviu falar desse projeto?

Kaiser estava vagamente familiarizado com o projeto, mas conhecia o tipo — envolvia ex-presidiários para convencer os jovens a permanecer na escola e longe das drogas e das gangues. Ele dá uma olhada no relógio da parede da sala, pensando no que fazer para encerrar a ligação.

— Sim, senhora. Bem, sinto muito por ter incomodado...

— Seja como for, Dominic decidiu fazer seu projeto de Estudos Sociais sobre a vida atrás das grades e encontrou um website através do qual dá para escrever para os presos. Logo começaram a chegar correspondências de prisões espalhadas por todo o país. Graham, meu falecido marido, ficou muito preocupado. Afinal, eram criminosos condenados que estavam mandando cartas para o nosso endereço particular. Ele não queria que o Dominic fizesse mais isso, mas eu o convenci a não o proibir, já que parecia não fazer nenhum mal. Acabamos por arranjar uma caixa postal para ele, para que pudesse receber a correspondência ali. Dissemos para ele que jamais deveria fornecer informações pessoais e nunca mandar dinheiro para qualquer pessoa.

Embora nada disso pudesse ser útil para a investigação, Kaiser ficou curioso.

— Sobre o que ele escrevia para essas pessoas?

— No começo, ele estava fascinado para saber como haviam terminado ali, mas depois de algum tempo, passou a escrever só para as presas. Algumas delas mandavam cartas de amor. Acho que ele gostava da atenção.

Kaiser abafa uma risadinha.

— Bem, agradeço por seu tempo...

— Penso muito nele, sabe. Ele teve um começo difícil, ficou em lares adotivos desde que era muito novo. — Ursula suspira em seu ouvido. — Mas ele tem capacidades excepcionais de sobrevivência. É no que eu acredito.

— Ele usava nomes de super-heróis em todas as correspondências — Kaiser comenta.

— É, isso é algo que ele faria — Ursula diz, rindo. — Ele sempre desejou ser outra pessoa.

Kaiser ainda teve que conversar mais um minuto antes de conseguir desligar com delicadeza, mas não está tão irritado; a mulher parecia solitária.

— Sério? — a voz atrás de Kaiser diz, e ele se vira e vê Kim parada, com um copo de café na mão. — Você sabe que tem a sua própria mesa a um metro de distância, não é? Detesto quando você vem para a minha. Você deixa tudo... bagunçado. — Ela faz um gesto de desgosto com a mão livre.

— Gosto da sua mesa — ele diz, levantando-se da cadeira e mudando de lugar. — É tão arrumadinha. Até o ar em volta parece mais fresco. Pensei que você ainda ia levar mais meia hora para chegar.

— Acabei decidindo vir mais cedo — ela diz e modifica, de forma bem sutil, sua linguagem corporal, o que seria notado apenas para quem a conhecesse intimamente. E Kaiser a conhece intimamente. Ela abaixa a voz. — Dave estava me esperando em casa quando cheguei. Não me perguntou nada — acrescenta depressa, observando o rosto de Kaiser —, mas disse que acha que temos que sair no fim de semana e passar um tempo juntos. Aí vamos a Scottsdale na sexta, lá no *resort* onde nos casamos. Ele já fez a reserva. — Ela sustenta o olhar de Kaiser por uns dez segundos a mais, antes de desviar a atenção.

— Ah. — Ele mantém a voz despreocupada. — Parece legal. Tenho certeza de que vocês vão se divertir bastante.

É só o que consegue dizer. O peso em seu coração o surpreende, embora soubesse que o caso já deveria ter terminado há muito tempo.

Foda-se. Não deveria nem ter começado.

Ele se ocupa arrumando sua mesa para que não tenham que falar nada. O relacionamento deles aparece em sua mente como uma série de fotos. Kim sentada na cama ao seu lado, enquanto ele termina alguma coisa no computador, seus seios nus brilhando à luz do laptop, os mamilos parecendo mordidinhas frescas de mosquito. Kim enfiando a mão em sua cueca ao mesmo tempo que telefona para o marido para dizer que tem que trabalhar a noite toda. Kim no chuveiro, naquela mesma manhã, com a água escorrendo em suas costas enquanto se inclina para que ele a possua por trás. Ele engole as memórias com uma nova golada de café quente, queimando a garganta no processo.

O telefone de sua mesa toca, e ele agradece a distração. É Julia Chan, retornando a ligação. Ela é colega de quarto da mãe biológica de Henry Bowen, e ele tentou falar com ela na noite anterior, depois que os pais de Claire se encontraram com ele no necrotério para confirmar a identidade da filha. Foi uma noite longa, especialmente porque Kim foi encontrá-lo mais tarde.

— Acabei de receber a sua mensagem. Estou indo para o trabalho, detetive — a jovem diz, soando distraída e apagada. — Tenho uma reunião cedo e já estou atrasada. Do que se trata?

— Tenho algumas perguntas sobre Claire Toliver — ele diz. — Posso passar no seu escritório e falar com você ainda hoje?

— Claro. Mas me faça o favor de mostrar o distintivo. É a única maneira de me deixarem sair cedo da reunião.

Ele deixa a delegacia sem se despedir de Kim. Mas no elevador dá uma última olhada para as costas da parceira, seu cabelo loiro puxado e arrumado cuidadosamente em seu usual rabo de cavalo. Ela parece sentir o olhar dele e ergue os olhos. Ele evita o contato visual e entra no elevador.

Acabou.

Graças a Deus, caramba.

11

STRATHROY, OAKWOOD & STRAUSS se parece com todos os grandes escritórios de advocacia que Kaiser já visitou e, às oito da manhã, já está movimentado. Um logotipo gigante colocado logo atrás da mesa da recepção lhe dá as boas-vindas, e ali duas jovens, provavelmente recém-graduadas, usam fones de ouvido e respondem aos telefonemas com uma eficiência mecânica. O distintivo chama a atenção das duas, que garantem que a pessoa que ele procura será localizada assim que possível. Nesse meio-tempo, será que ele gostaria de tomar um café enquanto espera?

Sim. Sim, ele gostaria.

O café está quente, e espumante, e coberto com pedacinhos granulados de canela na superfície. É também bom pra caramba, e ele vai bebendo devagar. Os pais de Claire Toliver receberam com horror a notícia da morte da filha na noite anterior, e não há mesmo outro modo de reagir a isso. O pai exigia respostas para questões que Kaiser não podia responder. Os soluços da mãe eram ouvidos por todo o comprido saguão do necrotério. E agora ali está ele no escritório de advocacia, esperando para conversar com a colega de quarto de Claire para saber mais da vida da jovem.

Ele usa o tempo de espera para investigar as redes sociais da vítima. Só consegue achar uma, um perfil no LinkedIn, e isso o surpreende, considerando que Claire cresceu durante o auge das mídias sociais. Ela não está no Facebook, tampouco no Instagram ou no Twitter. O perfil no LinkedIn informa que ela se graduou na Universidade Estadual de Puget Sound, com bacharelado em Ciências Políticas e especialização em Francês. Estava no segundo ano da faculdade de Direito na mesma universidade e em um estágio de três meses na Strathroy, Oakwood & Strauss, "porque eles têm um interesse especial nos direitos das mulheres, que são direitos humanos". Evidentemente, era fã de Hillary Clinton.

A fotografia profissional que Claire usava em sua conta no LinkedIn não parece em nada com o cadáver sobre a mesa do necrotério. No entanto, sem dúvida é ela mesma. O mesmo cabelo longo e escuro, o mesmo formato do rosto. O único detalhe acrescentado pela foto são seus olhos. Azuis. Uma bela jovem com um futuro brilhante diante de si.

— Detetive? — uma voz diz, e Kaiser ergue os olhos e vê ali parada uma mulher atraente, no início de seus vinte anos. — Sou Julia Chan. Desculpe por fazer o senhor esperar. Estava em uma reunião e meu celular estava no silencioso. Alguém teve que me chamar.

— Sem problemas — Kaiser responde, apertando a mão que lhe é oferecida. A mão é pequena, mas o aperto é firme.

— Podemos conversar em uma das salas de reunião — ela diz. — Os estagiários ocupam apenas um cubículo, aqui não teríamos nenhuma privacidade.

Ele a segue pelo corredor e vira para um lado. Apesar da hora matinal, todos estão usando roupas formais e se movimentando com ar de apressada importância. Olham com curiosidade para Kaiser quando passam, mas Julia Chan não diminui os passos, seus escarpins cinzentos avançando pelo tapete sem fazer ruídos e com precisão mecânica. Ela está usando uma saia preta plissada até os joelhos e uma impecável blusa branca; o cabelo está amarrado em um coque na nuca. Eles entram na primeira sala de reuniões e, ela fecha a porta.

Apenas quando os dois estão a sós, ele nota a tensão no rosto bonito.

— Estou dando cobertura para ela desde a quinta-feira passada — Julia diz, sentando-se à mesa e fazendo um gesto para que ele faça o mesmo. — Não é a primeira vez que ela faz isso. Juro por Deus que, se ela não estiver morta, eu é que vou matá-la. Sabia que não era uma boa ideia nós duas fazermos o mesmo estágio.

— Não é a primeira vez que ela faz o quê? — Kaiser pergunta.

— Desaparecer. Já aconteceu uma vez. Ela conheceu um cara, passou o fim de semana inteiro na casa dele, esqueceu de avisar para as pessoas. A garota mais inteligente, mas também mais esquisita que eu já conheci. Voltou três dias depois, mas eu fiquei furiosa. Agora o celular dela cai direto no correio de voz. O que significa que está sem bateria ou ela desligou.

Está óbvio que Julia ainda não havia falado com os pais de Claire. Ela coloca a mão na boca e começa a roer a unha. Kaiser verifica a outra mão, que está sobre a mesa. As unhas estão completamente roídas, roídas até a carne. Ela percebe que ele está observando e coloca as duas mãos no colo.

— O Strathroy, Oakwood & Strauss tem uma política de cem por cento de presença para os estagiários — Julia diz. — É preciso estar mesmo muito doente para faltar, e é bom ter um atestado médico para apresentar em seguida. Quando ela não apareceu para trabalhar na quinta-feira, eu contei para o nosso chefe que um membro da família dela tinha morrido, e que ela me pediu para avisar. Não ficaram contentes com isso, mas eu não poderia deixar que a demitissem. Espero que quando ela voltar não peçam uma certidão de óbito. E aí? Ela está morta?

A próxima palavra que ele disser vai mudar a vida dessa jovem para sempre, e do modo mais gentil possível, ele responde:

— Sim.

Julia pisca. Busca no rosto de Kaiser qualquer sinal de que ele esteja brincando, e quando não vê nenhum, fica imóvel. Passam trinta segundos inteiros até que ela desaba na cadeira.

— Porra. — Seus olhos estão cheios de lágrimas, mas ela pisca para afastá-las. Os dedos estão de volta à boca. — Porra — repete. — Como?

— Ela foi assassinada. Ainda estamos tentando descobrir o resto.

— Assassinada? — O olhar dela pisca na direção do seu distintivo. — Então é um homicídio?

— Sim.

— *Como*? — Julia pergunta mais uma vez, agora mais enfática, e uma lágrima escorre por seu rosto. Ela passa a mão por cima para limpá-la, quase zangada, como se fosse uma chateação e não houvesse tempo nessa conversa para o choro.

— Não é importante que você saiba...

— Ou o senhor me conta ou mais tarde vou pesquisar essa merda toda. — Os olhos escuros de Julia estão cheios de tristeza. Mas por trás dela existe determinação. Ela é uma jovem forte e quer respostas. — E tenho certeza de que será menos traumático se souber de tudo através do senhor. Por favor, me diga. Ela é minha amiga, preciso saber.

Então Kaiser conta o que sabe. Do modo mais gentil possível, conta para a jovem como sua amiga foi estrangulada, desmembrada e depois enterrada no bosque.

Ele não lhe conta sobre Henry. Não sabe se ela está ciente de que Claire deu um bebê para adoção, e este não é o lugar para revelar isso.

Julia Chan escuta sem interromper. Quando ele termina, ela se levanta, alisa a saia e diz:

— Me dê licença por um instante. — E o deixa sozinho na sala de reuniões.

Ele meio que esperava isso. As notificações de morte são sempre difíceis, e apesar de tentar não pensar em Kim naquela manhã, ele se vê desejando que ela estivesse ali. Ela é melhor do que ele nesse tipo de coisas. Ele aproveita o intervalo para verificar suas mensagens e acaba de colocar o celular de volta no bolso quando Julia volta para a sala de reuniões. Esteve fora por mais de dez minutos.

Mais uma vez, ela se senta diante dele, afastando um pouco mais a cadeira dessa vez, mas está composta e pronta para falar. Os tremores pararam. A única diferença que ele nota está em seus olhos. Estão vermelhos e inchados por conta do choro. Quando ela fala, a voz está mais rouca e há um ligeiro distanciamento nela. Kaiser reconhece o que ela está fazendo, pois é algo que ele mesmo faz, todos os dias. Julia Chan está compartimentalizando. Algum dia, ela será uma grande advogada.

— Espero que a próxima coisa que você vai dizer é que vai achar o filho da puta que fez isso — ela diz. — E espero que você o corte em pedaços, assim como ele fez com ela.

— Vou achar o filho da puta que fez isso — Kaiser diz, e é o que vai fazer. Essa é uma promessa que ele pode muito bem fazer. — Os pais da Claire disseram que vocês eram colegas de quarto.

— Desde quando éramos calouras. Fomos mais que colegas; na verdade, éramos boas amigas. Nós duas somos filhas únicas, aí meio que nos sentíamos como se fôssemos irmãs. — O rosto de Julia ameaça chorar, mas ela consegue se controlar.

— Estou tentando descobrir por onde ela andou nos dias antes de ser morta — Kaiser diz. — Os pais dizem que não a viam fazia duas semanas.

— Bem, ela é bem ocupada. *Era* ocupada — Julia corrige, e o rosto mais uma vez fica abatido. — Ela trabalha, trabalhava, *merda*, meio expediente em uma cafeteria no distrito da universidade. A Grão Verde. A última vez que a vi, que acho que foi na quarta-feira da semana passada, ela estava lá. Eu faço um curso noturno além desse estágio e costumo passar por lá para ver se ela está trabalhando, já que ela sempre me serve um café com leite grátis. De qualquer modo, naquela noite ela não voltou para o apartamento.

— E isso é típico?

— É. *Sim*. Mas ela costuma mandar uma mensagem e não fez isso, então imaginei que ela estava com o cara com quem a vi conversando.

Kaiser se endireita.

— Que cara?

— Um cara. Não olhei direito. Ele estava sentado no canto.

— Idade? Altura? Cor do cabelo?

— Era branco, com certeza, boné de beisebol puxado para baixo. Jeans e camiseta. Não era todo musculoso, mas também não era magro. Barbeado, acho. Tinha pernas compridas, então a minha impressão é de que era alto. — A cabeça dela se levanta de repente. — Que merda. Ele... você acha que ele é o assassino?

— Não sei — Kaiser responde, e essa é a resposta mais honesta que pode dar. — Estou juntando tudo. O que mais você pode me dizer?

— Só isso — Julia diz, e seu rosto volta a ficar todo abatido, uma lágrima solitária escorre do canto do olho. — Não sei se ela saiu mesmo com ele. Mas é algo que ela faria. É uma garota muito bonita; os caras dão em cima dela o tempo todo. Ela não tem interesse em relacionamentos, então, você sabe, Claire mantém as coisas casuais. — Ela para, fecha os olhos, respira fundo. — Era — ela diz quando os abre novamente. — Ela *era* uma garota bonita.

— Vi a foto dela no LinkedIn.

Julia faz uma careta.

— Essa era a foto profissional dela. Ela não é tão formal assim fora do escritório. — Ela procura pelo celular no bolso da saia. Rola pela tela e depois o entrega a ele.

A fotografia é das duas, vestidas para uma noite de festa. Julia Chan é uma moça bonita, mas Claire Toliver era, no mínimo, belíssima. Com vestidinho preto, decotado, colante e salto alto, ela poderia facilmente se passar por uma modelo ou atriz. Cabelo longo e quase preto, cintura fina, seios e quadris generosos, pernas longuíssimas. A palavra que veio à mente de Kaiser enquanto examinava a foto foi *exuberante*.

— Essa foto foi tirada em Vegas, na primavera passada, depois que a gente se formou. — Um pequeno sorriso passa pelo rosto de Julia. — Esse foi um fim de semana bom demais. A gente ia para Miami em maio assim que... *Merda...*

Kaiser deixa que ela chore, esperando pacientemente até Julia conseguir se controlar de novo. A porta da sala de reuniões se abre e uma mulher de meia-idade dá uma espiada lá dentro, preocupação desenhada em seu rosto quando vê a jovem em lágrimas.

— Tudo bem aí? Julia? Você está bem?

— Estou bem, Heather, obrigada. — Julia logo passa as mãos no rosto. — Já estamos terminando. Daqui a pouco eu saio.

A mulher fecha a porta, mas não antes de mandar um olhar maldoso para Kaiser. *Você é um desgraçado por fazer ela chorar.*

— O senhor já contou para os pais da Claire? — Julia pergunta.

— Falei com eles ontem — Kaiser responde, mexendo nos bolsos em busca de um lenço. Encontra um amassado, mas limpo, e oferece a ela. — Foi assim que localizei você.

— Tenho que ligar para eles. — Ela assoa o nariz. — Também para os Bowen. Ah, meu Deus, como vou contar para eles... — Sua voz vai diminuindo.

Kaiser fica surpreso.

— Os Bowen? Você sabe sobre Henry?

Ela o olha como se ele tivesse dito a coisa mais estúpida.

— Que ela teve um filho que deu para adoção? Claro que sim, *sei*. Morávamos juntas, detetive. Assistimos juntas a todos aqueles vídeos de adoção quando ela tentava escolher uma família. É meio difícil esconder uma gravidez da sua colega de quarto.

— Eu só não quis assumir que era do conhecimento de todos...

— Bem, não era, mas também não era um segredo. — Julia esfrega os olhos. — Ela engravidou no meio do seu último ano na PSSU. Não é como se ela tivesse anunciado que ficou grávida no Facebook ou coisa parecida. A barriga era pequena, ela usava roupas folgadas e viajou durante o verão, então ninguém soube o que estava acontecendo de verdade. Não que ela negasse se alguém perguntasse. É só que as pessoas tendem a ficar emocionadas em relação a mulheres grávidas, e seria estranho dizer para as pessoas que ela iria desistir do bebê.

— Compreensível.

— Como é que *o senhor* sabe sobre os Bowen? — Julia o encarava. — Os pais dela *nunca* falam sobre Henry, é um assunto doloroso, então, é difícil que eles tenham mencionado.

Kaiser fica alguns instantes em silêncio. Se Claire e Julia eram tão próximas, então talvez a jovem se lembre de informações adicionais que podem ser úteis, e ele precisa que ela continue focada e falando. A ansiedade dela já está alta demais, e a notícia sobre a morte de Henry poderia desestabilizá-la de uma vez. Ele não tem certeza se deve contar a ela essa parte da história.

— Eles não falaram — ele diz finalmente. — Sabemos sobre os Bowen porque encontramos o Henry quando achamos a Claire.

— Não estou entendendo — ela diz, e é claro que ela não compreende mesmo. — Ela nunca via o Henry. Era uma adoção aberta, mas ela só sabia dele pelos e-mails que os Bowen mandavam. Eles não se relacionavam. Haviam decidido deixar que ele resolvesse quando fosse mais velho. Ele está bem?

— Receio que não.

96

Ele deixa que ela assimile a informação. Julia o encara, espantada, como se esperasse o final da piada. Quando não vem, ela desaba na cadeira, os dedos de volta à boca. E rói furiosamente. Já não há muita unha nas mãos; ela vai machucar a pele se não parar.

— Posso mostrar uma foto? — Kaiser pergunta. Então pega o celular.

— Da *Claire*? — Julia para de roer, seu rosto é uma máscara de horror.

— Não, do cara com quem ela pode ter falado lá na Grão Verde da última vez que você a viu.

Ela relaxa um pouco, e ele toca o iPhone, abrindo uma foto de Calvin James. É a mais recente que encontrou, de cinco anos atrás, e é a foto da polícia do dia em que Kaiser o prendeu. A tabuleta com o nome foi recortada. Ele entrega o celular a ela, se perguntando se ela presta atenção às notícias, e se ela o reconheceria como o Estrangulador de Sweetbay.

A testa de Julia franze quando ela se fixa na foto. Olha e depois levanta a cabeça para Kaiser, confusa.

— Não entendo.

— Não é o homem da cafeteria?

— Claro que não — Julia responde. Ela ainda o olha de um jeito engraçado. — Esse é o Calvin.

Então ela o reconhece mesmo. Mas o uso apenas do primeiro nome chama a atenção de Kaiser.

— Então você sabe quem ele é? — pergunta.

— Claro que sim — a jovem responde, e a ruga entre as sobrancelhas se aprofunda. — Mas não é o cara que estava com Claire naquela noite. Isso seria ridículo, eu não iria deixar que ela ficasse com ele de novo.

— De novo?

— Lembra que eu disse que ela desapareceu uma vez durante uns dias? Esse era o cara com quem ela estava. Tiveram um caso picante e pesado, foi basicamente sexo, nada de conversas, e ela nem sabia o sobrenome dele. Mas acho que ele abalou pra valer o mundo dela, porque quando ela finalmente voltou para casa, era como se ela fosse aquele *emoji* com olhinhos de coração dos celulares. — Julia balança a cabeça. — Ela gostou dele de verdade. Era mais velho, nada parecido com os tipos com que ela costumava se envolver, e ela pensou até que poderia virar algo real. Mas ele nunca respondeu quando ela enviou uma mensagem no dia seguinte. Babaca. E quando ela descobriu que estava grávida, seis semanas depois, tentou ligar para ele, pensou que ele merecia saber. Mas o número havia sido cancelado.

— Espera — Kaiser diz, levantando a mão, sem ter certeza do que ouviu. — O quê?

— Pelo visto não estamos nos entendendo. — Julia o olhava como se ele fosse um idiota. — Detetive, o retrato que o senhor acabou de me mostrar é do pai biológico do Henry.

Kaiser abre a boca para falar, mas ele está tão surpreso que nenhuma palavra sai.

— O cretino desapareceu há muito tempo — Julia diz, categórica, fazendo careta. — E foi tarde. Ei, ele foi preso? Essa que você me mostrou era uma foto de prisão?

Ainda processando tudo aquilo, Kaiser responde, com a voz fraca:

— Sim, era. Acho que você não acompanha as notícias. Tudo bem. Eu também não. É tudo terrível, aliás.

— Então? Por que ele foi preso?

Ele olha para ela; ela quer saber. É melhor contar de uma vez. Como ela disse antes, ela pode simplesmente pesquisar a merda toda.

— Assassinato. Calvin James é o Estrangulador de Sweetbay.

— Espera... o *quê*?

— Isso mesmo — Kaiser diz, vendo os dedos de Julia voarem de volta para a boca. Uma gota de sangue aparece em um deles quando ela rói. — Isso mesmo.

PARTE TRÊS

BARGANHANDO

*"Ou você mesmo se salva ou permanece
sem se salvar."*

— Alice Sebold, *Sorte — Um caso
de estupro*

12

CINCO ANOS É TEMPO DEMAIS para vestir calcinhas desconfortáveis.

A roupa de baixo da prisão é áspera. Os lençóis da prisão também. E as roupas da prisão também. As prisões não são planejadas para conforto. São planejadas para manter os criminosos longe do mundo externo ou o mundo externo longe dos criminosos. O que não é a mesma coisa, e a distinção é importante.

Geo, deitada de costas dentro da biblioteca da prisão, abre um pouco mais as pernas. Sua calcinha está enrolada ao lado de sua cabeça, e o carpete industrial barato parece uma lixa em contato com sua bunda nua. Ela nem consegue se lembrar da última vez que fez sexo em uma cama de verdade. O carpete fede vagamente a mofo, e talvez sejam as fibras ou talvez seja mesmo mofo, mas desde que começou a fazer sexo ali dentro, ela está com uma urticária crônica atrás do ombro que não desaparece.

Ela pensa nessa urticária enquanto olha, distraída, para o tufo de cabelo escuro balançando entre suas pernas. Seu ombro está coçando muito e o tubo de pomada de hidrocortisona está no bolso de sua calça. Sua calça está em algum lugar atrás de sua cabeça. Será que ela consegue alcançá-la?

O agente penitenciário Chris Bukowski olha para cima e lambe os beiços.

— O que foi? Não tá a fim?

— Continua. Estou quase lá.

A cabeça de Bukowski desce de volta, e Geo tenta pegar as calças, mas não consegue. Ela solta alguns grunhidos e balança os quadris um pouco, mantendo o ritmo. Eles só fazem sexo oral, porque Bukowski, de apenas vinte e cinco anos e um dos guardas mais novos da Aveleira, morre de medo de engravidá-la. Ali dentro não existe acesso a anticoncepcionais, o que faz sentido, já que não é permitido que as presas façam sexo, ainda mais com os guardas. Bukowski arrisca o emprego e uma condenação de prisão se alguma vez forem pegos, mas isso não é problema de Geo. No que lhe diz respeito, ser amiga de um guarda faz sua vida um pouco melhor.

Ela e Bukowski são "amigos" há uns seis meses. Durante esse período, Geo teve privilégios especiais, como mais frutas frescas nas refeições e uma

TV pessoal para sua cela. Ele também lhe traz livros, cosméticos e creme dental que não estão disponíveis no comissário. É engraçado como uma porra tão insignificante como um tubo de Sensodyne de repente passa a ser tão importante. Dentro da prisão, tudo é ampliado. Lá fora, se você esbarrar em alguém, você pede desculpas e segue em frente. O pior que pode acontecer é receber um olhar maldoso e que lhe digam "presta atenção por onde anda". Ali dentro, esbarrar na puta errada pode deixar você alguns dias na enfermaria.

Bukowski não é casado, mas tem a mesma namorada desde o colégio e o relacionamento perdeu a graça. Lori — ou será Traci? — com certeza não ficaria contente em saber o que seu namorado anda fazendo todos os dias no trabalho. Ele não é o primeiro guarda com quem Geo dorme, mas felizmente vai ser o último. Bukowski está apaixonado por ela — o que também não é problema dela —, mas isso está ficando chato. Pelo menos ele é mais agradável que os outros. Prestativo. Ansioso. Até mesmo gentil. Nesse instante, parece um cachorrinho lambendo a palma da mão de Geo. Só que não é a palma.

Trinta segundos depois, ela finge um orgasmo, e então ela e Bukowski trocam de posição. Geo não tem preferências entre dar e receber. De qualquer modo, sua mente está longe dali, e ela pensa em centenas de outras coisas, enquanto sua língua e lábios trabalham com eficiência. Felizmente, Bukowski passou o tempo todo se excitando, de modo que já está quase lá. Os dois estão no lugar que sempre usam, uma área pouco utilizada na seção de não ficção, em algum lugar entre mecânica de automóveis e reparos caseiros. A biblioteca ainda está fechada por mais dez minutos, enquanto os outros guardas estão em horário de almoço, e essa é a única coisa boa de transar na prisão com alguém por quem você não sente atração — não há outra escolha além de fazer a coisa bem rápido.

Três minutos depois, Bukowski está sorrindo e levantando as calças de mescla de poliéster. Aveleira havia trocado o uniforme dos guardas alguns meses atrás, de cinza para azul-marinho, e a cor escura fica bem nele. Ela imagina que ele seja bonito, não que isso importe. Ele lhe entrega uma garrafa de água, e ela dá uma boa golada. Bukowski observa, enquanto ela arruma o cabelo e tenta parecer alguém que não tinha acabado de fazer sexo.

— Você sai amanhã — ele diz. — Qual é a primeira coisa que vai fazer?

Todo mundo lhe pergunta isso. É uma pergunta estúpida. Geo responde de várias maneiras, dependendo do que ela acha que a outra pessoa quer ouvir.

— Um banho — ela diz. — Um longo banho, em uma banheira com água quente e espumante e uma taça de vinho tinto.

— Mal posso esperar para me juntar a você.

Só um guarda de prisão bobo de amor poderia dizer algo assim para uma presa e achar que é algo romântico. Geo passou a porra de cinco anos na Aveleira. E com certeza a última coisa que ela quer pensar quando estiver livre é ficar com um agente penitenciário. Ela força um sorriso e bebe mais água, enxaguando a boca antes de engolir. O gosto de Bukowski é forte e duradouro.

— Não acho que a sua namorada vai gostar disso, Chris.

— Estou pensando em terminar com ela.

Geo faz uma pausa

— Por quê?

— Você sabe a razão. — Ele enfia a camisa para dentro da calça e aperta o cinto. — Amanhã você vai ser uma mulher livre. Podemos começar a nos ver abertamente. Podemos fazer sexo de verdade. Você já pensou em começar a tomar pílula? Podemos...

— Você é dez anos mais novo que eu — Geo diz. — E eu serei uma ex-presidiária. Não é bem uma combinação de sucesso.

— E daí? Sei que temos algo especial.

O que eu sei que temos é um abuso sexual, Geo pensa, mas não diz. Por lei, presos não podem consentir em fazer sexo com agentes penitenciários. Legalmente é a mesma coisa que estupro. Ele parece ansioso, então ela sorri para ele.

— Vamos pensar como. Me dê alguns dias para me ajeitar. Você sabe que vou ficar com o meu pai até conseguir um lugar para mim.

É a coisa certa a dizer, e ele relaxa. É importante manter Bukowski feliz nessas vinte e quatro horas até ela ser solta. Geo jamais pretendeu que a coisa ficasse séria entre eles (para ele pelo menos) e agora tem que ser cuidadosa para não o machucar. Ela já viu o que pode acontecer se uma presa irritar um guarda. Há dois anos, uma jovem presa tentou terminar a relação íntima com um guarda, cinco dias antes de terminar a sentença de dois anos. O guarda, mais velho, casado com cinco filhos, não aceitou bem a rejeição. No dia seguinte, uma bolsa com heroína e um punhal improvisado foram achados na cela da presa. Ela ganhou mais cinco anos na sentença. Simples assim.

Antes de saírem da biblioteca, Bukowski consegue roubar um beijinho. Geo se esforça ao máximo para não vacilar. Sexo é uma coisa, trocar beijos, outra. Eles se despedem e, com um pouco de sorte, será a última vez que ela fará sexo na prisão.

Ela caminha pelo corredor e logo uma mulher alta e extremamente magra, chamada Yolanda Carter, se aproxima. Geo não diminui a marcha, mas acaba tendo que fazer isso, pois a mulher está em seu caminho. Ela para, já sabendo que essa conversa não vai ser boa. Elas já se falaram antes. E nunca acaba muito bem.

— O que você quer, Ossuda? — ela pergunta.

O cabelo afro e curto da mulher está raspado dos lados, e ambos os braços compridos e venosos estão cobertos de tatuagens. Clavículas definidas e saltadas combinam com os cotovelos igualmente pontudos, que sobressaem nas mangas do seu uniforme. É fácil perceber de onde veio o apelido, mas isso não foi resultado de nenhuma dieta. Geo a observou no refeitório, e a mulher *come*. Fala quase tão rápido quanto seu metabolismo digere a comida, e ela para bem diante do rosto de Geo.

— Cadê a sua puta preta? — Ossuda pergunta, com apenas um traço de sotaque. Sua voz é tão profunda quanto a de um homem. Há boatos de que ela era uma princesa na Nigéria, mas deve ter sido a própria Ossuda que os espalhou.

— Ela não é a minha puta, e eu não tomo conta dela.

Ossuda coloca a mão no braço de Geo.

— Diga para ela...

— Não me toque — Geo diz, baixinho, encarando bem os olhos da mulher.

A mulher recolhe a mão e dá meio passo para trás.

— Diga para a sua amiga que se ela vender para outra das minhas clientes, eu vou atrás dela. E não só aqui dentro. Tenho amigos lá fora. Vou atrás dos filhos dela.

— São clientes dela, e eu não vou mandar nenhum recado de merda para ela. — Geo se volta e começa a caminhar.

— Ah, então você é só a banqueira, né? — Ossuda fala, sua voz de barítono ressoando pelo corredor. — Você acha que não está envolvida nisso? Está envolvida, sua puta. Se envolveu no primeiro dia que conheceu ela, sua puta.

Geo continua a andar pelo corredor sem olhar para trás. Quando dobra em uma esquina, para um segundo para recuperar o fôlego e permitir que os batimentos do coração voltem ao normal. Ali dentro não há espaço para fraquezas. Tudo bem ser uma pessoa boa, agradável e cooperativa e fazer o que te mandam fazer sem tomar atitudes, mas no momento em que alguém pega você de frente — no momento em que alguém entra em seu *espaço* —, não é possível recuar nem demonstrar medo. Nunca. Senão vai ser comida viva.

E se alguém a machuca, você tem que retaliar. Todas as vezes. Porque se não revidar, vão continuar fazendo.

Não é, Bernie?

Ela toca a campainha da ala de segurança média e vê Cat sendo escoltada pelo corredor em direção a sua cela, que é vizinha da de Geo. As duas foram transferidas da segurança máxima há três anos — Geo por bom comportamento, e Cat porque adoeceu. Geo fica abatida quando nota que o uniforme da prisão fica cada vez mais largo no corpo de Cat, que emagrece depressa. É difícil levar a amiga para comer e, quando ela come, é mais difícil ainda fazer que a comida fique.

Kellerman, o guarda designado a levar e trazer Cat do hospital, parece irritado. Cat precisa de ajuda ao caminhar, mas ele não a ajuda. A mão dele mal toca seu cotovelo, como se estivesse enojado por estar perto dela.

Como se câncer no estágio quatro fosse contagioso.

— Como foi? — Geo pergunta quando os alcança.

— Bem — Cat responde agradável o bastante, mas sem sorrir. Seu rosto está mais pálido que o normal, os círculos ao redor dos olhos têm cor de berinjela. Seu cabelo ruivo, perfeitamente penteados em um dia normal, está sem vida, e as raízes brancas aparecem. — A mesma merda, todo dia.

— O que você está fazendo fora do trabalho, Shaw? — O guarda Kellerman treina levantamento de pesos, mas, na verdade, é mais simpático do que parece, porém muito rígido, sem o menor senso de humor. Braços musculosos cercam seu torso de barril. — Você deveria ficar no trabalho até as três e meia.

Geo já tem a explicação pronta.

— Bukowski disse que eu podia fechar o salão mais cedo para ajudar a Cat. Ela vai vomitar em três minutos.

Kellerman hesita. A tarefa dele é trazer Cat de volta, mas uma presa doente e vomitando não é nada agradável.

— Acho que tudo bem — ele diz, conseguindo soar como se estivesse fazendo um favor. Ele solta o braço de Cat, que fica caído ao lado. — Mas você tem que levar a Bonaducci direto para a cela, entendido? Sem voltas, tirando o banheiro.

— Ah, que pena, eu tinha esperança de dar uma volta pela prisão — Cat diz.

O guarda a encara, mas apesar do sarcasmo, a mulher obviamente está péssima. O ligeiro brilho de suor no rosto enfatiza sua palidez, e os olhos vidrados estão um pouco desfocados.

— Direto para as celas — Kellerman repete, antes de se afastar.

Geo põe o braço ao redor da amiga, apoiando-a, enquanto caminham devagar pelo corredor. Cat perdeu tanto peso que se sente como um pássaro cujos ossos ocos podem ser quebrados à menor pressão. É uma mulher muito diferente daquela que Geo conheceu há cinco anos, tão robusta e cheia de vida. Elas chegam à cela de Cat, e Geo ajuda a amiga a se sentar na cama, depois pega a garrafa de água que está na mesinha. Já está cheia, preparada para a volta de Cat do hospital; depois de duas sessões, as duas já conhecem a rotina.

— Calma — Geo diz quando a água escorre pelo queixo de Cat. — Vá com calma.

Cat termina de beber e se recosta no colchão. A testa está franzida, uma expressão de exaustão e dor.

— Porra, odeio isso.

— Eu sei. — Geo acaricia os cabelos que restam na amiga. Ela ainda tem um pouco, graças a Deus, mas estão finos e perderam todo o antigo brilho. Ela sempre parece pálida depois da quimioterapia, mas hoje sua pele está com a cor de toalha de papel. — Aguenta firme. Hoje foi a sua última sessão.

— Sim, para essa série — Cat diz. — Mas quantas mais terei que fazer? A porra da quimioterapia parece pior que o câncer. Se o câncer não me matar, essa maldita químio vai conseguir.

Geo ajusta o travesseiro de Cat e tira seus tênis. Ela a cobre com o cobertor, depois aproxima o balde para mais perto da cama, fácil de alcançar. Em algum momento, Cat vai vomitar, e já que não há vaso dentro da cela, o balde tem que servir. Existem celas com vaso — celas com sua própria pia e vaso — apenas na ala de segurança máxima, e Cat se recusa a voltar para lá. As presas são piores e, além disso, lá ela não tem amigas.

Todas as semanas, depois da quimioterapia, Geo cuida do balde de vômito de Cat, levando-o para o banheiro e o limpando. Ela também a ajuda a usar o banheiro, a ajuda a tomar banho e a ajuda também a escovar os dentes. Geo não se importa. Cuidar de Cat a faz lembrar de que ainda é uma boa pessoa, que ainda pode fazer coisas boas. É fácil esquecer isso ali dentro.

— Olhe pelo lado bom. — Geo sorri quando diz isso. — Por enquanto você terminou a quimioterapia. Amanhã você recarrega a energia e vai se sentir a mesma de novo. Lenny vem no sábado...

— Ele não vem mais — Cat diz.

— Como assim?

— Ele quer o divórcio. — A voz de Cat treme, e seus olhos se enchem de lágrimas. — Lenny está me deixando. Conheceu uma mulher num dos cassinos e disse que está apaixonado. Ela tem um salão de manicure. Deve ter unhas lindas. — Cat levanta a mão retorcida. As unhas estão brutalmente curtas e amareladas pelas toxinas contra o câncer que são injetadas em seu soro todas as semanas. — Diferente das minhas.

— Por que você não me contou? — Geo está chocada. — Quando você descobriu?

— Ele me contou na semana passada.

— E você guardou isso só para você todo esse tempo? — Geo sente a raiva aumentando e faz o melhor que pode para contê-la. Raiva não vai ajudar Cat agora. Mas essa coisa toda é uma baita injustiça. — Esse filho da puta.

Cat e Lenny se conheceram através do programa Escreva-para-preso. Trocaram cartas por seis meses até que ele finalmente veio vê-la. Como caminhoneiro que está na estrada três semanas a cada mês, o relacionamento deles funcionou muito bem. Lenny finalmente conseguiria uma esposa que não ficaria reclamando por ele passar tanto tempo viajando. Eles se falavam ao telefone durante a semana, e ele a visitava todos os finais de semana quando estava em casa. E, a cada mês, eles recebiam uma licença de vinte e quatro horas para visita conjugal. A Aveleira tinha meia dúzia de trailers no fundo da prisão, equipados com cozinha completa, cama *queen size* e televisão, e eles passavam o tempo juntos comendo, vendo filmes e fazendo sexo. Cat ficava radiante por uma semana inteira quando voltava para a cela, contando com satisfação cada detalhezinho para Geo.

Quando ela adoeceu há oito meses, Lenny jurou ficar com ela. Cat já está com sessenta anos, mas antes do câncer, ela parecia ter quinze anos a menos. A cara que Lenny fez quando ela disse "sim" para ele na capela da prisão ficou gravada no cérebro de Geo. E ela ainda se lembra do olhar no rosto de sua amiga naquele dia. A porra do sol brilhava nos olhos daquela mulher.

Agora, os olhos castanhos da amiga estão vítreos. O câncer secou sua pele que antes era tão luminosa, afundando as bochechas, a pele caída criando papadas em um pescoço que antes era suave e firme. Seu cabelo ruivo, antes brilhante, agora tem cor de ferrugem desbotada, apesar dos esforços que Geo faz no salão de beleza. Ela havia perdido tanto peso que a pele em seus braços e pernas ficava pendurada, como uma camada extra de roupa que é grande demais.

Cat tem um câncer em estágio quatro, pelo amor de Deus, e seu marido não pode *esperar*? Ela poderia matar a porra do Lenny. Sem ele, Cat vai descer a ladeira ainda mais rápido.

— Não fique com raiva dele — a voz da amiga interrompe seus pensamentos. — Sei o que você está pensando. Você sai amanhã e quer rastrear o cara e gritar na cara dele, forçá-lo a vir me visitar. Mas não faça isso, tá bem?

É exatamente o que Geo está planejando fazer.

— Me dê uma boa razão para não fazer isso.

— Porque eu estou pedindo. — Cat aperta as mãos dela. — É mais que o câncer o que está me matando aqui, querida. É mais que o Lenny. É esse maldito *lugar*. Tudo cinzento, a monotonia, o fato da porra de todos os dias serem iguais. São essas briguinhas diárias e os dramas entre as mulheres que já estão velhas demais para viverem juntas numa casa de fraternidade, que é exatamente o que isso aqui é, não é? Tirando as roupas chiques e os namorados.

Geo abre a boca para responder, mas Cat não terminou.

— Não posso culpar Lenny por não me amar mais. Tudo o que ele amava desapareceu. Minha aparência. Minhas risadas. Meu tesão. Da última vez que tivemos uma visita conjugal, passei a metade do tempo dormindo. O melhor que consegui foi bater uma punheta nele. — A mulher mais velha tenta sorrir, mas não consegue. — Não foi com isso aqui que ele casou. A gente tinha planos para quando eu saísse. Monte Rushmore, Monte Santa Helena, o Grand Canyon, a gente ia dormir em quartos de hotéis, trepar como coelhos, colecionar todos os copinhos de bebidas que distribuem como lembranças de cada lugar que a gente visitasse. Adoeci e tudo isso mudou.

— Ele é um babaca infiel — Geo cospe. Ela não consegue se conter. — Não é certo. Não é justo.

— Sim, e sim — Cat responde, pacientemente. — Mas já sabemos que a vida é assim. Amanhã você será uma mulher livre, e quero que vá para casa e jamais olhe para trás. Reconstrua a sua vida. Arrume um homem. Case. Tenha filhos. Deixe toda essa merda para trás. E nunca mais volte aqui, nunca. Nem mesmo para me visitar. Nem quando eu estiver morrendo.

— Para com isso. — Lágrimas quentes queimam os olhos de Geo, mas ela pisca para evitar que caiam. — Você não vai morrer aqui. Vão te dar liberdade condicional por saúde. Devemos saber sobre a decisão da comissão de condicionais a qualquer momento. E quando você sair, levo você para todos esses lugares...

— Isso não vai acontecer — Cat diz, gentilmente, acariciando o braço de Geo. — Aceite.

— Não...

— *Aceite* — Cat pede, com mais firmeza.

Nunca, Geo pensa, mas balança a cabeça. Não cabe a ela discutir com uma enferma.

O olhar da amiga cai na TV colocada na mesa.

— O que aquilo está fazendo ali?

— É a sua nova televisão — Geo diz. — Também conhecida como a minha antiga TV, que agora é sua. Oito polegadas coloridas, mas sem alta definição. Para você ver com prazer.

— Gostaria que fossem vinte centímetros de outra coisa para o meu prazer.

Geo bufa.

— Como se você fosse capaz de aguentar um desse tamanho.

— Você ficaria surpresa. Sou pequena, mas poderosa.

As duas caem numa gargalhada calorosa.

— Agora é sua. — Geo liga a TV e a ajusta por um tempo. — Olha só o que está passando. *The Young and the Restless*.

Ela se senta na cadeira ao lado da cama. Tecnicamente, Cat precisa ter aprovação para poder ficar com a TV na cela, mas de qualquer modo, Geo não consegue imaginar que alguém possa negar à sua amiga enferma o que Geo não vai mais usar. *The Young and the Restless* é a novela favorita de Cat. Ela se sente reconfortada vendo os dois personagens principais gritarem um com o outro mais uma vez.

— Quando ela vai entender que ele não presta para ela? — Cat pergunta, com um suspiro dramático.

— Nunca — Geo responde, com os pés em cima da mesa. Ela mastiga uma das bolachas de Cat e lixa as unhas com uma pequena lixadeira que comprou na loja da prisão. — A angústia deles vai se arrastar até que um morra. É uma novela, afinal.

Geo não perde a ironia de estar cuidando das unhas enquanto assiste à série. Há cinco anos, ela ia regularmente na manicure perto de sua casa. A proprietária era uma vietnamita baixinha chamada May, que aprendia inglês assistindo a novelas. O salão tinha uma TV montada em uma parede e *The Young and the Restless* estava sempre passando em alto volume. Geo relaxava na cadeira macia de couro falso, os pés de molho em um aparelho com água rodopiante, ao mesmo tempo que May fazia as mãos. De vez em quando, a mulher olhava e perguntava: "O que significa *escândalo*?" ou "O que é *adúltera*?". E Geo respondia.

Agora todas essas sessões parecem um luxo absurdo. Junto com seu Land Rover e seus lençóis de cento e vinte fios de algodão egípcio, seus incontáveis sapatos de salto alto da Stuart Weitzman. Tudo ficou guardado na casa do seu pai desde que sua própria casa foi vendida, e enquanto está ansiosa pela saída da Aveleira, ela também se sente apavorada em voltar para a casa da sua infância. Mas não tem outro lugar para ir.

The Young and the Restless termina, e Geo se vira e vê Cat dormindo, a respiração profunda e regular. Geo a observa por um momento, o coração da amiga batendo e falhando ao mesmo tempo. A pele fina como papel, as pálpebras com veias azuis, os lábios secos e murchos. Como ela poderia deixar a amiga ali para morrer?

Esse merda do Lenny. Isso não é justiça porra nenhuma.

— Você anda assustadora. — Os olhos de Cat ainda estão fechados, mas seu rosto mostra um leve traço de sorriso. — Também te amo. Para de ficar me encarando e deixa a velhinha aqui descansar.

O noticiário começa. Geo assiste, distraída, quando uma repórter bonita e loira destaca as principais notícias do dia. E, de repente, a casa do seu pai aparece na tela.

Ela se endireita e puxa a TV um pouco mais para perto. É impossível confundir a casa da sua infância. A mesma lateral acinzentada, a mesma porta azul-brilhante, a mesma árvore vermelho-escura de bordo japonês à esquerda da garagem que sempre esteve ali. Geo se esforça para ouvir, sem querer aumentar o volume para acordar Cat.

— A polícia ainda não confirmou a identidade das vítimas, mas foi possível confirmar que uma delas é uma mulher adulta e a outra é um menor — a repórter diz, a dicção clara e regular. — Recapitulando, ambos os corpos foram encontrados no bosque logo atrás da Briar Crescent, no bairro de Sweetbay, relembrando os residentes locais de uma descoberta semelhante cinco anos atrás. Mais detalhes depois dos comerciais.

O noticiário corta para os comerciais, e Geo afunda na cadeira. O terror assalta seu coração como uma prensa, agarrando-o com dedos de aço que não o soltam. Cat ronca ao seu lado.

Calvin está de volta.

Bem na hora de lhe dar as boas-vindas a casa.

13

GEO TINHA DEZESSEIS ANOS quando pôs os olhos em Calvin James pela primeira vez.

Era um dia como outro qualquer. Ela estava com Angela e Kaiser, os três saindo do 7-Eleven, descendo a rua do St. Martin, com raspadinhas na mão. De uva para Angela, framboesa azul para Geo, e um ginger-ale gigante para Kai, que não gostava mesmo de raspadinhas. O Trans Am vermelho estava estacionado a duas vagas do pequeno e bonitinho Dodge Neon, que os pais de Angela lhe deram no dia em que ela completou dezesseis anos. Seu pai era vice-presidente da Microsoft, e a mãe era de família endinheirada, portanto, Angela era rica. Não era algo de que a amiga de Geo se gabasse nem escondesse. Era o que era.

O Trans Am estava rodeado por quatro caras, e todos pareciam ter a mesma idade, vinte e poucos anos. Todos fumavam e bebiam cerveja, as latas escondidas em sacos de papel. Eram duas e meia de uma tarde de quinta-feira. Só isso já deveria ter sido a primeira luz vermelha.

Os caras mais velhos — rapazes? homens? — olharam quando o trio se aproximou do Neon, notando a combinação das blusas abotoadas de cima a baixo, com o emblema do St. Martin no bolso do peito. Angela e Geo vestiam saiotes escoceses quadriculados de marrom e cinza, meias até os joelhos e mocassins pretos. Kaiser usava calça comprida cinzenta e uma gravata marrom. Geo percebeu a mudança na postura dos seus amigos quando se aproximaram. Kaiser, alto, mas magricelo, pareceu se encolher um pouco quando os caras mais velhos o examinaram de cima a baixo. Angela, ao contrário, floresceu com a atenção, adicionando um requebrado nos quadris que não estava ali três segundos atrás.

— Garotas do St. Martin — um dos caras falou alto o suficiente para que eles escutassem. — Você é o namorado de uma delas, cara?

Kaiser não respondeu. Simplesmente esperou do lado da porta traseira do Neon, que era seu lugar quando entravam no carro de Angela, parecendo como se ele desejasse desaparecer dali.

Angela colocou sua raspadinha no teto ao destrancar o carro, o olhar calmo escondendo sua excitação por ter sido notada pelos caras mais velhos. Os três entraram no carro. Geo revirava os olhos enquanto fechava a porta e prendia o cinto de segurança.

— Eles são velhos demais — ela disse a Angela. — E estão bebendo. No meio do dia, o que significa que eles têm pelo menos vinte e um anos. Por que será que não estão trabalhando?

— Porque devem ser desempregados — Kaiser disse do banco de trás, com o tom normal e confortável por já estarem dentro do carro. — Também não parecem fazer faculdade.

— Não seja crítico, Kai — Angela retrucou, abaixando o retrovisor para verificar seu rosto. Ela havia verificado cinco minutos antes de entrarem na 7-Eleven, e cinco minutos antes disso, na escola, quando entraram no carro para vir até ali. Satisfeita por não ter aparecido uma espinha de repente nos últimos trezentos segundos e seu rosto continuar perfeito — o que era mesmo, não havia como negar —, ela voltou o retrovisor para o lugar. Seus olhos escuros passaram por Geo e foram na direção do grupo, ainda os observando. — Talvez eles trabalhem de noite. Você não sabe de nada. — Virou-se para Geo e disse: — E aí, você prefere os garotos do colégio? Olha, aquele ali é fofo.

— Qual deles? — Geo disse, chupando a raspadinha. Ela não se atrevia a olhar.

— O mais alto. Meu Deus — Angela disse, com a voz um pouco sem fôlego. — Sério, ele é lindo. Cara de Jared Leto, atitude de Kurt Cobain.

Geo olhou de relance para o grupo. O mais alto tinha mesmo boa aparência, ela supunha, se você gostasse daquele tipo de *bad boy*, como Angela gostava. Jeans rasgado, camiseta preta, cabelo um pouco comprido e penteado para trás do rosto bem definido. Ela percebeu que ele a olhava e desviou o rosto da janela.

— Ang, vamos embora. Tenho que terminar o meu trabalho de Inglês antes de *Melrose Place*.

— É, já podemos ir? — Kaiser disse, com voz chateada.

— Ele está vindo para cá — Angela disse.

— O quê?

— Está vindo para o carro — Angela falou entre dentes. — Abaixe o seu vidro, veja o que ele quer. Poxa, espero que o Trans Am seja dele.

— Não vou abaixar...

A batidinha no vidro deu um susto nas duas. Geo não pôde deixar de rir. Coisas assim sempre aconteciam quando Angela ia a qualquer lugar. Sua melhor amiga conhecia caras só por andar pela rua; na verdade, exatamente isso havia acontecido no dia anterior. Um carro deu a volta no meio do estacionamento do shopping center, quase atropelando alguém, só para que o motorista pudesse pedir o telefone de Angela. Ela disse não, nem um pouco impressionada com o carro, um Jetta velho cheio de manchas de ferrugem.

Geo rodou a maçaneta, abaixando um pouco o vidro. O cheiro que vinha dele foi a primeira coisa que notou, flutuando pelo carro, uma mistura embriagadora de Budweiser, colônia Eternity da Calvin Klein e Marlboro. Se o nome da colônia fosse *Se seus Pais o Odiassem*, esse seria o cheiro.

— Posso ajudar? — ela disse. Sua voz saiu mais nítida do que desejava, e ela sabia que havia soado arrogante.

Angela bateu em seu braço e depois se inclinou sobre Geo para sorrir para o cara na janela, seu cabelo roçando as pernas de Geo. Ela estava fazendo o controle de danos. Não podia permitir que o cara bonitão não gostasse dela por conta de alguma coisa embaraçosa dita por Geo. O cara sorriu, primeiro para Angela e depois para Geo. Ela sustentou o olhar e sentiu um friozinho na barriga. Angela tinha razão. Ele era lindo.

— Cara — ele disse finalmente, acenando para Kaiser, sem perder o contato visual.

— Ei — Kaiser respondeu, mas isso soou como um rangido.

— Você deixou a raspadinha no teto. — Ele falava com Angela, mas não tirava os olhos de Geo. — Não queria que você saísse dirigindo e derrubasse o copo.

— Ah, merda. Obrigada por me avisar. — Angela abriu a porta e tirou meio corpo para fora, alcançando a bebida no teto.

— Framboesa azul, não é? — ele disse para Geo, observando o copo enorme dela.

— Como você sabe?

— Sua língua está azul.

— Ah. — Ela corou. — Assim fica fácil. Mas não sei por que você prestou atenção na minha língua. É meio pervertido.

Ele riu, e ela ficou satisfeita consigo mesma. Foi uma boa resposta.

— Meu Deus — Kaiser resmungou do banco traseiro, mas se o cara mais velho ouviu, não deu bola.

O olhar fixo dele era desconcertante. E não havia como olhar para outra coisa, a não ser direto para ele. Tinha olhos verdes, com um dourado brilhante no centro. Olhos felinos. Eles contrastavam intensamente com seu cabelo escuro. Um braço repousava na beira da janela aberta.

113

— Eu já vi você por aqui antes?

— Nossa, que cantada original — Angela disse, batendo a porta do carro. Geo deu uma olhada na amiga e encontrou apenas sua expressão taciturna, os lábios carnudos apertados numa linha fina. Ela estava zangada, porque o cara bonitão não estava prestando atenção nela. Ele não estava nem *olhando* para ela, e Angela mascarava seu sentimento de rejeição e desapontamento, fingindo estar completamente entediada com a conversa. — Você mesmo pensou nessa cantada ou roubou do papai?

O cara abriu um sorriso e depois piscou para Geo, como se dissesse: *Sei por que ela está chateada, e você também sabe. E quem liga.*

— Então, como você se chama? — perguntou a Geo, ignorando Angela.

— O nome dela é Chave de Cadeia — Angela rebateu antes que Geo pudesse responder. — Bem, foi bom falar com você, mas temos que fazer as nossas tarefas. Com certeza você se lembra do que é tarefa, não é?

Agora ele é velho demais?, Geo pensou, incrédula. E respondeu para o cara:

— Sou Georgina. Meus amigos me chamam de Geo.

— Então vou chamar você de Georgina — ele respondeu. — Porque acho que vamos ser mais que amigos.

Ela riu. A seu lado, Angela soltou um suspiro impaciente e ligou o carro.

Geo sabia exatamente a razão pela qual a amiga estava sendo mal-educada, e era porque o cara mais velho e bonitão com seus amigos mais velhos e legais não estavam interessados nela. Bem, sabe de uma coisa? Que se dane. Quantas vezes Geo havia ficado no banco de trás como apoio da amiga, enquanto os caras davam em cima dela? Havia até um termo para isso: granada. Em todos os grupos de garotas havia a gostosa e havia a granada. Angela sempre era a gostosa, a desejada, que os rapazes competiam para conquistar. Geo era a granada, e os rapazes tinham que ser simpáticos com ela, porque se a coisa não desse certo — se a granada não gostasse de você —, então toda a turma de garotas dava no pé, e com elas ia a oportunidade de ganhar a gostosa.

Por razões que ela não conseguia nem imaginar, os papéis haviam sido trocados naquele dia, e nenhuma das duas estava preparada para isso. Não que Geo não fosse bonita. Era, e na maioria dos dias se sentia assim. Mas Angela Wong era linda. Todos diziam isso. Cabelo preto até a cintura, olhos escuros e amendoados, pele de porcelana. Também tinha muita confiança — uma das garotas mais populares desde o primeiro ano. Quando ela dirigia a palavra a alguém, podia fazer a pessoa se sentir como a única da sala ou destroçá-la com um olhar de desprezo.

Geo não tinha nenhuma dessas qualidades. No entanto, por alguma razão, o cara bonitão *a* queria. Era óbvio que Angela estava chateada. O cara bonitão não estava jogando direito quando não mostrou o menor interesse por sua melhor amiga. A granada estava prestes a explodir.

Por sorte, ele percebeu a situação.

— Olha, a razão para eu ter vindo é que o meu amigo ali acha que você é linda. — Agora ele dirigia sua atenção para Angela, e apontou para onde os amigos estavam parados. Um deles levantou a mão para acenar. — Aquele é o Jonas. Ele toca numa banda. Amanhã eles têm uma apresentação no G-Spot, e a gente pode colocar vocês para dentro de graça. O *bartender* é amigo meu, aí vamos ter bebidas de graça a noite toda. Vocês têm identidade, não é?

Ele queria dizer identidade falsa, e é claro que tinham, ainda que Geo ficasse nervosa todas as vezes que a usava, o que não era frequente. Ainda irritada, Angela virou o pescoço para ver Jonas melhor, o qual, na opinião de Geo, parecia ter uns vinte e cinco anos. Mas ele era fofo o suficiente, e o fato de tocar numa banda agradava Angela.

— Talvez — finalmente sua amiga disse e abriu um rápido sorriso. Geo respirou melhor. O pino ainda estava na granada. Por enquanto.

— Você também toca na banda? — Geo perguntou.

— Não, eu não. Mas apoio os meus amigos, sabe. Seja lá o que eles quiserem, eu quero também. É assim que os bons amigos se comportam.

Era uma cutucada em Angela, mas sua amiga estava tão ocupada checando o rosto no retrovisor que nem notou. Ele sorriu, compreendendo tudo, e Geo sorriu de volta, começando a sentir como se já compartilhassem um segredo.

Já parecia algo íntimo.

— Vou passar o meu número para você, pode me mandar uma mensagem — ele disse. — Tem uma caneta?

Geo achou uma no descanso de braço e entregou a ele. Ele pegou a mão dela, escrevendo devagar em sua palma. A sensação fazia cócegas, e ela queria rir, mas havia algo nele que a fazia se sentir quente por dentro e um pouquinho tonta. Geo olhou o número que ele escreveu e o nome logo abaixo. *Calvin*.

— Espero ver vocês lá, pessoal. — Ele segurou a mão dela um segundo a mais do que o necessário. — Você também é bem-vindo, cara — disse a Kaiser, como uma lembrança tardia.

— Com certeza vou ter tarefa para fazer — Kaiser disse, bebendo do seu copão.

— Espero ver você logo, Georgina — Calvin disse, beijando sua mão antes de a soltar.

Angela engrenou o carro e saiu da vaga, dirigindo lentamente para passar perto dos três outros amigos, encostados no Trans Am vermelho.

— Jonas é fofo — Geo disse e virou a cabeça para olhar para Kaiser no banco de trás. — Você não acha, Kai?

— Vocês não vão querer saber o que eu acho — ele respondeu, carrancudo.

— Ele é mesmo, não é? — Angela disse, mas sua voz mostrava dúvida. Eles ficaram algum tempo em silêncio. Geo estava desfrutando o calor provocado pelo interesse de Calvin e morrendo para falar sobre isso, mas sabia que se abrisse a boca cedo demais poderia estragar o resto da tarde. Tinha que esperar Angela tocar no assunto e a amiga se decidir se estava tudo bem com o que havia acontecido. Em vez disso, Geo sorriu para a mão. Ela já havia memorizado o número de Calvin, caso a tinta borrasse antes de ela ter tempo de ligar.

— Não acredito que você pegou o telefone desse cara. — Kaiser não parecia feliz. — Seu pai vai te matar. Ele é, tipo, velho demais.

— Cale a boca, Kai — Geo disse, chateada. Ela não esperava que ele ficasse feliz com isso, por razões diferentes das de Angela, mas o mínimo que os dois podiam fazer era não espalhar merda para cima dela. Coisas assim não lhe aconteciam todos os dias, e ela queria desfrutar um pouco. — Não vou contar para o meu pai.

Angela suspirou.

— Ótimo, que seja. Ele é bonitão, sua sortuda. É melhor a gente pensar no que vamos vestir amanhã à noite. Você vem com a gente, não é, Kai?

— Porra nenhuma — ele disse.

No fim das contas, seu vestido pouco importou. Geo passou a noite seguinte na sala dos fundos do G-Spot, se enroscando com Calvin em um sofá verde velho que cheirava a cerveja e pizza. Era a primeira vez que ela beijava pra valer na boca, primeira vez que ela chupava a língua de alguém. Não foram até o fim, porque Geo ainda era virgem e não estava nem pronta para isso, mas deixou as mãos dele passarem por onde quisessem. Por baixo da blusa, dentro do sutiã. Saia acima e dentro da calcinha. Ele lhe proporcionou o primeiro orgasmo que ela teve com outra pessoa, e ela gozou pra valer, olhando direto nos olhos dele. Ela não sabia que podia se sentir assim.

Depois, ele entrelaçou seus dedos com os dela e sussurrou:

— Isso é loucura. Estou tão fissurado em você que até dói.

Aquela primeira noite com Calvin foi a primeira e última vez que ela achou bonito o relacionamento deles. A primeira e última vez que não pareceu complicado. A primeira e última vez que o coração e a mente de Geo eram puros. Se de algum modo ela pudesse isolar aquela noite e lembrar-se de tudo como foi, poderia até ser uma lembrança feliz. Afinal de contas, Calvin James foi o seu primeiro amor.

Mas não foi assim que funcionou. O passado está sempre com você, queira ou não pensar sobre isso, assuma ou não a responsabilidade. Você carrega o passado consigo, porque ele transforma você. Pode tentar enterrá-lo e fingir que nunca aconteceu, mas isso não funciona. Geo sabe disso por experiência própria.

Porque as coisas enterradas podem voltar, e de fato voltam.

14

UM TOTAL DE 1.826 DIAS. Foi esse o tempo que Geo passou na Aveleira. E já poderia estar fora horas atrás, não fosse um pequeno incidente.

A prisão está em estado de confinamento.

Yolanda Carter, a presa magra e negra, também conhecida como Ossuda, foi esfaqueada naquela manhã no chuveiro. Foi encontrada por um guarda durante a contagem e já devia estar no chuveiro há mais de uma hora, com as presas entrando e saindo, se preparando para o dia. Mas ninguém falou nada, é claro. É assim que as coisas funcionam na prisão. Ninguém quer ser a "puta dedo-duro".

Geo não viu o que aconteceu, mas segundo os boatos — que na prisão se espalham com mais rapidez que um relâmpago —, a morte de Ossuda foi uma cena de filme de terror. O chuveiro, programado para desligar depois de oito minutos, não conseguiu limpar muito, e a presa-traficante-esfaqueada foi encontrada encolhida no chão azulejado, usando apenas seus chinelos de banho, coberta com seu próprio sangue. Geo não ficou surpresa quando soube da notícia, ainda mais considerando sua conversa com a mulher no dia anterior. Havia algum tempo que Ossuda estava se movimentando pela área de Ella Frank, e não apenas na Inferneira, mas também lá fora. Por isso é que Ossuda teve que ser despachada. Não se ameaça a família de uma mulher. E com certeza absoluta *jamais* se pode ameaçar os filhos de uma mulher. Talvez se Ossuda tivesse um filho poderia entender. Mas não tinha e agora está morta. Todo mundo sabe que foi Ella, até os guardas, que passaram toda a manhã interrogando. Se podem ou não provar, isso é outra história.

O alarme toca, marcando o fim do confinamento. Geo gira as pernas e sai da cama, inundada por um súbito sentido de urgência. Não leva muito tempo para organizar suas coisas. Ela não tem muito o que levar, além de um bloquinho de anotações com números, uma pilha pequena de cartões de aniversário e de Natal e, amarrado com uma corda, um pacote de cartas de papel timbrado azul jamais abertas. Os cartões são do seu pai, e ela os enfia na mochila de pano barato que lhe deram. Seu pai não é muito de escrever, assinando quase todos com um simples: *Levanta a cabeça, garota! Com amor, papai*, mas ela não acha certo jogar tudo fora.

As cartas provocam uma pausa. Não são do seu pai, e ela só leu a primeira. Pela enésima vez, considera jogar todas no lixo, mas, mesmo agora, não consegue fazer isso. Então enfia todas na mochila com os cartões e seu bloco de notas. Ela já deu o celular para Ella, o terceiro que Geo teve desde que chegou ali. Ella irá revendê-lo, provavelmente pelo triplo do preço de venda lá fora. E não vai ter problemas para encontrar compradores em potencial.

Todo o resto Geo deixará com Cat. Isso inclui sua TV, livros, cosméticos e dois cobertores dos quais não vai precisar mais. Ainda não há resposta sobre se o pedido da amiga por liberdade condicional por doença foi aprovado, o que é frustrante e faz com que Geo pense que precisa tentar resolver o problema de modo diferente quando estiver lá fora.

Geo tinha apenas cinco anos quando sua mãe morreu de câncer, e não havia nada que pudesse fazer então por ela. Nem agora. Mais uma vez.

— Pensei que você tinha dado uma de ligeirinha logo que soou o alarme e já estivesse longe daqui — uma voz seca fala atrás dela, e ela se volta.

É Cat, sorrindo para ela da porta. Geo franze a testa, ainda que sua amiga pareça estar melhor hoje. Seu rosto agora tem cor e os olhos estão mais brilhantes, ainda que seja evidente, pelo modo como se apoia na moldura da porta, que a mulher mais velha está exausta.

— O que você ainda está fazendo aqui? — Geo pergunta, chateada. — Você deveria estar na consulta.

— Você acha que vai cair fora sem nem se despedir?

— Já nos despedimos na noite passada, Cat. Essas consultas são importantes.

— Talvez eu queira me despedir de novo. — Cat passa por Geo e se senta na cama. Dá uma batidinha no lugar a seu lado. — É só para controle. Pode esperar até amanhã.

Geo abafa um suspiro e se senta no colchão ao lado da amiga. Cat pega sua mão, apertando a palma.

— Caso a minha condicional não seja aprovada, queria ter certeza de que você sabe o quanto agradeço por tudo o que você fez por mim — Cat diz.

— Sua condicional vai ser aprovada. — Geo sabe o rumo que essa conversa vai tomar e não quer que ela continue. Ela não está pronta. Jamais estará pronta.

Cat suspira. Tecnicamente, ela ainda tem três anos de sua sentença para cumprir, e Geo compreende que otimismo pode ser algo perigoso ali dentro. Otimismo pode fazer com que os minutos pareçam dias, e três anos pareçam trinta. Mas sua amiga irá sair, faça chuva ou sol. Cat Bonaducci não vai morrer nessa merda, ainda que seja a última coisa que Geo faça.

— Você precisa se manter positiva... — ela diz, mas Cat a corta.

— *Shhh*. Não interrompa uma mulher mais velha que está falando. É falta de educação.

Geo não consegue evitar a risada.

— Está certo, continue.

— Estou aqui há muito tempo. Nove anos. Os primeiros quatro foram uma merda. Houve dias em que eu não sabia como conseguiria sobreviver. Então você apareceu. — Os olhos de Cat se umedecem. — E aí ficou melhor. Você foi a melhor coisa que aconteceu comigo.

Geo morde o lábio. Ela não vai chorar. Fica olhando um ponto na parede até recuperar o controle, depois dá uma palmadinha na perna de Cat.

— Você sabe que eu sinto o mesmo. Isso não vai mudar, seja lá onde você estiver.

Cat mete a mão no bolso.

— Ontem recebi uma caixa do Lenny com as minhas coisas. Ele colocou a maioria das coisas no depósito, mas me mandou a caixa com as minhas fotos antigas, sabendo que eu iria querer rever antes de... — Ela não termina a frase. — De qualquer modo, pensei que você iria se sentir bem vendo essa aqui.

Geo olha a foto que a amiga está mostrando. Uma ampliação de dez por quinze centímetros, é uma foto colorida desbotada de uma jovem vestindo um espartilho de cetim preto, bem apertado, meia-calça preta e orelhas de coelho. Cabelos ruivos ondulados se espalham por ombros de porcelana, e enormes olhos castanhos acentuados com delineador preto e grosso aplicado com precisão. O espartilho diminui sua cintura a quase nada e os seios são macios e cheios. Ao redor do pescoço, uma correia de couro na qual está amarrada uma caixa de cigarros aberta.

— Eu era uma garota dos cigarros no Playboy Club — Cat diz, sorrindo. — Tinha dezenove anos.

— Essa é você? — Espantada, Geo vira a fotografia. No outro lado, com tinta azul desbotada, alguém rabiscou *Catherine "Cat" Bonaducci, Chicago, 1973.* Ela vira novamente a foto, admirando a imagem. — Puta merda, olha só para você.

— Sempre Cat, nunca Cathy. — Sua amiga dá uma batidinha na foto. — Quero que você fique com ela. É assim que eu quero que você se lembre de mim.

Um bolo repentino na garganta de Geo dói. Não há como negar que Cat já não se parece mais com a jovem da foto, nem de longe. Seus seios estão caídos, a pele frouxa, os lábios rachados, o cabelo sem nenhum brilho. Mas os olhos não mudaram. Ainda grandes, ainda cálidos, um tom perfeito de café. Catherine Bonaducci ainda é bonita, se você se der ao trabalho de ver.

— Bem, mas não é assim que eu quero me lembrar de você — Geo diz. — Nessa época, eu nem te conhecia. Mas vou guardar a foto para você. Vou emoldurar e colocar no meu quarto. E quando você sair, pode pegá-la de volta.

— No caso de não nos vermos mais...

— Para com isso.

— ... quero que saiba o quanto você é especial. Talvez você nunca mais consiga trabalhar numa grande empresa. Sei que isso é duro. Mas você é inteligente e tem dinheiro. Sei que vai se virar. — Cat a beija no rosto. — Eu amo você, Georgina. Como se você fosse do meu próprio sangue.

Geo está desesperada para achar algo positivo para dizer, algo animador, mas as duas se conhecem bem. Cat não tolera embromação, e, de qualquer modo, Geo não consegue dizer esse tipo de coisas. Cat está doente. Ela vai morrer, talvez não amanhã, talvez não em três meses, mas logo. A questão é: ela vai morrer dentro da Inferneira ou em algum hospital, rodeada por estranhos? Ou vai morrer com Geo ao seu lado, segurando sua mão?

Morrer de câncer não é bonito. O câncer leva tempo, mata de dentro para fora. Se Geo tivesse que escolher, ela preferiria partir como Ossuda — de modo curto, rápido, furioso. O pai de Geo a manteve distante de sua mãe nos últimos dias, apavorado, temendo que sua filhinha ficasse assombrada pelas lembranças de sua mãe definhando.

Mas o que a assombra agora é a lembrança de acordar cedo uma manhã apenas para ser informada de que sua mãe faleceu durante a noite. Ela jamais teve a oportunidade de dizer um último adeus, de dar um último beijo, enquanto a face de sua mãe ainda estava cálida. Ela realmente nunca perdoou o pai por isso.

Alguém está parado à porta, e as duas mulheres olham. É Chris Bukowski. Geo não está realmente surpresa de ver o guarda ali, apesar de, tecnicamente, ele não estar designado para aquela área. Ela já deveria saber que ele iria querer se despedir e escoltá-la até a saída; ela só espera que ele não sugira uma passadinha rápida pela biblioteca.

— Pronta? — ele pergunta.

Geo se levanta, dando uma última olhada ao redor. Ela não vai sentir falta do lugar, com as paredes cinzentas, chão cinzento e sem janelas. Literalmente não há nada ali que ela queira lembrar, salvo aquela mulher, pequena e magra, ainda sentada na cama. Ela ajuda Cat a se levantar, segurando as duas mãos da amiga com as suas.

— Logo vou ver você, está bem? Vá a todas as suas consultas e tente comer e beber água o máximo que puder. Mantenha sua força, porque há muitas coisas que quero que a gente faça juntas quando você sair.

— Georgina...

— Vou esperar por você. — Abraçando a amiga, tão pequena e frágil, e em nada parecida com a fotografia que já está em sua bolsa, Geo quer desesperadamente dizer *eu amo você*. Mas com Bukowski olhando, as palavras não saem.

Ela pega a bolsa e sai da cela pela última vez, seguindo Bukowski pelo corredor e saindo da ala. No caminho para a área de processamento, ele é parado por outro guarda, e enquanto os dois conversam sobre um ou outro incidente, ela ouve seu nome sussurrado. Ella Frank está parada bem na esquina do corredor e acena para Geo se aproximar.

Dando uma olhada para Bukowski, ainda envolvido na conversa com o outro guarda, Geo vai até lá. Está surpresa por ver Ella, que ela supôs que ainda estaria sendo interrogada pelo assassinato da Ossuda.

— Queria me despedir — Ella diz, deslizando algo na mão de Geo. É um pedaço de papel com um endereço. — Fiz uma chamada; ele está esperando por você. Vá hoje, tudo bem? Antes de as crianças saírem do colégio.

— Vou, sim. Obrigada por... por tudo.

— Você também — Ella responde, baixinho.

Geo se vira para verificar Bukowski, que termina sua conversa. Quando ela se volta, Ella já desapareceu.

O processo de saída leva trinta minutos. Papéis têm que ser assinados, velhos pertences têm que ser achados e devolvidos, informações devem ser colocadas no sistema. Bukowski fica por perto, apesar de com certeza ter outras coisas mais importantes para fazer. Afinal, uma presa foi assassinada mais cedo.

Pelos cinco anos de trabalho de Geo — a maior parte no salão, ganhando menos de quatro dólares por dia, subtraindo o que ela gastou no comissário com os "extras" — ela embolsa um total de 223,48 dólares. O funcionário do processamento lhe informa a quantidade com algum prazer, como se, de alguma maneira, Geo devesse estar orgulhosa.

— Isso é bom? — ela pergunta.

— A maioria das presas sai daqui apenas com os cem dólares que devem ganhar no dia da soltura. — O funcionário, um sujeito careca de meia-idade, a olha de sua mesa, com óculos de fundo de garrafa. — O fato de você estar recebendo mais significa que deve ter economizado.

Geo nunca economizou. Nunca teve que fazer isso. Seu planejador de finança foi instruído para todos os meses transferir dinheiro de sua conta pessoal para a conta na prisão, de modo que dinheiro para os extras, como um xampu melhor e macarrão instantâneo, nunca faltou.

— Posso transferir os fundos para outra presa?

— Ninguém nunca perguntou isso. — O funcionário franze o rosto. — Você sabe o número dela? — Geo lhe informa o número de Cat. Ele digita no teclado alguns minutos. — Pronto. Você precisa dos horários de ônibus?

Ela sacode a cabeça.

— Já tenho uma carona.

— Então você está oficialmente livre. — O funcionário empurra alguns papéis para ela, junto com uma caixa plástica com as roupas que ela usava no dia que chegou à Aveleira. — Assine aqui e aqui, depois pode se trocar no banheiro no fim do corredor. Deixe seu macacão no depósito ou pode levar com você. Como lembrança. — Ele ri da própria piada, revelando dentes irregulares e manchados de café.

Porra, não.

No banheiro, Geo se despe do uniforme da prisão e veste suas antigas roupas. Fica consternada ao descobrir que o vestido Dior que usou no julgamento de Calvin agora está apertado nos quadris e na barriga, confirmando que ela engordou com toda essa comida reidratada e processada que comeu nos últimos cinco anos. Ainda assim, quando se olha no espelho, tem que admitir que é ótimo se ver parecendo uma pessoa novamente, não uma presa. Os saltos altos parecem estranhos nos pés. Depois de cinco anos usando tênis, ela os sente duros e escorregadios. É estranho pensar que costumava usá-los o tempo todo, e até achava que eram confortáveis.

Ela sai do banheiro e encontra Bukowski, que a esperava. Seu queixo cai quando ele a vê.

— Nossa — ele disse, o rosto corando. — Puta merda. Você parece... uau.

— Aceito isso como um elogio. Obrigada.

Eles caminham juntos pelo corredor até as portas duplas marcadas com a placa de SAÍDA. Bukowski aperta a campainha na parede, depois para e se vira para ela.

— Você tem o meu número, não é? — ele diz, em voz baixa. E dá uma olhadinha na câmera acima da cabeça dela. Geo costumava detestar todas as câmeras da Inferneira, mas agora está grata por elas. Significa que o guarda não vai tentar beijá-la, nem mesmo tocá-la.

— Tenho. — É uma mentira. Geo nem tem o número. Bukowski rabiscou em um guardanapo outro dia, e ela guardou no bolso. E até onde ela sabe, ainda está lá, nas calças que agora estão amassadas e jogadas em um plástico no banheiro. — Ligo para você quando me ajeitar.

As portas parecem acenar. Para além delas está seu pai... e sua liberdade.

— Vou sentir saudades. — Os olhos de Bukowski estão marejados.

Abra logo a porra dessa porta, seu babaca. Ela pendura a bolsa no ombro.

— Eu também, Chris.

O guarda aperta o botão vermelho, e as portas duplas zumbem ao se abrirem. Gotas de chuva e o ar gelado da manhã batem no rosto de Geo. Seu pai está parado ao lado de seu velho Lexus, o mesmo que ele tinha quando Geo foi presa há cinco anos. Ele acena para ela. Ela acena de volta, e sem dar nem mais uma olhada em Bukowski, tira os sapatos de salto e corre descalça para encontrá-lo.

— Que bom ver você, papai. — A voz se engasga quando os braços de Walter Shaw a apertam. Eles tinham permissão para breves abraços na prisão nos dias de visita, mas Geo nunca permitiu que o pai a visitasse mais de uma vez por mês. Era difícil demais.

— É bom ver você também, querida. Vamos botar pra quebrar.

Ela ri um pouco alto demais ao escutar a frase boba. Clássico Walt. No passado, ela teria revirado os olhos, mas não hoje. Ela entra no carro, segurando o fôlego mais um minuto, enquanto passam pela última guarita de controle e atravessam o portão. Só quando estão em plena estrada é que ela se permite soltar o ar.

— Com fome? — o pai pergunta. — Há uma lanchonete a uns trinta minutos daqui. Você pode comer um hambúrguer com fritas.

Geo sacode a cabeça.

— Na verdade, papai, o que eu quero mesmo é um chá verde com leite. E preciso parar para ver alguém no caminho. Dá para fazermos essas duas coisas?

— Claro. Quem você vai ver?

— É o irmão de uma amiga da Aveleira — ela responde, com cuidado, sem querer mentir para ele, mas incapaz de contar toda a verdade. — Ele está me esperando. Você nem precisa sair do carro; só vou demorar alguns minutos. — Ela diz o endereço. É na região sul de Seattle.

Walt levanta uma sobrancelha.

— Georgina, você não está envolvida em nada ilegal, não é?

Ela abre alguns centímetros da janela. Não há mesmo muito o que ver nesse trecho da rodovia, salvo os quilômetros de estrada, o infindável céu cinzento e as gotas de chuva no para-brisa. Mas o ar cheira a liberdade, e ela o inspira. Pensa no bloco de anotações na bolsa, o pequeno, que levava sempre no bolso quando não ficava escondido na saída de ar do salão de beleza. Nele estão números de contas, *logins*, senhas e o nome do corretor que ela usava para lavar o dinheiro de Ella Frank quando estava na Aveleira. Dentro de algumas horas, tudo isso vai ser entregue ao irmão de Ella, Samuel, o único parente adulto vivo da mulher e cuidador dos filhos dela. Samuel irá receber as chaves do reino e, em retorno, entregará uma arma a Geo. Para proteger a ela e a seu pai do monstro que ainda está por aí.

— Não, papai — ela diz. — Não mais.

15

A DISTÂNCIA, PARECE SANGUE, mas quando entram no acesso à garagem, fica claro que é uma pintura de spray vermelho.

ASSASSINA. A palavra cobre as portas brancas e duplas da garagem, uma série de pinceladas furiosas, grandes o suficiente para que possam ser lidas a um quarteirão de distância. É uma coisa fora do lugar, a palavra gritando no agradável subúrbio, tão alto como se alguém estivesse bradando de verdade.

Walt desliga o motor. Geo olha para a garagem e depois arrisca um olhar na direção do pai. Suas duas grandes mãos ainda estão segurando o volante, mas as juntas dos dedos estão pálidas, seu queixo feito uma pedra. Walter Shaw vive ali há mais de quarenta anos. É a única casa que comprou, a hipoteca quitada muito antes de Geo ir para a Aveleira. Walter Shaw é um homem bom, um médico bem-sucedido, cidadão destacado em sua comunidade. Ele não merece isso. Alguém profanou a sua casa por causa dela, e a culpa a atinge como um punhal, rápido e doloroso, e em múltiplas partes.

— Papai...

— Isso não estava aqui quando saí — ele diz. Arranca as chaves da ignição e as joga no colo dela. — Vá para dentro de casa. Vou cuidar disso. *Agora*, Georgina.

Ela faz o que ele manda, levando com ela os copos vazios do Starbucks e a bolsa, agora com a arma que Samuel lhe entregou a caminho dali. Ela planeja guardá-la embaixo do travesseiro. Embora a vizinhança esteja tranquila — é o meio da tarde de uma segunda-feira, e a maioria das pessoas ainda está no trabalho —, ela não pode deixar de pensar que está sendo observada, como se os vizinhos estivessem espionando pelas janelas e testemunhando o infame regresso para casa da nada triunfante filha de Walt.

ASSASSINA. Não é a recepção de boas-vindas que ela esperava, mas isso não quer dizer que não seja o bem-vinda ao lar que ela mereça.

A casa parece exatamente a mesma de suas lembranças. Isso é, ao mesmo tempo, reconfortante e surreal. Parando um momento no saguão de entrada, ela respira o cheiro que não mudou desde que era uma criancinha. O cozido de carne que é a especialidade de Walt está cozinhando em fogo baixo na cozinha. Não é uma casa grande, mas sempre foi o suficiente para os dois.

O retrato colorido dos pais em seu casamento ainda está no centro da cornija da lareira na sala de estar, em cores, mas com aquele desbotado verde--dourado das fotos dos anos 1970. Walter e Grace Gallardo Shaw eram um casal bonito. Seu pai, um quarto jamaicano, elegante em seu smoking cinza, completo com faixa de cetim e lapelas grandes. Sua mãe, metade filipina, usando um vestido de renda simples com mangas bufantes, o cabelo preto preso num coque. Era um elegante casal mestiço em uma época em que isso não era amplamente aceito como agora, e Geo herdou o melhor dos dois.

A menos que seu pai tenha colocado em outro lugar, o vestido de casamento da mãe ainda deve estar pendurado no *closet* do andar de cima. Geo sempre pensou que o usaria em seu casamento. Mas depois que ela e Andrew noivaram, e os preparativos para o casamento começaram, de repente o vestido já não parecia apropriado para o que planejaram — era modesto demais, antiquado demais. Esse pensamento agora a envergonha. Às vezes, ela se pergunta se esse tipo de reação não foi o que realmente a levou à prisão — para salvá-la de si mesma.

Ela olha o resto das fotos na cornija, fotos que não vê há cinco anos. Grace Shaw está na maior parte delas, mas as únicas lembranças reais que Geo tem da mãe são de quando ela adoeceu. Descobriram um caroço em seu seio quando Geo tinha apenas dois anos, e ela morreu alguns meses depois que a filha completou cinco anos. Ela pega uma foto na qual está sentada no colo da mãe em seu quinto aniversário, cercada por balões, um bolo de chocolate gigante no centro da mesa. A cabeça de sua mãe está envolta por uma echarpe colorida para esconder a perda dos cabelos.

Seu pai teve apenas duas namoradas depois que a esposa morreu, a primeira quando Geo estava no ensino fundamental e a segunda quando já estava no ensino médio. Ambas eram mulheres simpáticas, mas nenhum dos dois relacionamentos durou muito. Apenas alguns meses, se tanto.

— Você só tem um coração — Walter disse para a filha depois que o segundo relacionamento terminou. Ele parecia triste, mas não arrependido. — Entreguei o meu para a sua mãe no dia em que a conheci. E ela ainda é a dona dele.

Por muito tempo, Geo acreditou que era verdade. Um coração, uma chance de amar. Com certeza parecia que ela sentia isso por Calvin. Com dezesseis anos, não conseguia imaginar amando qualquer outra pessoa como amava Calvin James — e a verdade é que isso nunca aconteceu. Foi diferente com Andrew, afinal. Menos apaixonada, porém mais segura. Mais madura, porém menos espontânea. Menos excitante, porém com uma puta segurança. Como um relacionamento saudável provavelmente deveria ser.

Segundo seu pai, Andrew agora está casado com uma representante de vendas que costumava trabalhar na Shipp. Tiveram filhas gêmeas no ano anterior. Geo não o culpava por ter seguido com sua vida. Ela teria feito o mesmo.

Ela ouve a mangueira de pressão ser ligada lá fora. Lavar o portão da garagem é a última coisa que seu pai precisa hoje. Suspirando, ela sobe a escada.

Geo havia completado dezoito anos quando saiu de casa. Empacotou o que precisava levar para a universidade; primeiro ficou em um dormitório da Puget Sound e, nos três anos restantes, alugou uma casa, que ficava a alguns minutos do *campus*, com quatro colegas. Ela poderia ter ficado em sua casa e ido todos os dias para a PSSU, mas sabia que tinha que sair dali. Quando fez isso, nunca mais voltou.

Não que seu pai fosse uma pessoa de convivência difícil. Muito pelo contrário. Na adolescência, ele nunca impôs horários. Jamais houve um conjunto de regras para ser obedecido. Ela nunca teve uma lista de tarefas, porque nunca foi necessário. Entre os dois, conseguiam administrar o buraco que a mãe deixou quando morreu. Geo lavava a louça porque o pai cozinhava. Limpava a casa por dentro porque ele tomava conta do quintal e da manutenção. Raramente ficava fora até tarde, porque Walt nunca conseguia dormir enquanto ela não chegasse, e ela não queria que ele fosse trabalhar cansado. Como lhe era oferecida tanta liberdade, quase nunca sentia necessidade de aproveitá-la. O engraçado é que funcionava.

Ela pensa em ir ao seu antigo quarto primeiro, mas a ideia de um banho de espuma é simplesmente tentadora demais. Seu banheiro está exatamente como era, e Geo sorri imaginando seu primeiro banho quente de espuma em anos. Tampa a saída de água e liga a torneira. Ela havia pintado as paredes com uma leve cor púrpura quando tinha quinze anos, e depois de cinco anos olhando o cinza da prisão, o colorido é bem-vindo. Ou será que foi aos dezesseis? Ela pensa por um momento. Foi antes de conhecer Calvin, o que significava que foi quando ela tinha acabado de completar dezesseis.

Engraçado como ela ainda faz isso. Todas as suas lembranças são claramente divididas em seções. Antes de Calvin. Depois de Calvin. Antes da prisão. E, agora, depois da prisão.

Enquanto a banheira enche, ela tira as roupas e se olha no espelho. Ela envelheceu. É estranho. Não que ela pareça mais velha que seus trinta e cinco anos — não é isso. Na verdade, pode se passar por uma mulher de trinta.

Mas está muito mais velha do que a última vez que viu seu rosto nesse mesmo banheiro, nesse mesmo espelho, com essa mesma luz. Há leves linhas ao redor dos olhos que não estavam lá quando tinha dezoito anos. Um novo sulco gravado entre as sobrancelhas, e sua pele, que era luminosa, agora parece opaca e cansada depois de cinco anos com a cozinha medíocre da prisão, as noites insones e pouquíssimo ar fresco.

Mas ela está em casa. Finalmente. Está em casa.

Mergulha na banheira, a água quente e as bolhas de sabão envolvem seu corpo. Geo sente-se tão bem que solta um gemido. Fecha os olhos e se permite relaxar.

Vinte minutos depois, ela sai, apenas porque seus dedos estão como ameixas, e a água começou a esfriar. Enrola-se em uma velha toalha, seu ânimo uns trinta quilos mais leve do que no dia anterior. É quase difícil acreditar que até aquela manhã ela estava ainda na prisão, comendo mingau de aveia e ovos cozidos demais, uma criminosa entre criminosas.

O bom humor não dura muito. Logo que ela entra em seu quarto — o quarto *da sua infância* — tudo volta. Seu pai não tocou em nada, e tudo está exatamente como ela deixou. Bem assim, há dezenove anos.

A coberta floral da cama. *Calvin.*

A janela pela qual ele entrava, tarde da noite. *Calvin.*

O pote vazio na penteadeira, que costumava estar cheio de doces. *Calvin.*

As lembranças a cercam, esmagando-a, e o pânico assume, enfiando nela suas garras. Tonta, ela coloca a mão na parede para se equilibrar e respira fundo várias vezes. Fechando os olhos, ela se força a contar de dez para baixo, focando em seu peito, que sobe e desce, seus pulmões expandindo e contraindo, escutando sua respiração entrar e sair do corpo. Uma técnica simples de relaxamento, algo que aprendeu nas aulas de ioga há tantos anos. Lá pela quinta respiração, ela está fora de perigo. Pela oitava, já está calma. Seu coração volta aos batimentos normais, e ela abre novamente os olhos, mais preparada.

Calvin pode não ter desaparecido, mas não está ali. E, por ora, é o suficiente.

Um raio do sol da tarde entra pela janela, filtrado pelas cortinas de renda cor-de-rosa que ela tem desde bebê. O quarto está envolvido por um suave brilho rosado. O pôster de Mariah Carey está pendurado no mesmo lugar ao lado do seu *closet*. Velas com cheiro de baunilha em várias etapas de derretimento estão no alto da prateleira. A segunda prateleira está cheia de edições baratas de Stephen King, uma pilha de anuários escolares, medalhas que ela ganhou em competições de dança e de animação de torcida, e o gorila de pelúcia que o pai comprou ao visitarem o zoológico de Woodland Park, quando ela estava com doze anos. "Olha, mamãe, eles pegaram um macaco!", uma criancinha exclamou, deliciada, quando eles saíram da lojinha de lembrancinhas, com Geo balançando o macaco de pelúcia por uma de suas pernas. Todos em volta caíram na risada.

A foto emoldurada dela e de Angela ainda está na mesinha de cabeceira, sem ser movida depois de todos esses anos. Foi tirada um mês antes da morte de sua melhor amiga, quando as duas tinham dezesseis anos e riam em um dia ensolarado na feira. Um momento congelado no tempo. Era a foto que Geo não aguentava ver depois. Também era a foto que ela jamais conseguiu jogar fora.

Essa foto foi usada no panfleto de pessoa desaparecida de Angela, que havia sido pregado em postes por toda Seattle, a mesma que estava em todos os jornais e na TV. Também a usaram no tribunal anos depois, e Geo não os culpou. Ninguém tivera tanto amor à vida quanto Angela Wong.

Ela pega o pote vazio, o que Calvin encheu de corações de canela para dar a ela. Foi um presente, o jeito dele de se desculpar depois da primeira vez que bateu nela. Geo não gostava particularmente da guloseima, que era do tipo que fica doce na língua no começo, e vai ficando amarga quanto mais tempo você a deixa lá. Coração de canela era o doce favorito dele, não o dela. Seja como for, ela aceitou o presente, porque achou que os coraçõezinhos vermelhos dentro do pote eram bonitos. Afinal, foi Calvin que comeu todos eles, os doces iam desaparecendo aos poucos, até que sobrou apenas o pote vazio.

Geo pega o pote. Ela deveria ter feito isso anos atrás, logo depois que Calvin lhe deu. Atira-o na parede do quarto com toda força que consegue, antecipando, satisfeita, o ruído de vidro se quebrando. Ele bate forte na parede de gesso, arranhando a pintura.

Mas não quebra.

16

NO COMEÇO, GEO só tinha olhos para ele.

No começo, foi mágico. Foi inebriante, alucinante ou qualquer palavra que descreva melhor ser jovem e perdidamente apaixonada pela primeira vez. Ela adorava o cheiro dele e a maneira como a água de colônia que ele usava ainda impregnava suas roupas muito tempo depois que ele ia embora. Ela conhecia o formato da mão dele e como se sentia quando a sua mão estava envolvida na dele, o ponto exato que os dedos dele apertavam. E permaneceu mágico mesmo quando ficou violento. Essa é a parte que ninguém explica para você.

A primeira vez que Calvin bateu nela foi depois do show da Soundgarden. Ela vestia, a pedido dele, "algo sexy" — no caso um top preto decotado e uma saia curta que ela pediu emprestada a Angela. Um cara ficou olhando para ela a noite toda, e porque ela acabou sorrindo de volta, Calvin se sentiu forçado a esmurrar a cara do sujeito. Quando, mais tarde, voltaram para a casa dele, os dois discutiram. Calvin gritou, e a acusou, e quebrou coisas. Ela gritou de volta, no começo defensiva, certa de que não havia feito nada errado, o que apenas o enraiveceu mais.

Era confuso; ele parecia querer que os outros caras a notassem, mas que não se atrevessem a olhar demais, sorrir ou falar com ela. Ele queria que ela estivesse sexy, mas pobre dela se agisse ou parecesse sacana. Com Calvin, tudo era sobre limites, limites pouco definidos, que ela não sabia exatamente quais eram até que ele dissesse. E ele não dizia com palavras. Dizia com socos, tapas e empurrões, tudo com o objetivo de fazê-la se sentir menor, e desimportante, e humilhada.

Estar em um relacionamento abusivo não era o que Geo esperava. Ela sabia que bater era errado, é claro. Não era estúpida. Haviam discutido o tema da violência doméstica já na aula sobre saúde, no sétimo ano do ensino fundamental. Era também parte do currículo de Estudos Sociais do oitavo ano. E no primeiro ano do ensino médio, um policial foi ao St. Martin para palestrar sobre como terminar um relacionamento abusivo. E quase todos os dias pregavam um novo cartaz nos corredores, encorajando as garotas que estivessem em um péssimo relacionamento a buscar ajuda. *Seus conselheiros são seus amigos. Falem conosco.* Todo mundo sabia que violência em um relacionamento era ruim. Assim como cigarro, drogas, álcool, sexo sem consentimento e coisas assim. Ninguém estava desinformado sobre isso. Não havia falha em sua educação; ignorância não era o problema.

O problema era que nenhum desses serviços públicos abordava qualquer uma das questões reais por trás dos relacionamentos abusivos. Um relacionamento não deveria fazer você se sentir sem controle; não deveria desgastar você; não deveria transformar você em alguém que não quer ser. Mas como ensinar isso? Como explicar para alguém que nunca esteve em um relacionamento romântico como deve ser um relacionamento saudável?

Como explicar para uma garota de dezesseis anos que nunca esteve apaixonada, como o *amor* deveria ser?

Que outras coisas essas "lições" não tratavam? Simplesmente o quão rápido os abusos começam a parecer normais. O pai de Geo nunca bateu nela. Nem uma única vez, nunca. Esse não era um padrão do passado que se repetia. Ela amava tanto Calvin que começou a aceitar que isso era parte do "pacote", parte do preço que tinha que pagar para estar com ele. Porque a alternativa — não ficar com ele — era incompreensível. E, é claro, ele nem sempre batia. Era afetuoso, gentil e generoso noventa e nove por cento do tempo. Não era como se Geo estivesse coberta de machucados, da cabeça aos pés. Então, sim, de vez em quando ele ficava com raiva. Geralmente por alguma coisa estúpida que Geo fez. Eles discutiam. Se ela forçasse a barra — dissesse algo sarcástico ou machucasse os sentimentos dele —, ele batia nela. Fim da discussão. Não era grande coisa. Todos os casais brigam. Na maior parte do tempo, ele não a machucava. Quando as coisas estavam bem, elas eram ótimas.

Mas quando estavam ruins, eram terríveis.

Lá no fundo, aliás, havia uma pequena parte de Geo que gostava disso. Gostava de ver o quanto ele se irritava, gostava de saber que ele sentia ciúmes. Era tão fácil confundir amor com controle, acreditar que ele estava chateado porque cuidava dela, que era protetor porque a amava pra caramba. Às vezes, ela gostava de testar esses limites, observar até onde chegaria antes que ele a agredisse, ver o quanto ela o enlouquecia. Era também sua maneira de controlá-lo, porque, sim, as coisas funcionavam para os dois lados.

E, sim, ela estava se iludindo. Nada disso era bom. Mas ela o amava. Todas as partes dela amavam todas as partes dele.

Quase todos os dias, Calvin a esperava na saída da escola no seu brilhante Trans Am vermelho, e Geo sentia orgulho cada vez que descia aqueles degraus da escola dando pulinhos. Ele estaria encostado no carro, esperando por ela. Era como uma cena de cinema. Era como *Gatinhas & Gatões*, e ela era a garota comum e ele o garotão inalcançável. As outras garotas ficavam embasbacadas, e mesmo se Calvin sorrisse para elas, era Geo que ele beijava, era para Geo que ele abria a porta do carro, era Geo que saía com ele em direção ao pôr do sol metafórico.

Ele tinha um bico diário como pintor de casas, mas não trabalhava o tempo todo, e vendia drogas — sobretudo maconha, bolinha e analgésicos — para pagar as contas e também pagar o carro. No começo, Geo ficou alarmada, mas depois compreendeu que não era tão sombrio como os filmes mostravam. Seus clientes eram principalmente estudantes universitários, donas de casa suburbanas e garotos das escolas que queriam se superar. Eles iam ao apartamento, o dinheiro trocava de mãos, todos eram educados. Depois de um tempo, aquilo também parecia normal.

Ele nunca insistia em fazer sexo com ela. Sabia que ela era virgem e que não estava pronta. Assim, faziam outras coisas, coisas com as mãos e a língua dele que a faziam gritar o nome dele enquanto seus olhos reviravam. Mas nunca o sexo até o fim.

— Quero que a sua primeira vez seja especial — ele dizia. — Posso esperar.

Isso simplesmente fazia que ela o amasse mais.

Calvin assumiu um espaço enorme em sua vida. Quanto mais tempo passava com ele, menos via Angela e Kaiser. Os ensaios da torcida, que eram agendados três vezes por semana depois da escola, se tornavam cada vez mais um incômodo para os dois.

— Não posso encontrar com você hoje à noite — Geo disse a ele em uma tarde. Os dois estavam sentados no carro em um canto mais distante do estacionamento atrás da escola, perto da área arborizada. As aulas já tinham terminado e ela ia ensaiar dentro de quinze minutos. — Meu pai vai ficar me esperando em casa para jantar e tenho muitas tarefas.

Ela não contou a ele que suas notas andavam baixando. Não queria que ele a visse como uma criança. Ele tinha vinte e um anos, e seus dias de escola já haviam ficado para trás.

— Então deixe a torcida — Calvin disse.

— Não posso. — Ela ficou espantada com a sugestão. — Eu sou da torcida organizada. Ninguém nunca abandonou a torcida. Você sabe como é difícil fazer parte da equipe?

— Mas é tão ridículo. — Calvin traçou uma linha em sua coxa nua. A bainha da saia de seu uniforme era curta quando ela estava de pé; e praticamente não existia quando ela se sentava. Reagindo, ela abriu um pouco as pernas, fechando os olhos quando os dedos dele roçaram as bordas da calcinha. Ela os queria dentro dela, mas ainda tinha vergonha de pedir. Ainda bem que não precisava fazer isso. Ele se inclinou e beijou-a novamente, sua língua se entrelaçando com a dela, com um leve gosto de cerveja, cigarros e corações de canela. Era um gosto que ela iria sempre igualar à sensação de se sentir como criança e adulta ao mesmo tempo, o que uma adolescente realmente é. Os dedos dele deslizaram por dentro da calcinha, acariciando-a, e parecia que ela estava se derretendo e ao mesmo tempo se firmando.

— Deixe a torcida — ele repetiu. Seu dedo do meio a penetrou um pouco mais fundo, mas não muito; afinal, ela ainda era virgem. O polegar dele continuava pressionando exatamente no ponto certo. Era tão gostoso, tão bom, que era impossível ser a mesma coisa que eles aprenderam nas aulas de educação sexual. Ela abriu mais as pernas, sentindo o orgasmo se aproximar, enquanto ele a beijava, descendo pelo seu pescoço. — Se você sair, vamos ter mais tempo juntos. Aí eu não vou ter que parar.

De repente, ele retirou a mão. Ela arfou diante da súbita ausência de prazer. Quase doía.

— Está na hora do ensaio — ele disse. — Melhor ir logo. Você não vai querer se atrasar.

Ela o encarou, incrédula, mas o relógio do mostrador não mentia. Tinha dois minutos para chegar ao ginásio, mas ela podia ter gozado em dez segundos, se ele não tivesse parado.

— Você é malvado — ela disse.

— Então não vá.

Ela não podia deixar de ir. Já havia chegado atrasada nos últimos três ensaios. Tentando se recompor, baixou o espelho e, em silêncio, verificou o rosto.

— Odeio isso tanto quanto você.

— Duvido.

— Não posso sair — ela disse. — A Angela me mataria.

Ele bufou.

— Você se importa demais com o que ela pensa.

— É a minha melhor amiga. — Ela lhe lançou um olhar. — Eu a conheço desde a quarta série.

— Então ela vai entender que essa história de torcida é uma estupidez e que agora você tem coisas melhores para fazer.

— Ela não vai ver dessa forma. — Geo colocou o espelho no lugar. — Ela não é bem compreensiva.

— Ela é uma vagabunda, se quer mesmo saber.

— Para! — Geo deu um leve tapa na coxa dele. — Não diga isso. Tem sido difícil para ela. A gente costumava fazer tudo juntas, e desde que conheci você, quase não a vejo mais. Acho que é por isso que ela anda tão resmungona...

— Vagabunda.

— ... *irritada* o tempo todo. Preciso passar um pouco mais de tempo com ela. — Geo pegou sua mochila. — Amanhã é o aniversário do Kaiser. Vamos sair com ele para comer uma pizza e ir ao cinema.

— Pensei que amanhã a gente ia sair juntos. — Os olhos de Calvin escureceram.

Geo se preparou. Ela sabia que rumo esse olhar podia tomar. Por isso mesmo havia lhe dito isso ali, no estacionamento da escola, um minuto antes de ter que sair. As brigas dos dois nunca se intensificavam quando havia a possibilidade de alguém os ver, e quando falassem sobre isso no dia seguinte, ele já estaria mais calmo.

E verdade seja dita: Geo não gostava muito quando os dois saíam. Ela era menor de idade, portanto, quando iam a um bar, havia sempre um amigo com quem ele tinha que falar para que ela pudesse entrar de fininho sem que checassem sua identidade falsa de perto. Ela não gostava do gosto de álcool e raramente bebia. Os bares eram sempre escuros, de segunda categoria e cheios de fumaça. Algum cara sempre olhava "errado" para ela, e Calvin se via "forçado" a ter umas palavrinhas com ele. No começo foi excitante, mas depois de alguns meses, perdeu o encanto. Ela sentia falta das noites em que dormia com as amigas, olhando velhos anuários e fofocando sobre quem parecia bonito ou havia engordado. Sentia falta da pizza e da Coca Diet, dos passeios pelo shopping e cinema. Sentia falta das festinhas de sexta-feira depois do jogo de futebol.

Sentia falta de ter dezesseis anos. Sentia falta até de Kaiser, que às vezes lhe dava nos nervos com sua adoração canina, mas que a fazia rir como ninguém. No entanto, ela não podia dizer nada disso a seu namorado, porque esse mundo não o incluía. E Calvin não gostava de nada que não o incluísse.

— Você podia vir — ela disse, mas os dois sabiam que ele não toparia. Na verdade, ela não o queria lá, e ele com certeza não queria ter merda alguma a ver com um bando de adolescentes. Ele nem respondeu, e quando ela se inclinou para beijá-lo, virou o rosto e ela só alcançou a bochecha.

Ela estava três minutos atrasada para o ensaio. As garotas já estavam se alongando quando ela chegou correndo ao ginásio, sem fôlego e um pouco desarrumada. Tess DeMarco, uma colega da torcida e que desesperadamente queria ser a melhor amiga de Angela, olhou para ela de cima a baixo.

— Você se atrasou — Tess disse. — De novo. O que foi agora dessa quarta vez?

— Cala a boca, Tess — Geo respondeu.

Angela, que estava no solo fazendo extensão dos tendões, olhou para cima.

— Não mande ela calar a boca. Você *está* atrasada. E é a quarta vez.

O ginásio ficou em silêncio. Corpos pararam de se mexer. O resto da equipe sempre escutava com atenção arrebatada quando Angela, a líder de torcida, falava.

— Ang, deixa disso, são só três minutos. — Geo deu uma olhada no relógio na parede. — Estou aqui. Pronta para trabalhar.

— Você não está nem vestida — Angela disse. Geo ainda estava com o uniforme do colégio. — Era melhor mesmo que tivesse ficado com o Calvin. Pelo visto, só ele vale alguma merda para você.

Geo sentiu o rosto ruborizar, dolorosamente ciente de que as garotas estavam atentas a todas as palavras. Tess em particular sorria com malícia, desfrutando cada segundo daquilo.

— Ang, para com isso. Vou levar só dois minutos para me trocar.

— Se isso aqui é tão inconveniente para você, por que quer continuar? É claro que você pensa que é boa demais para isso. Para o time. E para mim e para o Kaiser, que aliás me disse que há duas semanas você não responde a nenhuma das ligações dele.

— Claro que não quero sair — Geo disse. A coisa estava saindo do controle, e ela estava desesperada para terminar essa conversa. — Você sabe o quanto você...

— Você não quer sair? Muito bem, eu faço isso para você — Angela retrucou, cortando a fala de Geo. Ela fez questão de se dirigir às outras garotas. — Quem aqui quer que Georgina saia da equipe?

O braço de Tess disparou para cima, mas as outras garotas olharam umas para as outras com olhos arregalados, completamente inseguras se isso era a sério ou não.

— Para com isso — Geo disse, alarmada. — Você não pode...

— Você está sempre atrasada para o ensaio — Angela disse. — E quando vem, fica distraída. Semana passada a nossa pirâmide quase caiu, porque você não sabia onde seus braços deveriam ficar. Anda preguiçosa, instável, e todas sabemos que você não quer estar aqui. E, odeio dizer isso, mas você andou engordando.

Suspiros por todo lado.

— Eu *não* engordei — Geo respondeu, agitada, e foi aí que sua melhor amiga sorriu. Angela sabia que ela não havia engordado, mas também sabia que Geo ficaria irritada se dissesse isso. Fez isso para ser maldosa, envergonhá-la diante das outras garotas. — Quer saber? Calvin está certo. — Geo também podia ser maldosa. — Você é uma vagabunda.

Mais suspiros. Uma das garotas levantou a mão para esconder a boca escancarada. Ninguém no St. Martin jamais havia chamado Angela Wong de vagabunda. Pelo menos não publicamente, muito menos cara a cara. Várias garotas deram um passo atrás, se distanciando de Geo, como se afastassem também da pária social em que ela havia se transformado.

— Vá embora. — O rosto de Angela tinha um profundo tom marrom. Ela respirou várias vezes, mas permaneceu calma. — Precisamos do seu uniforme de volta amanhã cedo, e seu armário limpo e liberado até a hora do almoço.

As integrantes da torcida organizada tinham armários extragrandes, iguais aos dos jogadores de futebol. Usar um deles era um privilégio. Como era um privilégio fazer parte da torcida organizada.

— Você ouviu o que ela disse! — Tess exclamou, com o rosto iluminado pelo triunfo. Isso a fazia parecer feia. — Agora o ginásio está reservado para o ensaio da torcida. E você não faz mais parte. Então, dê o fora.

Lutando contra as lágrimas, Geo deu a volta e saiu do ginásio, correndo, e se chocou contra Kaiser na saída dos vestiários. Ele estava vestido para o treino de futebol. Ela deu um passo para trás, olhou para ele e se derreteu em lágrimas.

— Opa — ele disse, o rosto alarmado, segurando os ombros dela. — Você está bem? O que aconteceu? Fala comigo.

— Me deixa em paz — ela disse, empurrando-o, e seguiu pelo corredor.

Ainda estava chorando quando conseguiu telefonar para Calvin do telefone público ao lado da cafeteria.

— Venha me pegar — ela disse, soluçando, quando ele ligou de volta um instante depois.

Ele chegou dentro de dez minutos. Ela havia se acalmado, o desespero transformado em raiva. Contou a ele o que havia acontecido, e Calvin escutou em silêncio, murmurando coisinhas para acalmá-la, suas mãos em sua coxa, apertando de vez em quando para confortá-la.

Finalmente, ele disse:

— A torcida organizada significa tanto assim para você, é?

Geo assentiu. Ela amava a torcida. Adorava ser parte de uma equipe, usando o uniforme na escola nos dias de jogo, torcendo diante de centenas de fãs sob as luzes de uma noite de sexta-feira. Ela podia ter perdido um pouco de seu foco ultimamente, mas isso não significava que ela queria sair. Droga, era exatamente a coisa sobre a qual ela e Calvin haviam discutido antes.

— Está bem, então — ele disse. — Vamos ajeitar isso.

— Como?

— Vamos ajeitar isso — ele repetiu. — Conheci garotas desse tipo a minha vida inteira, garotas presunçosas, garotas que pensam que o mundo inteiro gira em torno delas, porque nasceram bonitas, coisa que, aliás, elas nem tiveram nenhum controle. Deixa passar alguns dias, depois peça desculpas. E quando as coisas estiverem um pouco melhores, arranje algum pretexto para nós três nos encontrarmos. Ela está ressentida comigo porque não me conhece. Então ela precisa me conhecer. Vou encantá-la e aí ela vai deixar você voltar. Confia em mim.

Era uma ideia sensata; até mesmo esperta. Ele se inclinou e a beijou, gentilmente no começo, depois apaixonada e vagarosamente ela sentiu que ia relaxando. Porque ela confiava mesmo nele.

Que Deus a ajude, mas ela confiava.

17

O QUARTO ESTÁ ESCURO DEMAIS; a cama, macia demais; os cobertores, quentes demais; a casa, silenciosa demais. Geo tinha uma rotina na prisão, horários específicos a cada dia para comer, tomar banho, usar o banheiro, socializar, cortar cabelo, ver TV e dormir. Vai demorar um pouco para se acostumar à nova vida, que na verdade é sua antiga vida, que agora parece estranha e diferente para ela. Por fora, as coisas parecem as mesmas que antes, mas ela não *sente* como se fossem as mesmas. É estranho não ter uma rotina, não ser comandada para fazer ou deixar de fazer algo. Ela se sente solta, e a sensação não é tão libertadora como imaginava.

O sono não chega, e ela olha o teto e as estrelas brilhando no escuro, que estão ali desde que tinha cinco anos. Um dia seu pai chegou do trabalho com vários pacotes delas, de formas e tamanhos variados, e os dois passaram uma hora colando-as. A mãe tinha morrido havia um mês, e Geo andava tendo pesadelos horríveis. Seu pai lhe prometeu que, enquanto as estrelas brilhassem, nada de mau aconteceria.

Ele estava errado, é claro.

Um pouco depois das dez horas, ela enfim desiste de dormir, desce de chinelos até a cozinha para fazer um chá. Seu pai está de plantão até a meia-noite, e ela provavelmente não será capaz de dormir antes que ele chegue em casa. É estranho estar sozinha na casa. Afinal, ela nunca esteve a sós nos últimos cinco anos.

A caminho da cozinha, Geo dá uma olhada pela janela da frente e para. Um carro preto com vidros escuros está estacionado no meio-fio, com os faróis apagados. Mas a luz de dentro está acesa, e ela distingue a forma de alguém sentado. Ela fica imóvel.

Então, a porta do carro abre e Kaiser Brody sai. Soltando o ar, ela vai até a porta da frente. E abre antes que ele chegue ao batente.

— O que você está fazendo aqui? — pergunta, sua respiração exalando uma nuvem branca no ar frio da noite. O frio não a incomoda. Ela jamais via a própria respiração na prisão; as presas eram proibidas de ir à noite ao pátio de recreação, quando as temperaturas estavam mais baixas.

— Oi para você também — Kaiser diz. — Já ia embora, aí vi a luz acesa. Posso entrar?

— Por quanto tempo você ficou aí?

Ele faz uma pausa.

— Algum tempo.

— Por quê? — ela pergunta.

— Você já sabe. — Kaiser parece exausto, as rugas ao redor dos olhos e da boca um pouco mais profundas do que da última vez que ela o viu. Parece mais velho. Mas, na verdade, ela também.

— Não soube nada sobre ele — Geo comenta. Ela não tem que dizer quem é "ele". Os dois sabem.

— Está bem. — Ele se vira para ir embora.

— Espera — ela diz, e sua voz soa mais desesperada do que pretende. Não quer que ele se vá. Não quer ficar sozinha. — Ia fazer um chá. Se você quiser, é bem-vindo para me fazer companhia.

Ele se vira e lhe oferece um sorriso cansado.

— Claro. Obrigado.

Ele entra na sala, e ela fecha a porta, trancando com a chave e colocando a corrente. Os dois se sentem embaraçados por um momento. Como da última vez que o viu, ela nota que ele está mais alto, parece diferente e como *cheira* diferente. Essa visão de Kaiser não bate com o rapaz que sempre vem à sua mente.

Essa versão de Kaiser é um homem.

Ele a segue até a cozinha, e Geo franze a testa enquanto examina o armário.

— A gente costumava ter uma chaleira — ela diz, abrindo uma porta depois da outra.

— Use aquilo ali. — Kaiser aponta para uma máquina que ela não tinha visto antes. Está ao lado da geladeira e parece uma miniversão vermelha e reluzente de uma máquina de café expresso. — De qualquer maneira prefiro café, se você tiver descafeinado.

— Nem sei o que é aquilo.

— É uma Nespresso — ele diz. Vendo sua cara de incompreensão, ele aponta para a mesa. — Pode sentar. Deixa que eu faço. Temos uma dessas na delegacia. É bastante boa, embora o café do necrotério seja melhor.

— Do necrotério?

Ele dá uma risadinha, abrindo a bandeja por baixo da máquina de Nespresso, que também serve como apoio. Seleciona uma cápsula e depois tira o leite da geladeira. Há um espumador ao lado da cafeteira, e ele parece saber exatamente o que faz enquanto produz um descafeinado com leite para ela. Passa para Geo e espera que ela dê um gole.

— Olha só — Geo diz. — É bom mesmo. Dá para ver por que o papai comprou uma dessas.

Ele prepara uma xícara para si e se senta diante dela do outro lado da mesa. É surreal estar na cozinha com ele, o mesmo lugar onde passaram tanto tempo quando eram adolescentes, comendo pizzas e cachorros-quentes, trabalhando em um projeto de química, fazendo copinhos de gelatina com vodca para uma festinha a que supostamente não deveriam ir, tomando a vodca que o pai dela esqueceu que tinha. Agora, só quando ele sorri, ela vislumbra algo do antigo Kaiser por baixo da jaqueta de couro e da barba de três dias.

Ela se pergunta como ele a vê.

Como se lesse sua mente, ele diz:

— Você parece bem.

Ela olha para o café.

— Mentiroso.

— Não, é verdade — ele diz. — Você parece bem mesmo. A mulher que eu prendi naquele dia há cinco anos é que eu não reconhecia. Mas você de agora? Dessa eu me lembro.

— Deve ser a calça de moletom e a falta de maquiagem — ela diz, mas ele não ri. E se ela for honesta consigo mesma, sabe o que ele quer dizer.

— Você está zangada comigo? — ele pergunta. Só essa frase, e os dois voltam a ter dezesseis anos.

Ela sacode a cabeça, permitindo-se um breve sorriso.

— Por quê? Por fazer o seu trabalho?

— Walter me odeia.

— Meu pai não odeia ninguém. Ele só é protetor. E culpa a si mesmo.

— Pelo quê? — Kaiser parece surpreso.

— Por trabalhar demais. Por não passar muito tempo em casa. — Geo suspira. — Por não ter percebido que eu estava saindo com um cara tão mais velho. Olha, Calvin tinha só vinte e um anos. Mas naquela época essa era uma enorme diferença de idade.

— Enorme — ele diz. — Jamais gostei dele. Do Calvin, não do seu pai.

— Sei disso. Naquela época, você era mesmo um bom amigo, Kai. Desculpa por não ter sido uma amiga melhor para você.

— Pelo menos agora eu sei a razão — ele diz. — E se isso vale alguma coisa, eu te perdoo.

— Obrigada — ela diz. A voz sai em um sussurro. O perdão dele significa muito mais do que ela pensava.

Se pelo menos pudesse perdoar a si mesma. Ela suspira por dentro. Sabe que isso jamais acontecerá.

— Seu pai te contou o que descobrimos outro dia ali fora? — Kaiser pergunta, fazendo um gesto para a janela da cozinha. Está escuro demais para ver algo além do reflexo deles na janela, mas ela sabe que ele se refere ao bosque ali atrás. O olhar dele está fixado nela, intenso e perscrutador.

— Nem precisou me dizer. Vi o noticiário. Havia uma TV na minha cela. — Ela dá um gole no café. — Disseram que era uma mulher e um menor.

— A mulher foi desmembrada — ele diz. — E o menor era uma criança. Estrangulada. Um garoto de dois anos de idade.

A súbita e aguda respiração de Geo soa como um silvo.

— Preciso que você veja uma coisa — Kai diz, tirando o iPhone do bolso. É enorme, quase como um tablet pequeno, e parece ainda maior do que nos anúncios da televisão. Geo nunca havia visto um antes. — O retrato do garoto.

— Não.

— Por favor — ele diz, tocando no celular. — É importante. Só olha.

Ele desliza o celular pela mesa na direção dela, e embora tudo dentro dela gritasse *não olhe*, ela olha. Era mesmo uma criança. Rosto e mãos ainda gordinhos, olhos fechados, barriguinha proeminente. Não fosse pelo tom acinzentado da pele, poderia estar dormindo.

O coração desenhado em seu peito parece sangue. Duas palavras estão inscritas dentro, em letras de imprensa claras e nítidas. ME VEJA.

— Meu Deus — ela diz baixinho, porque não sabe que outra coisa dizer.

— Foram encontrados bem ali — Kaiser diz, inclinando-se para pegar o celular. — Quase no mesmo lugar onde Angela foi enterrada.

— Talvez seja uma coincidência.

— Não acredito nisso — ele diz. — A mulher foi morta do mesmo jeito que Angela e desmembrada da mesma forma que ela. Com um serrote. Cabeça cortada, os braços, nos ombros e cotovelos, pernas, nos quadris e nos joelhos, mãos, pés. Foi enterrada em uma série de covas rasas, o torso em uma, o resto espalhado ao redor. O garoto estava numa pequena cova a dois metros de distância.

Ele se inclina, desliza a tela, mudando a foto. Geo fecha os olhos.

— Olha — ele diz. — Pelo amor de Deus, *olha*.

Ela volta a olhar para baixo. É a foto de uma mulher na mesa de autópsia, a mesma tonalidade cinzenta na pele, como a do garoto, cabelos emaranhados com sujeira. Só que essa imagem é ainda mais horrível. Os braços e pernas não estão ligados ao torso, e a cabeça não está presa no pescoço. Há uma pequena distância entre cada um. Porque ela está em pedaços.

— Isso é obra de Calvin — Kaiser diz. — Você sabe disso, e eu sei disso.

O estômago de Geo se revira, e ela sai da cadeira num flash. Mal consegue chegar ao lavabo a tempo, ajoelhando no azulejo frio, enquanto a bile sobe para sua garganta. Vomita no vaso até botar o último resto do cozido do pai para fora. Quando o estômago fica vazio, ela se levanta, tremendo, e puxa a descarga, tonta com tudo aquilo.

Vai até a pia e joga água fria no rosto. Enquanto gargareja para limpar a boca, ela tenta não pensar na mulher da fotografia, e o quanto isso a faz se lembrar de Angela. Está ficando dolorosamente claro que não importa quanto tempo tenha passado, quanto remorso e culpa ela tenha sentido, quanto tempo e energia ela tenha gastado tentando esquecer ou quantos anos passou presa. O que aconteceu com Angela naquela noite jamais a abandonará.

Algo que muda você tão profundamente nunca desaparece. E não apenas por causa de como o mundo a vê, mas sim como ela vê a si mesma. Não foi só Angela que morreu naquela noite. Parte dela também morreu, e Geo há muito suspeita que foi a sua melhor parte.

Ela volta para a cozinha e se senta de novo. Kaiser sabe exatamente o que aconteceu no banheiro, mas não aparenta nem satisfação nem preocupação.

— O que você quer de mim, Kai? — Geo olha para ele com a vista turva. O gosto azedo do vômito ainda está no fundo de sua boca, e ela toma um longo gole do café, a despeito de seu estômago ainda estar enjoado. — Não sei o que posso dizer ou fazer. Não tive nenhum contato com Calvin desde aquele dia no tribunal. E espero jamais ter.

Kaiser torna a olhar para o celular, e Geo se apavora pensando que ele irá fazê-la ver outra foto. Então fica aliviada quando ele o enfia no bolso.

— Me diga o que você sabe sobre a nova linha cosmética da Farmacêutica Shipp — ele diz.

Ela quase se engasga com o café. Essa é a última coisa que pensava que ele fosse perguntar.

— O quê?

— Você trabalhou para a Shipp cinco anos atrás. Agora eles têm uma linha de batons. O que você sabe sobre isso? — Ele percebe o que se passa no rosto dela. — Me faça esse favor.

— Não sei nada sobre isso — Geo diz, confusa. — Na época em que eu saí, havíamos acabado de lançar uma linha de produtos de higiene e saúde. Xampu, condicionador de cabelos, loção corporal, sabonete corporal, essas coisas. Não havia nada sobre cosméticos, mas isso era parte do meu plano a longo prazo. Eu era a vice-presidente de estilo de vida e beleza.

— Bem, agora eles produzem batons também.

Ela espera que ele explique melhor, e quando ele não faz isso, diz:

— Tudo bem, e daí? Isso não é surpreendente. Sempre esteve no plano que eu... — Ela se interrompe novamente. — Essa sempre foi a direção que a marca teria. Faz sentido começarem com batom. Devem começar com algumas tonalidades, ver como são recebidas, e depois expandir.

— Até agora há dez tonalidades — ele diz. — Mas acontece que estão à venda há apenas uma semana. E só estão disponíveis em uma loja em todo o país, a loja matriz da Nordstrom, no centro de Seattle.

— Tudo bem — Geo diz mais uma vez. Ela não tem nem ideia do que ele pretende com isso. — Não é nada incomum. Tanto a Shipp como a Nordstrom são empresas com sede em Seattle, é um bom teste de mercado. Se vender bem na loja matriz, a Nordstrom vai expandir para todas as suas lojas.

— Você sabe quantos tipos de batom existem nos Estados Unidos? Levando em conta todas as marcas, antigas e novas, e todas as tonalidades, em uso ou descontinuadas?

— Milhões — Geo diz, sem hesitar.

— Quer dar um palpite sobre quantos batons da Shipp foram vendidos na Nordstrom semana passada?

— Não tenho ideia. Não sei se tiveram um bom marketing.

— Menos de cinquenta — Kaiser diz. — O que, pelo que disseram, não é nada espetacular, e isso só mostra como é difícil lançar um novo batom quando já existem tantos outros.

— É um mercado competitivo mesmo. Mas a Shipp sabe disso.

— Quase todos esses novos batons da Shipp foram vendidos para mulheres...

— Faz sentido.

— ... menos um — Kaiser diz. — No dia anterior ao do assassinato da mulher e da criança, um cara comprou um deles, alguns minutos antes do fechamento da loja. Nós solicitamos todas as filmagens de segurança.

Ele pega novamente o celular, acha uma fotografia, e o desliza para Geo.

Ela congela pela segunda vez naquela noite. A foto é em branco e preto e um tanto granulada, tirada de um ângulo estranho e a distância, mas Geo olha o *close-up*. O homem parado no quiosque de batom da Shipp é inegavelmente alto, usando camiseta, jeans e bota. Está com um boné de beisebol com a aba puxada para baixo, e apesar de a câmera não captar o alto de sua cabeça, a curva do queixo lhe é instantaneamente familiar. Ele está até mesmo usando um relógio enorme no pulso direito, algo que ele sempre fazia, apesar de não ser canhoto.

— Calvin — ela diz, a voz embargada.

— Tem certeza? — Kaiser pergunta.

— Parece exatamente com ele. — Ela olha a fotografia, tentando tirar algum sentido disso. — Eu... eu não entendo. Vi um trecho do noticiário quando estava presa. Dizia que o haviam visto na Europa... Polônia ou República Tcheca... — Sua voz vai morrendo.

Kaiser passa o dedo no celular, voltando à foto do garotinho com o coração desenhado no peito. Depois procura no bolso de cima e tira um pedaço de papel amarelado. Ela já o viu antes. É o mesmo papel que ele mostrou na primeira e única visita que lhe fez na prisão. É o papel que Calvin estava rabiscando durante o julgamento, o qual tinha um coração desenhado e o nome dela dentro dele.

Ele coloca a foto e o pedaço de papel lado a lado. Os corações e a caligrafia parecem quase idênticos.

Um diz GS. No outro está escrito ME VEJA.

— O que ele quer que você veja? — Kaiser pergunta. Seu rosto é neutro, mas o pescoço está ruborizado.

— Eu não sei.

— *O que ele quer que você veja?* — É quase um rugido, e ela dá um salto na cadeira.

— Eu não sei — ela diz. Sua voz é alta, mas não está cheia de raiva e frustração como a dele. Está cheia de confusão, desespero... e medo. — Kai, juro. Eu não sei.

— Ele está mandando uma mensagem para você.

— Eu não...

— Ele virá atrás de você — Kaiser diz, categórico. A cadeira arranha na lajota da cozinha quando ele a empurra para trás e se levanta. Ela nota que seu copo de café está vazio, e não se lembra de vê-lo beber. O dela está meio cheio. E frio. — Isso tudo é sobre você, posso sentir. Se é que isso te preocupa.

— Claro que me preocupa! — Geo exclama, olhando para ele. — Mas não posso mais fugir, Kai. Já fiz isso antes, lembra? Estou cansada. É aqui que estou agora. Se ele vier atrás de mim, que seja. Se você está tão preocupado, vai pegá-lo desta vez e colocá-lo na prisão, como fez comigo.

— Eu já o prendi...

— Pois é, e ele fugiu — ela diz, com amargura. — Estou apavorada, sabe? É isso que você quer ouvir? Talvez isso tudo seja sobre mim, talvez não seja, mas ele teve quatorze anos para voltar e me matar depois da Angela. E não fez isso. Em vez disso, matou outras mulheres, e quem sabe quantas mais, porque vocês não fizeram direito a porra do trabalho de vocês e não o mantiveram na prisão com o resto dos criminosos. Eu tinha dezesseis anos quando fiz a pior e mais terrível coisa que já fiz, ou farei, na vida. Você tinha trinta quando ele escapou daquela prisão, e agora, cinco anos depois, mais vítimas aparecem, e vocês ainda não o pegaram. A gente pode ficar aqui discutindo quem é o maior fracasso, mas eu vou poupar o seu trabalho. Somos nós dois.

A mandíbula de Kaiser sobe e desce. Ele não responde.

Geo empurra a cadeira e se levanta.

— Vejo que você já está pronto para ir embora. Deixe que eu te acompanhe até a porta para você ir mais depressa.

Geo o acompanha pelo corredor, resistindo ao desejo de empurrar suas costas para vê-lo sair de sua visão o mais rápido possível. Ele destranca a porta de entrada e depois para. Volta-se para vê-la, seu rosto uma máscara de cansaço, espelhando o dela.

— Uma última coisa — ele diz, procurando algo no bolso da calça. Entrega a ela um tubo de plástico delgado, acabamento preto fosco, letras douradas. É o novo batom da Shipp. — O nome da tonalidade que ele usou no garoto é Coração de Canela. Se é que isso significa alguma coisa para você.

Ele se vira e sai, batendo a porta atrás de si. E não chega a ver o olhar no rosto de Geo, o sangue fugindo de seu rosto, enquanto ela empalidece, uma nova onda de náusea a atinge tão forte que ela poderia vomitar de novo se seu estômago já não estivesse vazio. Geo se inclina na parede para se apoiar, olhando para o tubo de batom que ele lhe entregou.

Coração de Canela. Se é que isso significa alguma coisa para você.

Sim. Significa.

146

18

PALITOS ENFIADOS NOS OLHOS. Essa é a sensação de Geo depois de um sono curto e terrível. Seu relógio interno a desperta às 5h45, que é a hora quando o sino sempre soa na Aveleira, assinalando o início de outro dia sombrio. Ela ainda está no horário da prisão. Seu pai, surpreso ao vê-la na cozinha tão cedo, enquanto saía para o trabalho, lembrou a ela que vai demorar um pouco para se reajustar à vida "normal".

Seja lá o que for essa porra agora.

Geo está em seu segundo copo de café quando encontra o olhar de uma das especialistas em hipotecas de seu banco local, uma mulher mal-educada que pareceu detestá-la no minuto em que seu nome apareceu na tela. Geo havia solicitado ver outra pessoa, mas como não tinha hora marcada, essa foi a que lhe designaram.

— Não posso aprovar sua hipoteca — a mulher diz, colocando as mãos no colo. — Sinto muito. Você pode tentar outro banco, mas o provável é que digam a mesma coisa.

Não há uma placa sobre a mesa, mas a mulher tem seu diploma da Universidade Estadual de Puget Sound emoldurado na parede atrás dela. Mona Sharp. Formada em finanças com especialidade em comunicação três anos depois de Geo. *Bem, Mona Sharp, sua competência em comunicação é uma droga.*

— Não preciso de muito — Geo diz. — Como pode ver, tenho o suficiente para cobrir sessenta e cinco por cento do preço da casa de....

— Sinto muito.

— Mantive um excelente crédito — Geo diz, mantendo a respiração regular e calma. — Já tive duas propriedades antes. E tenho uma conta-corrente neste banco desde que tinha doze anos. Se é que isso significa alguma coisa para você.

— Certamente apreciamos a sua lealdade...

— Quero mesmo falar com o seu gerente.

A mulher suspira e depois sai do escritório. Volta alguns minutos depois, acompanhada da pessoa de meia-idade que Geo esperava ver desde que entrou. Harry Rudnick tem sido o gerente da agência há mais de vinte anos. E é também amigo de seu pai.

— Georgina, venha até o meu escritório — Harry diz. — Vamos conversar lá.

Ela o segue, encarando Mona Sharp enquanto passa. A mulher recua um passo, claramente insegura e sem muita convicção de que Geo não está com um punhal da prisão enfiado no sutiã. Geo revira os olhos.

O escritório de Harry Rudnick é um pouco maior, com a vista para o estacionamento atrás. Ele fecha a porta.

— Sente-se — diz, dando um tapinha na cadeira diante de sua mesa, antes de sentar-se do outro lado. — Como está Walt? Aposto que está feliz com você de volta em casa.

— Ele está bem — Geo responde. — Tenho certeza de que está, mas preciso de um lugar meu, Harry.

— Gostaria que ele estivesse aqui com você — o gerente diz, batendo os dedos na mesa. — Não podemos fazer uma hipoteca para você, Georgina.

Suas costas ficam rígidas.

— E por que não?

— Você não tem um emprego, para início de conversa.

— Vou conseguir um — Geo responde. — E não vejo a razão de isso impedir o negócio se vou aplicar dois terços do dinheiro. Se eu não pagar todos os meses, perco a casa. Muito simples. E sei que já aprovaram hipotecas antes com base em ativos e não em renda. E, como você pode ver, tenho ativos.

— Sim, dá para ver. — Harry digita nas teclas, os olhos fixos na tela do computador por alguns segundos. — Mas não podemos verificar de onde veio esse dinheiro.

— Investimentos.

— Investimentos legítimos? — Harry pergunta, depois suspira. — Desculpa. Olha, peça para Walt vir com você. A casa dele está paga. Ele ganha um bom dinheiro no hospital. Pode ser o avalista.

— Não.

— E por que não?

— Porque ele já fez demais — Geo diz, frustrada por ter que explicar. Essa é uma conversa muito diferente da que teve com Harry há dez anos, quando ele aprovou a compra do seu primeiro apartamento. E três anos depois, quando ela vendeu o apartamento e comprou uma casa. — E não preciso dele. Posso lidar com isso por conta própria.

— Mas você precisa dele. Neste momento, precisa. Talvez por enquanto você possa alugar.

Harry fala com gentileza, mas ela só consegue ouvir sua condescendência. Como o cara da Verizon, mais cedo naquela manhã, quando ela foi comprar um celular. Ela foi aprovada, mas quando ele verificou sua conta anterior, evidentemente reconheceu o nome, por causa do sorrisinho pretensioso. Geo fez todo o possível para não passar a mão e arrancar aquele olhar da cara dele. O iPhone rosa-dourado que tinha agora no bolso do casaco pelo menos foi um prêmio de consolação.

— Volte amanhã com Walt — Harry diz. — Ele é o seu pai, deixe que ele ajude.

Não adianta discutir e não adianta verificar com outro banco. Geo aperta a mão dele estendida e sai, indo direto para o estacionamento, onde seu Range Rover branco está estacionado. Seu pai o guardou na garagem todo o tempo em que Geo esteve presa. Ela aperta o botão da chave e as portas se abrem com um *bip* suave. O SUV de luxo lhe parece ridículo agora. É um veículo destinado a uma executiva jovem e exuberante, e Geo não se sente nem jovem nem exuberante. E, com certeza, não é a merda de uma executiva.

Antes que ela possa entrar, um gritinho vem da sua esquerda, e ela paralisa. Solta a respiração quando percebe que é apenas uma criança e sua mãe, algumas vagas adiante. A criancinha está chorando, protestando por ter que entrar no carro, um enorme Mercedes-Benz SUV. Outra criança já está dentro do carro, com o cinto de segurança, mas chorando, porque sua irmã está chorando. O pai está pronto para entrar pela porta do motorista, sem fazer nada para atender a nenhuma das duas crianças, quando olha para Geo. Seus olhares se encontram.

Andrew.

O choque que aparece no rosto dele é quase cômico — sua boca forma um O, seus olhos se arregalam —, mas é forçado a desviar o olhar alguns segundos depois, quando a mulher grita para que ele ajude. Geo entra em seu carro, continuando a observar a família através das janelas com insulfilm.

Andrew parece... diferente. O ex-noivo de Geo havia completado quarenta e dois anos quando ela foi presa, e agora estava firmemente ancorado na meia-idade. Há uma careca definida no alto da cabeça, e ele está mais pesado do que da última vez que o viu. Mais mole. A esposa é pelo menos quinze anos mais nova, vestida com roupas de ioga. Quando enfim conseguem colocar no carro a criança esperneante, a esposa prende o cinto de segurança e grita com ele. Geo não escuta o que ela diz, mas não há como confundir a fúria em seu rosto, e o olhar de resignação no dele.

Geo liga o carro e dirige para casa. Cinco anos atrás, ela estava apenas a alguns meses de se casar com Andrew Shipp — o lugar estava reservado, o vestido, encomendado, os convites para o casamento prontos para serem enviados. Se não tivesse sido presa, teria sido mulher dele. Ela treme.

Viver uma vida para a qual você não está destinada é a própria versão do inferno.

Uma nova mensagem na porta da garagem a saúda quando ela chega em casa, tão vermelha e raivosa quanto a que seu pai lavou no dia anterior. Ela estaciona no meio-fio e desce, mais uma vez sentindo como se toda a vizinhança a observasse. A pichação não estava lá quando ela saiu pela manhã; o que indica que quem faz isso sabe quando não há ninguém em casa. É também evidente que o vândalo está pouco se lixando por profanar a casa em plena luz do dia.

O amável sentimento do dia? QUEIME NO INFERNO.

Geo digita o código de quatro números para abrir a porta da garagem — a data de aniversário de sua mãe — e fica aliviada quando a porta rola até o teto, levando as palavras consigo. Ela precisa descobrir como funciona o jato de pressão. Não pode deixar seu pai ver isso. De novo não. Maldição. Ela tem que sair dessa vizinhança.

— Eles odeiam você, hein?

Ela se vira, surpresa, e vê o garoto que ainda não é um adolescente, sentado na bicicleta no fim da passagem.

— Quem são "eles"? — ela pergunta, caminhando em sua direção.

Ele dá de ombros. Está vestindo uma camiseta fina, sem casaco ou capuz e jeans. Os cabelos são compridos demais, e os tênis estão sujos. Mas o rosto é franco, imparcial e observador.

— Quem fez isso — ele diz.

— E você sabe quem eles são? — Geo pergunta. — Essa casa é do meu pai, e esse tipo de coisa o perturba.

O garoto dá de ombros novamente e rola um pouco mais para perto dela.

— Deve ter sido algum garoto do St. Martin. Sei lá. Mas você tem fama.

— Você quer dizer má fama.

Um terceiro dar de ombros. Parece que essa é a forma principal de comunicação do garoto.

— Tanto faz. Foi você que fez?

— Fiz o quê?

— Matou a sua amiga. Lá atrás.

Ele parece querer mesmo saber. Está pedalando em círculos agora, mas não longe. Geo o observa, sem responder. Finalmente, diz:

— O que você acha?

Antes que ele possa responder, a porta da frente da casa do outro lado da rua se abre, e dali sai uma mulher. Vai direto na direção deles. O garoto percebe.

— Merda — ele diz. — É a Sra. Heller. Ela vai me dedurar por matar aula. — Ele se levanta na bicicleta, pisa nos pedais e já está quase fora de vista antes que a vizinha desça da calçada para a rua.

— Você vai receber um novo recado todos os dias até se mudar, sabe — a Sra. Heller diz quando chega perto de Geo. Uma secretária escolar aposentada, a Sra. Heller mora do outro lado da rua desde que Geo se lembra. O rosto, sem maquiagem, está mais enrugado, mas o olhar é tão penetrante quanto quando Geo era criança. — Ninguém quer você aqui, Georgina.

Os Hellers são vizinhos educados. Cliff Heller tem um aspirador de folhas e tem prazer em limpar o quintal de Walt sem que ninguém peça. Recolhem o correio quando Walt está fora da cidade, e sempre que Geo adoecia, quando criança, a Sra. Heller levava uma panela com sopa caseira de frango. Mas será que eram *boa* gente? Cliff, sim. Roberta, nem tanto.

— Bom dia, Sra. Heller. — Geo não sorri, mas mantém um tom amistoso. Com o lavador de pressão fora, ela aperta o botão para fechar a porta da garagem e, assim, poder limpá-la. — Suponho que a senhora não tenha visto quem fez isso. Aconteceu nas últimas duas horas.

Todas as vizinhanças têm um intrometido, que se mete nos assuntos de todos e parece sempre interessado em manter a "ralé" longe dali. Roberta Heller é esse tipo de vizinho. Abençoada — ou amaldiçoada? — com um senso de justiça distorcido, a Sra. Heller é a primeira a condenar alguém por qualquer erro cometido. Geo temia esse seu lado mau.

Mas isso não a apavora mais.

— É claro que não aprovo esse tipo de coisa — a Sra. Heller diz, apontando com a xícara de café na direção da garagem, quase espirrando o conteúdo. — Mas as pessoas estão chateadas com você, Georgina. Com certeza você compreende isso. Não posso entender por que Walt permitiu que você voltasse para cá. Tudo que a sua presença consegue é fazer as pessoas se lembrarem do que não querem lembrar.

— Não vou ficar aqui por muito tempo — Geo diz.

— É bom ouvir isso. Sempre gostei do seu pai, você sabe — a Sra. Heller diz. — Cliff também. Walt é um homem bom e fez o melhor que pôde para criar você, mas, na minha opinião, ele não ficava muito tempo em casa.

Foi um azar você ter perdido a sua mãe tão cedo. Você teria feito algumas escolhas diferentes.

— Não fale sobre a minha mãe. — As palavras saem antes que Geo possa parar. — Como ousa?

Se fosse outra pessoa, poderia ter parado ali. Mas não Roberta Heller. Os olhos da velha brilham, e ela dá um passo à frente, ficando cara a cara com Geo.

— Eu achei que você fosse uma boa garota. — A mulher está tão perto que Geo pode sentir o cheiro do café azedo em seu hálito. — Mas você nos surpreendeu, não foi? Acabou que era uma selvagem, e ninguém sabia. Você enganou todo mundo.

A vizinha está errada. Geo foi uma boa criança. Ela nunca usou drogas, nem maconha. Só uma vez tentou fumar, e lhe bastou apenas uma puxada de Marlboro Light depois da escola, e isso porque Angela insistiu. Ela se sentiu tão mal depois que nunca mais experimentou. Ficou bêbada duas vezes durante o ensino médio — a primeira vez foi na casa de Angela, só as duas, quando os pais dela tinham viajado para o fim de semana. A segunda vez foi na noite em que sua melhor amiga morreu.

Não, ela não era "uma selvagem". A única coisa selvagem que Geo fez na vida foi... Calvin.

Entretanto, para ser justa com a Sra. Heller, isso deve ter sido mais do que o suficiente. Ela balança a cabeça para Geo, o rosto é uma dramática expressão de desapontamento.

— Sua mãe ficaria tão desapontada se visse você agora.

Os punhos de Geo se fecham, e ela se esforça para respirar fundo, contando até cinco. Parece uma eternidade. Ela relaxa as mãos.

— Você tem sido boa com o meu pai, Sra. Heller — ela diz baixinho. — Então vou deixar isso passar. Agora, por favor, saia da minha entrada.

— Quantas outras mulheres o seu antigo namorado continuou estuprando e matando? — A mulher ainda não terminou. Ao contrário, ficou cada vez mais exaltada. A xícara está tremendo, mas não por causa dos reflexos da velhice. Ela está zangada. — Mais três, não foi? E isso não teria acontecido se você tivesse contado a verdade por todos esses anos. E agora outra mulher e um garotinho, um bebê, morreram, porque ele escapou da prisão. Como você consegue dormir à noite?

— Sra. Heller...

— Você devia ter vergonha de si mesma. Não queremos você aqui. Ninguém da vizinhança quer você aqui. Então, se mude o mais rápido que puder. Seu pai não merece passar por mais do que ele já passou. Ele ama você, Georgina, e isso o deixa cego para ver quem você realmente é.

— E quem sou eu?

— O demônio. Com uma cara bonitinha e um carro chique.

Geo abre a boca para contestar, mas logo a fecha. De que adianta? Geo cumpriu sua pena. Perdeu o emprego. Perdeu o noivo. Aonde quer que ela vá, pelo resto de sua vida, está a uma simples pesquisada no Google para todos saberem sobre a coisa terrível que ela fez.

Então que se foda essa mulher. Ela nem conhecia Angela Wong. Foda-se Roberta Heller, sua presunção e seu mau hálito.

— Saia da propriedade do meu pai — Geo diz. — Antes que eu mesma tire você daqui. Você está invadindo...

Ela nem tem a oportunidade de terminar a frase, porque a mulher joga o que resta do café bem no rosto de Geo. Felizmente, o líquido já não está quente, mas bate em seus olhos, que estão abertos, o que arde demais. Um pouco ainda termina em sua boca, e ela sente o gosto. Sem creme nem açúcar. Só amargura. Como Roberta Heller.

Se isso acontecesse no dia anterior, ela já teria jogado a mulher no chão, estrangulando-a. Mas já não está na prisão.

— Roberta! — Cliff Heller corre pela rua na direção delas, e, pela cara, viu tudo que aconteceu. Está horrorizado e, quando chega perto da mulher, pega em seu braço e a sacode um pouco. — O que você está fazendo? Para com isso. O que há com você?

— Não a quero aqui, Cliff — a Sra. Heller cospe, sacudindo o braço do marido para longe enquanto ainda encara Geo. — Ela é uma ameaça. Não estamos a salvo. Não sei qual é a ligação dela com os corpos no bosque...

— Para com isso agora. Não há ligação nenhuma. — Cliff Heller olha para Geo, vê seu rosto e blusa cobertos de café, e mergulha a mão em seu bolso. Entrega a ela um lenço amassado, e Geo o pega sem comentário, limpando o rosto o melhor que pode. — Ela estava na prisão. Não podia ter contato com ninguém enquanto estava lá. Não está envolvida com o que aconteceu com essas pessoas.

— Você não tem como saber. — A Sra. Heller, encorajada por seu próprio ultraje, dá mais um passo em direção a Geo. O marido a segura. — Ninguém sabe nada sobre quem ela realmente é. Você devia estar envergonhada de si mesma — ela diz novamente.

— Eu estou envergonhada — Geo diz.

— Como você ousa voltar aqui? — A voz de Roberta Heller está apenas a alguns decibéis de virar um grito. — Já não fez ainda o suficiente?

— Por favor — Cliff Heller pede, mas agora falando com Geo. — Por favor, vá para dentro da casa. Deixe o lavador fora. Eu vou limpar a sua garagem; de qualquer modo, eu teria me oferecido para fazer isso. Por favor, Georgina.

Ela concorda e deixa o homem lidar com sua detestável mulher. Eles continuam discutindo no mesmo lugar por mais um momento, depois, finalmente, a Sra. Heller pisa forte, cruzando a rua de volta para casa, banhada em sua própria indignação. O Sr. Heller, com olhares furtivos ao redor, embaraçado, liga o lavador de pressão.

Uma hora depois, seu pai chega em casa para o almoço, munido de tacos e batatas fritas. Geo, vestida com uma blusa limpa, aceita, agradecida, a comida. Quando Walter lhe pergunta como foi a manhã, ela mostra seu novo celular, quase idêntico ao dele. Não menciona o banco, nem a pichação, nem Roberta Heller. Se ele notou a entrada molhada quando chegou, não disse nada.

Quando terminam de comer, ela lava a louça.

— Tenho que voltar ao hospital — ele diz, um pouco arrependido. — O que você vai fazer no resto do dia?

— Pensei em dar uma volta — ela responde. — Até Rose Hill.

É o cemitério no qual sua mãe está enterrada, e isso provoca um sorriso no geralmente estoico Walt. Grace Gallardo Shaw está enterrada sob uma árvore, sua lápide feita de mármore polido. É o lugar mais bonito da colina.

— Dá uma passada no mercado da esquina e compre umas margaridas para ela — ele, dando um aperto em seu braço. — Você lembra o quanto ela gostava de margaridas.

Geo acena com a cabeça e sorri. Ela não se lembra, era pequena demais, mas sabe que é um conforto para seu pai acreditar que ela lembra.

No mercado, a caminho do cemitério, ela tira dois buquês diferentes das latas do lado de fora, pagando em dinheiro, porque seu antigo cartão de débito expirou e ela se esqueceu de pegar outro no banco. As margaridas, é claro, são para sua mãe.

As flores do campo, coloridas e alegres, com seus tons de rosa, laranja e amarelo, são para Angela. Ela também está enterrada em Rose Hill, mas do outro lado.

19

AS COISAS ANDAVAM IRRITANTES com Angela desde a discussão no ensaio da semana anterior, mas Geo aceitou o conselho de Calvin e manteve distância. Angela vivia em dramas, alguns reais, mas a maioria imaginada, e era melhor deixar que ela esfriasse.

No terceiro dia, incapaz de aguentar por mais tempo, Geo criou coragem de tocar a campainha da casa de Angela depois da escola, com duas raspadinhas da 7-Eleven na mão. Uva para Angela, é claro, e framboesa azul para Geo.

Ela não ficou tão surpresa quando Kaiser abriu a porta. O pobre coitado tentava fazer com que uma falasse com a outra desde a briga, sem sucesso.

— Graças a Deus, porra — ele disse quando a viu. — Não aguento mais.

— Cadê a Ang?

— Na cozinha, olhando na geladeira para a comida que ela não se permite comer. Agora mesmo anda repetindo o "estou tão gorda". Vamos, entra.
— Ficou de lado para deixar Geo entrar, satisfeito ao ver as enormes embalagens cheias de espuma artificialmente aromatizada. — Mas talvez ela beba isso. E cadê o meu copão?

— Não sabia que você estava aqui. — Ela entrou e ficou parada no saguão, encabulada, sem ter certeza do que fazer.

Angela entrou pelo corredor e parou quando viu Geo.

— Oferta de paz — Geo disse, segurando a raspadinha de uva. Ela deve ter apertado demais, porque a tampa se soltou e o líquido começou a derramar em sua mão.

— Ah, que legal. Pode entrar aqui e sujar tudo mesmo, não é? — Angela estava com a voz aguda, como se ninguém jamais houvesse derramado alguma coisa antes.

O olhar de Kaiser passava de uma para a outra.

— Vou pegar algumas toalhas de papel — ele disse, saindo do caminho.
— Quando eu voltar, em uns trinta segundos, espero mesmo que vocês duas tenham feito as pazes, porque as duas estão me matando agora mesmo.

Angela revirou os olhos, e Kaiser desapareceu pelo corredor.

— Vim trazer isso para você. — Geo lhe ofereceu o copo. Estava pingando no chão, mas Angela não o pegou. — E pedir desculpa. Tudo o que você disse está certo. Ultimamente não tenho sido eu mesma e isso precisa mudar. Tenho sido uma merda de amiga.

— É mesmo, você tem sido uma vagabunda — Angela declarou sem rodeios. Em seguida, amaciou a postura. — Mas acho que eu também fui. Não devia ter gritado com você na frente das outras garotas. Isso não foi legal.

— Graças a Deus — Kaiser disse, chegando com uma toalha. — Então finalmente acabou a grande briga do St. Martin? — Ele pegou a bebida de Angela e limpou o copo, depois entregou a toalha para Geo limpar o chão.

— Cala a boca, Kai — Angela falou, distraída. As duas garotas se olharam. Por fim, Angela deu de ombros e pegou o copo de raspadinha, bebendo um longo gole. — Sim. Tudo bem. Acabou.

— Se abracem — Kaiser disse. Quando as duas não se moveram, ele as juntou em um grande abraço de urso. Bracinhos magros se enroscaram entre eles, apertando com força, e os três ficaram assim por um momento. Ninguém disse nada.

Então Kaiser, sendo Kaiser, arruinou tudo.

— É a fantasia de qualquer homem bem aqui — gracejou. — Ang, onde está a sua câmera? Vamos tirar uma foto.

Eles se separaram, e Angela deu um tapa no braço dele. Mas ela sorria, e Geo também. Ela havia esquecido o quanto sentia falta disso, da dinâmica estranha e confortável dos três. A câmera de Angela estava na cozinha e Kaiser a pegou e tirou uma foto dos três no espelho do corredor.

— Vou pedir pizza — ele anunciou, caminhando de volta pelo corredor. Havia um telefone na sala de estar. As duas garotas trocaram um olhar e o seguiram.

Passaram as horas seguintes comendo pizza da Domino's e mexendo na nova câmera de Angela. Era uma Nikon novinha, que o pai dela ganhara em um torneio de golfe, mas era inútil para ele, e a deu para a filha como se a houvesse escolhido especialmente para ela. Tiraram um monte de fotos bobas, desperdiçando filme, até que Kaiser teve que ir embora.

— Ele gosta de você — Angela disse depois que ele saiu. Haviam se transferido para o quarto dela, escutando uma de suas fitas com seleções de músicas. Pearl Jam, Alanis Morissette, No Doubt. — E não só como amiga.

— Eu sei — Geo disse, sentindo-se um pouco mal.

— E odeia o Calvin.

— Eu sei — disse novamente, sentindo-se pior ainda.

Geo havia conhecido Kaiser em seu ano como caloura no St. Martin. Ele se sentou atrás dela na aula de Ciências e não parava de chutar sua cadeira, mesmo depois que ela se virou e olhou feio para ele duas vezes. Depois da aula, ele a seguiu pelo corredor, um pouco perto demais. Ela estava a ponto de dizer que ele a estava perturbando, até perceber que o armário dele estava ao lado do seu. Kaiser passou o resto do ano irritando-a ao máximo, mas, no correr do tempo, ela aprendeu a aceitar sua amizade. Ele a dava de modo totalmente gratuito, sem esperar nada além de um pouco de gentileza.

No começo, Angela não sabia o que fazer com Kaiser. O *status* social dele era quase aceitável, graças a suas habilidades no campo de futebol e na quadra de basquete, e seria razoavelmente bonitinho se não fosse a acne em seu queixo. E o aparelho ortodôntico. Mas, com o tempo, ela passou a aceitá-lo. Tinha bons modos, era despretensioso e ria das piadas dela.

— Ele está pensando em sair com alguém — Angela disse. Ela estava deitada de barriga para baixo na cama, as pernas descansando na cabeceira. Geo estava sentada no carpete, pernas cruzadas, perto do estéreo. — Agora que você está com o Calvin e oficialmente não há esperança. — Angela fez uma pausa para o efeito dramático. — Com a Barb Polanco.

— A *Barbie do banco de trás*? — Geo ficou escandalizada. — Não. Diga para ele que não dá.

— Não vou dizer merda nenhuma para ele — a amiga disse, dando uma risada. — *Au contraire*. Disse para ele ir fundo. O cara merece uma trepada.

Geo conhecia Barb um pouco da aula de ginástica e, verdade seja dita, não achava mesmo que a garota fosse uma vagabunda. Era uma fofoca maldosa iniciada por um ex-namorado de Barb depois que ela lhe deu um fora, e Geo sentiu-se um pouco envergonhada por ter dito o apelido em voz alta. Lá no fundo, sabia por que havia feito isso.

Ela estava com um pouquinho de ciúmes. Nunca teve que compartilhar Kaiser com outra pessoa que não fosse Angela e, mesmo nesse caso, nem tanto.

Mas disse em voz alta:

— Você está certa. Ótimo. Bom para ele.

Angela revirou os olhos para ela.

— Então você não liga? Pensei que você gostasse que ele fosse vidrado em você. Se ele tiver uma namorada, não vai ficar tão perto da gente. — Franziu a testa. — E sabe de uma coisa? Pensando nisso, acho que vocês dois são um saco. Eu jamais ignoraria qualquer um de vocês por conta de um cara qualquer.

Geo não tinha como argumentar. Porque era verdade. Ela sabia muito bem que Angela tinha lá seus defeitos — era temperamental, crítica e mandona demais —, mas jamais permitiu que algum cara se metesse entre eles. E reconhecer isso significava muito, considerando a quantidade de rapazes que a paqueravam o tempo todo. O que Geo andava fazendo com Calvin era uma clara violação do código das garotas, um baita insulto. Ela teria que se esforçar para se desculpar.

— Você estava certa quando disse que eu estava com a cabeça nas nuvens. — Geo foi para a cama junto de Angela, colocando também suas pernas na cabeceira. — Essa nossa briga... foi um sinal de alerta. Eu não quero jogar fora toda a minha vida por conta de um cara. Minhas notas estão caindo, meu pai não sabe nada sobre o Calvin e ando mentindo para ele sobre onde vou... e agora estou fora da torcida organizada. Tenho que parar com isso. É só que nunca me senti assim por nenhum cara antes. Você me conhece, Ang. Eu não vou à loucura. Não faço besteira. Mas com o Calvin, não consigo me controlar. Quero ficar com ele o tempo todo, e sei que isso não é saudável.

— Vocês dois já fizeram sexo? — Angela perguntou, em tom casual.

— Não!

— Sério? — Ela parecia mesmo surpresa. — E eu pensando que todos esses orgasmos estivessem mexendo com o seu cérebro.

— Eu não disse que não estou tendo orgasmos — Geo disse, o rosto corando no mesmo instante. Ela nunca havia se sentido completamente confortável falando sobre sexo, mesmo com Angela, que havia perdido a virgindade no ano anterior e era totalmente aberta para falar sobre isso. Ela se sentia ainda mais desconfortável por se tratar de Calvin. Ela o amava e acreditava que certas coisas deveriam permanecer privadas. Entretanto, sentiu que não falar sobre seu relacionamento não era a coisa certa, considerando os problemas que isso já tinha provocado. Geo era quem havia mudado e deixado Angela de lado. Tinha que deixar sua melhor amiga ser parte do que estava acontecendo com seu namorado. — A gente faz... outras coisas.

— Ele cai de boca em você? — O sorriso de Angela era malicioso e provocador.

— *Ang*! — Geo exclamou, aflita, mas alguns segundos depois colocou um travesseiro na cara. — Sim. — Sua voz estava abafada. — O tempo todo. Ele... ele gosta disso.

Angela gargalhou.

— Não foi à toa que você sumiu. Mas saquei. Ele tentou convencer você a ir até o fim?

Geo tirou o travesseiro da cara.

— Na verdade, não. Ele diz que isso só deve acontecer quando eu estiver pronta. E acho que estou chegando lá.

— Você só tem uma primeira vez — Angela disse, a voz em seu normal. — Não faça como eu e desperdice isso com a pessoa errada.

Um silêncio confortável se instalou entre as duas, e Geo não pôde esconder o sorriso. Parecia que as coisas voltariam a ser como eram, e estava agradecida pela segunda oportunidade. E isso provava que ela ficava mais feliz quando as duas compartilhavam todas essas coisas. As notas, por exemplo, precisavam ser seu foco de agora em diante. As provas do fim de semestre estavam chegando, e ela não podia arriscar ser reprovada.

— Leva o Calvin para a festa do Chad na sexta-feira — Angela disse. — Já que ele quer namorar uma garota de dezesseis anos, então precisa ver como é a sua vida. Nada dessa merda de compartimentalizar.

— Eu já o chamei — Geo respondeu, com um suspiro. — Ele não quer ir a essas festas de adolescentes. Disse que se sentia estúpido, porque seria no mínimo três anos mais velho do que o cara mais velho que estivesse lá. Então eu disse para ele que eu não queria mais ir para esses bares com ele, porque odeio ser cinco anos mais nova que a garota mais nova. — Ela ficou olhando o teto. — A gente vive discutindo sobre isso.

— Ele não bate em você, não é? — Angela disse. Seu tom continuava indiferente, mas Geo podia perceber uma preocupação por trás.

— O quê? Não. — Geo continuava olhando para o teto. — Claro que não.

— A Tess disse que notou hematomas no seu braço num ensaio umas semanas atrás. Disse que pareciam marcas de dedos, como se alguém tivesse agarrado você com muita força.

— A Tess fica falando merda porque quer ser a sua nova melhor amiga — Geo falou com firmeza, encarando a amiga. Os hematomas estavam bem na parte de cima do braço, perto do ombro, e ela esperava que Angela não insistisse em verificar. — Qualquer um que tenha dois olhos pode ver isso.

A amiga levantou uma sobrancelha. Geo estava sendo defensiva demais.

— Se ele me batesse, eu contaria tudo para você — ela disse, amaciando o tom. Para seus próprios ouvidos, pareceu completamente sincera. — Sei muito bem que uma merda dessas não é legal.

O triste disso é que ela sabia mesmo.

Angela ficou em silêncio por um momento.

— Tá bem — disse. — Bom, se ele vai ser parte da sua vida, isso quer dizer que vai ser também da minha, aí pelo menos eu tenho que tentar conhecê-lo melhor. Planeje alguma coisa para o fim de semana, aí a gente pode se encontrar. Mas não sexta-feira. Sexta é dia do jogo de futebol e da festa do Chad, e você vai nas duas coisas, porque você tem a porra de dezesseis anos, e esse é o tipo de merda que a gente faz. Agora, levanta. Vamos treinar esse seu salto dividido. Temos que malhar para queimar aquela pizza.

— Posso voltar para a equipe? — Geo prendeu a respiração.

— Sim, sua vaca — Angela disse, sorrindo. — Agora, levanta. Eu te amo, mas essas suas coxas estão engrossando, e quem mais teria peito para dizer isso além de mim?

20

AS DUAS SE EMBEBEDARAM na festa de Chad. Não foi intencional — Geo nem mesmo gostava de álcool, mas sexta-feira havia sido um longo dia e ela não havia comido nada desde o almoço. Chad Fenton, que não era jogador de futebol nem praticava qualquer tipo de atletismo, era popular no St. Martin exatamente por duas razões: suas festas épicas (já que seus pais nunca estavam em casa) e seu ponche de frutas (porque seu irmão, que havia desistido da faculdade, comprava toda a bebida que ele quisesse).

Foram as frutas que derrubaram Geo. Chad havia feito seu infame ponche em um gigantesco barril de plástico, acrescentando melancia, melão, morangos, fatias de laranjas e abacaxi com água, club soda e vodca. Muita vodca. Tinha feito aquilo de manhã, de modo que quando as pessoas começaram a chegar, as frutas estavam saturadas de álcool. Geo, faminta, recusou a cerveja, mas mastigou as frutas. Lá pelas onze da noite, ela já estava totalmente de porre.

A música estava alta e pulsante. Montell Jordan e R. Kelly berrando pelos alto-falantes espalhados pela casa inteira. Pela primeira vez em meses, Geo se sentia bem. Estava rodeada por pessoas da sua idade, escutando música de que ela gostava, sem sentir que tinha que pedir desculpas por ser tão jovem ou tão ocupada com a escola. Era engraçado como, quando estava perto de Calvin, ela se sentia como uma pessoa totalmente diferente. E ao mesmo tempo, gostava de como era quando ficava perto dele — *sexy*, um pouco fora do controle — ela também gostava de como se sentia agora.

Ainda assim, sentia falta dele.

Ela não tinha a menor ideia de onde Angela havia se metido, e circulou pela enorme casa por algum tempo, tentando não parecer tão bêbada como se sentia. Acabou encontrando sua melhor amiga no escritório no fundo da casa. Ela estava aninhada no colo de Mike Bennet, o promissor *quarterback* do St. Martin, a saia curta puxada para cima, expondo suas coxas compridas e bem formadas. Geo usava um vestido parecido, mas tudo ficava melhor em Angela.

Geo observou os dois se beijando por algum tempo, mais divertida que surpresa. Os dois tinham um relacionamento que acabava e recomeçava, e que às vezes parecia ser nada mais que uma obrigação dos respectivos *status* como estrela do futebol e líder de torcida — já que as pessoas imaginavam que eles deviam namorar, então eles faziam isso.

Entretanto, Angela tinha certeza de que Mike era gay. Às vezes, quando estava com ela, ele perdia a ereção — algo que ela jurava jamais ter acontecido com nenhum outro rapaz — e há alguns meses, ela havia encontrado uma revista pornográfica gay no quarto dele, enfiada no fundo da sacola de ginástica, embaixo da cama. Quando ela o confrontou, ele caiu na risada, dizendo que algum outro cara do time havia colocado a revista ali como uma piada. Os dois romperam pouco tempo depois.

— Não estou aqui para dar cobertura para nenhum gay — ela havia contado a Geo. — Mas ele é o *quarterback*. Se eu não tiver outro para me acompanhar na festa de formatura, vou com ele mesmo.

Ninguém, agora vendo os dois, jamais poderia imaginar que ele fosse gay, pelo jeito como deslizava a língua pelo pescoço de sua amiga. Geo caminhou até eles, a sala girando um pouco, e quase tropeçou no caminho. Deu um tapinha no ombro de Angela.

— Ang, vou embora.

Sua amiga levantou o olhar, os lábios brilhando com a saliva de Mike.

— Já? Mas são só onze horas.

A sala girou de novo, e Geo pôs a mão na parede para se apoiar.

— Não estou me sentindo bem.

— Puta merda, você está de porre. Eu disse para você não comer aquelas frutas. — Angela olhou de volta para Mike e depois para Geo. — Como você vai chegar em casa?

— Vou andando — Geo disse. — Preciso de ar fresco.

— Por mim está tudo bem se você precisar ir com ela — Mike disse, sem parecer especialmente desapontado. O que fez Geo pensar que Angela estava certa sobre ele. Ninguém fica com uma garota no colo, muito menos a garota mais bonita do colégio, e a deixa ir embora cedo sem sombra de protesto.

— Eu estou bem — Geo disse. — Podem ficar aí. Eu ligo para você amanhã.

Ela achou seu casaco debaixo de um monte de outros na sala de estar da frente e o vestiu na mesma hora em que Kaiser entrava pela porta. Estava com Barb Polanco, os dois de mãos dadas. Geo sentiu um ligeiro tremor, mas logo passou. Tinha um namorado, afinal de contas. Por que Kaiser não podia ter uma namorada?

Por que não, seu cérebro respondia, teimoso. *Porque ele deveria estar apaixonado por você para sempre; isso é o que deveria acontecer.* Um pensamento completamente egoísta que, apesar de tudo, era o que ela sentia.

— Já vai? — Kaiser perguntou, ajudando Barb a tirar o casaco.

Barb sorriu timidamente para Geo. Ela parecia ainda mais loura nessa semana do que na semana anterior. Desde quando Kaiser gostava de louras? Geo se forçou a sorrir de volta.

— Já, não aguento mais.

Olhando com atenção para ela, ele franziu o rosto.

— Você está de porre?

— Só um pouquinho — ela respondeu.

— Você comeu as frutas?

— Estou bem — Geo respondeu, chateada. — Vejo vocês na segunda.

— Como você vai chegar em casa?

— Ela vai ficar bem — Barb disse a ele. — Está controlada. Vamos pegar uma bebida.

— Só um minutinho — ele respondeu, entregando o casaco dela de volta. — Geo, vamos conversar.

Geo revirou os olhos.

— Estou bem, Kai — ela repetiu, mas ele a pegou pelo cotovelo e a levou até a lavanderia no final do corredor, deixando Barb parada e sozinha no saguão, segurando o casaco.

Ele fechou a porta, abafando a música que pulsava pelo resto da casa. Geo se encostou na secadora e olhou para ele. A sala tinha um cheiro fresco, como o de sabão de máquina, amaciante e sachês de lavanda que a mãe de Chad deixava em um cesto de vime em uma das prateleiras.

— Você não devia estar com a sua namorada?

— Ela não é a minha namorada — ele disse, olhando para baixo, preocupado.

— Estou só um pouco bêbada, e daí? — A sala estava girando. — Só preciso me deitar um pouco.

— Eu levo você para casa.

Geo balançou a cabeça.

— Não precisa. Além disso, acho que a Barb não iria gostar.

— Você não liga? — ele disse. — Sobre eu e a Barb?

— Por que você está me perguntando isso? — Ela franziu a testa. As luzes na lavanderia eram brilhantes, e Geo tinha que apertar os olhos para olhar para ele. — Eu não perguntei o que você achava sobre o Calvin e eu.

— Sei que não perguntou. Mas eu posso dizer o que acho, se você quiser.

— Kai, qual é... — Geo deu um passo na direção da porta, mas ele barrou o caminho.

— Por que não pode ser você e eu? — ele disse, se aproximando. As cinturas dos dois estavam quase se tocando. Ele colocou uma das mãos em suas costas, deslizando para cima sob seus cabelos até cobrir seu pescoço. — Você já deve saber como eu me sinto em relação a você.

— Porque somos melhores amigos — ela disse. Será que ele sempre foi assim tão bonitinho ou era por que agora tinha uma namorada? Seus olhos azuis estavam presos nos dela. Seus cílios eram longos.

— Essa deveria ser a razão para um sim, e não a razão para um não — ele respondeu.

— Mas e a Barb? E o Calvin?

— Bem, eu gosto da Barb... — ele disse, mas não continuou.

— Bem, eu amo o Calvin — ela respondeu.

Ele deixou cair a mão. Aquilo o feria. Ela podia ver isso em seu rosto. Mas o que ela poderia fazer? Mentir?

De repente, ele se aproximou, e seus lábios estavam sobre os dela. Eram surpreendentemente macios, cheios de urgência. No começo, Geo não reagiu, mas depois, sim, abriu a boca. As mãos dele estavam em seu rosto, e ele a beijou como se ela fosse a única pessoa que existisse para ele. Tinha um gosto diferente do de Calvin. Mais doce. Mais jovem. Mais gentil. E isso era exatamente o que ele era. Ela se sentiu respondendo, se inclinando para ele, e era uma sensação completamente nova. Com Calvin, jamais havia algo físico que não fosse acompanhado por um tanto de culpa. Culpa por ele ser mais velho, culpa por ele estar ocupando toda a vida dela, culpa por estar escondendo-o de seu pai. Com Kaiser, não havia nada disso. Ela era ela mesma e se sentia segura. Kaiser jamais a machucaria, nunca a forçaria a ser outra coisa que não ela mesma... mas ela tinha a capacidade de fazê-lo em pedaços.

Não.

Ela o empurrou.

— Kai, não posso.

— Geo. — A respiração dele estava rápida, o rosto, corado.

— Barb está te esperando.

— Vamos conversar sobre isso.

Ela passou por ele e abriu a porta da lavanderia. A música voltou a inundar o ambiente, envolvendo-os, eliminando a intimidade. No final do corredor, Barb conversava com outra garota, olhando de vez em quando por cima do ombro para a porta da lavanderia. Quando viu Kaiser, seu olhar ficou aliviado.

— Ela é uma garota legal, Kai — Geo disse. — Podem ir se divertir.

— E você? — Kaiser a encarava, sua expressão, uma mistura de frustração e ansiedade. — Essa coisa com o Calvin... é mesmo real?

— Eu o amo — ela repetiu. — E se você também me ama, fique feliz por mim. Como eu estou feliz por você.

Ela saiu da lavanderia, caminhando depressa pelo corredor até a porta de saída. Deu um rápido aperto no braço de Barb antes de sair.

— Ele é todo seu — Geo disse.

O ar frio da noite explodiu em seu rosto quando saiu da casa. As festas de Chad Fenton costumavam ir até bem depois da meia-noite, mas ela logo estava perdendo o ânimo. Seu pai estava de plantão no hospital, e Calvin esperava que ela passasse em seu apartamento por um tempo, mas ela estava cansada demais para fazer isso. Ah, bom, poderia brigar por conta disso amanhã.

Sentiu uma presença na calçada atrás dela e se virou. Angela estava a alguns passos atrás, apressada, tentando alcançá-la, o vento batendo em seu casaco desabotoado. Nenhuma das duas, com vestidinhos curtos, estava adequadamente vestida para esse tempo mais frio que o usual.

— O que você está fazendo? — Geo disse, surpresa. — Achei que você fosse ficar lá.

— Ele que se foda — Angela disse, sem fôlego, finalmente a alcançando. Ela carregava uma bolsa grande que ficava trocando de ombros. A câmera devia estar ali dentro. Geo a havia visto fotografando todo mundo naquela noite. — Ele é tão gay. A língua dele fazia as coisas certas, mas o pau dele? Parecia um macarrão supercozido.

Geo teve que rir.

— Mas vamos ao baile juntos, acho. Desde que não apareça ninguém melhor. Para mim, é claro, não para ele. Eu sou a melhor coisa que ele pode ter, e ele sabe disso — Angela disse isso como fato, sem nenhum traço de arrogância. Quando se tratava de sua posição social, ela era prática. Se Mike Bennett fosse gay e dentro do armário, então precisava dela para manter as aparências. Para ela, tudo bem, enquanto fosse do seu interesse.

— Onde ficou o seu carro? — Geo perguntou, o vento gelado batendo em suas pernas.

— Ficou lá na casa do Chad. Tomei umas três cervejas. — Nuvens de hálito congelado acompanhavam as palavras de Angela. — Não dá para dirigir até a minha casa desse jeito. O meu pai vai estar na cozinha, jogando pôquer com os amigos do golfe e vai sentir o meu bafo. Volto amanhã de manhã para pegar o carro. Meus pais acham que eu vou dormir na sua casa, de qualquer maneira, aí não vão saber de nada.

— Eu disse para o meu pai que ia dormir na sua casa para poder ficar até mais tarde. — Geo tremeu debaixo do casaco fino. — Você tem um suéter extra aí na sua bolsa?

— Não, só tenho a minha câmera. Pesa uma tonelada. — Angela pensou um instante. — Vamos para a casa do Calvin.

Geo a olhou de esguelha.

— Sério?

Sua melhor amiga deu de ombros.

— Eu já disse que queria conhecê-lo melhor, e quero mesmo. Além disso, ele pode telefonar para o Jonas para ir até lá e podemos todos ficar juntos. Seria legal ficar com um cara que eu possa mesmo deixar excitado.

Geo pensou no assunto. Estava cansada, mas havia prometido a Calvin que passaria lá.

— Então vamos por aqui. São uns vinte minutos caminhando até lá. Eu deveria telefonar avisando.

— Que nada, vamos fazer uma surpresa — Angela disse. — Além disso, não quero voltar para a casa do Chad. Quando saí de lá, o Kai estava num canto com a sua Barb *do banco de trás*. Juro por Deus, as mãos dela estavam dentro da calça dele.

— Cala a boca — Geo disse. — Não quero saber disso.

— Sabia que você ia ficar chateada com isso. — A voz da amiga soou triunfante.

Geo pensou em contar a ela sobre o beijo na lavanderia, mas decidiu não o fazer. Isso era entre ela e Kaiser. Afinal, algumas coisas eram privadas.

Calvin morava em uma casa na Trelawney Street, em um bangalô de dois andares convertido em três apartamentos. O andar principal era de um casal com um filho, que não era casado, e o apartamento do segundo andar era compartilhado por duas irmãs de uns trinta anos, as duas solteiras, e as duas já haviam dado em cima de Calvin várias vezes. Ele morava no pequeno estúdio em cima da garagem. Costumava ser o local onde o proprietário ensaiava bateria, de modo que era completamente à prova de som. O estúdio tinha entrada separada nos fundos, e Geo e Angela davam risadinhas enquanto subiam a escada íngreme.

As luzes estavam apagadas dentro do apartamento, mas Geo notou o brilho da TV por trás das persianas. Deu uma batidinha na porta. Ninguém atendeu.

— Tem certeza de que ele está em casa? — Angela perguntou.

— O carro dele está estacionado na rua. — Geo deu outra batidinha, e alguns segundos depois a luz acima da porta se acendeu. Calvin abriu a porta, levemente despenteado, vestido com jeans de cintura baixa e nada mais. Tinha uma cerveja na mão. A luz se refletia em sua barriga lisa, destacando os músculos abdominais. Ele parecia um deus.

O olhar de Angela o percorreu de cima a baixo.

— Que tesão — ela disse.

Calvin levantou uma sobrancelha.

— Então é isso que tem mantido você ocupada — Angela disse, mais para si mesma que para Geo. — Agora saquei. Vai deixar a gente entrar, caubói? Porque aqui fora está gelado. Você é quente, mas não tão quente assim.

— Questão de opinião — Calvin disse, ficando de lado para as duas entrarem. — Cuidado onde pisam. Parte do tapete está soltando.

Angela entrou primeiro, lançando um olhar cúmplice quando passou por ele. Geo hesitou, sua mente a lembrando de Kaiser na lavanderia, do cheiro daqueles sachês de lavanda, enquanto ele a beijava, do jeito como ele se sentia nos braços dela, amoroso, urgente e gentil.

Então tirou o amigo da cabeça, entrando com cuidado, mas de modo decidido, por cima do batente para dentro dos domínios de Calvin.

21

O NOVO IPHONE DE GEO toca alto, despertando-a do primeiro sono de verdade que ela teve desde a Aveleira. Tateando, pega-o e verifica o número. Nada que ela reconheça, mas atende mesmo assim. Uma voz automática soa em seu ouvido, as palavras pausadas enquanto o computador gera uma frase.

— Você tem uma chamada a cobrar… de… *Cat*. — Aqui dito pela voz de Cat, e o coração de Geo dá um pulo. — Do… Centro Correcional Aveleira. Essa chamada terá um custo de… um dólar e setenta e cinco centavos… e aparecerá na sua próxima conta. Para aceitar digite um. Para recusar, por favor aperte dois e desligue o telefone.

Ela pressiona um, e um instante depois, a voz de Cat soa em seu ouvido.

— Georgina? É você, querida?

— Sou eu — Geo diz, e a despeito da sonolência, seus olhos se enchem de lágrimas. Faz apenas uma semana, mas é o maior tempo que ela passou sem escutar a voz da amiga desde que se encontraram há cinco anos. — Droga, é tão bom escutar a sua voz. Por que não me ligou antes?

— Queria deixar você se acomodar. A última coisa que pensei foi que você precisasse ser lembrada daqui desse inferno.

Geo consegue ouvir o ruído baixo de vozes na Aveleira. Vozes conversando com diferentes sotaques e ritmos — mexicano, polonês, a cadência melodiosa de uma mulher que soa bem parecida com Ella Frank, o grito de algum guarda mandando alguém voltar para a fila. Ela pode imaginar Cat, vestida com um suéter vagabundo da prisão, dois números maior que o dela, parada na linha de telefones públicos. São exatamente seis, montados na parede, sem divisões entre eles, nenhuma privacidade. Não que a privacidade importasse, de qualquer modo. Todas as chamadas da prisão são monitoradas. Pelo menos as chamadas legais.

— Como você está? — Geo pergunta. — E não me enrole.

— Uma merda — Cat diz, e Geo abafa um suspiro. Mas quer escutar tudo, então ainda não diz nada. — O oncologista disse que o câncer está se espalhando. Estou com dois tumores a mais no fêmur, espera, esse é o osso da coxa ou o da canela?

— O da coxa.

— Então tá, o fêmur. O doutor acha que mais uma rodada de quimioterapia é o que dá para fazer, mas tenho que dizer, querida, não sei se aguento isso. Ele quer começar na semana que vem. Eu já me sinto meio morta.

— É porque eu não estou aí — Geo diz, sentindo-se mais desamparada do que jamais se sentiu. Ela puxa um fio solto do seu pijama floral, desejando poder estar lá naquele momento para ter essa conversa pessoalmente. Mas as ex-presidiárias, ainda mais as que recém-saíram, não costumam fazer parte da lista de visitantes aprovadas.

— Mas tenho boas notícias, apesar de tudo. Minha condicional foi aprovada. Devo sair na segunda-feira.

— Não brinca! — Geo senta-se ereta na cama, sentindo-se a ponto de chorar. — E você esperou um minuto inteiro para me contar?

— Queria criar um suspense.

O irmão de Ella Frank, Samuel, cumpriu a palavra. E até mais rápido do que Geo esperava. Ela anotou mentalmente que deveria ligar mais tarde para ele e agradecer, tanto pela arma como por sua ajuda para "convencer" alguém da comissão de condicional a votar a soltura de Cat. Havia custado caro para Geo, mas valeu cada centavo.

— Tenho tempo suficiente para arrumar o seu quarto — Geo disse. — Você vai gostar dele. Era o quarto de costura da minha mãe...

— Querida, sobre isso. — Cat parecia hesitante. — Não sei se você quer mesmo uma velha como eu morando com você. Nem conheço o seu pai. Esse tipo de favor é reservado para alguém da família...

— Você é família. E não me insulte dizendo que não é — Geo responde com firmeza. — Já conversei sobre isso com o meu pai. Temos o quarto, e eu tenho tempo. Além do mais, não vamos ficar aqui por muito tempo. Estou cuidando de ter um lugar para mim, e você irá comigo. Agora, que horas eu pego você?

O outro lado da linha fica em silêncio. Por parte de sua velha amiga, pelo menos; no fundo ainda há o barulho da vida na prisão.

— Não venha me buscar — Cat diz, mas Geo pode ouvir o sorriso em sua voz, mesmo a trezentos quilômetros de distância. — Não quero que você dirija até este inferno, e nem adianta tentar discutir, porque isso não é negociável. Vou pegar o ônibus, talvez você possa me buscar na estação em

Seattle. — A voz dela fica embargada. — Georgina, não consigo dizer o quanto estou grata por isso.

As duas conversam mais alguns minutos. Geo conta a Cat uma versão bem editada de como as coisas andam em casa até agora, sem fazer menção às pichações, ou ao fracasso de sua ida ao banco, ou à conversa com Kaiser sobre os cadáveres mais recentes. Cat diz que uma das novatas assumiu o trabalho de cabeleireira que era dela no salão.

— Parece que ela fez um ano de escola de salão de beleza. — Cat soa duvidosa. — Sei não, ela tem o cabelo pintado de azul e verde. Eu não iria numa cabeleireira com cabelo azul e verde.

— Claro que não. Você tem sessenta e dois anos.

As duas se despedem. Geo desliga o celular, sentindo-se muito melhor do que nos últimos dois dias. A soltura de Cat é algo com que ela agora pode contar. Não houve outra mulher na casa desde... bem, desde que sua mãe morreu. Walter não se entusiasmou com a ideia de outra ex-presidiária na casa, ainda mais uma que ele não conhece. Mas, como médico de pronto-socorro, não é da natureza dele negar ajuda a alguém, se pode ajudar. Geo não tem nenhuma dúvida de que se darão muito bem.

Ela toma um banho e se apronta para o dia, usando o secador no cabelo e se maquiando um pouco, apesar de não ter aonde ir. Ainda se sente desconcertada. Na prisão havia uma rotina, coisas que tinham que ser feitas todos os dias. Ali parece que até existe liberdade demais, escolhas demais, e isso é desorientador.

Ela tem tempo demais para pensar.

A campainha toca enquanto prepara o café da manhã, e ela vai descalça pelo corredor para ver quem é. Abre a porta e vê Kaiser parado na calçada, tirando fotos do Range Rover dela com o celular. Naquele dia, não usava o carro da polícia; um Acura prateado está estacionado no meio-fio. Ele está vestindo um casaco com capuz sobre uma camiseta, jeans e tênis, e não se parece em nada com o detetive de polícia que ele é.

Ele parece fofo pra caramba.

— Por que você está fotografando o meu carro? — ela pergunta alto, e ele se volta para ela.

— Veja você mesma — responde.

Ela coloca um par de chinelos e sai. Vê assim que sai da porta e para.

— Porra — ela diz, soltando o ar aos poucos.

Ao lado do seu Range Rover branco, com a mesma tinta vermelha raivosa, está a palavra VAGABUNDA.

— Só pode ser a porra de uma brincadeira. — Ela joga as mãos para o alto, olhando, frustrada, sua SUV. — É como se soubessem que eu ia vender. Porra. *Porra.*

Kaiser tira outra foto.

— Vamos conversar aí dentro — ele diz. E dá uma inspecionada rápida nela. — A menos que você esteja saindo.

Ela sacode a cabeça, e ele a segue para dentro da casa. Ela percebe a colônia que ele usa quando ele para diante dela para abrir o fecho do casaco, que Geo guarda no armário. O cheiro é ótimo, e ela fica chateada consigo mesma por notar. Já faz muito tempo que ela não se vê perto de um homem que não seja seu pai, o advogado ou um guarda de prisão. E o último homem com quem fez sexo — sexo de verdade, com penetração — foi Andrew.

Ela se estapeia mentalmente. *É o Kaiser. Pare com isso.*

— O que você veio fazer aqui? Alguma novidade com o caso? — pergunta, caminhando para a cozinha, onde sua fatia de pão já havia saltado da torradeira. — Quer café? Agora já sei usar a Nespresso.

— Café seria ótimo, obrigado. — Ele se inclina sobre o balcão. — Acho que passei por aqui porque não gostei de como as coisas terminaram outro dia.

— Como assim?

— Você sabe... daquele modo embaraçoso. — Passando a mão pelo cabelo, Kaiser suspira. — Com você zangada. E eu me sentindo mal com isso. Não sei... me fez lembrar de quando a gente estava no ensino médio. Eu me sentia mal, na época, e me senti mal agora. Não gosto de aborrecer você.

— Não fiquei aborrecida — Geo diz, ainda que, em retrospecto, ela suponha que tenha ficado. Eles haviam discutido sobre Calvin James, que, ironicamente, era a única coisa sobre a qual discutiam, mesmo lá na época da escola. — De qualquer maneira, por que você fica incomodado?

— Porque eu me preocupo com você — ele diz, pegando a xícara de café que ela oferece. Bebe um pouquinho. — Sempre me preocupei com você. Você é a garota que... — Para de repente, as bochechas enrubescendo um pouco, e olha para o outro lado.

Ela olha para ele.

— A garota que abandonou você.

— Eu ia dizer isso, mas não, você não é isso. — Kaiser olha de frente para ela. — Porque isso supõe que em algum momento eu tive você. E nós dois sabemos que isso nunca aconteceu.

Os dois ficam em silêncio por um instante. Kaiser bebericando o café, Geo ignorando a fatia de pão que esfria na torradeira. Ela nota que ele não usa uma aliança.

171

— Você alguma vez já se casou, Kai? — pergunta, com voz suave.

Ele parece surpreso com a pergunta. Acena com a cabeça.

— Brevemente. Não foi um relacionamento bom. Agora ela está casada com outro, e os dois têm um filho.

— Andrew se casou. Eles têm gêmeos. Eu o vi outro dia, por acaso. Ele estava com a família.

— E como ele estava?

— Terrível. — Os dois dão uma risadinha ao mesmo tempo. — Mas me fez compreender que ele não era para mim. Que eu estava procurando a coisa errada. Sempre procurei as coisas erradas.

Ela deixa as palavras pairarem no ar. Kaiser não responde, mas seu olhar passeia sobre as roupas dela, o rosto, o cabelo. Não de modo intrusivo, e sim observador, e ela começa a se sentir um tanto constrangida. O que é ridículo, já que se trata de Kaiser. A opinião dele sobre sua aparência não deveria importar nada. Mas ela se vê contente por ter lavado o cabelo de manhã e ter tirado um tempinho para se maquiar e colocar um brilho labial com cor.

O batom Shipp que ele deixou com ela, Coração de Canela, foi enfiado no fundo de uma gaveta. Ela nem experimentou. Está agora ao lado do pote que ela não conseguiu quebrar. Onde é seu lugar.

— Você parece bem — ele comenta. — Descansada.

— Estou dormindo melhor — ela diz. — É impressionante as coisas que você acha que são garantidas. Posso tomar banhos de chuveiro que duram mais que oito minutos, com o quanto de água quente eu quiser, sem ter que usar sandálias de banho ou me preocupar que alguém possa abrir a cortina antes que eu termine. Ontem à noite, meu pai preparou bifes no jantar. E hoje de manhã recebi um telefonema de uma amiga lá da Aveleira, que está saindo. Ela vai ficar aqui. Tem câncer. Ela… não vai durar muito tempo.

Um sorrisinho cruza o rosto de Kaiser. Ele compreende. Ele sabia sobre a mãe dela.

— Foi assim tão terrível? — ele pergunta. — A prisão.

— Em algumas coisas foi terrível — ela diz. — E em outras, até que foi bem. Você se adapta, sabe?

Ela fica consciente de estar perto demais dele agora, seu cheiro bom demais, parecendo limpo demais. Ela dá um passo atrás.

— Tirei algumas fotos do seu carro — ele diz. — Vou dar entrada em um relatório quando voltar para a delegacia. Não acho que vai dar em alguma coisa, claro. Não podemos pedir um mandado de busca para cada casa da vizinhança para ver quem tem uma lata de spray vermelho na garagem. Alguma ideia de quem fez isso?

— Bem, não é a primeira vez — Geo diz e explica sobre as duas outras mensagens escritas na porta da garagem. — Adoraria pôr a culpa naquela bruxa velha da casa em frente, mas acho que ela não faria uma coisa dessas. Uma vizinha como eu não é boa o suficiente para ela, e acho que ela não gostaria de chamar atenção para isso.

— A Sra. Heller? Ela não me reconheceu quando a entrevistei semana passada — Kaiser diz, com um sorriso. — Não lembrava que fui eu quem quebrou a janela dela com uma bola de beisebol.

Geo cai na risada, satisfeita.

— Tinha me esquecido disso.

— E lembra que ela saiu gritando com o bobes no cabelo...

— Que caiu, e você pisou em cima e o quebrou no meio...

— Que ela pegou, me olhou e disse...

— *Você é um tornado de destruição, rapazinho* — dizem os dois em uníssono, caindo na risada. Eles riem com vontade, com intensidade, e por muito tempo. O estômago de Geo começa a doer, e ela se sente ótima.

— Quantos anos eu tinha, dezesseis? — Kaiser mal consegue pronunciar as palavras.

— Quinze — Geo diz, limpando uma lágrima. — Era o final do primeiro ano. Me lembro disso porque foi a última vez que fiquei com o cabelo curto.

— O fim de semana do seu aniversário — ele diz. — Esqueci que você é mais velha que eu.

— Três meses. — Ela dá uma palmada no braço dele. — E é muita falta de educação ficar me lembrando disso.

— Você poderia se passar por vinte e cinco.

— Mas já me sinto com quarenta e cinco.

— Eu também. — Ele sorri para ela e, só por isso, tudo parece... melhor. — Então, por que você quer vender o Range Rover?

— Não quero mais ter essa coisa. É caro e pretensioso demais, o tipo de coisa que uma jovem e rica executiva dirige quando quer que todos saibam que é jovem e rica. — Ela sorri levemente para ele. — E eu não sou mais essa pessoa. E tem mais, também não sou mais a pessoa que eu era quando tinha dezesseis anos.

— Então, quem você é agora? — O tom dele era gentil.

— Uma ex-presidiária desempregada que não tem a menor ideia do que fazer com a porra do resto de sua vida. — É a resposta mais honesta que Geo pode dar. — E estou aprendendo que não importa o quanto eu me arrependa, e *esteja arrependida pra caralho,* ou quanto tempo eu tenha passado presa, ou quantas graduações universitárias eu tenha, ou quanto dinheiro tenha ganhado... Vou ser sempre julgada por uma coisa terrível e horrorosa que fiz quando tinha dezesseis. Não estou me queixando por isso, pois sei que mereço, mas não sei o que fazer para enfrentar isso. Porque se pudesse, faria.

— Então se reinvente — Kaiser diz, e só quando ele toca em seu rosto ela percebe que está chorando.

— Pensei que já tinha feito isso. Quantas vezes uma pessoa pode apertar o botão de resetar?

— Quantas vezes for necessário. Mas você tem que superar. Tem que desculpar a si mesma. Mesmo que ninguém mais faça isso.

Geo nem sabe por que estão tendo essa conversa, mas sente uma enorme necessidade de se explicar para ele. E parece que ele quer saber.

— Não é que eu ache que não consigo superar isso — ela diz. — É que eu já *superei* isso. Pensei que todo mundo poderia ter me perdoado se eu tivesse contado a verdade de uma vez e denunciado Calvin logo depois do que aconteceu. Eu tinha dezesseis anos, era só uma criança, e crianças cometem erros. Mas o que perturba as pessoas não é apenas o que fiz naquela noite. É que tive a *audácia* de seguir com a minha vida. Fui para a universidade, escalei a ladeira corporativa, comprei um belo carro e consegui um noivo rico. Construí uma vida de sucesso *sobre* a merda da coisa horrorosa que fiz. Sem assumi-la. Sem primeiro pagar por isso. É isso o que as pessoas não perdoam. E não consigo compreender isso, de verdade. Porque é quase tão terrível como as coisas que realmente eu fiz.

— Poxa. — Kaiser solta um longo suspiro. — É uma puta autoconsciência.

— Tive muito tempo para pensar nisso — ela diz. — É minha culpa que mais mulheres tenham morrido. É minha culpa esse garotinho ter sido morto.

— Não tinha como você saber que ele iria continuar fazendo essas coisas — Kaiser diz. — Você não sabia o que o Calvin era. Naquela época, talvez nem *ele* soubesse quem era.

Geo busca no rosto de Kaiser qualquer traço de sarcasmo ou condescendência, e não vê nada disso. Se vê algo, é gentileza. Compaixão.

— Por que você está sendo gentil comigo?

— Porque somos amigos — Kaiser diz. — Temos uma história. Isso quer dizer muito para mim.

— Você vai pegá-lo, não é?

— Já fiz isso uma vez. Posso fazer de novo. — Ele hesita. — Na verdade, há uma coisa que preciso contar sobre a vítima. Sobre o garotinho.

— O que tem ele?

— Ele era ado...

O celular dele toca alto, e os dois dão um salto, fazendo Geo perceber o quão perto estavam um do outro. Ele tira o aparelho do bolso, verifica a tela e franze o rosto. Levantando o dedo, entra na sala de estar e ela pode ouvi-lo falando em voz baixa. Um instante depois, ele está de volta.

— Tenho que ir — diz, enfiando o celular no bolso do jeans.

— Você ia me dizer algo sobre o garotinho.

— Da próxima vez — ele diz. — De qualquer modo, era só para a sua informação, mas não tenho tempo agora. Há uma pista sobre Calvin.

Ela fica imóvel, um gosto azedo na garganta.

— Que pista?

— Nada que diga respeito a você neste momento. Pode não dar em nada. — Kaiser caminha para a porta. Pega o casaco do armário, veste e para. — Tem certeza de que não há nada que possa me contar? Nada mesmo?

Geo pensa nas cartas que recebeu na prisão, dez delas, apenas uma lida. O resto está em uma caixa no andar de cima, embaixo de sua cama. Onde se escondem os segredos.

— Não há nada — ela diz, tocando de leve em seu braço. — Mas entendo por que você repete essa pergunta. E se alguma coisa mudar, eu te aviso.

Ela fecha a porta depois que ele sai, puxa o trinco e solta um longo suspiro. Há coisas que vieram à tona no julgamento, coisas feias, coisas horríveis. Ela contou para o tribunal — e, por extensão, para o público — o que eles precisavam saber.

O resto, ela guarda para si mesma. E sempre guardará. Ela não era perfeita. Nem Angela. Em todas as histórias existem heróis e vilões.

Às vezes, a mesma pessoa pode ser as duas coisas.

22

GEO OBSERVOU, CONFUSA, enquanto sua melhor amiga encarava seu namorado. Os lábios de Angela estavam entreabertos, a língua deslizando ligeiramente sobre o lábio superior. Era seu gesto característico, algo que fazia quando havia algo — ou alguém — de que ela gostava. Geo costumava pensar que ela nem se dava conta que o fazia, mas é claro que sabia. Via isso agora. Calvin observou as duas, com seus vestidos curtinhos, o modo como se apoiavam uma na outra mesmo que tecnicamente estivessem imóveis. Ele desligou a TV.

— Então, garotas, querem tomar alguma coisa? — ele disse, agarrando uma camiseta na cama e enfiando por cima da cabeça. Se havia notado que Angela o observava, não pareceu demonstrar. — Tenho cerveja, suco de laranja, vodca, rum, Coca-Cola...

— Rum e Coca para mim — Angela disse.

— Suco de laranja — Geo disse. Ela caminhou na direção da cama, tirando o casaco e depois se sentando na beira do colchão, imaginando onde Angela iria se sentar. O apartamento era minúsculo — quarenta e seis metros quadrados, se tanto. Além da cama de Calvin havia espaço apenas para uma namoradeira, uma mesinha de refeição com duas cadeiras de madeira.

Mas Angela não se sentou. Em vez disso, ficou mexendo no som, inclinando-se sobre ele, com as costas para a sala e com a saia revelando o comecinho das dobrinhas da bunda.

Como se Geo nem estivesse ali. Como se Angela estivesse visitando o próprio namorado.

Calvin serviu as bebidas, e Geo tomou um bom gole da dela, engasgando um pouco quando o líquido forte desceu por sua garganta. Havia vodca ali, que ela não havia pedido, mas sentiu que ia precisar daquilo. Ele entregou a Angela a bebida e voltou para se sentar ao lado de Geo, beijando-a, seus lábios pairando sobre os dela por alguns segundos. Ela se sentiu relaxar.

— Seu gosto está doce — ele disse. — E você está bêbada. Meio que gosto disso, apesar de não gostar que você beba longe de mim.

— Eu não estava bebendo de verdade. Só comi umas frutas.

Ele franziu o rosto, sem compreender o que aquilo significava, mas não perguntou nada.

— Já é tarde. Onde é que o seu pai pensa que você está?

— Na casa dela — Geo responde, olhando para Angela. Sua melhor amiga olhava para os dois com um sorrisinho no rosto. Mas por detrás dele havia algo mais.

Inveja. E Geo estava gostando disso. Porque, tal como no dia em que conheceram Calvin, era uma inversão de papéis. Ela nunca era a garota que fazia as outras sentirem inveja, e desta vez era, e estava gostando.

— E onde os pais dela pensam que ela está? — Calvin perguntou. Ele também olhava para Angela, mas era difícil ler sua expressão.

— Na minha casa — Geo respondeu.

Fazia calor no apartamento, e o álcool a aquecia ainda mais. Ela se abaixou para tirar as botas. Angela já havia tirado os sapatos e o casaco e andava pelo lugar, olhando tudo, não que houvesse muita coisa para ver. Cozinha pequena com uma geladeira, forno e alguns armários. No banheiro só havia o chuveiro, uma pia minúscula e o vaso. A cama de Calvin estava no quarto-sala, coberta com uma colcha xadrez vermelha, e o rack com o som e a TV estava na parede de frente. A namoradeira estava na parede ao lado. O pequeno apartamento não tinha nada de especial, mas Geo o adorava.

Angela tirou a câmera da bolsa.

— Vamos, se beijem de novo. Quero uma foto de vocês dois. Os dois são gostosos pra caralho. — Ela apontou a câmera, e o flash disparou. — Vamos, vocês dois. Se beijem.

Calvin a beijou, e a câmera disparou o flash de novo. *Creep*, do Radiohead, estava tocando, e Angela aumentou o volume. O estúdio era à prova de som, assim não havia risco de perturbar os outros inquilinos. Geo terminou seu drinque, e Calvin fez outro para ela. A sala começou a girar de novo. Ela só havia ficado bêbada uma vez, quando era caloura, na casa de Angela, quando os pais dela não estavam e o armário de bebidas do pai ficou destrancado. Ela terminou a bebida e subiu na cama para se deitar. Chega, ela tinha que parar de beber. Estava a um golezinho de vomitar.

A câmera disparou o flash mais algumas vezes, e depois passou para as mãos de Calvin. No centro do pequeno apartamento, Angela rodopiava. A saia curta do vestidinho subia enquanto ela girava, mostrando mais de suas coxas, sua pele no perfeito tom dourado graças à última sessão de bronzeamento. Geo teve um vislumbre da calcinha-biquíni de renda branca de

Angela, mas antes que ela pudesse se chatear, Calvin apontou a câmera para ela, que se obrigou a sorrir.

Ela tossiu na palma da mão, sentindo um gosto azedo. Calvin notou e foi até a cama, massageando sua perna desnuda.

— Você está bem?

— Estou bem — Geo respondeu, mas a verdade era que começava a se sentir enjoada. Agarrando a camiseta dele, puxou-o para mais perto e disse em seu ouvido: — Para com essa porra de ficar olhando para ela.

— Ela quer ser olhada. — Calvin deu de ombros e se soltou. — Não tem nada de mais.

— Você não gosta quando outros caras ficam me olhando.

— Porque você não fica pedindo atenção. Portanto, é o meu dever defender você. — A música estava alta, e ele se inclinou para falar no ouvido dela, seu hálito quente em seu pescoço. — Mas garotas como a sua amiga aí... elas murcham e morrem se os caras não derem atenção. Deu para perceber no minuto em que a vi. Ela é o tipo de garota que os caras fodem. E você é o tipo de garota com quem se casam. É você quem eu quero, Georgina. Só você.

Claro, eram só palavras, mas fizeram com que ela se sentisse melhor. Geo o beijou. Ele a beijou de volta, faminto, as mãos correndo por suas coxas e sob seu vestido enquanto a empurrava de volta para a cama.

— Ai, meu Deus, vocês dois — Angela disse. — Arranjem um quarto.

— Já temos um — Calvin respondeu.

Angela terminou seu drinque de um gole só, seu segundo desde que chegaram ali. Ou talvez fosse seu terceiro. Um pouco escorreu pelo queixo, e ela passou a mão descuidada para limpar, quase perdendo o equilíbrio ao fazer isso.

— Desculpa, vamos parar — Geo disse, soltando uma risadinha, o enjoo controlado naquele momento. Mas não pararam. A ereção de Calvin pressionava seu quadril, e ela sutilmente se esfregava nele, enquanto ele continuava beijando seu pescoço. A vodca a estava deixando estranhamente desinibida. Ou talvez fosse porque era *ela* que estava com o cara sexy que não conseguia afastar as mãos de cima dela, e Angela era a vela. Dessa vez.

A música do Radiohead terminou, e o som mudou para *Closer*, do Nine Inch Nails, uma música tão sexy como jamais houve outra.

— Dance para a gente — Calvin disse, levantando a cabeça o suficiente para sorrir para Angela. — Vamos. Você sabe que quer isso.

Angela riu, rebolando um pouco. A batida pesada era fácil de dançar e o ritmo perfeito, nem tão rápido, nem tão lento. Ela colocou o copo sobre o som, aumentou mais o volume e começou a se mexer. Uma dançarina treinada depois de anos com lições de jazz e balé — assim como Geo —, ela levantou os braços por cima da cabeça, seu cabelo comprido descendo até sua cintura. Enquanto se mexia, ela murmurava a letra.

VOCÊ DEIXOU QUE EU A VIOLASSE
VOCÊ DEIXOU QUE EU A PROFANASSE

Ela mexia lentamente os quadris, depois baixou um braço e apontou um dedo para Geo.

— Venha dançar comigo.

Geo riu e balançou a cabeça, mas Calvin pareceu gostar da ideia. Ele apertou seus seios, depois a beijou novamente, o sorriso torto impresso no rosto bonito.

— Só sei que eu iria gostar disso. — Inclinou-se mais para perto dela e falou em seu ouvido de novo: — Você é mais *sexy* do que ela em qualquer dia.

AJUDE-ME
NÃO TENHO UMA ALMA PARA VENDER

Encorajada pela bebida e pelas palavras de Calvin, Geo se levantou da cama e se uniu à amiga no meio da sala. Angela a agarrou pela cintura e a girou, de modo que a bunda de Geo estava encaixada em sua virilha. Ela passou as mãos pelos ombros de Geo, descendo até seus seios, que massageou por alguns segundos. Chocada, mas bêbada demais para protestar — ela e Angela jamais haviam se tocado antes —, ela olhou para Calvin. Não havia dúvida de que ele estava amando aquilo. Deitado na cama, apoiado em um travesseiro, com os braços atrás da cabeça, seu sorriso dizia tudo. Geo continuou a dançar com a melhor amiga, a música as envolvendo como um cobertor.

QUERO FODER VOCÊ COMO UM ANIMAL
QUERO SENTIR VOCÊ DENTRO DE MIM

Consciente do olhar de Calvin sobre elas, Geo se virou e ficou de frente para a amiga. Os olhos de Angela estavam vidrados, o rosto para cima em uma diversão bêbada. Porque sentia que Calvin queria que ela fizesse isso,

Geo se inclinou e a beijou. Ela sentiu a outra garota dar um solavanco de surpresa. Elas nunca tinham feito isso, mas havia algo em saber que Calvin estava olhando que as fazia ficar totalmente excitadas. Angela deve ter sentido o mesmo, porque seus lábios se abriram e as duas começaram a se beijar. Com vontade.

Os lábios de Angela eram macios. Ela era menor que qualquer rapaz e mais gentil. A coisa toda parecia ser... mais educada, de alguma maneira. Mais molhada. Mais doce. Angela tinha gosto de Coca-Cola, e de rum, e de batom. Não era exatamente gostoso, mas também não era ruim. Era... diferente. E não tão estranho quanto Geo poderia pensar que seria se de algum modo houvesse pensado naquilo antes.

Agora, Calvin estava atrás dela, as mãos levantando seu vestido, seus lábios do lado do pescoço. Angela ainda na frente dela, e elas ainda se beijavam, mas os olhos da amiga estavam abertos. Olhando tudo. Sem perder nada.

Mas então o quarto começou a girar de novo, o enjoo de volta como vingança. Geo odiava vomitar. Ela não iria vomitar, não importava como. Seria o desmancha-prazeres máximo, e todos eles estavam se divertindo muito.

Não estavam?

— Preciso de uma pausa — ela disse, suspirando um pouco. E se desembaraçou do grupo. — Vocês podem continuar dançando.

Ela caiu na cama, quase suspirando de prazer quando seu corpo pousou no colchão. Era tão bom se deitar, fechar os olhos, deixar a música pulsante envolvê-la. Ela ouviu Calvin dizer alguma coisa e Angela rir, e depois de instantes, ela se forçou a abrir os olhos para espiar os dois. Ainda estavam dançando. Angela se esfregando em Calvin. Seu namorado sacudia a cabeça, mas também estava sorrindo. Puxou Angela para mais perto, abraçando-a, seu quadril apertando o dela enquanto se moviam ao ritmo da música.

Isso chateou Geo. Claro que sim. Mas era só diversão, não é? Angela era sua melhor amiga. Calvin era seu namorado. Os dois a amavam. Não iriam fazer nada inapropriado. Tudo estaria bem. Geo podia tirar um cochilo e despertar recuperada, pronta para continuar festejando.

Ela fechou os olhos, e foi como uma bênção. A música foi sumindo. O mundo ficou escuro.

Geo não sabia por quanto tempo ficou apagada, mas seus ouvidos despertaram antes dos olhos. A música havia parado. Escutou um grunhido, seguido de uma respiração pesada e depois outro grunhido.

Quando finalmente abriu os olhos, encontrou tudo escuro e demorou um pouco para entrar em foco. Todas as luzes do apartamento de Calvin estavam apagadas, exceto a luz noturna na cozinha, lançando um brilho fraco. Ainda deitada — sua cabeça parecia pesar uma tonelada e atrás de seus olhos tudo latejava —, ela se forçou a localizar o ponto de onde veio a respiração. Identificou Calvin na namoradeira da parede lateral. Estava em cima de alguém. Geo conseguiu distinguir um braço pendurado na borda, vislumbrou um pedaço de vestido, e pernas nuas e arreganhadas. E seu namorado entre elas, se mexendo ritmicamente.

Angela.

A calcinha de renda branca estava amassada no chão. O jeans de Calvin empilhado ao lado, assim como sua cueca. Geo conseguiu ver os montes de suas nádegas despidas flexionando enquanto ele enfiava, grunhindo ao fazer isso, um ruído que ela jamais o havia escutado fazer antes.

Seu namorado e sua melhor amiga estavam fazendo sexo.

Geo abriu a boca para dizer algo, mas nenhuma palavra saiu. Sua garganta estava apertada, o estômago parecia estar batendo manteiga. Tentou se sentar, mas seus músculos viraram gelatina, instáveis, moles e sem substância, completamente inúteis.

Ela tentou falar novamente, mas as palavras ainda não saíam. Seus olhos estavam se ajustando à obscuridade, e foi então que ela percebeu o rosto de Angela.

Os olhos de sua melhor amiga estavam abertos, mas vidrados, seus lábios, entreabertos. As duas garotas se olharam, e a boca de Angela formou uma palavra que Geo não conseguiu ouvir.

Mas não havia nenhum equívoco sobre qual era a palavra, e Geo nem sabia ler lábios.

Não.

Calvin grunhiu e deu uma estocada final, seu corpo tremendo enquanto ele gozava. Saiu de cima, e Geo pôde ver seu pênis, ainda ereto, brilhando na luz fraca. Ele não havia usado uma camisinha. Levantou-se, procurando a cueca e o jeans. Angela permaneceu no sofá, na mesma posição: as pernas ainda arreganhadas, o vestido levantado até a cintura, a vagina exposta. Seus olhos estavam opacos, seu rosto, acinzentado, e quando ela moveu a cabeça, uma lágrima escorreu pelo rosto, desaparecendo em seu ouvido. Ela gemeu um pouco, finalmente fechando as pernas.

A névoa era pesada na cabeça de Geo. Parecia impossível processar o que havia acontecido.

O que eles tinham feito? Será que Angela queria isso? Ela ao menos *sabia*? A garganta de Geo finalmente se abriu, e as palavras saíram.

— O que você fez? — perguntou a Calvin, a voz rouca.

O namorado se virou e viu Geo o olhando. Fez uma careta.

— Ela queria isso — ele disse. — Veio para cima de mim. Não queria parar. Não foi culpa minha. Então, se você vai ficar com raiva de alguém, fique com raiva dela. — Ele se abaixou e pegou a bola de calcinha do chão, jogando no colo de Angela. — Se cubra.

Não havia dúvidas quanto ao nojo na voz dele.

Sentada na namoradeira, com a parte de baixo ainda despida e exposta, Angela começou a choramingar. Era o som mais horrível que Geo já ouvira. Sua melhor amiga soava como um bebê, os soluços curtos, e rasos, e fracos.

— O que você fez? — O olhar de Geo se focou mais uma vez em Calvin. — Isso... isso não é legal.

Ela tentou se levantar. Seu cérebro estava pulsando, como se alguém estivesse com um taco de beisebol batendo dentro de sua cabeça, de novo e de novo.

— Ele não parava — Angela disse finalmente, olhando para Geo, os olhos arregalados e a voz coberta de choque. — Eu disse que não, pedi que ele parasse, e ele não parou...

— Cala a boca, vagabunda — Calvin disse a ela. — Ela queria isso — repetiu para Geo. Na namoradeira, os soluços da amiga ficavam cada vez mais altos, mais profundos. — Essa sua amiga é uma puta. Isso não deveria ter acontecido, mas ela foi me excitando tanto que não houve como...

— Você me estuprou! — O grito de Angela foi como um relâmpago, cortando o ar com força e sem aviso. — Você me estuprou, seu filho da puta doentio.

Geo massageou o ponto de sua testa onde sua dor de cabeça estava piorando. Calvin estava encarando Angela, os lábios franzidos para cima, os olhos estreitos, as mãos fechadas. Geo reconheceu aquele olhar. Já o tinha visto antes e sabia exatamente o que significava. Angela tinha que parar de gritar. Gritar piorava tudo. Ela precisava avisar a amiga, mas seu cérebro estava em câmara lenta, e as palavras não se juntavam.

— Cala a boca — Calvin berrou para Angela. — Você é a porra de uma puta e pediu isso...

— Não pedi nada disso! Você me estuprou, seu animal. — Os gritos de Angela eram ferozes. Ela puxou o vestido para baixo, cobrindo as coxas, tentando se sentar no sofá. Seu cabelo estava pegajoso, caindo sobre seu rosto num emaranhado confuso. Sua maquiagem estava borrada, o delineador e a máscara se misturando em círculos sob os olhos. — Você é um merda doente! Você me estuprou, me machucou, você é um filho da puta nojento e vou chamar a polícia e você vai apodrecer na cadeia, seu merda doentio...

Ela nem teve chance de terminar a frase, porque Calvin esmurrou seu rosto. Caiu para trás na namoradeira, tonta, mas pareceu se recuperar alguns segundos depois. Saltou com uma força surpreendente e correu para a porta. Mas antes que conseguisse chegar lá, Calvin já estava em cima dela. Só que dessa vez suas mãos estavam ao redor do pescoço dela, por trás, apertando. Ela conseguiu se soltar, mas ele a agarrou novamente, puxando-a pelos cabelos, estalando sua cabeça para trás. Ele arrancou o cinto do jeans, passou em volta do pescoço dela e puxou, um joelho em cima das costas de Angela, dominando-a. As unhas da amiga arranhavam em fúria os braços de Calvin, sua barriga pressionada no carpete, suas pernas chutando e batendo no ar como se ela estivesse nadando.

Tudo estava acontecendo rápido demais, não parecia real.

— Calvin, para — Geo gritou, levantando-se da cama. Ela conseguiu colocar os dois pés no chão, mas tropeçou quando deu um passo adiante. — Calvin, por favor. *Para.*

Ele nem a escutou ou não se importou, mas de qualquer maneira, não parou. Os olhos de Angela saltavam para a frente, suas pernas ainda sacudiam, mas estava perdendo a força.

Geo deu mais um passo adiante, mas a sala rodou impiedosamente e ela caiu. Do chão, ela viu quando sua amiga parou de lutar. Ainda assim, Calvin puxou mais um pouco o cinto, até que a soltou, seus braços caindo para os lados, o cinto ainda enrolado em seu punho.

Angela não se moveu mais. Sua cabeça estava torcida de um jeito antinatural para um lado, o rosto descansando sobre o carpete, os lábios entreabertos. Um fio de baba escorria até seu queixo. Seus olhos estavam arregalados e completamente brancos. Ela parecia uma boneca de trapos de tamanho real que alguém tivesse jogado no chão, abandonada.

Geo girou a cabeça para um lado e vomitou.

— Me ajuda aqui com ela — Calvin disse, passando por cima de Angela. Arrancou a colcha da cama e a estendeu no chão. — Venha logo, me ajuda.

— O que você está fazendo? — O estômago de Geo estava se revirando. Ao seu lado, o monte de vômito enchia o apartamento com um fedor horroroso. Calvin não parecia notar. Aquele cheiro a fez ter vontade de vomitar novamente, e ela se obrigou a se levantar. — Você a machucou. Temos que chamar a polícia. Temos que chamar uma ambulância.

183

— Ela está morta.

— Ela não está morta — Geo gritou.

A ideia era absolutamente absurda. É claro que sua melhor amiga não estava morta. Isso não era possível. Angela Wong era líder de torcida, boa estudante, universalmente admirada por todo mundo no St. Martin. Ela estava viva e sentada no colo de Mike Bennett algumas horas atrás, dançando com Geo, rindo, sendo a Angela, estando *viva*. Não havia a maldita possibilidade de que ela estivesse morta.

Não. *Não.*

Mas ali estava Angela, esparramada no chão, sem se mover.

Sim. Meu Deus. Sim. Angela estava morta. Porque Calvin a havia matado. Depois de estuprá-la.

Geo vomitou novamente, esvaziando tudo o que restava em seu estômago.

Ela precisava sair dali. Tinha que conseguir ajuda. Tinha que contar a alguém.

— Você também está metida nisso — Calvin disse, como se tivesse lido sua mente. Ele levantou Angela, grunhindo, movendo o corpo inerte até um lado do cobertor, e começou a enrolá-la. Sem nenhum sentido, Geo se lembrou de uma aula de Economia Doméstica que ela e Angela tiveram na sétima série, quando aprenderam a fazer rolinhos primavera.

— Temos que chamar a polícia — Geo disse, e pela primeira vez naquela noite, sua voz soava coerente. — Cadê o seu telefone?

— Se você chamar a polícia, nós dois vamos para a cadeia. — O suor escorria pelo cabelo de Calvin enquanto ele grunhia com o esforço. — Você também fez isso. Você a trouxe aqui.

— Não é culpa minha!

— É *tudo* culpa sua — ele disse, apontando para ela. Ela se encolheu, por puro reflexo. — Você a trouxe para cá, as duas vestindo praticamente nada, e ela ficou dançando em cima de mim, se esfregando em mim, como a porra da puta que ela é...

— Cala a boca! Isso não é culpa dela!

— Me ajuda aqui — Calvin repetiu. — Vamos tirá-la daqui e depois a gente pensa no que fazer.

— Não posso — Geo disse, começando a chorar. — Eu a amava.

— E eu amo você — Calvin disse, e ela piscou. Era a primeira vez que ele dizia isso. — E se você me ama, se alguma vez me amou, vai me ajudar a tirar ela daqui. Se não fizer isso, nós dois vamos para a cadeia. Não deixe que ela destrua toda a sua vida. A gente pode sumir com isso. Porra, me ajuda. *Agora.*

Quando ela não se moveu, ele abaixou a voz, e as palavras seguintes foram suaves, gentis, e totalmente ameaçadoras.

— Georgina, por favor. Não me faça machucar você também.

Angela Wong, rainha do St. Martin e melhor amiga de Geo, agora era apenas um pacote enrolado no meio do chão.

Calvin calçou os sapatos. Vestiu um suéter por cima da camisa. Depois se abaixou e pegou o cadáver com esforço, jogando-o sobre o ombro.

— Abre a porta para mim — disse.

Eles a enterraram no bosque atrás da casa de Geo, o único lugar que ocorreu a ela onde não haveria trânsito àquela hora da noite. Ela ajudou o namorado a carregar o cadáver de sua melhor amiga para dentro do bosque. Parecia que eles tinham andado trinta quilômetros para encontrar um lugar, mas foram apenas três.

Todo mundo tem um único momento definidor na vida, algo que os joga irrevogavelmente em uma nova direção, algo que os afeta no âmago, algo que os modifica para sempre. A última imagem que ela teve de Angela — com terra por cima de seu rosto, enquanto Calvin a enterrava — permaneceria com Geo pelo resto de sua vida. Ela havia visto aquele rosto, todas as noites, por quatorze anos, até a polícia aparecer em seu trabalho para prendê-la. Só então os sonhos pararam.

Mas a culpa? Jamais a abandona. Fica a rodeando como um fedor que nenhum desinfetante pode eliminar. Você pode conseguir uma nova vida, conseguir um novo amor, ir para a cadeia e pagar pela coisa terrível que ajudou a fazer… mas a culpa ainda estará lá, fedendo como um pedaço de lixo podre embaixo da cama que não desaparece por mais que você tente limpar.

Porque esse fedor — de carne apodrecendo, de alma apodrecendo — vem de você.

23

AS CARTAS QUE GEO recebeu na prisão estão abertas e lidas, espalhadas ao seu redor na cama. Ela volta a dobrá-las, uma por uma, enfiando o papel azul nos envelopes originais. Coloca as cartas em uma caixa. Coloca a caixa em uma gaveta na mesa de cabeceira, a que está bem embaixo, ao lado do pote vazio.

Ela sente tudo, e nada, as duas coisas ao mesmo tempo.

É fácil se perder no passado, ser enterrada pelo peso e a complexidade das lembranças que carrega consigo. A única maneira de sobreviver a isso, de ter algum tipo de vida a despeito disso, é compartimentalizar tudo. Aquele capítulo de sua vida todos aqueles anos atrás, na escola, é melhor enfiá-lo em uma caixa e empurrá-lo para dentro de uma gaveta, para ser tirado e dissecado apenas quando ela é forçada a fazer isso. No resto do tempo, é melhor não pensar a respeito.

Não há outro modo de avançar.

Está demorando mais tempo do que ela esperava para sua vida depois da Aveleira parecer normal outra vez. Tudo está parecendo um luxo que ela não merece. Banhos quentes e longos de chuveiro. Ficar acordada até tarde. Dormir bem. Netflix. Pizza. Cartões de crédito. Até mesmo a escolha de absorventes na farmácia da vizinhança é surpreendente. Na prisão, só havia um tipo; eram comprados em pacotes de dois e eram péssimos.

Ela não gosta de sair de casa. Salvo a Sra. Heller, que faz questão de encará-la, os vizinhos a evitam a todo custo. Uma mulher que mora no final do quarteirão estava empurrando um carrinho de bebê pela manhã e fez questão de mudar de calçada quando viu Geo carregando um saco com recicláveis até a calçada. Como se achasse que Geo pudesse machucá-la. Ou ao bebê. Meu Deus, será que as pessoas pensam de verdade que ela seria capaz disso? Mas histórias são distorcidas, e quanto mais o tempo passa, mais crescem.

Mais tarde, naquele dia, no mercado, alguém tirou uma foto dela comprando uma lata de feijões cozidos. *Feijões*, pelo amor de Deus. Ele nem tentou ser discreto; simplesmente sacou o celular e tirou a foto. Seu *post* do dia no Facebook, sem dúvida.

Agora, Geo está de volta em casa, enrolada em um velho cobertor de sua mãe, manchado e puído em vários lugares, mas que seu pai nem pensa em jogar fora. A TV está ligada com o volume alto, numa tentativa de distraí-la dos próprios pensamentos. Ela sabe que está sozinha e percebe a ironia disso. Na prisão, ela tinha amigas. Sua agenda de marcações no salão estava sempre cheia. As pessoas ficavam felizes ao vê-la, falar com ela, e havia risos e conversas. Ela se sentia útil. Agora, esse celular chique que comprou nunca toca, e os únicos e-mails que recebe são da Domino's sobre as pizzas especiais do dia. Ela tem toda a liberdade do mundo e não consegue desfrutá-la.

É a punição definitiva. Mas Cat logo sairá, e as coisas vão melhorar. Tinham que melhorar.

Naquela manhã, ela havia entrado em contato com seis salões de beleza, todas com anúncios no website da Academia de Beleza Esmeralda contratando novas cabeleireiras. Geo tinha renovado sua licença de cosmetologia enquanto estava na Aveleira. Depois de dar o nome e pedir com educação para falar com o gerente, dois salões desligaram na cara dela. Outros dois disseram que as vagas já haviam sido preenchidas e não estavam mais contratando. Os dois últimos a chamaram para uma entrevista, porque não deviam saber quem ela era.

Mas souberam assim que ela chegou. O primeiro gerente, empalidecendo ao ver o rosto de Geo, pediu que ela se retirasse. No segundo, a proprietária do salão a olhou, incrédula.

— Você só pode estar brincando, não é? Não me importa o quanto você seja boa no corte de cabelos, mas não quero os meus clientes perto de você com um objeto cortante.

— Posso atender telefones, varrer os fios do chão, mostrar o que sei...

— Desculpa, mas não. — A mulher, mais ou menos da mesma idade de Geo, sacudiu a cabeça. — Este é um pequeno negócio, não posso permitir a má publicidade.

Geo agradeceu a ela pelo seu tempo e se virou para sair.

— Você não se lembra de mim, não é? — a mulher disse quando a mão de Geo já estava na maçaneta da porta. — Fui sua colega de escola, sua e da Angela.

Geo se virou devagar. Ali perto, a recepcionista mexia no computador, fingindo não escutar, apesar de obviamente fazer isso.

— Sou Tess DeMarco — a proprietária disse. — Estava na equipe de torcida do St. Martin.

Geo piscou, surpresa. No colégio, Tess era morena e muito magra. Agora estava loura e bem pesada. Mas seus olhos, cheios de acusação e julgamento, eram os mesmos.

— É engraçado — Tess disse, caminhando até ela. — Quando Angela desapareceu, pensei que talvez você tivesse feito alguma coisa com ela. Por causa da briga no ensaio da torcida na semana antes de ela desaparecer, que foi bem feia. Lembrei do seu rosto quando ela gritou com você na frente de todo mundo; você estava furiosa e muito envergonhada. Mas então vocês fizeram as pazes e pensei, não, você nunca faria mal a ela. Na verdade, até me senti mal por pensar isso. Mas, no fim, eu estava certa, não é?

Geo não disse nada.

— Eu acredito em carma — Tess sussurrou. — E o fato de você ainda estar por aí, e a Angela não, quer dizer que o seu ainda está por vir. Agora, saia do meu salão, Georgina. E nunca, jamais, volte aqui. — Ela abriu a porta e ficou olhando pelo vidro, enquanto Geo caminhava até seu carro.

Não é surpresa que Tess se lembra de Angela como uma pessoa perfeita. Angela Wong podia ser brilhante como o sol, e quando jogava sua luz sobre alguém, nada podia fazer essa pessoa se sentir mais especial, mais importante, mais valorizada. Mas quando ela retirava sua luz, o que muitas vezes fazia por ninharias, era capaz de jogar você nas trevas. Não havia meio termo. Angela sentia tudo por completo, e se você estivesse perto dela sentia tudo do mesmo modo que ela.

A única outra pessoa que poderia entender isso era Kaiser. Era a única pessoa que amava Angela do mesmo modo que ela, e que sentia sua perda do mesmo modo que ela. Mas, ao contrário de Geo, ele só descobriu o que tinha acontecido com Angela anos depois. E foi quase à loucura por não saber.

Geo foi à loucura por saber.

Ela deve ter caído no sono no sofá, porque quando a campainha toca e a acorda, já havia se passado uma hora. Ela atendeu a porta, ainda enrolada no cobertor. É Kaiser, que parece tão exausto quanto ela. Está usando seu distintivo, o que significa que está trabalhando.

— Entra — ela diz, abrindo caminho para que ele passe.

— Devia ter telefonado antes — ele diz, fechando a porta. — Estava na região, revisando algumas coisas no bosque. Vi o seu carro.

— Alguma novidade?

Ele sacode a cabeça, a frustração impressa no rosto.

— Não. Nada. A pista que tínhamos de Calvin não deu em nada. Sinto que estou perdendo algo óbvio, e isso está me deixando louco. Algo que não posso ver, mas que está bem diante de mim.

Geo está diante dele. Ela olha para cima, e seus olhos se encontram. Ele usa a mesma colônia, a que é levemente agridoce e, mais uma vez, a deixa superconsciente de que há muito tempo não faz amor com alguém. Sexo na prisão não conta.

— Estou feliz em ver você — ela diz, e está mesmo. — Eu queria...

— O quê?

— Nada. — Ela se senta no sofá, deixa o cobertor escorregar de seus ombros. Está vestida com camiseta e moletom, as roupas que usa agora quando não tem que ir a nenhum lugar especial. Ele se senta na outra ponta, observando-a.

— Tem uma coisa que eu ia te contar outro dia — Kaiser diz. — Sobre o homicídio duplo em que estou trabalhando. Sobre o garotinho.

— Eu lembro. O que é?

— O garoto é... era... filho da vítima.

Geo franze o rosto.

— Não entendo. Vi os pais dele no noticiário. Estavam numa entrevista coletiva sobre o caso. A mãe dele estava de luto, mas está viva.

— É a mãe adotiva. A mulher com a qual o bebê foi encontrado era a mãe biológica.

Um longo silêncio se instala entre os dois, enquanto Geo processa a informação, e ela fica intensamente consciente sobre os diferentes compartimentos dentro dela, cada um reagindo de modo distinto a essa revelação. Os compartimentos se chocam uns com os outros como metal contra metal, rangendo e tilintando numa barulheira, ainda que exteriormente ela não demonstre nada da tempestade que sente por dentro.

— E isso não é tudo — Kaiser diz. — O pai biológico é Calvin James.

O turbilhão dentro dela para. Interna e externamente, Geo está imóvel.

— Não te contei antes porque não estamos divulgando nada disso para a imprensa, não enquanto não soubermos com certeza o que significa — Kaiser diz. — Não disse nem para os Bowen, os pais do garotinho. E não vou fazer isso, até termos prova de que foi Calvin que os matou.

— E por que você está me contando? — ela pergunta.

— Porque não sei mais a quem contar — responde. — Você é a única pessoa que conheço que conhecia intimamente o Calvin e que ainda está viva.

Ela fecha os olhos, solta um longo suspiro e depois torna a abri-los.

— Então, o que você quer saber? Se eu acho que é possível que Calvin seja capaz de matar o próprio filho?

— Você acha que é possível? — O olhar de Kaiser não se desvia dela. — Você o conhecia melhor que ninguém. Você é testemunha do que ele é capaz de fazer. Dezenove anos é tempo suficiente para se tornar um monstro.

Geo solta uma risada, mas não há traço de humor nela.

— Ah, Kai. Calvin não se transformou num monstro. Calvin *sempre* foi um monstro. Eu só não percebia isso naquela época.

Ela jamais se sentiu tão pequena, tão solitária. Não se lembrava de se sentir desse jeito na prisão, cercada pela tagarelice, as vozes das mulheres, a presença de outras pessoas enfiadas naquela caixa com ela. Ela compreendia que lá era seu lugar e durante cinco anos fez isso funcionar porque era preciso. Havia conforto em sempre saber onde estavam os muros. Ela se sentia segura — não no começo, talvez, mas no final. Ali, sem amarras, sem limites, ela está aterrorizada.

Ela não diz nada disso para Kaiser, mas parece que ele sente seus pensamentos. Ele segura suas mãos, sua palma quente fazendo uma pressão gentil, seu rosto cheio de compaixão. Demorou um pouco, porém mais uma vez ela vê o garoto que conhecia, que a amou com todo o coração do jeito que ela era, e que não esperava de volta a não ser sua amizade, apesar de ter deixado claro, uma vez, que desejava mais que isso.

Antes que possa se deter, ela se inclina e o beija.

Surpreso, ele tenta recuar, mas o braço do sofá o bloqueia e não há para onde ir, a não ser se levantar. Mas ele não se levanta. Em vez disso, a beija de volta, com vontade e com urgência, uma das mãos em seu cabelo, a outra em seu rosto, e Geo se sente como na noite da festa de Chad Fenton, quando os dois ficaram a sós na lavanderia. Se ela tivesse feito uma escolha diferente naquela noite — se tivesse dito sim para Kaiser em vez de o repelir — nada do que aconteceu depois teria se sucedido. Ela talvez não tivesse ido encontrar Calvin, e Angela talvez ainda estivesse viva.

Kaiser beija sua boca, seu pescoço, o ponto suave atrás da orelha, e de novo seus lábios. Ela responde, se pressionando contra ele, incapaz de chegar perto o suficiente. Suas mãos deslizam por dentro da camisa dele, desamarram seu cinto. As mãos dele se atrapalham com seu sutiã e depois despem sua blusa, o sutiã junto, e sua boca encontra os bicos dos seus seios. Ela está tão excitada que quase chega a doer. Cada centímetro dela anseia por cada centímetro dele.

Os beijos dele são quase selvagens. Suas mãos percorrem tudo nela e então, impaciente, ele a levanta, deslizando sua calça até o chão. A janela da sala de estar está logo atrás, mas ela não se importa. Fodam-se os vizinhos, deixe que os vejam. Ele enterra o rosto em sua virilha, e um gemido gutural escapa de seus lábios. Então ele enfia a mão por dentro da calcinha. É tão bom, ela quase tem um orgasmo ali mesmo.

Depois de um momento, ela se força a se afastar. Tem que ter certeza de que ele tem certeza. Não quer enganá-lo. Ela está cansada de enganar as pessoas, de tentar fingir ser o que não é. De tentar fingir que é boazinha.

— Você sabe que eu não sou uma pessoa boa, não é? — ela diz. — Preciso saber que você sabe disso, antes que a gente faça qualquer coisa, antes de ir adiante. Já machuquei pessoas, Kai. Fiz coisas terríveis.

— Sei disso — Kaiser responde. — Sei disso. Mas você é tudo o que eu consigo ver, Georgina. Você é tudo o que eu sempre quis.

Eles estão no andar de cima, em seu antigo quarto de infância, a porta está fechada, mesmo com eles a sós na casa. O sol da tarde brilha, espalhando-se pelo quarto em raios rosados através das cortinas de renda pura. Não há persianas para fechar. Tudo está iluminado, tudo está exposto.

Ela se deita na cama, enquanto ele vai tirando sua calcinha, deslizando-a pelo quadril e depois pelas coxas e tornozelos, fazendo-a esperar. O resto já está despido. Ele faz uma pausa, o olhar se deleitando com a nudez dela. Ela permite que suas pernas se afastem um pouco, deixando que ele veja tudo o que deseja, desnudando tudo. De uma vez.

O rosto dele está corado com a excitação, e então sorri. Não é um sorriso de amor. É um sorriso de autêntico deleite e ao ver isso ela fica alarmada.

— O que foi? — ela pergunta, apoiando-se nos cotovelos, subitamente ansiosa. — Não sou como você pensava que fosse?

O sorriso de Kaiser se abre mais.

— Não. É que você é melhor. Mas me ocorreu que se isso tivesse acontecido quando a gente tinha dezesseis anos, e você nem tem ideia do quanto desejei isso, eu já teria gozado dentro das calças.

Aliviada, ela ri.

— Não tem problema.

— Que se foda — ele diz. — Já sou grandinho, Georgina. Vou te mostrar isso.

Ele tira a camisa, depois os jeans e depois a cueca. Ele não parece com nada que ela tivesse pensado antes, mas, na verdade, ela realmente nunca havia pensado nisso na época. Ele não tinha nenhuma expectativa para atender. No entanto, ele é bonito. Está duro e pronto.

Kaiser a penetra devagar, mas com decisão, e ela se deixa transportar.

24

UMA HORA DEPOIS QUE ELE SAI, seu cheiro ainda está nos lençóis, e Geo se afunda neles. As primeiras pontadas de dúvida começam a incomodar. Ela é uma ex-presidiária; Kaiser é policial. Como isso poderia ser mais do que foi? Um sexo sem compromisso. Ele deve enxergá-la como outra coisa além da garota que ele nunca conseguiu ter na escola. Agora que ele já conseguiu o que queria, provavelmente ela não ouvirá mais falar dele. Tiras têm complexo de herói, não é? Precisam de alguém para salvar. Ou, no caso de Geo, para redimir.

Só que... ela não se sente assim. Estar com Kaiser a fez se sentir exatamente onde deveria estar. E ela não se sente assim desde a morte de Angela.

Rolando na cama, ela alcança a gaveta do fundo da mesa de cabeceira e tira de lá o pote. Coloca-o sobre a mesa, olhando enquanto as manchas de sol o tocam em diferentes ângulos. Lembrando.

Na noite do assassinato, ela só voltou para casa às quatro da manhã. Seu pai estava fazendo plantão noturno, e não havia ninguém em casa. Todas as casas da vizinhança estavam escuras e não havia iluminação na rua. Ela foi incapaz de olhar para Calvin, ambos cobertos de terra e sangue, as mãos dele avermelhadas depois de usar tanto a pá. A luz interna do seu Trans Am piscou quando ele abriu a porta do carro, um *bip* suave e repetitivo saindo do painel, já que as chaves estavam na ignição.

— Georgina... — ele disse, mas ela se afastou antes de ele terminar.

Ela entrou na casa e se arrastou escada acima, cada músculo de seu corpo sentindo como se houvesse sido atropelada por um caminhão. Seu estômago ainda estava enjoado com o álcool, e agora que a adrenalina induzida pelo pânico estava sumindo, ela não conseguia parar de tremer. Estava com muito frio. Seu vestidinho, que parecia ter sido a escolha certa para a festa de Chad, lhe parecia agora completamente bobo. Estava sujo de terra, grama, pedacinhos de casca de árvores, folhas... e sangue. Muito sangue. Ela se despiu no banheiro, deixando o vestido cair no tapete do chuveiro. Com a torneira aberta no máximo de água quente, entrou no jato d'água quase escaldante, como se a água de algum modo pudesse lavar a coisa horrível que ela e Calvin haviam feito.

Porque sim, era tão culpada quanto Calvin. Ele estava certo. Ela havia levado Angela até ele.

A sujeira e o sangue seco escorriam de suas mãos para a superfície da banheira em ondas marrom-escuras enquanto ela se lavava. Como a terra que haviam jogado sobre o corpo de Angela. Sobre o *rosto* de Angela.

Como ela podia ter deixado que isso acontecesse? Ela sabia que Calvin era violento. Havia sido violento com ela, e Geo o tinha visto ameaçar outros caras no bar. Havia visto o jeito com que ele olhava para Angela a noite inteira, ao mesmo tempo enojado e excitado pelo seu comportamento lascivo.

Seu namorado havia estuprado sua melhor amiga. Talvez Angela tivesse ido longe demais com a dança e o flerte, talvez até o tenha beijado — Geo não sabia, estava desmaiada de bêbada, não havia como saber como tudo começou. Mas com certeza sabia como terminou. Em algum momento, Angela quis que ele parasse. Ela disse não. Geo a viu formar a palavra do outro lado do quarto. Não havia como Calvin não ter escutado. E Geo não tinha feito nada para ajudá-la.

Ela ficou sob o chuveiro até a água começar a esfriar. De volta ao quarto, vestiu moletom e se enterrou sob as cobertas.

De alguma maneira caiu no sono, despertando na manhã seguinte com o telefone tocando. Abriu um olho ainda fora de foco para onde ficava o telefone sem fio, na mesa de cabeceira, e viu o número da casa de Angela no aviso de chamada. Automaticamente estendeu a mão para o telefone, e sua mão parou no ar. Porque não podia ser uma chamada de Angela.

Angela está morta.

Ela se sentou, observando o telefone tocar e continuar tocando. O aviso de chamada piscava. Lá fora, seu pai já estava em casa, cortando a grama, e dentro de uma hora entraria em casa para tomar um banho e tentar dormir algumas horas. Era o que fazia depois da noite de sexta-feira trabalhando.

O mundo inteiro continuava em seu habitual, exceto por uma coisa.

Angela está morta.

Ela pegou o fone devagar.

— Alô?

— Georgina? É Candace Wong. — A voz da mãe de Angela estava ríspida. — Desculpa se acordei você, querida. Posso falar com a Angie?

— Ela... — Geo engoliu. — Ela não está aqui, Sra. Wong.

— Ah... — A mulher fez uma pausa. — Achei que ela ainda estivesse aí com você, já que dormiu aí na noite passada.

Geo respirou fundo. Ela tinha que contar. Tinha que contar para a Sra. Wong o que havia acontecido, e que Angela estava morta. Como não poderia fazer isso?

A Sra. Wong interpretou de forma errada sua hesitação.

— Pode me contar, querida. Ela deveria ter nos ligado ontem à noite, assim que chegasse aí. Victor jogou pôquer até as duas da manhã. É de supor que ele teria notado que a filha não chegou em casa. — Ela parecia aborrecida, mas não com Angela.

Candace Wong jamais se chatearia novamente com a filha.

O coração de Geo estava martelando, assim como sua cabeça. Parecia que seu estômago havia engolido alguma coisa terrivelmente ácida. Estava agitado, provocando ondas de queimação por todo seu abdome.

— Eu... na verdade, ela não veio para cá ontem. A última vez que a vi foi na casa do Chad.

Ela fechou os olhos. Havia acabado de dizer a primeira — e mais significativa — das mentiras que contaria.

— Chad Fenton? — a Sra. Wong disse. — Sim, tudo bem, ela disse alguma coisa sobre uma festa ontem à noite. Vocês duas não saíram juntas? Não estavam com o Kaiser?

Conte para ela. Conte agora. *Nós saímos juntas, mas nenhuma das duas foi para casa...*

— Não, ela... a gente... — Geo respirou fundo, os pensamentos girando. — Eu saí mais cedo, não estava me sentindo bem. Vim andando até a minha casa. Angela e Kai ainda estavam na festa quando eu saí. — As palavras caíam de sua boca, e ela não conseguia pará-las.

— Então o carro dela ainda deve estar na casa do Chad. — A Sra. Wong parecia chateada. — Para ser sincera, Georgina, não fiquei muito feliz quando o pai comprou o carro para ela. Ela já está mimada demais. Vocês duas beberam ontem à noite?

A gente estava bebendo. Eu comi a fruta. Eu fiquei bêbada. Eu desmaiei.

— Um pouco.

Um suspiro do outro lado da linha.

— Bem, não sou eu que tenho que dar lições para você sobre bebidas para menores, isso é tarefa do seu pai. Pelo menos vocês, garotas, tiveram o bom senso de não se meter atrás do volante de um carro, mas Angela *vai* ficar de castigo quando chegar em casa. Ela está encrencada.

Sim, está, Sra. Wong. Da pior maneira. Ela nunca vai voltar para casa. Nunca.

— Jogo tênis com a mãe do Chad — a Sra. Wong disse, a voz conspiradora baixando de tom. — A Rosemarie não é muito confiável e sei que o marido dela é alcoólatra. E eles não trancam a porcaria do armário de bebidas deles, e sei que o filho mais velho, o que largou a faculdade, também bebe. Vou ligar para ela. — Outro suspiro, dessa vez impaciente. — Enquanto isso, Georgina, você pode fazer algumas ligações? Você sabe melhor que eu aonde ela pode ter ido. Se você falar com ela, diga para ela mexer aquele rabo de volta para casa. Vou ligar para a casa do Kaiser, mas se ela passou a noite na casa de um rapaz, vai ser um problemão.

Ela está no bosque, Sra. Wong, enterrada lá...

Geo apertou os olhos. Tinha que contar a verdade. Era o mínimo que podia fazer, e essa era a oportunidade de confessar tudo, antes de contar mais mentiras, antes que descubram essa coisa horrível que aconteceu.

Era agora ou nunca.

Conte logo para ela, porra!

Mas as palavras não saíam. Em vez disso, Geo se escutou dizendo:

— Posso fazer umas chamadas. Se eu falar com ela, vou dizer para ela ligar para casa.

Seja lá quem tenha dito que era difícil mentir estava muito, mas muito errado. Mentir era fácil. Mentir era como uma faca quente cortando manteiga à temperatura ambiente. Mentir era um bando de palavras amontoadas em uma frase bonitinha destinada a fazer a outra pessoa se sentir bem.

Dizer a verdade, entretanto, era impossível.

As duas se despediram e desligaram. A agenda de couro de Geo, com o número de todos os seus amigos, estava na mesa de cabeceira. Ela teria que ligar para todos, perguntar se viram ou ouviram alguma coisa da Angela, perguntar se saberiam onde ela poderia estar.

Porque é assim que os mentirosos fazem. Eles mentem. E mentem sempre um pouco mais para proteger essas mentiras.

Ela se levantou da cama, olhando para baixo, quando sentiu alguma coisa pequena como uma pedrinha embaixo do pé. Era um coração de canela que havia escapado do pote quase vazio da sua mesa de cabeceira. O presente de Calvin. Olhando para baixo, o doce parecia uma manchinha de sangue no carpete creme.

Seu estômago deu voltas. Ela não iria alcançar o banheiro. Pegou sua pequena lata de lixo e vomitou ali dentro, arfando dolorosamente, já que não havia sobrado muita coisa em seu estômago depois de ter vomitado na noite anterior. Agarrando a lata, foi caminhando pelo corredor até o banheiro. Ficou horrorizada ao descobrir seu vestido todo amassado no chão onde ela o havia deixado. Agarrou aquilo. Pela janela do banheiro escutou o cortador de grama ainda funcionando. Seu pai agora estava no quintal dos fundos. E ficaria ali por mais uns vinte minutos.

Ela enfiou o vestido e o tapete na lata de lixo, por cima do vômito, e desceu até a cozinha, indo direto para a porta que dava para a garagem. Sentiu o chão de cimento frio e empoeirado debaixo dos pés enquanto enfiava a lata de lixo dentro do latão azul grande, empilhando outros sacos por cima. Depois voltou para o quarto para ligar para seus amigos, exatamente como havia prometido a Candace Wong.

Não foi como se ela tivesse tomado uma decisão monstruosa de mentir. Foi uma série de pequenas decisões e uma série de mentirinhas, mas que, juntas, estavam virando uma montanha.

A polícia tocou a campainha um pouco depois do jantar. Os joelhos de Geo amoleceram quando viu dois policiais uniformizados. Levou-os até a sala de estar, onde seu pai estava terminando a pizza que haviam encomendado. Walter sabia que a mãe de Angela havia ligado mais cedo e estava preocupado, mas também sabia que a melhor amiga de sua filha tinha uma reputação de ser um tanto leviana. Sua teoria era que Angela havia conhecido algum rapaz e não tinha contado aos pais sobre isso, e Geo não disse nada para contradizer.

Ela manteve a calma enquanto falava com os policiais. Mas, por dentro, gritava. Se os tiras suspeitassem de *qualquer coisa*, ela diria a verdade. Diria.

— Fiquei bêbada na noite passada — ela disse a eles. Nem precisou olhar para o pai para saber que o rosto dele era uma máscara de choque e desaprovação. — Não foi a minha intenção, mas eu não tinha comido nada desde o almoço e havia umas frutas no fundo do barril de ponche...

— Você jamais deveria comer as frutas — um dos policiais disse, o mais jovem dos dois. Ele abriu um sorriso arrependido, e o nome no crachá de identificação era VAUGHN. — Aprendi do modo mais difícil.

O outro policial, um pouco mais velho, olhou duro para ele. O nome no crachá era TORRANCE. Se alguma vez houve uma situação de tira bom/tira mau, era essa, e os dois desempenhavam perfeitamente os papéis. Torrance era o durão, Vaughn era o simpático que fazia você falar.

— Continue — o policial Torrance disse.

— Eu não estava me sentindo bem. Queria voltar para casa, então fui procurar a Ang. A gente tinha ido juntas para a casa do Chad, depois do jogo. Ela estava com o Mike Bennett, e eles estavam... bem perto um do outro. Ela também havia bebido um pouco. E parecia estar confortável lá, então me despedi e fui embora.

— Você só tem dezesseis anos — Torrance disse, o rosto como se fosse de pedra. — Vocês, garotas, sempre bebem?

— De jeito nenhum — Geo respondeu, sentindo-se um pouco na defensiva, apesar de não ter nenhum direito de se sentir assim. Os lábios de seu pai estavam pressionados em uma linha fina; ele não estava impressionado. — Eu nem gosto de álcool, e a Ang só bebe se todo mundo estiver bebendo. Ela não é do tipo de garota que precisa beber para se divertir.

— Continue — Torrance disse.

— É isso. Cruzei com o meu amigo Kaiser na saída, e a gente conversou por alguns minutos. Depois voltei para casa sozinha, cheguei em casa antes da meia-noite. Estava me sentindo muito mal. Passei mal antes de me deitar.

Ela não conseguia evitar pensar sobre o vestido, encoberto com as provas da noite passada, enfiado na lixeira dentro da lata de lixo da garagem. Talvez os tiras desconfiassem de algo errado com sua história e exigissem ver o que ela havia usado na noite anterior. Talvez encontrassem o vestido na garagem.

Se fizessem isso, ela contaria toda a verdade.

Mas não perguntaram. Não suspeitaram de nada. Em vez disso, fizeram perguntas ao pai, que confirmou — com um tom de culpa — que havia trabalhado a noite toda no hospital e não estava ciente de que a filha tinha chegado bêbada em casa.

— E você disse que a última vez que viu a Angela, ela estava com Mike Bennett na casa de Chad Fenton? — o policial mais novo perguntou.

— Sim. — Ela se perguntou se eles repetiram a pergunta na tentativa de descobrir alguma mentira. Ela havia saído sozinha da casa de Chad. Kaiser, se interrogado, poderia confirmar isso, junto com mais uma dúzia de pessoas, mas com certeza alguém havia visto Angela sair alguns minutos depois e alcançar Geo na rua.

Se alguém dissesse isso, e perguntassem a ela, Geo contaria toda a verdade.

No entanto, mais uma vez, não perguntaram nada. Em vez disso, o policial mais velho disse:

— Angela tem um namorado que seus pais não conhecem? Alguma vez ela mencionou a possibilidade de fugir?

Era isso que eles pensavam? Era essa a direção em que estavam indo? Geo deu uma olhada para o pai, que parecia meio satisfeito pelo fato de os policiais terem aceitado sua teoria.

— Se ela tem outro namorado além do Mike, nunca me contou nada — ela disse, e essa foi a primeira coisa totalmente verdadeira que ela afirmou naquele dia. — Quanto a fugir de casa, não sei com quantos amigos dela vocês falaram, mas a Ang sempre teve tudo o que queria. Acho que fugir é coisa para quem não gosta da própria vida. E a Ang amava a dela.

— Bem, acho que isso é tudo — Torrance disse, levantando-se. O policial Vaughn o seguiu. — Se lembrar de mais alguma coisa, me telefone.

Ele deixou seu cartão sobre a mesinha de café, apertou a mão de seu pai, e os dois saíram.

Geo trancou a porta, sabendo que iria ganhar um sermão sobre bebidas. O que era ótimo, e ela não planejava retrucar. De qualquer modo, ela não tinha vontade de estar em qualquer outro lugar que não fosse sua casa.

— E aí? Qual é o meu castigo? — ela perguntou ao pai antes que ele dissesse alguma coisa.

— Então é isso que eu deveria fazer? — Walter disse com ar cansado, caindo no sofá. — Já castiguei você antes?

— Não.

Ele esfregou o rosto com a mão.

— Você não deveria beber. E, mais do que isso, não deveria vir andando sozinha de noite para casa. Há muitos vagabundos por aí.

Eu sei. Sou um deles.

— A vizinhança é segura, papai.

— Não é esse o ponto — ele disse. — Desde que a sua mãe morreu, somos apenas nós dois. E eu trabalho muito, o que significa que você fica muito tempo sozinha.

— Está tudo bem.

— Não está tudo bem, droga — ele disse. — Você tem dezesseis anos. Era para você ainda precisar de mim para coisas, contar comigo, me chamar quando você precisar de uma carona. E não é bom que você tenha saído bêbada da festa e pensado que não havia outro modo de voltar para casa que não fosse andar dez quarteirões já quase meia-noite. Sim, nós moramos em uma vizinhança segura, mas ainda assim há um monte de doidos por aí. Você deveria ter me ligado. Mais importante ainda, você deveria ter certeza de que pode fazer isso.

— Mas você estava trabalhando. — Geo podia ver que ele estava preocupado. Meu Deus, se ele soubesse.

— O trabalho mais importante que tenho é aqui em casa — Walter disse, levantando-se. — Já trabalhei bastante tempo no hospital para não ser mais obrigado a fazer esses plantões noturnos. Concordei com esses turnos porque o pagamento é melhor. Mas isso me rouba tempo de estar com você. Quer dizer, eu janto sozinho no refeitório e você janta sozinha em casa, e isso é ridículo. Você é a pessoa mais importante da minha vida e eu deveria me comportar de acordo com isso. Esse é um aviso para nós dois, entende?

Seu pai interpretou mal seu olhar e sorriu para ela.

— Não se preocupa. Não planejo sufocar você. Nós dois precisamos do nosso espaço. Mas devo estar pronto para buscar você em algum lugar até conseguirmos dar um carro para você. Devo estar mais noites em casa para o jantar. — O corpo dele se encolheu. — E se fosse você que estivesse desaparecida? E se uma noite você não voltasse para casa? Você é tudo o que tenho, Georgina. Sei que os pais da Angela não passam muito tempo com ela. E olhe só agora. Ninguém sabe onde ela está. Não consigo nem imaginar.

— Tenho certeza de que ela vai voltar. — A mentira ficou presa na garganta de Geo. Ela quase sufocou.

Os policiais interrogaram todo mundo que estava na festa, mas Mike Bennett foi quem passou o pior. O *quarterback* do St. Martin foi levado para a delegacia e detido por vinte e quatro horas. Seus pais tiveram que contratar um advogado. Todo mundo que esteve na festa — pelo menos uns cem garotos no decorrer da noite — corroboraram a declaração de Geo de que Angela havia passado a maior parte do tempo com Mike. Ele admitiu que Angela o havia deixado na casa de Chad em algum momento da noite, e que ele pegou uma carona para casa com seu colega Troy Sherman, um dos zagueiros dos Bulldogs do St. Martin. Troy dormiu na casa de Mike depois que eles beberam mais algumas cervejas, ambos caindo no sono após ver a gravação do último jogo de futebol deles. Ele negou com veemência que tivessem um relacionamento homossexual, recusando-se a admitir mesmo quando os tiras sugeriram que ele poderia evitar a prisão se fosse honesto. Os pais de Mike ameaçaram um processo se os tiras não abandonassem essa linha de

200

interrogatório, já que o filho deles tinha a possibilidade de ser selecionado para vários times universitários. Sem outra prova, os tiras o soltaram.

Mike Bennett estava tão enfiado no armário que estava quase chegando a Nárnia. Na segunda-feira de manhã, os garotos o escutaram comentar no vestuário que não ficaria surpreso se Angela tivesse fugido para se tornar atriz pornô.

— Nunca conheci uma garota que gostasse tanto de sexo quanto ela. Essa coisa da torcida? Tudo fingimento — disse. — Ela estava metida em alguma coisa fora do eixo.

É claro que ele se recusou a explicar sobre que tipo de coisa era essa, mas de todos os boatos que brotaram nas semanas seguintes, esse foi o que mais chateou Geo. Angela com certeza havia feito algumas coisas com Mike, mas não tanto assim, porque, *alô*, Mike era gay. Ele estava mentindo para proteger o próprio rabo. Em mais de uma ocasião, Geo ficou tentada a confrontá-lo.

Mas ela não conseguia. Não havia perdido o sentido da hipocrisia de dizer que Mike Bennet era um mentiroso.

O desaparecimento de Angela Wong foi, ao mesmo tempo, notícia quente e enorme fábrica de boatos. Pessoas que não sabiam de nada sobre o que havia acontecido de repente tinham certeza de tê-la visto em lugares onde ela nunca esteve, com pessoas que ela nem conhecia. As conversas continuaram, em todas as salas de aula, todo o tempo, por todo o St. Martin, com garotos e garotas que ela conhecia ou não. E quanto mais os garotos falavam, mais as histórias cresciam, tão ridículas que Geo teria caído na risada se não soubesse a verdade.

— Ouvi dizer que ela foi vista pela última vez perto da 7-Eleven — Tess DeMarco contou a Geo durante a aula de Cálculo. — E que embarcou em um ônibus para San Francisco e está morando com um cara mais velho. Aposto que vai voltar em uma semana. Ela só quer assustar os pais e provocar um drama.

— Ah, então agora você está falando comigo de novo? — Geo retrucou, lembrando a felicidade da garota em vê-la expulsa do grupo. Será que foi há apenas uma semana?

— O quê? Sempre fomos amigas. — Tess piscou, fingindo ignorância. Para uma garota que queria ser a melhor amiga de Angela, ela não perdeu tempo para se aproximar de Mike Bennett no refeitório, durante o almoço. E ele estava muito satisfeito por ter outra garota dependurada em seu braço para desempenhar o papel que era de Angela.

Lauren Benedict, que também estava na equipe de torcida, entrou na conversa.

— Sério, pessoal, e se aconteceu alguma coisa ruim com ela? E se ela descobriu que o Mike era gay e ele a matou? Ela poderia estar enterrada por aí.

— Mike Bennett *não* é gay — Tess disse, corando. — Não fale merda sobre o que você não sabe, Lauren.

Geo sacudiu a cabeça e se enterrou no livro de Cálculo. Ela só queria voltar para casa. Foi preciso usar todo grama de energia que tinha para ir à escola naquela manhã.

— Calem a boca, vocês duas. De verdade.

Apenas três dias haviam se passado, mas o peso das mentiras estava cobrando seu preço. Geo não conseguia dormir, não conseguia comer. A mãe de Angela havia ligado meia dúzia de vezes, querendo saber se Geo ouviu alguma coisa nova de seus amigos da escola. Os telefonemas eram uma tortura, e ela se sentia pior após cada um deles. Depois da última ligação, ela correu para o banheiro e vomitou a torta de frango que seu pai havia preparado para o jantar. Walter atribuía tudo à ansiedade sobre o desaparecimento da sua melhor amiga. E é claro que era isso, mas não da maneira que todos pensavam.

Geo continuava esperando que os tiras invadissem sua casa e a prendessem. Não conseguia imaginar como passaria mais um dia na escola fingindo estar tão confusa e preocupada como todos os outros. A exaustão a venceu na quarta noite, e ela finalmente dormiu, só para despertar com um pesadelo, os cabelos pregados no rosto suado.

— Você — o tira mais velho havia gritado no sonho. Ela estava na lanchonete e todos estavam olhando para ela quando os dois policiais entraram, apontando os revólveres e balançando os distintivos. — Você é a razão de ela estar coberta de terra, apodrecendo. Você. *Você.*

Ela chorou no travesseiro, um soluço forte que a fez tremer da cabeça aos pés. Ela tinha que dizer alguma coisa. Não poderia viver assim, e com certeza não era justo com a família de Angela. No mínimo, Geo sabia que tinha que contar para o pai. Ele saberia o que fazer, mas o pensamento fazia seu estômago dar um nó. Odiava desapontar o pai, e, no entanto, sabia que desapontamento seria a menor das coisas que ele sentiria quando soubesse o que ela tinha ajudado a fazer.

O relógio marcou uma hora da madrugada. Walt dormia havia muito tempo, a porta de seu quarto estava fechada, o volume de sua máquina de ruído branco estava no máximo. Logo de manhã cedo, ela confessaria tudo ao pai e os dois iriam juntos até a delegacia. Sim, isso arruinaria sua vida, mas pelo menos Geo tinha uma vida para arruinar. Angela, não. Sua melhor amiga nunca teve uma chance.

Amanhã. Ela confessaria tudo amanhã.

Tomada a decisão, Geo conseguiu voltar a dormir, mas uma hora depois foi despertada novamente por uma batida na janela do quarto.

O ruído a assustou, e ela se virou na cama. Mas ao ver o rosto de Calvin através do vidro da janela, sua barriga ficou gelada. Os dois não haviam se falado desde que tudo acontecera, e ela começava a acreditar que na próxima vez que se encontrassem face a face, um, ou os dois, estaria algemado.

Ela saiu da cama. Estava vestida com uma calça velha de moletom e uma camiseta com um buraco embaixo do braço. Seu rosto estava brilhando, o cabelo preso em um nó bagunçado no topo da cabeça. Estava com três espinhas no queixo por causa do estresse. Calvin jamais a havia visto sem que ela não estivesse ao menos arrumada, mas agora ela pouco se importava. Eles já haviam visto um ao outro fazendo a pior coisa que jamais tinham feito; cabelo oleoso e algumas espinhas não teriam nenhum impacto nisso.

Ela abriu a janela, e ele pulou para dentro, arrastando uma mochila que parecia cheia até o topo.

— Cadê o seu carro? — ela perguntou, preocupada que o Trans Am vermelho-vivo estivesse estacionado onde pudesse ser visto por todos os vizinhos.

— Vendi.

Ela nem perguntou por quê. Não se importava. Ele se sentou à beira da cama, deixou a mochila no chão e pegou o pote de corações de canela na mesa de cabeceira. Só restava um punhado, e ele sacudiu o que restava, começando a jogá-los na boca.

O pote finalmente ficou vazio.

— Como você está? — Passou os olhos por ela, levantando as sobrancelhas diante do moletom velho, o cabelo bagunçado. — Parece que você está uma merda.

— E me sinto ainda pior que isso.

— Não se sinta assim — ele disse. — Agora, você já não pode fazer mais nada.

— Vou contar para o meu pai amanhã — Geo disse. — De qualquer maneira, é só uma questão de tempo até que os tiras descubram tudo.

— Não, eles não vão descobrir. — Calvin pegou sua mão e a apertou. Ela tentou puxá-la, mas ele não a soltou. — Se eles soubessem de qualquer coisa, se suspeitassem, já teriam prendido a gente. Ninguém vai descobrir, se a gente não falar nada.

— Estou me sentindo péssima por dentro — ela disse, encarando-o. — Você não? Como você consegue dormir? Como consegue comer? Eu mal funciono.

Ele soltou sua mão, passou os dedos em seu cabelo.

— Então, não pense sobre isso.

— Como não pensar? — A voz de Geo estava baixinha. — Você a matou.

— Você também a matou — ele disse.

A cabeça dela se levantou de repente.

— Não, não matei. Como é que você pode dizer isso?

— Pela lei, é a mesma coisa. Você me ajudou a levar o corpo dela. Você me ajudou a esconder tudo. E mentiu para os tiras. — O tom de Calvin era suave, prático, confiante. — Se isso for revelado, você será tão culpada quanto eu.

— Então você está dando o fora? — ela disse, apontando para a mochila. — Foi isso que veio me dizer? Eles ainda estão investigando, ainda fazendo perguntas. Não consigo... não posso continuar mentindo para todo mundo. Não posso continuar mentindo para a mãe dela.

— Você não tem que mentir. É só não falar nada.

Ele respondeu ao olhar dela com o seu, firme e controlado. Na superfície, ele parecia o que sempre foi — bonito, relaxado, confiante. Mas havia algo de novo sob essa superfície. Alguma coisa que ela vislumbrava quando os dois discutiam, algo que aparecia alguns instantes e depois recuava para seu esconderijo. Fosse o que fosse, não estava escondido agora. Ela sentia isso. Podia sentir que a coisa a encarava, observando-a de algum lugar dentro dele.

— Eu te amo — Calvin disse. — Isso não mudou. Você poderia vir comigo.

As palavras agitaram seu estômago. Seja lá o que fosse que ele sentia por ela, não podia ser como o amor deveria ser. O que eles tinham era algo estragado, algo venenoso, algo que poderia matá-la se ela não se afastasse o máximo possível.

— Não posso — ela respondeu. — Tenho que terminar a escola. E não posso deixar o meu pai.

Ele concordou com a cabeça.

— Sei disso. Mas achei melhor perguntar mesmo assim.

Ele se inclinou e a beijou. O estômago dela se agitou, e Geo tentou virar o rosto, mas ele o agarrou com ambas as mãos e a beijou com mais intensidade. Ele tinha um coração de canela na boca; ela podia sentir a dureza da bala rolando pela língua dele. Doce, e quente, e apimentada, tudo ao mesmo tempo. Um gosto familiar, que agora a fazia se sentir doente.

— Para — ela disse, mas ele não parou.

Ele a empurrou de costas para cama e rolou por cima dela, noventa quilos de puro músculo a imobilizando. Não era muito diferente de quando ele a beijava depois de uma discussão, quando tentava reconquistá-la depois de tê-la esbofeteado, beliscado ou esmurrado. Então ela ficou imóvel, enquanto ele a beijava com ardor, sabendo por experiência que se se contorcesse e protestasse apenas o deixaria zangado e rejeitado. Se ficasse imóvel e deixasse que a tocasse, ele poderia notar que ela não estava a fim e parar.

O hálito quente dele estava debilmente agridoce ao beijar seu pescoço, seus ouvidos e seus ombros, descendo por seu corpo, subindo sua camiseta. Quando ele balançou seu mamilo com a língua, ela gemeu. Era tão errado, tão incrível e terrivelmente errado... mas também era um pouco gostoso. Horrível como era, ela não conseguia negar o quanto ele a atraía. Afinal, era Calvin, e esse era o padrão deles. E mais, agora ele era a única pessoa do mundo para quem ela não precisava mentir.

E ela ainda o amava, que Deus lhe tenha piedade. Sentimentos como esse não evaporam em questão de dias, por mais que ela desejasse que sim, por mais que soubesse que deveriam.

Ela não protestou quando ele baixou seu moletom ou quando afastou sua calcinha para o lado para que ele achasse seu ponto úmido e o fizesse ainda mais úmido, o frescor da canela na língua dele aumentando a camada de prazer que a fazia suspirar. Ela estava enojada consigo mesma, mas incapaz de evitar aquilo. Ele a havia tocado assim tantas vezes que sabia exatamente o que fazer, exatamente onde fazer pressão, e por quanto tempo.

Quando ela escutou o ruído do cinto dele desabotoando, seus olhos se abriram. Eles nunca tinham feito sexo antes — não sexo de verdade, como ela pensava que era, não o coito. Ela era virgem e empurrou a mão dele, tentando se sentar na cama.

— Não podemos — ela disse. — Calvin, por favor. Você tem que ir embora.

Ele abriu um sorriso, os dentes brilhando na luz suave do quarto.

— Lembra que eu sempre falei que a gente iria esperar até o momento certo? — ele disse, abrindo o fecho do jeans. Sua ereção era evidente por baixo da cueca, e ele se massageava através do tecido fino, sem jamais tirar os olhos dela. — Esse é o momento certo, Georgina. Não vou te ver mais depois de hoje. E quero ser o primeiro homem a entrar em você.

— Não — Geo disse. — Não quero, tá bem? Por favor...

Ele estava em cima dela antes que ela pudesse continuar, e seu peso parecia mais forte e mais decidido agora. A mão dele segurou os braços dela acima da cabeça, a outra abriu ao máximo suas pernas, puxando a calcinha para baixo. Ela estava molhada com os toques anteriores, mas não queria mais ser tocada. Não queria ir além. Ela queria que aquilo parasse.

Ela conseguiu soltar um braço e bater nas costas dele.

— Calvin, por favor, eu não quero...

— Vou ser o seu primeiro, Georgina. E aí você nunca vai me esquecer.

O pênis dele entrou nela, súbito e forte. A dor era abrasadora e intensa. Geo gritou, e ele colocou a mão sobre sua boca, continuando a estocar, cada vez mais fundo, e doía mais do que ela imaginava. Ela agarrou suas costas, mas suas unhas curtas não permitiam que o arranhasse. Esse não era o Calvin que ela pensou que conhecia, que sempre havia sido gentil com sua sexualidade, que se orgulhava em fazer com que ela sentisse prazer. Isso não era sexo de verdade, era? Era outra coisa completamente diferente.

Isso era dominação. Era tomar algo que ele queria e que ela não desejava dar. Isso era estupro.

— Para — ela gemeu quando a mão que cobria sua boca deslizou um pouco. — Por favor, para.

Ele a escutou, é claro que escutou, mas Calvin estava em um mundo próprio, no qual a única coisa que lhe importava era o que ele queria, o que precisava. Nada mais existia. Por fim, Geo ficou mole, deixando os braços caírem sobre o colchão. Parecia que lutar não adiantava nada. Lutar fazia que doesse mais. Lutar tornava as coisas piores.

O carma havia se apresentado a ela, e era terrível.

Ele saiu da mesma maneira como entrou, pela janela. Geo nunca mais o viu depois daquela noite. Não até anos depois, até o julgamento.

Kaiser havia perguntado outro dia se ela alguma vez se preocupou sobre Calvin voltar para pegá-la. Ela respondeu que não estava preocupada, o que era verdade. Calvin já havia tomado sua melhor parte na noite em que o viu estuprar e assassinar sua melhor amiga. O que restava, ele tomou no dia em que a estuprou em seu próprio quarto, com seu pai dormindo no final do corredor.

Geo olha fixo para o pote vazio, que está agora sobre sua mesa de cabeceira, aquele que antes continha toda a sua inocência, toda a sua bondade. Ela o havia guardado todo esse tempo. Um terapeuta poderia passar um dia inteiro tentando analisar a razão de ela nunca ter jogado aquilo fora e, mais importante ainda, porque o mantinha em um lugar em seu quarto onde claramente podia vê-lo.

A resposta era simples. Era uma punição pelo que ela havia feito com Angela. E uma lembrança de seu próprio trauma, de sua própria dor, que ela trouxe a si mesma por ter sido tão jovem e tão estúpida.

Seu celular a notifica. Geo verifica a mensagem, seu coração se animando um pouco quando vê que vinha de Kaiser. Um sorrisinho passa por seus lábios. Talvez as coisas possam funcionar entre eles... desde que ela jamais lhe conte toda a história.

Ninguém, nem mesmo Kaiser, poderia amá-la se soubesse de toda a história.

Seu rosto fica abatido quando ela vê o que ele mandou.

Mais dois corpos no bosque atrás do St. Martin. Mulher adulta e criança, assassinadas do mesmo modo que os dois primeiros.

Uma mensagem chega segundos depois.

Calvin visto na cidade. Fique em casa. Tranque as portas.

PARTE QUATRO

DEPRESSÃO

*"Não existe nada mais enganador
do que um fato óbvio."*

— Arthur Conan Doyle

25

MO TEM PELOS LONGOS E LOIROS, olhos castanhos cálidos, é simpático e tem um problema de baba. Isso é porque Mo é um cão. E não um cão qualquer, mas um cão farejador. O rabo do golden retriever bate na grama, enquanto Kaiser se aproxima da árvore sob a qual ele descansa, a cerca de sete metros de onde descobriu os corpos, no bosque atrás do colégio St. Martin. Ele e Kaiser haviam se encontrado algumas vezes antes.

A dona de Mo olha para cima e sorri. No início dos seus sessenta anos, Jane Bowman está vestida com roupas de caminhada — casaco impermeável, calças de secagem rápida da Dri-FIT, botas Merrell. Sem maquiagem, mas Kaiser nunca soube que ela usasse alguma, e seu comprido cabelo grisalho está amarrado atrás da cabeça com um elástico preto.

— Pensei que vocês dois estivessem aposentados. — Ele se dirige a Jane, sorrindo, e os dois se abraçam calorosamente.

— Também pensei que estivéssemos — ela disse, e Mo se levanta. O cachorro esfrega o nariz em Kaiser, que se ajoelha e dedica um minuto completo acariciando-o antes de se levantar.

— Então, me conta o que aconteceu.

— Bem, você sabe que o Mo agora é um velhinho, como eu — Jane diz, olhando com carinho o peludo rosto amarelo. O cachorro descansa mais uma vez na grama, mastigando um brinquedo de borracha, sem se importar com a atividade dos policiais e técnicos de cena de crime que estão por ali. — Seus ossos estão ficando frágeis, os quadris começando a falhar e, portanto, já era tempo de nós dois nos aposentarmos desde o ano passado. Mas cães que trabalham, tanto quanto as pessoas que trabalham, tendem a ficar entediados com a aposentadoria. Aí você já pode imaginar como ele ficou feliz hoje de manhã, quando a gente caminhava pelo bosque e ele sentiu um cheiro. Estávamos no lado leste do bosque, na trilha, quando ele ficou todo animado, colocou o focinho no chão e começou a correr. No começo, eu não sabia se o controlava ou o soltava, mas fazia tempo que não o via tão entusiasmado. Então deixei ele correr e o segui, sem dar a mínima para os meus quadris. Ele finalmente se deteve no lugar, ficou ali parado e latiu e latiu. Eu me aproximei e percebi que a terra havia sido remexida. Nem tinha percebido que a gente havia percorrido o bosque inteiro até a escola.

— Se vocês estavam na trilha, devem ter andado uns quatrocentos metros — Kaiser disse, admirando o velho cão. Mo olha para cima, abre a boca e balança o rabo.

— Deve ter sido mesmo. De qualquer modo, já conheço o procedimento. Chamei um velho amigo da polícia de Seattle e perguntei se vocês gostariam de vir para ver se havia algo no chão. Demorou algumas horas até vocês aparecerem, mas vieram. — Jane sorri. — E sabe o que mais, havia mesmo.

Kaiser se abaixa e dá outro tapinha no cachorro.

— Espero que ele goste de um biscoitinho.

— Já dei dois. Ele mereceu. — Ela faz uma pausa, o sorriso esvanecendo. — Dei uma olhadinha no que eles desenterraram. Bem ruim o que fizeram com a mulher. E com a criança, nossa. Espero que você prenda o desgraçado, Kai.

Os dois se despediram, e Kaiser volta para a cena do crime. Dois corpos, como da outra vez. A mulher parece ser alguns anos mais velha que Claire Toliver, a última vítima. A criança — dessa vez uma menina — também é um pouco mais velha, talvez tenha três ou quatro anos. Sua bonequinha da Elza, a personagem de *Frozen*, foi encontrada a poucos metros dali. Fora isso, o cenário é idêntico. A mulher foi esquartejada, a criança, estrangulada, e no peito da garotinha estava desenhado o mesmo coração, feito com o mesmo batom. Dentro do coração estavam escritas as mesmas palavras.

ME VEJA.

Tal como Claire Toliver, os olhos da mulher foram arrancados. Órbitas oculares vazias nos lugares dos olhos, bordas esgarçadas. E, tal como os de Claire Toliver, Kaiser não se sente otimista sobre a possibilidade de encontrá-los.

Ele se pergunta se o assassino os guarda dentro de um pote, em algum lugar, como Ed Gein. Ou se os come, como Jeffrey Dahmer. Ou se simplesmente os joga fora, satisfazendo-se o suficiente com o ato de arrancá-los. Qual o significado? *Me veja.* O que o assassino quer que eles vejam?

Ou será alguma forma de punição para mulheres — todas as mulheres? Alguma mulher específica? — por *não* ver?

Kim está de pé a seu lado. Ele escuta a caneta da parceira arranhando o bloco de notas, e o barulho é intrusivo e irritante. O ato de fazer anotações dá um significado aos fatos na cabeça dela, a ajuda a se lembrar das coisas mais tarde. Kaiser não trabalha assim, nunca trabalhou. Ele tira fotografias mentais, permitindo que seus pensamentos vagueiem sem restrições. Também prefere fazer isso em silêncio, e o arranhar das anotações perturba esse silêncio.

Faz alguns dias que os dois não têm uma conversa pessoal, e ele nota que ela está com a aliança no dedo. Ela não costuma usá-la quando trabalha ou quando está a sós com ele, de modo que ele não tem certeza do que faz de hoje um dia especial. Talvez ela e Dave tenham tido um fim de semana legal, celebrando o aniversário de casamento dos dois, reacendendo o fogo do casamento. Ele está curioso, mas jamais perguntará; não é assunto dele e, sinceramente, jamais foi. A única coisa mais morta que o caso entre os dois são os dois cadáveres no chão, um dos dois em pedaços.

Kim guarda o bloco.

— Você acha que ela também é filha do Calvin James?

— Agora mesmo não estou pensando nada — ele responde. O tom dele é um pouco mais hostil do que pretendia, e ele acrescenta: — Logo saberemos.

— Não entendo. — Ela sacode a cabeça, o rabo de cavalo loiro balançando, o rosto torcido em uma careta. Kaiser compreende. É difícil ver as vítimas desse modo, ainda mais crianças. E isso é bom; jamais deveria ser fácil; jamais deveria deixar de ser horrível. — Por que matar o próprio filho? Se esse caso for similar ao outro, por que matar a mãe? Por que arrancar os olhos? Isso é tão confuso, nem imagino como é possível começar a dar sentido a tudo isso.

— Primeira lição quando se lida com um assassino em série é que as coisas jamais fazem sentido — Kaiser diz. — Calvin James não é como você ou eu. Ele pode ter sido um dia, mas se transformou em outra coisa. A sociopatia dele estava clara quando eu o prendi da primeira vez, cinco anos atrás. Eles não operam dentro da lógica. As razões não são importantes; ele deixa isso por conta do psiquiatra da prisão. O que me importa é só pegar esse filho da puta.

— Conseguimos a identidade da garotinha, detetive — um policial diz, chegando por trás dele e balançando um celular. — Os pais preencheram uma queixa de pessoa desaparecida hoje de manhã. Estou com ela bem aqui. Posso encaminhar para você.

Um momento depois já está no celular de Kaiser. Ele abre o documento e vai rolando.

— Quem é? — Kim pergunta.

Ele entrega o celular a ela e deixa que leia por conta própria. O nome da criança é Emily Rudd. Seu aniversário foi há dois dias; ela havia completado quatro anos. Desapareceu de sua casa em Issaquah, uma cidade a cerca de 30 minutos a leste de Seattle. História parecida com a de Henry. Os pais acordaram e descobriram que ela não estava. Não entraram em pânico de imediato, já que Emily era sonâmbula e já a haviam encontrado em vários lugares dentro da casa antes disso. A polícia de Issaquah não tinha razões para suspeitar de crime hediondo.

Mas foi um crime hediondo, e do mais hediondo possível.

— Meu Deus — Kim diz, devolvendo o celular. — Esses pobres pais.

— Peça àquele policial para pesquisar se ela era adotada. Vou apressar o DNA, mas se pudermos confirmar que a criança era adotada, isso será o suficiente para começarmos. Enquanto isso, continue trabalhando na identidade da mulher.

— Pode deixar. Mas acho que precisamos falar com Georgina Shaw. É a única pessoa que conhecemos que teve algum tipo de relação íntima com Calvin James e ainda está viva. Você esteve em contato com ela?

— Um pouco. — Ele sente seu queixo ficar duro, tenta evitar, mas ela percebe e instantaneamente sabe o que esse tique facial significa.

— Kai — Kim diz, chocada, e ele sente, pelo tom da voz dela em apenas aquela única sílaba que ela sabe no que ele está metido. Mas ele não quer ouvir falar disso, não dela. Ambos são culpados por mau julgamento, e ela não está na posição de lhe dar lições sobre isso. Mas ela dá, de qualquer maneira. — Você não pode estar falando sério. Ela é uma pessoa de interesse neste caso.

— Ela não tem nada a ver com isso.

— É completamente inapropriado.

Ele se volta na direção dela.

— Sei muito bem que não preciso de lições sobre relações inapropriadas vindas de você — ele diz, baixinho.

Kim enrubesce.

— Está bem, eu mereço — ela diz, advertida. Ela olha por cima do ombro para ter certeza de que não há ninguém por perto que possa ouvir os dois. — Mas, ainda assim, se você estiver envolvido com ela só porque está chateado comigo, acho mesmo...

— Não se superestime — Kaiser diz, com um sorrisinho. — Fico feliz que você e Dave estejam de volta nos trilhos. De verdade. A gente transou por um tempo, já acabou, e está tudo bem. Mas também significa que a minha vida pessoal já não é do seu interesse. Sacou?

Kim olha como se tivesse sido estapeada. Seu rosto fica vermelho-vivo e seus olhos se enchem de lágrimas. Ela se vira, limpando às pressas o rosto, se recompondo.

Ele sabe que jamais voltarão a falar sobre o assunto e não ficará surpreso se ela solicitar uma transferência quando a investigação for encerrada. É esse o problema com os casos. Todos são, por definição, relacionamentos temporários. Sempre terminam, de uma maneira ou outra, e quase sempre terminam mal.

— Detetive? — Outro policial está atrás de Kaiser, com o celular na mão. Ele toca no ombro de Kaiser. — Os pais acabaram de chegar à delegacia.

— Isso foi rápido.

— Os dois trabalham aqui em Seattle — o policial diz. Ele indica o celular na mão, a delegacia ainda na linha. — O que devo dizer para eles?

— Que estou a caminho.

O pesar se manifesta de modos diferentes em pessoas diferentes, e há muito tempo Kaiser aprendeu a parar de fazer julgamentos. Não se pode dizer às pessoas como elas deveriam se sentir ou como deveriam expressar isso. Daniel Rudd e Lara Friedman, os pais de Emily, a princípio, quase entram em colapso com a notícia da morte de sua filhinha, chorando, e tremendo, e querendo detalhes que Kaiser ainda não tem. Ele assegura aos dois que a morte foi rápida, e não havia sinais externos de abuso.

Eles exigem vê-la, mas os corpos estão sendo examinados no necrotério. Em vez disso, Kaiser lhes mostra uma fotografia — a mais delicada que tem, parece que a garotinha poderia estar dormindo —, e os dois confirmam que é a filha deles. Menos de uma hora depois, os dois ficam calmos e educados, quase profissionais em seu comportamento. Seus olhos estão injetados de sangue, mas secos. Sentam-se perto um do outro, respirando e respondendo normalmente, mas não se tocam. Daniel Rudd é cirurgião cardiotorácico no Harborview Medical Center, e Lara Friedman é cirurgiã pediátrica no Seattle Children's Hospital. Kaiser só pode supor que as respectivas profissões são a razão pela qual eles são capazes de compartimentalizar desse modo.

Eles têm mais dois filhos, dois meninos concebidos com fertilização *in vitro*. Shawn e Shane têm seis anos de idade, e Lara Friedman mostra a

Kaiser uma foto dos filhos sentados em um banco no parque, com a irmã-zinha entre eles. Emily não tem nenhuma semelhança física com os irmãos — eles são loiros de olhos azuis, e ela tem cabelo e olhos escuros —, mas a ligação entre os três é inconfundível. Os pais confirmam que Emily foi adotada.

— Mesmo depois dos gêmeos, não sentíamos que a família estivesse real-mente completa — Lara informa, as mãos no colo. O café que Kaiser trouxe para eles, da sala de descanso da delegacia, está esfriando dentro dos copos de papel, intocado. — Eu não podia mais fazer inseminação artificial, então começamos o processo de adoção através de uma agência cristã especializa-da na colocação de bebês nascidos de mães adolescentes e não casadas.

— O que vocês podem me dizer sobre os pais biológicos de Emily? — Kaiser pergunta.

— Por que isso é importante? — Daniel Rudd franze o rosto ao lado da esposa. — Eles estão fora do quadro. Sasha nem mesmo nos disse o nome do pai. Ele nem está ciente de que ela teve uma filha.

— Sasha é a mãe biológica?

— Sim. — O homem o encara. — Mais uma vez, por que isso importa? Ela nunca teve relacionamento com a Emily depois de dar à luz.

— É relevante para o caso — Kaiser diz com gentileza. — É só o que pos-so dizer por enquanto. Mas agradeço qualquer detalhe que vocês puderem me dar.

— O nome dela é Sasha Robinson — Lara diz, olhando o marido de um modo que o faz se calar. — Na verdade, ela era uma garota doce. Nós a co-nhecemos lá pela metade da gravidez. Nós a convidamos para passar um tempo lá em casa com a gente e com os meninos. Tinha dezoito anos à épo-ca, morava com a avó em um parque de trailers. Largou o ensino médio e estava se recuperando do vício em drogas. Ela era pobre, e estava claro que era extremamente importante que o bebê fosse para uma família com di-nheiro. Ela enfatizou que desejava que a filha tivesse acesso à melhor edu-cação, e achou que era ótimo já termos os gêmeos, já que assim a bebê sempre teria irmãos mais velhos para protegê-la... — Lara para aí, com a voz embargada.

— Nós a encontramos duas vezes durante a gravidez, e uma vez logo de-pois do parto — Daniel diz, soando derrotado. — Depois não a vimos nem falamos com ela por mais de dois anos. Foi escolha dela. Ela tinha voltado a usar drogas, estava sem condições de ver a Emily. Nós lhe dissemos que se ela estivesse limpa, concordaríamos com um contato limitado, mas ela disse que não queria conhecer a Emily mesmo que estivesse limpa. No fundo, foi um alívio. Esse tipo de coisa pode ficar complicado.

— Mas vocês tiveram contato com Sasha quando Emily tinha dois anos? — Kaiser pergunta.

— Nós ligamos para ela — Lara diz. — Estávamos tendo sérios problemas comportamentais com Emily. Sua hiperatividade estava muito acima do normal para uma criança dessa idade. Ela ficava furiosa muito rápido, era até mesmo violenta. Batendo, mordendo, arranhando, empurrando, até tentou estrangular Shane quando ele não queria que ela brincasse com o brinquedo que ela desejava. Na verdade, houve momentos em que os meninos tiveram medo dela.

— A decisão óbvia era medicá-la — Daniel diz. — Mas optamos por não fazer isso. Esses remédios para TDAH podem transformar a criança numa espécie de zumbi. Em vez disso, nós a colocamos na terapia, mudamos sua dieta, contratamos uma babá adicional a meio período para tirar um pouco da carga da Maria.

— E a Maria é...?

— A babá de tempo integral — Lara diz. — Ela mora com a gente.

— Esse apoio extra ajudou?

— Nem um pouco. Ela era realmente uma criança difícil. Foi duro. — Ela morde o lábio, desvia o olhar, a culpa de ter dito algo negativo sobre a filha morta está desenhada em seu rosto.

— E o pai? — Kaiser pergunta. — Vocês já souberam qualquer coisa sobre ele?

— Tudo o que Sasha contou foi que o relacionamento deles foi muito curto — Daniel diz. — Parecia mais um caso, talvez até um encontro de uma noite. Ela não quis nos dizer o nome dele.

— Ou talvez nem mesmo soubesse. — Lara suspira. — Se vocês perguntarem para ela, talvez ela seja mais acessível, é claro. É que ela não fala mais com a gente.

E nunca mais vai falar com ninguém.

— Por quê? — Kaiser pergunta.

— Quando conversamos com ela sobre Emily, alguns anos atrás, dissemos que precisávamos estabelecer uma avaliação genética completa — Daniel diz. — Dissemos para a Sasha que, ao mesmo tempo que compreendíamos que ela não quisesse nos contar sobre o pai biológico da Emily, era necessário conhecer mais sobre ele para podermos ajudar a nossa filha. Explicamos sobre a violência, a agressão, e que estávamos preocupados com a possibilidade de ela machucar os irmãos. A conversa a deixou irritada. Ela desligou na nossa cara e nunca mais respondeu aos nossos telefonemas.

Os pais de Emily Rudd parecem pessoas práticas. Determinados, ansiosos para serem úteis, motivados para obter a resposta da maneira mais eficaz possível. Kaiser decide que é o momento de ser honesto com eles.

— Quero ser honesto com vocês aqui — ele diz. — Quando encontramos a Emily, também encontramos outra vítima. Uma mulher.

Os pais trocam um olhar.

— Você acha que é a Sasha — Daniel diz, categórico. — Deve pensar isso. Do contrário, não nos teria feito todas essas perguntas. Olha, como já disse antes, o relacionamento da Sasha com a Emily era zero. Qualquer contato que tivemos com ela ficou entre nós...

— Posso mostrar uma foto para vocês? — Kaiser pergunta, sacando seu celular. — É da vítima feminina.

Lara balança a cabeça. Suspirando, Daniel estende a mão para o celular. Kaiser descobriu como usar o aplicativo de tarja preta que Kim havia baixado para Claire Toliver, e tinha cortado a foto de modo a mostrar apenas o rosto da vítima. Ele não pretende dizer aos pais de Emily que a mulher foi desmembrada, e que a cabeça na verdade não está presa ao corpo.

O homem olha a foto. Sua expressão não muda. De novo, Kaiser imagina que é a cara de pôquer de um cirurgião.

— Bem, com certeza *lembra* a Sasha. Mesmo nariz, mesmo queixo. Para que essa tarja preta?

— Há danos significativos na área dos olhos.

Daniel revira os olhos.

— Sou cirurgião de trauma, detetive. Na semana passada, atendi um adolescente com um olho saltado devido a um trauma na cabeça. Foi machucado durante um jogo de futebol e o olho estava pendurado de sua maldita cavidade ocular. Vejo coisas assim, e muito piores, todos os dias. Se me mostrar a versão sem censura, provavelmente vou conseguir verificar se é ela mesmo.

Kaiser suspira. Desliza o dedo na tela para trocar de foto. A foto sem censura provoca uma piscada de Daniel Rudd, mas apenas uma. O sujeito é inabalável.

— Sim — ele diz. — É mesmo a Sasha. — Curto e objetivo.

Lara não se mexe para olhar a foto, e assim Kaiser coloca o celular no bolso.

— Como ela foi morta? — Daniel pergunta, levantando-se. Ele começa a caminhar de um lado para o outro. O comportamento calmo está começando a se abalar.

— Estrangulamento, é o que achamos — Kaiser informa e para aí. — Mais tarde, ainda hoje, confirmaremos a causa da morte.

— Por que você queria saber sobre o pai biológico da Emily? — Pelo tom de voz de Daniel, é claro que ele está ficando agitado. — Você acha que ele tem alguma coisa a ver com isso? — Quando Kaiser não responde de imediato, ele para de andar. — Meu Deus. Você acha.

— Nós o colocamos como suspeito, sim.

— Mas você não sabe o nome dele — Daniel diz. E troca outro olhar com a esposa. — Ora, diabos. Você sabe.

— Não consigo acreditar nisso. — A voz de Lara é entrecortada, e ela esconde o rosto nas mãos. O pesar, abafado antes, começa a voltar, e a respiração dela vai ficando mais rasa. — Você acha que o próprio pai biológico da Emily a assassinou, e a Sasha. Que tipo de depravado... — Ela para, depois suspira, como se escutasse o que acabou de dizer. — *Era genético.* — Sua respiração se acelera, e uma leve camada de suor aparece em sua testa. — Foi dele que a Emily herdou. Ah, meu Deus. Ah, meu Deus. Não compreendo nada disso. Por que ele mataria a própria filha?

— Respira fundo — Daniel diz, olhando preocupado para a esposa, mais uma vez caminhando de um lado para o outro.

— Eu sei o que fazer — Lara retruca. É a primeira vez que ela dá uma resposta ríspida ao marido. Ela respira fundo várias vezes, seu peito expandindo e contraindo de modo exagerado, e depois de mais de meia dúzia dessas respirações, ela se acalma. — Você deveria falar com a avó da Sasha. Ela mencionou que as duas eram próximas, que a avó foi a única que ficou do seu lado quando ela teve o problema com drogas e bebida. Ela talvez seja capaz de confirmar se a pessoa que assassinou a nossa filha é quem você acha que é.

— Qual é o nome dele? — Daniel pergunta. Ele está sentado ao lado da esposa, mas há distância entre eles, não se tocam nem olham um para o outro. — Do assassino?

— Prefiro não dizer nada até ter certeza — Kaiser responde.

— Bem, espero que você pegue o filho da puta — o homem diz. — E espero que ele tente atacar você para que você possa matá-lo.

— Dan! — a esposa exclama, mas a voz é débil. Ela não está discordando. A essa altura, em segredo, Kaiser também não discorda.

26

OS SALGUEIROS, NOME BONITO para um grupo de trailers precários em uma clareira da estrada 99. Há umas quatro dúzias deles de vários tamanhos, todos brancos, todos sujos, apoiados em caibros de madeira. No meio do parque de trailers, há um punhado de mesas de piquenique e um parquinho dilapidado para crianças, completo com um balanço quebrado e o escorregador rachado. O lugar é deprimente e, apesar do nome, não há nem um salgueiro à vista.

A bisavó biológica de Emily Rudd mora em um trailer no final do parque, indistinguível dos demais, exceto por quatro canteiros de rosas que não estão florescidos. Kaiser imagina que devem ficar bem bonitos na primavera. Parado diante de uma porta de madeira rachada, ele bate.

Uma mulher idosa responde. Redonda e peituda, ela o avalia através da tela meio rasgada. O cabelo afofado é quase todo branco com algumas manchas negras, seu vestido caseiro rosa com estampa de flores está limpo e passado. Óculos de leitura estão pendurados no pescoço, presos em uma corrente de conchinhas.

— Em que posso ajudá-lo? — ela diz através da tela.

Kaiser mostra o distintivo.

— Desculpe o incômodo, senhora. Estou procurando por Caroline Robinson.

— Então já achou.

Ele pisca, surpreso. Emily Rudd parecia ser branca, assim como sua mãe biológica, de modo que Kaiser supôs que a avó de Sasha também fosse branca. Mas a mulher diante dele é negra, a pele cor de café com algumas gotas de leite. Quem mandou ele fazer suposições.

— Sou o detetive Kaiser Brody, da polícia de Seattle. Estou aqui para falar sobre Sasha.

Os olhos da mulher se estreitam. Ela deve estar com cerca de oitenta anos, mas ele tem a impressão de que continua bem afiada.

— Do que vocês a estão acusando agora?

É um modo interessante de formular a pergunta. Como avó de uma viciada em drogas, Kaiser esperaria uma resposta mais desolada. Mas a mulher já se colocou do lado de Sasha. O que vai tornar mais difícil a notificação da morte.

— De nada, senhora — responde. — Posso entrar?

— Então ela está morta? — A voz de Caroline Robinson é firme, mas a tela da porta sacode um pouco.

Ele preferia ter lhe informado lá dentro, mas ela não lhe dá escolha.

— Sim, senhora. Sinto muito.

— Entra. — Ela abre a porta de tela.

Kaiser entra no trailer, que resulta ser maior do que parecia por fora. A entrada está entre a cozinha e a sala de estar, marcada por um tapete colorido no qual está escrito BEM-VINDO em letras maiúsculas. A cozinha é azul-clara, os armários, pintados de branco com puxadores claros de plástico. Cortinas florais estão penduradas nas janelas, e vasos com flores do campo alegram a pequena mesa redonda, no qual confortavelmente podem se sentar três pessoas; quatro caso se apertem um pouco. Os eletrodomésticos são da década de 1980, mas bem conservados. A sala está pintada de amarelo-claro, o carpete marrom puído, mas sem manchas. Tem uma decoração escassa com um sofá-cama e uma mesa de café de madeira, uma TV de tela plana de trinta e duas polegadas no rack. Está ligada, mas sem som. No fundo do trailer ficam os dois quartos.

É um dos melhores trailers que Kaiser já viu. O cheiro de café fresco permeia o ar, e ele nota uma cafeteira no balcão.

— Aceita uma xícara de café? — a Sra. Robinson pergunta, acompanhando seu olhar. — Sei que já é tarde, mas é o meu único vício.

— Temos isso em comum — Kaiser responde. — E aceito, sim, obrigado.

Ela serve os dois e depois aponta para o balcão, onde estão o açucareiro e o pote de creme. Ele dispensa os dois e espera, enquanto ela prepara seu café e se ajeita na mesinha.

— O que aconteceu com a minha neta? — pergunta depois de os dois terem tomado um gole.

Kaiser sente que Caroline Robinson é o tipo de mulher que já passou por muitas coisas, e pode aguentar muito, e preferiria nada suavizado, somente a verdade. E ele não vai insultá-la dizendo menos que isso.

— O corpo da Sasha foi achado hoje de manhã cedo, enterrado em uma cova rasa no bosque atrás do colégio St. Martin.

— Enterrada? — Ela franze a testa. — Não compreendo. Imaginei que tivesse sido uma overdose. Faz seis meses que ela está limpa, mas o vício das drogas é uma coisa cruel, detetive.

— Vamos verificar se há drogas no organismo dela, mas, por enquanto, parece que ela foi assassinada.

Ela respira fundo.

— Como?

— Estrangulada. — Ele faz uma pausa e acrescenta: — A filha biológica também foi encontrada com ela. Também estrangulada.

A cabeça de Caroline Robinson levanta em um impulso.

— Emily está morta?

— Sim, senhora. Sinto muitíssimo.

— Que Deus me ajude — a mulher sussurra. Seu lábio treme e por um instante Kaiser acha que ela vai chorar. Mas não faz isso. O tremor passa e ela se apruma novamente, fixando nele os olhos afiados. — Os pais da Emily já sabem?

— Acabei de estar com eles.

— A Sasha não tinha nenhum relacionamento com a Emily — a Sra. Robinson diz, a testa enrugando. — Eu queria que ela tivesse quando a Emily fosse mais velha, mas a Sasha achava que não era uma boa ideia. Não queria que seu bebê soubesse quem ela era. Queria uma vida melhor para a filha. O que elas estavam fazendo juntas?

— Não sei. Ainda estamos investigando.

A mulher olha bem de perto para ele.

— Eu posso detectar um mentiroso a trinta metros de distância, detetive. Isso vem de ter vivido com viciados por toda a minha vida. Por que você não está me contando tudo? Está deixando algo de fora, e gostaria muito de saber o que é.

Se fosse adequado, Kaiser sorriria, mas não é.

— A Sasha foi... nós descobrimos o corpo dela desmembrado, senhora. Aparentemente isso aconteceu depois da morte — ele acrescenta, como se melhorasse a coisa. — Houve um assassinato semelhante não faz muito tempo. Uma mulher e seu filho biológico foram assassinados e enterrados da mesma maneira.

— Que Deus me ajude — a velha senhora repete. Sua xícara de café balança, e ela a coloca em um apoio de cortiça. Chora por alguns instantes, e Kaiser olha para o outro lado, esforçando-se para lhe dar alguma privacidade. Depois ela tira um lenço do vestido e passa nos olhos, acalmando-se.

— Já passei por muitas coisas, mas essa é a pior. Alguém cortou a minha garotinha em pedaços? Por quê?

— Não sei, senhora — ele diz a verdade. — Sinto muito.

É algo que ele ainda não conseguiu compreender. Além de Angela, nenhuma das outras vítimas de Calvin foi esquartejada, e o palpite de Kaiser é que o Estrangulador de Sweetbay de alguma maneira tenta recapturar como se sentiu naquela primeira vez com Angela Wong.

— Você disse que é semelhante a outro crime. É um assassino em série?

— Temos uma teoria de que pode ser, sim — responde.

Caroline Robinson solta um longo suspiro.

— Sempre esperei que alguém como você aparecesse há anos para me dizer que a Sasha estava morta, mas não desse jeito — ela conta com simplicidade. — Minha neta é viciada desde os quatorze anos e tratava o próprio corpo como uma lata de lixo. Começou fumando maconha com outros jovens no bosque atrás do parque de trailers. É algo quase impossível de prevenir quando começam a se abastecer do estoque dos próprios pais. Acabou indo para os analgésicos, os meus, na maioria das vezes, e quando esses acabaram, ela começou com heroína. Esse foi o começo do fim. Entrou e saiu de tratamentos contra drogas por três anos. Veio morar aqui quando engravidou, e, na verdade, pensei que aquilo havia sido a melhor coisa que poderia ter acontecido a ela, porque a forçou a se manter limpa. Nem tive que pedir. Quando ela teve a resposta positiva do teste de gravidez, simplesmente parou, parou de vez. Eu disse comigo mesma, obrigada, Senhor. Talvez os dias sombrios tivessem acabado. Imaginei que ela ia ficar com o bebê, e que juntas criaríamos a criança.

Kaiser assentiu com a cabeça.

— Três meses de gravidez, ela compreendeu o que a esperava. Perguntou o que eu achava de adoção, e eu disse que apoiaria qualquer coisa que ela quisesse fazer. Ela ficou vacilando por um tempo. — A ruga entre as sobrancelhas da mulher se aprofunda, e ela fixa o olhar longe, recordando. — Um dia queria, no outro já não queria mais. Estava apavorada que a bebê crescesse como ela. Apesar de todo o meu esforço, a Sasha tinha uma autoestima muito baixa. Sua mãe, minha filha, também era drogada, e foi esfaqueada no pescoço brigando com outra drogada quando Sasha tinha só dois anos. Ela nunca conheceu o pai. Ele morreu de overdose no ano em que a Sasha nasceu. Sasha nunca terminou o ensino médio, mas estava longe de ser estúpida. Reconhecia os padrões, sabia que se a bebê crescesse aqui, as chances de a mesma coisa acontecer com os pais e com ela seriam grandes para sua garotinha. Ela queria o melhor para a bebê.

Kaiser abriu um pequeno sorriso.

— Você parece bem.

— Não tenho o gene — a Sra. Robinson enfatiza. — Eu não tenho seja lá o que for que faz da pessoa uma viciada. Meu pai era um alcoólatra furioso, mas a minha mãe jamais provou nem uma gota sequer. Ah, uma vez eu experimentei. Tomei uma dose do uísque do meu pai, quando ele não estava vendo, e achei repugnante. Uma vez também fumei, e me senti fisicamente mal pelo resto do dia. Dizem que o vício é genético, e eu acredito nisso. Cresci rodeada por isso a vida inteira e jamais fiquei tentada.

O dois bebem café em silêncio por algum tempo.

— Então, a Sasha já falou alguma coisa sobre o pai da Emily?

— Não muito. Não durou muito, e ela mencionou que ele era meio nômade, sempre se mudando de lugar em lugar. Eu o encontrei uma vez. Não gostei por ele ser mais velho, mas me pareceu simpático.

— Você o conheceu? — Kaiser diz, surpreso.

— Ele a deixou aqui uma noite quando eu estava tirando o lixo. Forcei para que ele falasse comigo. — Um sorrisinho. — Ele saiu do carro. Bonitão.

— Posso mostrar uma foto? — Kaiser pega o celular. — Esse aqui é o pai?

Caroline Robinson coloca os óculos, as conchinhas ao redor do pescoço balançando.

— É — ela diz depois de alguns segundos, examinando a foto de perto. A foto era a da ficha policial de Calvin James. — Ele parece bem diferente de quando nos conhecemos, mas é ele. Acho que o nome dele era Kevin. Espera, não, não era esse o nome. Era *Calvin*. Como naquele quadrinho, *Calvin e Haroldo*.

Kaiser solta a respiração.

— Sei que já foi há quatro anos, mas será que você se lembra de algo que o distinguisse? O cabelo era escuro como nessa foto?

— Não, era um castanho mais claro, mais comprido, meio bagunçado. Ele tinha uma barba desalinhada e estava de óculos. Também me lembro de uma tatuagem no pulso. Assim, do lado de dentro — ela diz, dando uma batidinha com dois dedos abaixo da palma.

Calvin James não tinha nenhuma tatuagem quando Kaiser o prendeu, assim deve ter feito uma na prisão, ou logo depois que escapou.

— Como era a tatuagem?

— Era um coração — a Sra. Robinson diz. — Vermelho, mas só o contorno. Acho que havia iniciais dentro, mas não lembro quais eram. Só dei uma olhadinha quando ele apertou a minha mão.

Kaiser tem um bom palpite sobre quais são as iniciais. Lembra-se da folha de papel que Calvin estava rabiscando durante o julgamento. Ele tinha desenhado um coração. E dentro dele, GS. De Georgina Shaw.

— Você se lembra do carro que ele dirigia?

Ela sacode a cabeça.

— Ah, meu Deus. Não sei muito sobre carros. Era bonito, acho, um carro potente. Americano.

— Placa de Washington?

— Não olhei.

— Cor? — Kaiser não acha que Calvin continuasse dirigindo o Trans Am vermelho que tinha lá atrás.

— Preto — ela diz. — Acho.

Então não é o mesmo carro. Mas Calvin James gosta mesmo de carros americanos potentes. No dia em que Kaiser o prendeu perto da fronteira com o Canadá, ele estava em um Mustang azul.

Caroline Robinson se levanta, caminhando para a sala de estar. Faz um gesto para que Kaiser a siga, e ele a segue. Na mesinha da sala, há uma foto emoldurada, e ela a entrega para ele.

— Sei que você viu a Sasha morta — ela diz. — Era assim que ela parecia em vida. Aqui ela tinha só dezoito anos, estava no seu segundo trimestre e completamente limpa. Era bonita. — Os olhos dela estão cheios de lágrimas, e sua mão treme. — Infelizmente, não tenho fotos mais recentes dela.

Ela não está exagerando; talvez esteja mesmo subestimando. Sasha Robinson era linda. Alta, cheia de curvas, o tom moreno da pele é a única pista de sua ancestralidade negra. Os olhos eram escuros, o cabelo comprido e castanho. Ela está sentada em uma das mesas de piquenique no pátio do parque de trailers, pernas compridas cruzadas, o vestido florido disfarçando qualquer barriguinha de gravidez que já tivesse. Kaiser olha a fotografia, e o ar fica engasgado na garganta.

Sasha Robinson é muito parecida com Georgina quando adolescente. A semelhança não é só impressionante, é… misteriosa.

Pensando nisso, Claire Toliver também se parecia com Sasha. Cabelo escuro comprido, pele dourada, voluptuosa. *Exuberante* é a palavra que Kaiser se lembra de ter pensado. Tal como Sasha Robinson.

Tal como Georgina Shaw.

— Ela era linda — Kaiser finalmente diz e está sendo sincero. — Mais uma vez, sinto muito por sua perda. Não vou tomar mais o seu tempo, Sra. Robinson. Obrigado por me receber.

Ele volta para a cozinha, termina o café com um gole, então lava depressa a caneca na pia e a coloca no escorredor de pratos para secar. Quando se vira para a Sra. Robinson, ela está sorrindo.

— Sua mamãe te educou muito bem.

— Sim, senhora. — Ele sorri de volta.

— Você é muito mais educado que a outra pessoa que esteve aqui outro dia, fazendo perguntas sobre a Sasha. Na verdade, quando você bateu na porta, primeiro pensei que fosse ele.

Kaiser franze o rosto.

— Que outra pessoa?

— Ah, foi há uma semana, talvez um pouco mais — ela diz. — Um jovem bateu na porta, disse que trabalhava para o serviço social e estava fazendo um acompanhamento da Sasha e queria saber como ela estava. Ela tinha ficado em um serviço estatal de reabilitação duas vezes e recentemente havia solicitado benefício social, assim, não fiquei muito surpresa com a visita. Ele foi um tanto mal-educado quando eu disse que ela não estava em casa, e quando me recusei a dizer para ele onde ela estava, agiu como se eu estivesse tentando dificultar as coisas para ele. Não gostei da atitude dele e disse isso. Esses *millennials*, vou te contar. Não sabem como agir no mundo, se é que isso faz algum sentido.

— A senhora já o tinha visto antes? — Kaiser pergunta, a cabeça dando mil voltas. Não poderia ser Calvin, a mulher teria dito. E mais, ela acabou de dizer que era mais jovem. — O que ele queria saber, exatamente?

— Perguntou um pouco sobre o uso de drogas, e respondi que ela estava limpa. Mas ele queria saber mesmo sobre a bebê. Queria saber para onde ela foi, se era menino ou menina, disse que os registros não mostravam esse tipo de coisa. Perguntei para ele por que isso importava, já que Sasha não era mais a mãe. Afinal, ela solicitou o benefício social como solteira, não como mãe solteira. Isso o surpreendeu; ele não sabia que Sasha havia entregado a bebê para adoção. Ele perguntou o nome da agência e eu disse para ele, esperando que ele fosse embora. Pensando bem, talvez não devesse ter dito. Sasha não tinha mais direitos sobre a filha, aí a adoção não era da conta dele.

— Ele deixou algum cartão?

A Sra. Robinson sacode a cabeça.

— Não, e esqueci de pedir um. Não sei, talvez eu esteja pensando demais nisso. Ele era estranho, não gostei dele, e isso me deixou na defensiva.

A coisa toda parece estranha a Kaiser. A mulher estava certa em ter suspeitado.

Embora seja comum que o Estado verifique uma mulher que teve um bebê e tenha solicitado o benefício social, Sasha havia desistido da filha. E, segundo sua avó, não tinha mentido sobre isso na solicitação.

— Ele disse o nome dele pelo menos?

Ela sacode a cabeça de novo.

— Tenho certeza de que disse no começo, quando se apresentou, mas no final da visita, eu já não me lembrava. Você acha que isso de alguma maneira está relacionado com as mortes da Sasha e da Emily?

— Estou considerando todos os ângulos. — É só o que Kaiser pode dizer. Ele abre a porta de tela e dá um passo para o ar frio da tarde.

— Falando nisso, detetive — a Sra. Robinson diz, com voz suave. — Como estão os pais da Emily?

— Estão enfrentando — ele responde.

— Imagino que pelo tipo de trabalho deles, sendo cirurgiões e tal, devem lidar todos os dias com a morte. Mas não assim. Não tão perto de casa. — Ela suspira. — E quando poderei ver a Sasha?

— Senhora, eu...

— Ah, é mesmo. — Carolina Robinson se encolhe. — Ah, meu Deus. Eu esqueci. Ela não... ela não... — Seus joelhos se dobram, e Kaiser a segura antes que ela caia.

— Desculpa — ela diz, ofegante. — Eu me preparei para este dia de alguma maneira. Perdendo a minha filha, perdendo o meu pai, achei que já estivesse preparada. Mas não para isso. Ela realmente estava tentando ajeitar a vida... — Um soluço escapa de seus lábios, e ela o sufoca antes que saia. — Acho que terei alguma coisa para falar para o grupo de luto desta semana.

— Grupo de luto?

Ela se apruma, soltando-se gentilmente de Kaiser, e respira fundo várias vezes. Seus óculos balançam nos seios arfantes. Depois de um tempo, tenta sorrir. Não é para ele; o sorriso é para ela mesma, autoconfiança de que vai enfrentar isso, que ficará bem. Ele já viu isso antes, em outras mães, avós e irmãs que acabavam de receber as piores notícias.

— Já faço isso há vinte anos — ela diz. — Conduzo as reuniões semanais da St. Andrews, a igreja que está a três quarteirões daqui. É como eu enfrento tudo isso, detetive. É um luto atrás do outro.

— Como você consegue? — Não é assunto de Kaiser, mas ele quer saber de verdade. Ele poderia matar Calvin James por muitas razões, e o fato de ele ter provocado mais dor no coração dessa mulher admirável, depois de tudo que ela passou, é uma delas. — Como você consegue?

— Simplesmente faço — Caroline Robinson diz. — Alguém tem que estar vivo para se lembrar deles. Se eles não são lembrados, é como se não tivessem mesmo existido. E assim, se não for eu, quem será?

Ela olha para longe por um instante e depois de volta para ele.

— Quem?

27

KAISER ESTAVA NO TRIBUNAL no dia em que o juiz sentenciou Calvin James a quatro prisões perpétuas consecutivas, uma por cada um dos assassinatos que ele cometeu, incluindo o de Angela Wong. Georgina não estava lá. Já estava na prisão, e assim perdeu o grande espetáculo.

Depois de ouvir vários testemunhos das famílias enlutadas, a sentença foi lida. As famílias choraram. A justiça havia sido feita, mas, nos casos criminais, isso não é sentido do mesmo modo que outras vitórias. Não existe compensação. No máximo, há um sentimento de alívio, o encerramento de um capítulo que, na verdade, jamais deveria ter sido escrito. Mas não cura as feridas dos parentes. E não traz os mortos de volta.

Kaiser confortou os pais de Angela naquele dia no tribunal. Candace Wong Platten o abraçou com força, sussurrou seus agradecimentos e o beijou no rosto, deixando uma mancha de batom que seria indelicado apagar antes que ela se fosse. Victor Wong apertou a mão de Kaiser com as duas mãos, balançando os braços.

— Nossa garota pode descansar em paz — ele disse, com lágrimas nos olhos.

Kaiser só podia concordar. Ele acreditava que os mortos já estavam em paz. Eram os vivos que sofriam.

Calvin James, vestido com paletó e gravata, olhou para Kaiser, enquanto o oficial de justiça o algemava. Dentro de alguns minutos, ele voltaria a usar o macacão alaranjado. Seu advogado arrumava a pasta. Calvin abriu a boca e parecia dizer alguma coisa, mas Kaiser não conseguia ouvi-lo acima do barulho. Caminhou até lá.

— Você está tentando me dizer alguma coisa? — perguntou.

Os dois homens pesavam mais ou menos o mesmo e tinham portes semelhantes, mas Kaiser era uns dois centímetros mais alto. Era engraçado pensar que quando ele tinha dezesseis e Calvin vinte e um, o namorado de Georgina parecia muito maior, muito mais forte, e muito mais intimidante. Agora, era só um homem. Um assassino, sim, mas um homem envelhecendo como todos, sem habilidades especiais ou treinamento, apenas um desejo de ferir mulheres da pior maneira possível.

Em uma luta limpa, Kaiser tinha noventa e oito por cento de certeza de que poderia arrancar a cabeça de Calvin do pescoço.

— Eu disse que fiquei surpreso por não terem me condenado à morte — Calvin respondeu.

— Esse é um assunto para o seu advogado. — Kaiser deu uma olhada para o advogado de defesa, que já estava falando ao celular, e depois de volta para Calvin. — Você preferiria isso? Sei que sim.

O oficial de justiça pegou Calvin pelo braço e começou a levá-lo em direção à porta lateral que conduzia até as celas do tribunal. De lá, ele seria transportado para Walla Walla, a prisão estadual de Washington, onde passaria o resto da vida.

— Pessoas como eu não deveriam existir — o Estrangulador de Sweetbay disse, olhando sobre o ombro. — Você me ouviu, Kaiser? Pessoas como eu não deveriam existir.

O celular de Kaiser notifica, chamando-o de volta ao presente. Há um e-mail sobre os resultados do DNA de Emily Rudd. Confirmado: ela é filha biológica de Calvin James. É a menor surpresa que ele tem desde que o caso começou. E isso também confirma outro fato importante: apesar dos avistamentos duvidosos do Estrangulador de Sweetbay pelo globo afora no decorrer dos anos, Calvin James esteve na área de Seattle pelo menos duas vezes desde sua fuga da prisão, tempo suficiente para gerar duas crianças.

E são duas vezes que o assassino em série esteve perto o suficiente para ser pego, e duas vezes que Kaiser o perdeu. Ele solta um longo suspiro e esfrega as têmporas que anunciam um ataque de dor de cabeça.

Kim está em sua mesa do outro lado da delegacia, trabalhando em algo não relacionado com os dois assassinatos. Os programas de televisão dão a impressão de que os tiras trabalham em um caso por vez até que este é solucionado e o bandido — ou bandida — é preso, julgado e condenado. As coisas não são assim na vida real. Kaiser faz malabarismos com vários casos. O mesmo acontece com Kim. Às vezes, eles trabalham juntos. Às vezes, não. Ela sente os olhos dele sobre ela e ergue a cabeça. Ele desvia o olhar. Quando volta a olhar em sua direção, ela está em pé e caminha para a sala de descanso, provavelmente para se afastar dele.

Ele não está zangado por ela ter voltado com o marido, ainda mais que ela e Dave nunca se separaram de verdade. Ele nem está chateado por ela não ter falado com ele primeiro sobre isso. Kim não deve nada a ele. Kaiser sabia como ia ser desde que transaram pela primeira vez, quando as coisas mudaram de trabalho para amizade e para sexo.

Ainda assim, a sensação de perda está lá. Agora ele compreende como é possível sentir perda na ausência de algo que você nem queria começar. Kaiser nunca esteve completamente envolvido em seu relacionamento pessoal com Kim, e é aí que mora o problema. Aquele espaço — aquele no meio do caminho entre estar envolvido por inteiro e não se importar — simplesmente não vale a pena. Quando você se mete em um relacionamento desse tipo, quase nunca é satisfatório, e tudo que se pode ver é que tudo está errado. Mas quando termina, machuca, e de alguma maneira, você sente como se houvesse uma perda.

Seu relacionamento com Georgina, entretanto, é o exato oposto. Não há meio termo com ela, nenhuma área cinzenta. Não há como estar com ela só um pouquinho — ou ele está dentro ou ele está fora. E depois de ontem, ele sabe que está dentro. Na verdade, ele nem tem escolha. Georgina é a mulher que ele ama desde que tinha quatorze anos, e nada — nem o passar dos anos, a distância ou a atividade criminosa — pode fazer isso desaparecer. Na verdade, tudo se encaixa. Kaiser tem um histórico de escolher as mulheres erradas. Georgina fode com sua cabeça e seu coração e diminui sua capacidade de fazer bons julgamentos, provoca todos os seus instintos de proteção. O fato de ela ser uma ex-presidiária é o menor de seus problemas com ela.

Como policial, ele não pode se permitir amar alguém assim. Mas ama. Então, que seja.

Ele ainda se lembra de como o cabelo dela cheirava naquela noite da festa de Chad Fenton, tantos anos atrás, quando ela se apertou contra ele na lavanderia, seu corpo inteiro tocando o dele. Não havia outro lugar onde ele quisesse estar; por um instante, o mundo inteiro desapareceu. Ele consegue se lembrar da maciez de seus lábios e o cheiro de fruta com vodca do seu hálito. Ele se lembra de sua excitação física e dos sentimentos conflituosos entre desejar que ela soubesse como ele se sentia e não querer assustá-la. Nada é tão poderoso quanto desejar alguém que não se pode ter quando se tem dezesseis anos de idade. Georgina ocupava todos os espaços de seu coração.

Do mesmo modo como Calvin James ocupava todos os espaços do dela.

— Recebi uma ligação do laboratório — Kim diz, e ele levanta o olhar. Ela está de volta da sala de descanso, duas xícaras de café nas mãos. Coloca uma sobre a mesa e puxa a cadeira para perto. — Confirmaram que não há DNA estranho em Emily Rudd ou em Sasha Robinson, tal como nos outros dois.

Kaiser concorda, desejando que ela volte para sua própria mesa, apesar de esse ser o modo típico como trabalham.

— Obrigado — ele diz, tomando um gole de café.

— O que mais me incomoda, e tenho certeza de que você pensou nisso — Kim diz —, é que muitas coisas não batem com o velho *modus operandi* de Calvin James. Sei que as pessoas podem mudar, mas os assassinos em série tendem a não mudar. Os padrões deles são fixos. A maior parte dos assassinos não se desvia da maneira como fazem as coisas.

É claro que Kaiser pensou sobre isso. Mas, na ausência de outras pistas, não insistiu. Calvin James é o melhor suspeito que eles têm.

— Ele esquartejou Angela Wong, sua primeira vítima, mas não as outras três que matou, anos depois. — Kim beberica o café. — Mas desmembrou essas últimas duas mulheres. E agora está assassinando crianças. E não qualquer criança, as dele. E não do modo como muitos pais fazem isso, em ataque de raiva, depois de algum tipo de ataque psicótico, mas deliberadamente. Ele as está rastreando. Caçando-as.

— Está progredindo.

— Está mesmo? — Kim pergunta. Ela não está sendo argumentativa, mas ele percebe que ela tenta mostrar um ponto. — Se não fosse por causa da Georgina e de onde os corpos foram enterrados, e o batom que ele usou nas crianças, estaríamos pensando que foi o Calvin? Ele jamais usou camisinhas antes. Seu sêmen foi encontrado nas três vítimas anteriores. Mas nesses novos assassinatos, foram achados lubrificantes de camisinha e espermicidas, nos dois casos. Nem um traço de DNA em lugar nenhum.

— Está ficando mais esperto. Ele sabe que temos o DNA dele.

Ela dá de ombros.

— E por que ele se importaria? Está deixando os cadáveres em lugares que nos levam de volta a Georgina Shaw. Está usando o batom fabricado pela antiga companhia em que ela trabalhou, que não é nem amplamente disponível. Está desenhando corações nas crianças. Ele sabe que todas essas coisas sugerem que foi ele, então se ele quer que nós também saibamos, por que não deixar de lado a camisinha, já que temos certeza? Afinal de contas, as últimas duas vítimas ficaram grávidas de filhos dele. O que sugere que, quando estiveram juntos, elas nem sempre usaram anticoncepcionais. E por que rastreá-las agora? As crianças tinham dois e quatro anos. Qual a motivação para localizar as mães e matá-las? E rastrear seus filhos biológicos, os dois adotados por outras famílias, e também assassiná-los? Isso exige trabalho, planejamento, pesquisa, coisas que ele nunca fez com Angela Wong ou com as três mulheres que matou depois dela.

Kaiser não responde. Ele considerou todas essas coisas, é claro, mas nunca organizou tudo de maneira tão metódica e linear como Kim acabou de fazer.

— Acho que estamos lidando com dois assassinos diferentes, Kai — ela diz. — Ainda temos que achar Calvin, é claro. Mas estou convicta de que estamos olhando na direção errada com esses casos.

Seu instinto é de argumentar com ela e apontar todas as maneiras como ela pode estar errada. Mas o problema é que ela não está.

— Pensa comigo — Kim persiste, como se lesse sua mente. — Vamos pelo menos discutir o assunto. Vamos tentar discutir esses dois últimos homicídios duplos como se não estivessem relacionados a Calvin James de forma alguma.

— Está bem — Kaiser diz, com um suspiro de resignação. — Essa coisa de mãe e filho *é* diferente. Por si só, o primeiro suspeito costuma ser o marido e pai da criança, e estivemos olhando para isso como se fosse algum tipo de aniquilação de família. Mas agora temos duas mães e duas crianças, mortas do mesmo modo. O que une ainda mais os dois casos é que as mulheres não estavam criando as crianças. As duas foram dadas para adoção.

— Certo. Então, que tipo de assassino é atraído por uma mãe e sua criança?

— Alguém que deseja destruir esse laço. Alguém... — Kaiser franze o rosto e sacode a cabeça. Ele não está gostando desse exercício. Não é um elaborador de perfis do FBI, não acredita em cavar a fundo na psicose de um crime. Não é seu trabalho e é arriscado, porque as chances de estar errado, seja lá qual for a conclusão, são muito altas. — Alguém que deseja profanar a mãe. O estupro diz que ele deseja dominá-la, provocar dor nela. Supondo que ela *foi* estuprada, o que não podemos confirmar. O esquartejamento nos diz que ele deseja humilhá-la, menosprezar sua vida e sua própria existência.

— Mas as crianças não foram machucadas antes de serem mortas. Por quê?

— Ele não quer provocar dor nelas. Mas também não quer que vivam.

— E o que significa o *me veja*?

Kaiser pondera sobre isso, permitindo que as teorias girem em sua cabeça.

— Ele quer que as crianças vejam... não. Ele quer ser visto pela criança. Não. Ele quer que outra pessoa o veja, e a criança é a mensagem. — Uma sensação de frio envolve Kaiser quando algo lhe ocorre, algo que o apunhala. Uma ideia o agarra. — Meu Deus.

Kim acena com a cabeça.

— Ponha para fora.

— A criança é a mensageira — ele diz, as palavras saindo devagar. — *Ele* é o filho de alguém. É isso que o assassino quer nos dizer. *Ele* é o filho de alguém.

— Tecnicamente, todos somos filhos de alguém — Kim diz, mas um sorrisinho aparece em seu rosto. Ela compreende aonde ele quer chegar com isso e o impulsiona para chegar mais rápido.

— Essa é a peça que está faltando — Kaiser diz, o frio passa por todo seu corpo. — De quem quer que ele seja filho, de onde quer que ele tenha vindo, essa é a chave para a coisa toda.

— Então vamos tentar amarrar todas essas coisas. — Kim se inclina para a frente. — Os corpos foram descobertos em duas localizações significativas. O primeiro no bosque perto da casa de Georgina.

— Não apenas perto. Bem ao lado. — Kaiser está se chutando mentalmente. Ele esteve tão focado nos locais e nas partes que se ligavam a Georgina que não esteve pensando de forma adequada sobre o resto. — O mesmo lugar onde Angela Wong foi enterrada. E o corpo foi esquartejado da mesma maneira que o de Angela: cabeça, antebraços, cotovelos, punhos, coxas, joelhos, tornozelos. Múltiplas covas rasas. O segundo lugar é o bosque atrás da antiga escola de Georgina. A vítima também foi desmembrada.

— Sei que você não acredita em coincidências, mas preciso salientar que as localizações podem ter sido coincidências — Kim diz. — São poucas as áreas de bosque em Sweetbay. O assassino pode ter escolhido esses locais simplesmente porque funcionavam.

— E o desmembramento dos corpos do mesmo modo que o de Angela? — Ele sacode a cabeça. — Mesmo que eu aceitasse o local onde foram enterrados como coincidências, o desmembramento não pode ser.

— Mas por que você acha que Angela foi desmembrada, em primeiro lugar? Pense um pouco sobre isso — Kim diz. — Sabemos que ela foi cortada porque os ossos foram descobertos em múltiplos lugares, consistente com o desmembramento. Mas pode não haver uma psicose por trás disso. O bosque é denso, cheio de pedras e raízes. É difícil cavar um buraco tão grande e profundo. O desmembramento dela pode ter sido feito apenas por essa razão prática. E se o novo assassino quisesse enterrar um corpo adulto nesse mesmo bosque, provavelmente seria forçado a fazer a mesma coisa.

Parece estranho usar a palavra *prático* para descrever a razão para o desmembramento de um cadáver, mas Kaiser entende o que ela quer dizer.

— Está bem...

— Portanto, a única coisa que liga Georgina aos novos assassinatos é o fato de o batom ser da empresa onde ela trabalhava — Kim diz. — Ela era a vice-presidente das marcas de estilo de vida ou coisa assim. Dei uma pesquisada e descobri um artigo de cinco anos atrás na revista *Pacific Northwest* que fez um perfil da Farmacêutica Shipp e de Georgina. Ela foi citada declarando que esperava levar a companhia para uma nova direção, e seu plano era formar uma linha de cosméticos. Ela tem uma graduação em Engenharia Química e um MBA *e* já fez um curso de beleza durante um ano. Ela tinha uma licença de cosmetologia válida, por Deus! Criar uma linha de cosméticos algum dia era o sonho dela. O assassino tinha que saber, *tinha que saber*, que usar um batom da Shipp nas crianças, dentre milhares de batons por aí, chamaria a atenção dela.

— Bem, sempre soubemos que os novos assassinatos se ligavam a Georgina — ele assinala.

— Georgina, sim, mas não necessariamente a *Calvin* — Kim diz, batendo os punhos na mesa para enfatizar, fazendo com que ele dê um salto. — Precisamos de provas, DNA, testemunhas, *alguma coisa*, de que Calvin James tenha matado os próprios filhos. E ainda não temos isso.

Kim está certa, meu Deus, ela está tão certa. A despeito de seu grande esforço para se manter objetivo, Kaiser havia caído na toca de coelho que nenhum detetive que valesse seu distintivo jamais poderia cair — ele tentou fazer com que as provas se enquadrassem em sua teoria, em vez de criar uma teoria baseada nas provas. Ele supôs que, já que tudo estava ligado a Georgina, Calvin *tinha* que ser o assassino.

Uma suposição potencialmente dolorosa.

— É o filho de alguém — Kaiser repete, mais baixo, quase que para si mesmo. — Mas de quem?

Kim se levanta e rola sua cadeira para perto de sua mesa.

— Você deveria falar com Georgina. Você sempre disse que havia coisas que ela nunca te contou. E se ainda há alguma para saber, você deve ser a única pessoa para quem ela vai contar. Vocês têm uma história. Ela confia em você.

Ela diz isso em tom casual, mas ele percebe o que está além. A rigidez da sua linguagem corporal, a falta de contato visual, os lábios curvados para baixo.

Casada ou não, o fim do caso deles é também uma perda para Kim.

28

KAISER CONHECEU GEORGINA na aula de Ciências. Os dois eram calouros, era o primeiro dia de aula, e a primeira coisa que ele pensou foi que o cheiro dela era maravilhoso. A segunda foi que ela era linda. Não da maneira óbvia, como Angela, cuja presença jamais podia ser ignorada, mesmo em seus piores dias. Mas de um modo sutil, subvalorizado; o tipo de beleza que não é da moda ou óbvia, o tipo de beleza que parece comum à primeira vista até que a conheça melhor, o tipo de beleza que não floresce até bem depois do colégio.

Não se pode dizer a garotas assim que elas são bonitas. Elas não irão acreditar em você. Mas isso é parte do que as faz bonitas. Porque não importa.

Georgina sentou-se logo à frente de Kaiser, seu longo cabelo negro roçando a beirada da carteira dele enquanto ela abria o fichário para tirar uma folha em branco de papel pautado de três furos. A sala de aula não estava de todo ocupada, e ela podia escolher a carteira. Ela apertou o botão da caneta com tinta púrpura e escreveu a data no papel. Dia 3 de setembro.

Ela se virou.

— Meu nome é Geo — disse.

— Geode? — ele perguntou, sem compreender. Que tipo de nome estranho era aquele? — Como o de uma rocha?

— Geo — ela soletrou. — Abreviatura de Georgina, mas odeio esse nome, então, por favor, não me chame assim.

— Por que não? É bonito. Algum dia você irá gostar dele.

— Duvido.

— *O nome dela é Geo, e ela dança na areia...* — ele cantou. Não pôde evitar.

— Como se eu já não tivesse escutado isso antes. — Ela revirou os olhos diante dessa horrorosa interpretação da música *Rio*, de Duran Duran. — Essa música foi lançada quando eu estava no jardim de infância, acho. Você é que nem o meu pai. Adora música dos anos oitenta.

Bem, isso liquidou o assunto. Nenhum adolescente gosta de ser comparado ao pai da garota. Ele se calou, e ela se virou. Durante o resto da aula, ele só conseguiu ver a parte de trás da cabeça perfeita. De quando em quando, chutava casualmente-de-propósito a carteira dela, de modo que ela se virasse para dizer para ele parar com isso. Era estúpido, ele sabia. Mas estava encantado.

A amizade que se seguiu foi instantânea e fácil, construída na luta comum com a ciência e pelo desejo de implicar um com o outro. Ele não gostou de Angela da primeira vez que Georgina os apresentou — a melhor amiga dela era muito mandona e, às vezes, a levava para longe para falarem sobre "coisas de garotas", o que o fazia se sentir como a roda sobressalente que era. Mas, com o tempo, ele e Angela passaram a se dar bem e, já na festa de apresentação dos calouros, os três eram inseparáveis. Ah, ele tinha amigos também, mas suas amigas mais próximas — suas *melhores* amigas — eram as duas garotas. E elas confiavam nele, lhe contavam coisas sobre garotas adolescentes que a maioria dos rapazes jamais teria o privilégio de saber. Com frequência, ele era a voz da razão quando elas não conseguiam decidir o que vestir ou comer, aquele que era capaz de dizer quais dos rapazes que elas gostavam eram babacas e quais eram legais, aquele que bancava o juiz quando as duas brigavam entre si (o que não era frequente, mas que, quando acontecia, era como se fosse a Terceira Guerra Mundial entre elas).

Ele jamais disse a Georgina que era apaixonado por ela. Mas Angela sabia, e eles falaram sobre isso algumas vezes. Uma das melhores características de Angela Wong era ser honesta. Infelizmente, era também uma das piores. Ela não tinha problema nenhum em dizer que suas roupas eram uma porcaria, que seu gosto musical era horroroso ou que você tinha alguma coisa presa nos dentes.

— Ela não pensa em você dessa maneira — Angela disse a Kaiser em uma tarde de agosto, no verão antes do penúltimo ano. Estavam no shopping center, e ele a "ajudava" a escolher um novo vestido de festa. O que basicamente significava elogiar bastante tudo o que ela experimentasse. Geo e seu pai tinham ido passar a semana em Toronto, para visitar a avó dela, e ele foi forçado a ir com Angela.

— De que maneira?

— Mais que um amigo. Você está na caixinha de amigos dela há dois anos. Contar para ela como você se sente de verdade não vai mudar isso. Tudo o que você vai conseguir é fazer com que ela se sinta mal porque vai ser forçada a te dizer que não sente da mesma maneira. E mesmo que você já saiba o que te espera, ainda assim vai se sentir como se ela tivesse acendido um fósforo e colocado fogo em você. E quer saber? — Angela se voltou para ele, parecendo irritada, ainda que nada disso tivesse nem mesmo acontecido. — No fim das contas, nada vai mudar. Vocês vão continuar amigos, mas vai ficar uma coisa embaraçosa. E por embaraçosa, quero dizer embaraçosa *para mim.*

— Mas eu acho mesmo...

— Comece a falar com outras garotas — ela disse, girando em torno de um espelho triplo, seu cabelo negro e brilhante dançando enquanto girava de um lado para outro. Ela usava um vestido cor-de-rosa que ficava ótimo nela, mas, a julgar pelo olhar contrariado em seu rosto, ótimo não era bom o suficiente. — Você já é um veterano agora. Não é o meu tipo, mas é bonitinho. As garotas vão fazer fila para você este ano. Comece convidando algumas para sair. Veja como se sente.

Alguns meses depois, Angela desapareceu. Havia o boato de que ela tinha fugido, mas isso não fazia sentido para Kaiser, pois sua amiga não tinha nenhuma razão para abandonar a própria vida. A única teoria que fazia sentido era a de que alguma coisa ruim havia acontecido, mas ninguém queria aceitar. Era incompreensível.

O desaparecimento súbito de Angela Wong criou um enorme buraco onde ela existia, e a única pessoa no mundo que poderia compreender o imenso sentimento de perda que Kaiser sentia era Georgina. Eles deveriam ter se assustado juntos, apoiado um ao outro, mantido o ânimo um do outro. Em vez disso, Georgina se afastou. Começou na segunda-feira depois da festa de Chad Fenton, que foi a última vez que alguém se lembrava de ter visto Angela, e a noite em que Kaiser decidiu ignorar o conselho da melhor amiga deles e tentar a sorte.

Depois daquele fim de semana, Georgina começou a evitá-lo. No começo foi sutil — não respondia aos seus telefonemas, ia para a biblioteca em vez de almoçar no refeitório, voltava direto para casa depois das aulas em vez de encontrá-lo para irem juntos a 7-Eleven. Ele atribuiu isso à preocupação com Angela e por se sentir embaraçada pelo beijo dos dois. Mas, algumas semanas depois, a coisa piorou. Ela mudava de rumo se o visse pelo corredor. Nas poucas vezes em que se falaram, suas respostas foram curtas.

— É por causa do beijo? — ele finalmente perguntou algumas semanas depois. Ele não queria levantar o assunto, mas deixar de falar com ela era como parar de respirar. Ele a encurralou na entrada da escola. Não compreendia nada daquilo. A melhor amiga dos dois havia desaparecido. Quem melhor para ajudá-los a passar por isso do que um ao outro?

Ela riu dele. *Riu.*

— Imagina! — respondeu e foi embora.

No mês seguinte, Kaiser observou, desamparado, ela se afastar. Nas primeiras semanas depois do desaparecimento da amiga, Georgina andava nervosa, arisca, sempre olhando por cima do ombro, como se esperasse que quem quer que fosse que tivesse arrebatado Angela para fora da vida deles pudesse estar atrás dela também. Ficava chateada com os boatos, defendendo a amiga com vigor contra as histórias de Angela ter sumido porque quis, de Angela ter um namorado secreto, de Angela querer ser famosa. Em meados de dezembro, Kaiser mal reconhecia Geo. Seu cabelo andava oleoso, a pele, rachada. Uma vez ela até saiu correndo do refeitório porque tinha que vomitar.

Depois do feriado de Natal, ela não voltou. Quando ele tentou ligar para sua casa, o pai contou que ela estava em tratamento para depressão, e que ele havia arranjado para que ela terminasse o ano letivo em casa, assistida por um tutor. Eles conversaram por dez minutos, e Walter Shaw contou a Kaiser que o desaparecimento de Angela parecia ter engatilhado sentimentos de abandono, perda e pesar de sua infância, já que a mãe dela havia morrido de câncer quando Geo tinha cinco anos.

Kaiser continuou a ligar a cada semana para saber como ela estava, mas se seu pai não estivesse em casa, o telefone nunca era atendido. Em duas ocasiões, ele passou por sua casa, a caminho da dele. Na primeira vez, Walter disse que a filha não estava a fim de companhia. Na segunda e última vez, ninguém atendeu à porta. Mas enquanto ele se afastava, olhou para cima e viu o rosto de Georgina na janela, espiando por trás das cortinas de renda cor-de-rosa. Pálida. Exausta. E apavorada.

Seja lá o que ela estivesse passando, era um inferno; disso pelo menos ele tinha certeza.

Geo voltou ao St. Martin no início do ano letivo seguinte, para seu último ano escolar. Era como se o ano anterior não tivesse acontecido. Ela parecia mais silenciosa e contemplativa, mas sorria de novo, parecendo um pouco mais com o seu eu antigo, mesmo tendo engordado um pouco. Ela nem tentou ser da torcida ou participar de jogos de vôlei, optando, em vez disso, por frequentar aulas extras para compensar aquelas nas quais fora reprovada no ano anterior. Não foi a nenhuma festa e podia ser encontrada na biblioteca em quase todas as horas de almoço, fazendo suas tarefas. Sem atividades extracurriculares, podia trabalhar meio período depois da escola no Jamba Juice, onde era gentil com os clientes.

Em um sábado no meio do ano ele deu uma passada lá, esquecendo que era onde ela trabalhava. Geo anotou seu pedido.

— Como você está? — ele perguntou.

— Bem — ela disse, entregando o troco, e era como se fossem desconhecidos. Ela se virou para preparar sua vitamina. Não havia ninguém mais no lugar.

— Ei — ele disse. — *Ei*.

Ela parou, voltou-se para ele, o visor encobrindo seus olhos, de modo que ele não conseguia decifrar seu olhar.

— Estou bem, Kai — ela disse. — Isso é o que você quer saber, não é? Estou bem. Mas, desculpa, não quero falar. Não quero sair. Tenho que ir adiante, não é? É o que é melhor para mim.

— Entendo — ele disse, as mãos no balcão, inclinando-se para a frente. — Mas isso não quer dizer que não podemos mais ser amigos. Eu também a perdi, sabe. Ou você esqueceu esse detalhe?

Ela voltou para o balcão. Tocou gentilmente na mão dele e sorriu para ele.

— Eu sei. E também sinto muito pela sua perda. Mas você me faz lembrar dela, tá? Você me lembra de como a gente era. E não quero me lembrar disso. Isso quase me matou. Então, por favor. Se em algum momento eu signifiquei alguma coisa para você, por favor, me deixe em paz.

Ele saiu sem levar a vitamina, machucado de um modo que ia muito além do coração partido. Ele não a conhecia mais, isso era óbvio.

Nunca mais tentou falar com ela. Não acenava para ela e nem tentava um contato visual se a visse no corredor da escola. Certa vez, enquanto estava com uma garota que ele namorou brevemente no último ano, ela quis tomar uma vitamina e os dois pararam no Jamba Juice. Georgina anotou o pedido deles, os dois fingindo que não se conheciam.

— O que aconteceu entre vocês dois? Não eram bons amigos no ano passado? — a garota perguntou quando saíram com as bebidas.

— Sim — ele respondeu. — Éramos os melhores amigos. Pelo menos, era assim que eu pensava.

— Vemos o que queremos ver — a garota disse, bebendo da vitamina pelo canudo. — Não o que está lá.

Kaiser já nem se lembra do nome da garota. Rachel alguma coisa, ou talvez fosse Renée. Eles saíram apenas três ou quatro vezes antes que aquilo acabasse com uma discussão sobre alguma coisa estúpida, e ele também não consegue se lembrar dos detalhes. Mas jamais esquecerá as palavras dela naquele dia, as quais, por mais bregas ou clichês que fossem, soaram muito profundas a seus ouvidos de dezoito anos incompletos.

Agora, ele sabe o que aconteceu com Georgina. Sabe por que ela se afastou naquele ano do St. Martin, a razão de ela ter se escondido em casa, e por que se recusava a vê-lo. Dezenove anos depois, tudo fazia sentido, e Kaiser quer se estapear por não ter percebido antes, quando deveria ser tão óbvio.

Você vê o que quer ver, não o que está ali.

PARTE CINCO

ACEITAÇÃO

"Sei que não posso dar nem mais um
passo em sua direção
Pois tudo que ali me espera é arrependimento
Você não sabe que já não sou seu fantasma
Você perdeu o amor que mais amei
Aprendi a viver meio viva
E agora você me quer mais uma vez."

— Christina Perri, *Jar of Hearts*

29

O TESTE POSITIVO DE GRAVIDEZ apenas confirmou o que Geo já suspeitava.

Seus ciclos sempre haviam sido previsíveis, a cada vinte e nove ou trinta dias. Quando ela perdeu dois em seguida, comprou um teste de gravidez na farmácia, saindo antes da sua última aula para não topar com algum conhecido. As instruções eram bem claras, e ela fez xixi no bastão logo que chegou em casa, com a porta do banheiro trancada para o caso de ter confundido a escala de seu pai e ele chegar em casa antes do que ela esperava. O resultado saiu rápido, menos de trinta segundos. As instruções diziam que haveria um sinal de negativo ou positivo, e que qualquer tom de azul no sinal positivo significava que ela estava grávida.

O bastão ficou tão azul que estava quase roxo. Ela o embrulhou em uma toalha de papel e enfiou no fundo da lixeira, depois se sentou na tampa do vaso e chorou.

Estava grávida de um bebê de Calvin. E não era um filho fruto do amor. Como poderia ser, quando foi um estupro?

Ela marcou uma consulta na Planned Parenthood para a semana seguinte e depois passou os dias se questionando com sinceridade se seria melhor correr para a rua e se jogar diante de um ônibus. Na manhã de quarta-feira, quando chegou à Planned Parenthood (fingindo para o pai que estava doente, para que ele escrevesse um atestado para ela faltar às aulas daquele dia), sua consulta estava uns vinte minutos atrasada, enquanto eles cuidavam de uma emergência. Foi tempo suficiente para que Geo surtasse.

Fez uma ligação para o pai de um telefone público no estacionamento, soluçando, e ele veio buscá-la. Ela contou sobre a gravidez, como não queria ter o bebê, mas também não tinha coragem de fazer um aborto. Recusou-se a dizer quem era o pai, além de que não era alguém do St. Martin (verdade) e que ela jamais queria vê-lo novamente (também verdade). Walter Shaw escutou, com a preocupação aumentando a cada palavra. Mandou-a ir para a cama, o que ela fez.

Quando despertou pela manhã, seu pai a esperava na mesa da cozinha, uma xícara de café diante dele, e uma de chá de ervas para ela.

— Nós faremos o que você decidir, seja lá o que for — ele disse, e ela caiu no choro novamente.

O rosto normalmente estoico de Walter mostrava-se cheio de angústia.

— É porque eu trabalho o tempo todo e você não tem uma mãe, não é? Você queria ter uma coisa sua para amar?

— Meu Deus, papai, não. — A despeito de seu estado emocional, Geo conseguiu revirar os olhos. — Isso... isso apenas aconteceu. Confie em mim, não foi nada que eu desejasse, nem mesmo de maneira subconsciente.

— Se você fosse sexualmente ativa, eu poderia ter marcado uma consulta com...

— Papai, *por favor*. — Geo sentia que seu rosto estava ruborizado. Ela sentiu o calor subindo por seu pescoço até os olhos. — Eu não era... sexualmente ativa. Só aconteceu uma vez.

Ela fechou os olhos, lembrando-se do peso de Calvin sobre ela, sua incapacidade de se mover ou fazer algo além da respiração entrecortada. Não, ela não havia desejado aquilo. Sim, foi estupro. Não, ela não podia contar a ninguém. Se ela contasse a alguém, e ele fosse preso, quem sabe o que Calvin diria? Sobre Angela? Sobre ela?

Às vezes, seu carma chega tarde. Às vezes, seu carma chega de imediato.

— Então, o que você quer fazer? — Walter perguntou gentilmente.

— Acho que adoção é o que faz mais sentido. Não que eu me imagine parindo, meu Deus... — Ela tremeu. Não podia pensar sobre isso agora. — Mas não consigo imaginar me livrando do bebê. E nem me imagino sendo mãe.

Seu pai concordou. Era difícil dizer como ele se sentia sobre o que ela falou. Com certeza a vida dos dois seria mais fácil se ela abortasse. Um aborto significaria que ela terminaria o ano letivo sem que ninguém percebesse. Seu corpo não teria que mudar; nenhum ganho de peso; nenhuma marca de distensão. Não haveria nenhum parto doloroso, ninguém levaria o bebê, nada de ter que ficar imaginando que tipo de pessoa ele ou ela seria quando crescesse.

Ela estava com nove semanas. Nem era mesmo uma pessoa de verdade dentro dela, não é?

Mas era. Para ela, era.

— Mas não posso... não posso ir grávida para a escola, papai — ela disse. — Não quero que alguém fique sabendo.

O rosto de Walt estava firme, mas sombrio.

— Vou conversar com o seu conselheiro escolar. Vamos achar uma solução. — Ele encostou a mão cálida em seu queixo. — Você tem certeza disso? Se não quiser ir adiante com a gravidez, tudo bem. A decisão é sua. E ainda há tempo.

— Não consigo — ela disse. — Eu... não consigo lidar com outra morte. De qualquer tipo.

Walt supôs que ela se referia à mãe. O que era verdade, mas só até certo ponto.

Eles concordaram que ela terminaria o primeiro semestre escolar, mas Geo andava tão nauseada que, de qualquer modo, estava faltando muito. Depois do Natal, ela não voltou. Fez as provas por procuração, depois fez as outras matérias via correspondência e com um tutor. Para ela, não foi muito difícil disfarçar o corpo; a barriga cresceu pouco, e ela passava a maior parte dos dias vestindo as camisas velhas do pai e calças de moletom que ela enrolava embaixo da cintura. Quando precisava sair — para uma consulta médica ou para a biblioteca — usava um suéter ou jaqueta folgados.

Para ela, era irônico como podia passar aqueles dias com alguém o tempo todo — seu bebê, crescendo dentro dela — e ainda se sentir profundamente sozinha. Era quase como se a gravidez fosse a culminação de seus segredos, em uma forma física.

Por volta do quinto mês, ela trabalhou com uma agência de adoção, que lhe passou vários "perfis familiares" para que ela pudesse selecionar os pais adotivos. Ela entrevistou vários casais, e apesar de todos serem bem simpáticos, em graus diferentes de desespero, o casal do qual gostou mais foi Nori e Mark Kent.

Eles tinham respectivamente vinte e oito e trinta anos, cerca de cinco a dez anos mais jovens que a maioria dos casais que tinham esperança de adotar. Nori Kent tinha algo chamado de síndrome do ovário policístico, da qual Geo só havia escutado falar por causa de outras duas esperançosas mulheres que também tinham isso. Ela logo gostou do casal. Eles estavam juntos desde o começo da faculdade, estavam casados havia três anos e desde então esperavam na fila para adoção.

— Sabemos que somos jovens — Nori Kent disse. Ela era japonesa, nascida em Tóquio, mas havia crescido no Oregon. Sua pele era como porcelana, sem nenhuma mancha, seu cabelo longo, liso e bem escuro, caía sobre os ombros em uma onda sedosa. Seus olhos eram amendoados e castanho-esverdeados. — Mas fui diagnosticada com a síndrome aos vinte e um anos, depois que parei de menstruar. Fui a vários médicos que disseram que seria muito difícil eu engravidar. Sempre sentimos que a adoção seria a nossa saída.

— Entramos na lista porque nos disseram que poderia demorar um pouco antes que alguém nos escolhesse — Mark Kent acrescentou. Ele era alto, cabelo cacheado cor de areia que começava a ficar um pouco ralo na testa. Tinha a pele anglo-saxã clássica, era pálido, face rosada e mãos grandes que gesticulavam quando ele falava. — Sabemos que existe muita competição, muitos outros casais que são mais velhos, com casas maiores e empregos melhores.

Mark ensinava Matemática na Puget Sound, e Nori era gerente de compras na Nordstrom. Empregos normais para pessoas normais. Haviam comprado sua primeira casa recentemente, uma pequena casa para casais jovens um pouco ao norte de Seattle. Tinham um buldogue inglês chamado Pepper e um gato siamês chamado Kit Kat, que mandava no buldogue. Mostraram fotos do que seria o quarto do bebê a Geo. Era no fundo da casa, com uma janela grande que dava para canteiros de rosas no quintal. Nori dirigia um Toyota Highlander de quatro anos atrás, e Mark pegava o ônibus para ir trabalhar. Não eram ricos, mas estavam apaixonados. Havia uma amizade profunda e um enorme compromisso entre eles. Estava presente no modo como se olhavam, do jeito que ele pegava na mão dela quando ela estava nervosa e falando rápido demais. Estava presente no modo como ela descansava a cabeça no ombro e no modo como ela revirava os olhos quando ele contava piadas bregas.

Estar com eles deixava Geo triste e feliz ao mesmo tempo.

— Vou escolher vocês — ela disse depois da reunião de duas horas. Os dois estavam sentados um em frente ao outro em poltronas que combinavam, em uma sala confortável no escritório da agência. Entre os dois havia uma mesa de café e o relatório com seu perfil familiar. — Não era para eu dizer diretamente para vocês. Deveria dizer ao advogado, que então comunicaria a vocês, mas já resolvi e não quero deixar vocês esperando.

— Eu... — Nori começou e depois caiu no choro.

— Você tem certeza? — Mark Kent perguntou. Ele encarava Geo com descrença. — Porque entendemos se você precisar de alguns dias...

— Escolhi vocês — Geo repetiu. Ela se levantou, com algum esforço para se erguer do sofá. Mark estendeu a mão, mas ela o dispensou com um sorriso.

— Por quê? — Mark Kent perguntou, o olhar enorme e chocado, e sua esposa se virou para ele com um olhar que dizia: *Por favor, não pergunte isso para ela; e se ela mudar de ideia?*

— Porque vocês me fazem lembrar dos meus pais quando a minha mãe ainda estava viva — Geo respondeu. Era a melhor maneira que ela conseguia explicar, para si mesma, pelo menos. Ela percebia que isso não fazia muito sentido para eles. — Vocês prometem amar o bebê?

— Sim — os dois responderam em uníssono.

— Prometem amar um ao outro?

— Sim — Mark disse, apertando a mão da esposa.

Nori concordou com a cabeça, com os olhos e o rosto molhados.

— Sim — ela respondeu.

— Está bem — Geo disse e permitiu que eles dessem a volta pela mesa de centro e a abraçassem. Ela sentiu Nori tremendo, os ossos de sua estrutura magra vibrando desde as pernas até o torso, e apertou ainda mais a mulher.

Ela deu à luz três meses depois, duas semanas antes do prazo, em um quarto particular no hospital de seu pai. As contrações começaram cedo no sábado de manhã, e se tornaram cada vez mais dolorosas até o ponto em que ela achou que não podia mais aguentar. Então a anestesia peridural fez efeito e ela pôde dormir algumas horas até estar dilatada o suficiente para empurrar. Seu pai ficou ao seu lado, embora ela quisesse que fosse Nori quem estivesse na sala no meio da noite, quando ela começou a empurrar.

O bloqueio espinal matou toda a dor até o primeiro empurrão, e daí em diante Geo sentiu tudo. Foi a agonia mais insuportável, e mesmo com a enfermeira dizendo que ela deveria empurrar de qualquer modo, parecia uma coisa impossível de fazer quando ela se sentia como se estivesse sendo rasgada ao meio. Nori apertava uma das mãos, seu pai a outra, e Geo empurrava e empurrava, o cabelo grudava em seu rosto suado em fios oleosos, os dentes tão apertados que ela pensou que seus molares iriam quebrar. Duas horas depois, escutou o obstetra dizer: "Mais forte", e ela empurrou o máximo que pôde, gritando diante da queimação e da pressão que eram piores que qualquer coisa que ela já tivesse sentido antes. Escutou Nori dizer: "Estou vendo a cabeça", e alguns segundos depois de um turbilhão, o bebê chorou.

— É um menino. — Ela ouviu uma das enfermeiras dizer. — Dois quilos, setecentos e oitenta gramas.

A enfermeira envolveu o bebê em um cobertor branco com uma faixa azul e rosa e uma touca azul e rosa do hospital. Estava anotado no prontuário de Geo que o bebê iria para os Kent, mas a enfermeira ainda olhou para Geo para ver se ela queria pô-lo no colo. Geo sacudiu a cabeça, descansando no travesseiro, quando Mark entrou na sala e Nori pegou o bebê no colo pela primeira vez. Seu rosto estava deformado pela emoção, e ela olhou para Geo e disse com os lábios: "Obrigada".

Exausta, Geo caiu em um sono profundo. Só despertou no fim da manhã seguinte. Seu pai bebia café e lia o jornal na cadeira colocada em um canto do quarto. Ela estava incrivelmente dolorida. O efeito da anestesia tinha passado, e ela se sentia como se tivesse sido atropelada por um caminhão. Tudo doía. Sua vagina parecia ter levado mil murros. Havia um vaso com água e flores brancas e rosas perto da cama, e uma carta com seu nome no envelope.

— É uma carta dos Kent — seu pai disse. — Quer ler agora ou mais tarde?

— Mais tarde — Geo disse, olhando para si mesma.

Ela ficou surpresa ao ver que ainda parecia estar grávida. Por ingenuidade, havia suposto que, logo depois do parto, tudo voltaria a ser como antes, mas pelo visto não era assim. Sua barriga ainda estava grande, mas desinflada, vazia. O bebê que ela carregara dentro de si tinha saído. Ela nunca viu seu rostinho, nunca pegou em sua mãozinha, jamais lhe disse oi ou adeus, o que era como havia planejado, mas a dor em seu coração era mais profunda do que a dor em seu corpo. Ela tocou a barriga, sentindo a pele — que no dia anterior estava esticada e firme — ceder ao seu toque.

Ela teve um filho, e ele se foi. Nunca o conheceu, nunca o viu, nunca o ninou, mas a perda dele era tão grande como se ela o tivesse amado, o colocado no colo e respirado por ele em toda sua vida.

— Papai — ela disse, sem reconhecer a própria voz. Era uma voz fraca e temerosa, a voz de uma criança, a voz de uma alma penada deslizando para longe e que jamais poderia ser recuperada. — Papai, ele se foi...

Os soluços começaram em seu estômago, e seus músculos abdominais, já machucados e sensíveis, gritaram de dor enquanto ela chorava pela perda de sua criança, a perda de sua mãe, a perda de Angela, a perda da pessoa que ela pensava que era e da pessoa que pensou que seria. Havia tirado uma vida e agora deu uma nova vida, mas nenhum ato compensava o outro. Era uma perda multiplicada ao infinito, a dor de tudo isso sentida como um enorme vazio que nunca, jamais, seria preenchido.

— Minha menina corajosa — seu pai disse, a própria voz entrecortada e sufocada enquanto ele acariciava seus cabelos. — Minha menina muito, muito corajosa.

Naquele instante, com seu pai a abraçando o mais forte que podia, os soluços implacáveis a apunhalando, Geo quis morrer.

A adoção foi finalizada trinta dias depois, tempo durante o qual os Kent tiveram o cuidado de permanecer afastados. Geo compreendia a razão. A qualquer momento desses trinta dias, ela poderia pedir para ver o bebê, mudar de ideia, e até mesmo pedir o bebê de volta. Mas à medida que os dias se passavam e seu corpo começava a se recompor, o mesmo aconteceu com seu espírito. O vazio que se abrira em sua alma começava a se fechar, ainda bastante sensível, porém já não mais aquela ferida escancarada e esguichando. No trigésimo dia, ela leu a carta que Nori havia escrito para ela. Estava cheia de gratidão e amor.

O que você deu para mim e para Mark é uma alegria sem igual, e nós prometemos amá-lo tão completa e incondicionalmente quanto você faria. Obrigada do fundo dos nossos corações. Nós o chamamos de Dominic John, em homenagem aos nossos avós...

Ela respondeu no trigésimo primeiro dia, quando a adoção se tornou oficial.

Parabéns para vocês dois. Sei que serão pais maravilhosos para o seu belo filhinho...

Eles jamais mantiveram contato, ainda que todos tivessem concordado com uma adoção semiaberta, o que significava que, se a qualquer momento Dominic John Kent quisesse falar com ela ou conhecê-la, ela estaria disponível. Mas deveria ser desejo dele, e foi autorizado que ela decidisse se queria ou não.

Geo passa a mão pela pilha de cartas a seu lado. Aquelas escritas em papel azul, as que continuaram a chegar na prisão e que ela não suportava ler, mas também não suportava jogá-las fora. Ela já as leu várias vezes agora, cartas de um filho que quase ninguém sabia que ela teve. Dominic está agora com dezoito anos, mais velho que ela quando o teve.

Prezada srta. Shaw, sou seu filho biológico, Dominic...

Ele quer conhecê-la, conversar com ela, preencher as lacunas de sua vida, que estão lá, apesar dos esforços de Geo para escolher bons pais para ele. As cartas são bem escritas, cheias de detalhes que ferem seu coração. Como ela poderia ter previsto que, quando Dominic tivesse cinco anos, seus pais adotivos se divorciariam? E que Mark Kent se casaria com a mulher com a qual havia traído Nori, e teria dois filhos biológicos com ela? E que Mark acabaria desistindo da responsabilidade por seu filho adotivo — que, de qualquer modo, ele já quase não via —, deixando tudo por conta de Nori, que jamais voltaria a se casar e, em vez disso, levaria namorado após namorado para casa, numa tentativa de diminuir a raiva e a amargura que sentia com a traição de

Mark? E que um desses namorados, o último, tocaria Dominic de uma maneira que nenhum garotinho jamais deveria ser tocado?

Ou que um dia Nori morreria em um acidente de carro, porque seu namorado pedófilo dirigia bêbado, deixando Dominic aos cuidados de um desinteressado parente após o outro, antes que, finalmente, ele terminasse dentro do sistema estadual de acolhimento?

Como Geo poderia ter adivinhado que ao escolher os pais adotivos para seu bebê baseada apenas no que pensou que via, e no que pensava que sentia, que tudo não passaria de mentiras e besteiras, por que, no final das contas, as pessoas só querem mesmo proteger a si mesmas? Como ela poderia ter adivinhado que o filho teria uma vida tão horrível? E que, vendo as coisas em perspectiva, mesmo como mãe solteira adolescente, ela poderia tê-lo educado, amado e protegido melhor?

Como seria possível ela se desculpar com o filho pela vida *dele*?

E como seria possível contar a ele que seu pai biológico é Calvin James, e que ela não tem só que se desculpar por sua vida, mas também por sua genética?

Como ela poderia então contar que o pai dele está matando os próprios filhos, porque pessoas como ele "não deveriam existir"? Sim, ela sabe que Calvin disse isso, que disse isso em voz alta para que todos escutassem, na audiência que o sentenciou. Ela leu sobre isso nos jornais quando estava presa. Como poderia dizer a Dominic que ele corre perigo? Do próprio *pai*?

Mas ela tem que fazer isso. Porque agora, além de Geo, não há mais ninguém para protegê-lo.

E depois de tudo, das coisas terríveis, tanto as que ela fez como as que deixou que fizessem, é a porra do mínimo que ela pode fazer.

30

HÁ PESSOAS COM AS QUAIS ela deve entrar em contato, e preparações a serem feitas. Mas seu celular está tocando e, quando Geo verifica o indicador de chamada, não reconhece o número.

— Geo — a voz familiar diz quando ela atende. — Como você tem andado? Como anda a vida fora da Inferneira?

— Ella — ela diz, surpresa. A presidiária deve estar ligando de um celular contrabandeado, e a mente de Geo começa a passar um pente fino sobre as razões daquela ligação. A principal fornecedora de drogas da Aveleira agora tem um novo contador, e a transição deve ter sido tranquila. Geo deixou bem claro que, uma vez que tivesse saído da Aveleira, estaria fora de vez, e espera que Ella Frank não esteja ligando para pedir que Geo mude de ideia. Ela não é o tipo de mulher para quem você diz não duas vezes. — Estou bem, é bom estar em casa. O que foi?

— Não posso falar muito tempo porque estou ligando da biblioteca — Ella diz. — O guarda deve estar de volta em alguns minutos. Esta não é uma chamada de negócios.

Geo solta o ar, só então percebendo que estava prendendo a respiração.

— Ah, tudo bem. Encontrei seu irmão quando saí, passei toda a informação para ele. Tudo está funcionando bem, espero.

— Ele me disse que você passou por lá, e estamos bem por lá. — Ella hesita, e quando fala novamente, sua voz está mais suave. — Escuta, Geo. Eu queria ser aquela a contar para você. A Cat morreu ontem à noite.

Não. Ela não pode ter escutado certo, Geo abre a boca para falar, mas nada sai dali.

— Ela foi encontrada na cela hoje de manhã, quando não se levantou para a chamada.

— Não pode ser. Não entendo. Ela deveria ser solta amanhã — Geo diz, sua mente teimosamente se recusando a acreditar no que Ella havia lhe contado. — Falei com ela outro dia e ela estava de bom humor. Eu ia esperá-la no terminal de ônibus.

— Ela não estava se sentindo bem nos últimos dias. Uma das garotas a achou no banheiro, meio desmaiada, tentou levá-la para a enfermaria, mas ela insistiu que estava bem, que estava apenas desidratada e um pouco tonta. Ela morreu em algum momento da noite. — A voz de Ella estava cheia de simpatia. — Eles acham que talvez o coração dela tenha desistido, ou ela teve um ataque durante o sono. Você sabe o quanto ela estava doente, Geo. O corpo dela estava falhando.

— Sim, mas ela não deveria ter morrido aí! — As palavras saem mais afiadas e rápidas do que deveriam, e Geo respira fundo, tentando se acalmar. — Desculpa, eu não queria gritar. É só que... Ela deveria vir morar aqui comigo. Prometi para Cat que não deixaria que ela morresse aí. Eu *prometi* para ela.

— Sinto muito, Geo. Ela era uma boa pessoa e uma boa amiga. Só queria ter certeza de que você soubesse. Sei que eles avisam apenas a família imediata.

— Ela não tinha nenhuma família imediata. Só tinha a mim. — Ella não responde, porque as duas sabem que não há nada que ela possa dizer. Alguns segundos se passam. Finalmente, Geo pergunta: — O que vão fazer com o corpo?

— Já o levaram. Pelo que escutei, o marido dela vai mandar cremar. Parece que ela deixou instruções sobre isso com ele, há algum tempo.

O marido vagabundo que estava se divorciando dela. O marido traidor e desleal que já vivia com outra. Geo fecha os olhos.

— Obrigada por me avisar.

— Claro. Se cuida, viu? E se precisar de qualquer coisa, você tem o número do Samuel. — A mulher abaixa a voz. — Sei que ele te entregou uma peça, mas se precisar de mais do que isso, se precisar de proteção, ele pode providenciar. Já disse para ele cuidar de você. Sei que você está lidando com coisas que estão acontecendo. Andei vendo as notícias.

— Obrigada — Geo repete, mas sua voz está vazia.

Elas desligam, e então as lágrimas chegam, quentes, rápidas e furiosas. Seu corpo treme com os soluços. Ela amou apenas três mulheres em toda sua vida — sua mãe, Angela e Cat, nessa ordem.

E agora as três estão mortas.

Basta. Já *basta*. Ela não pode trazer os mortos de volta, mas pode proteger as pessoas que ama e ainda estão vivas.

Seu filho, por exemplo.

A campainha toca quando ela está se dirigindo para o escritório de seu pai, e Geo dá uma olhadinha pela janela. É um carro de polícia, e o homem parado na sua porta está de uniforme. Então não é Kaiser.

Ela ignora a campainha quando esta volta a tocar, e se senta na escrivaninha de Walt. Seu pai tem um laptop, que usa para atualizar seu trabalho de casa, e não é protegido por senha. Enquanto o laptop liga, ela dá uma olhadinha pela janela e vê que o carro de polícia ainda está lá. O motor está desligado, e o policial que está dentro parece falar ao telefone.

O iPhone de Geo toca. É Kaiser, mas ela não responde. Alguns segundos mais tarde, uma mensagem aparece na tela.

Onde você está? Destaquei uma vigilância policial para a sua casa. Não fique alarmada, estou tomando precauções. Passo aí mais tarde para explicar. Quando você chegar em casa, fique lá.

Ela não responde. Já está em casa, e há assuntos que devem ser atendidos. Assuntos de família.

Ela abre o Facebook e entra, ativando sua conta antiga pela primeira vez em mais de cinco anos. Poderia ter acessado o Facebook através de seu celular ilegal lá na Aveleira, mas realmente não acrescenta em nada à experiência da prisão ficar olhando fotos de casamentos, bebezinhos, novas casas, novos pets. E ela pouco se importava com a política, quem era de um partido ou de outro. Tampouco ligava para saber quem encontrou iluminação espiritual, quem foi para a faculdade ou como era o jantar chique de alguém no restaurante famoso da noite anterior. Ela comia o que o refeitório preparava, vinte e uma vezes todas as semanas, servida em bandejas de metal divididas em seções. Ela não precisava saber como era gostoso o filé-mignon do restaurante da moda, foda-se. (Só para registrar, ela já havia provado tudo isso antes e era mesmo fenomenal).

Agora é diferente, Geo finalmente tem alguém que ela queira encontrar. Ela digita o nome *Dominic Kent* e pelo menos cinquenta nomes de todas as partes do mundo aparecem. Frustrada, ela tenta *Dominic Kent Spokane*, baseada nos endereços da carta e não aparece nada. Então ela tenta *Dominic Kent Seattle*. Aparecem exatamente dois.

O primeiro não pode ser ele. O homem na fotografia do perfil tem mais de cinquenta anos e carrega um rifle de caça. O segundo, entretanto, pode ser. O perfil mostra um personagem de desenho animado infantil, com uma faca enorme enfiada no próprio crânio, e a legenda: "Tudo é maravilhoso!".

Ela clica no perfil. É privado, sem nenhuma informação compartilhada publicamente, mas tem que ser ele. Ela manda um pedido de amizade e depois decide que talvez valha a pena acrescentar uma mensagem pessoal. Antes que ela termine de pensar, uma notificação aparece.

Você agora é amiga de Dominic Kent.

Um segundo depois, ela recebe uma mensagem em sua caixa postal.

Olá! Nossa. Vc me achou. Legal.

Geo escreve de volta.

Olá, Dominic. Li as suas cartas. Obrigada por me escrever. Desculpa por eu ter demorado para entrar em contato.

Dominic: *Tudo bem, eu entendo. Então saiu da Aveleira?*

Geo: *Sim, finalmente.*

Dominic: *E como foi? Quero dizer, a prisão? Desculpa tantas perguntas, rsrsrs.*

Geo sorri. *Tudo bem. Fico feliz em poder contar tudo que você quiser saber. Você está em Seattle? Eu gostaria de conversar com você, e é meio urgente. Posso ir encontrar você ou podemos nos encontrar em qualquer lugar que você quiser.*

Um minuto completo transcorre. O coração de Geo bate loucamente. Só porque ele escreveu cartas quando ela estava encarcerada não quer dizer que ele esteja pronto para o encontro pessoal. O acordo que ela fez com os Kent há dezoito anos é que dependeria de Dominic decidir quando ele estivesse pronto, e qualquer convite deveria vir dele.

Mas o acordo que ela fez com eles é que eles o amariam e cuidariam dele. Então, que se fodam.

Claro que o caminho mais rápido seria contar a Kaiser sobre Dominic e fazer com que ele rastreasse seu filho para avisá-lo sobre Calvin. Mas isso não seria o certo. Tem que partir dela.

Dominic finalmente responde. *Hoje seria cedo demais? Posso ir aí, tenho uma camionete. Vc tem fotos da família? Seu pai anda por aí? Seria ótimo conhecer ele também.*

É claro que ele gostaria de conhecer Walt. A agência de adoção — ou talvez tenham sido os Kent, quando ele era pequeno — deve ter dito a ele sobre a família de Geo, que sua mãe havia morrido, porque Dominic não estava pedindo para encontrar a avó.

Geo: *Ele trabalha até as seis da tarde, mas você é bem-vindo para ficar para o jantar e conhecê-lo quando ele chegar em casa. Meu endereço é no número 425 da Briar Crescent. É a casa onde fui criada, temos muitas fotos da família aqui.*

Dominic: *Posso chegar aí em uma hora. Mal posso esperar pra te conhecer.*

Geo: *Perfeito. Até logo.*

Ela se prepara como se estivesse se aprontando para o primeiro encontro com um homem com o qual estivesse realmente animada para passar um tempo, o que, afinal de contas, é isso mesmo. Ela toma um banho rápido, usa o secador, coloca um pouco de maquiagem em um esforço para parecer bem arrumada, mas não exagerada. Coloca *leggings* e um suéter fofo que havia esquecido que tinha. Ela se alvoroça pela cozinha, coloca um tempero seco no lombo de porco que a princípio havia planejado assar para a chegada de Cat. O porco leva umas quatro horas para assar, de modo que é melhor colocar logo no forno se quiserem jantar em um horário razoável. Há uma garrafa de vinho tinto de preço médio na despensa, que ela pensa em pegar, mas se toca e sacode a cabeça com a sua ideia boba. Ele só tem dezoito anos, pelo amor de Deus. Ainda não pode beber, e mesmo que possa, ela é a mãe dele. Não pode oferecer álcool para ele.

Por Deus, ela é a *mãe* dele. O nervosismo bate nela, e ela vai até a sala de estar para se sentar, tentando controlar a ansiedade.

Será que ele vai gostar dela? Ou odiá-la? Ele parecia bastante amigável no Facebook. Articulado também, segundo a curta conversa que tiveram.

Uma velha camionete branca Isuzu entra na rua, parando no meio-fio diante de sua casa. *Ele chegou.* O policial designado para protegê-la imediatamente sai do veículo, e Geo abre a porta da frente.

— Tudo bem — ela fala para o policial, o coração disparado. — Estou esperando por ele. É da família.

O policial concorda, levantando a mão para ela, e volta para o carro.

Ela está para conhecer o filho.

Ela espera na varanda com a porta aberta atrás de si, enquanto o motorista da Isuzu sai devagar da camionete. A princípio hesitante, ele começa a subir pela calçada em sua direção, e a mão de Geo voa para a boca quando ela o vê de perto. Ela dá um enorme passo para trás, quase tropeçando no batente, despreparada.

O homem caminhando em sua direção é Calvin James.

31

NÃO É CALVIN. É claro que não. Mas não há como não se confundir com as semelhanças físicas, o metro e oitenta de altura, o mesmo cabelo escuro penteado para trás e fora do rosto, estilo James Dean. Ele é até mesmo magro e musculoso como Calvin era, e o contorno de seus braços é visível por baixo do moletom fino que ele usa.

A única coisa que falta é o jeito arrogante de Calvin, a habilidade de dominar o ambiente no instante em que entra. Dominic não tem isso — seu sorriso é tímido, e ele também parece nervoso. Mas ainda é um adolescente; a confiança pode vir com o tempo.

— Oi — Geo diz, e a palavra sai como uma sílaba enorme e ofegante, fazendo que ela soe como uma patricinha. *Oiiii.*

— Oi. Obrigado por me convidar. — A voz de Dominic é profunda, com o tom idêntico ao de Calvin, o que também a pega desprevenida. Mas Calvin tinha um jeito preguiçoso de falar, em contraste, seu filho fala um pouco mais rápido, com mais precisão. Mais parecido com Walt. — Há um carro de polícia lá fora. Está tudo bem?

Ela está sem graça, e ele parece estar também, e os dois trocam sorrisos tímidos.

— Está tudo bem — ela diz. — Não se preocupa com isso, ele não vai nos perturbar. Por favor, entre.

O dia de outono está fresco, e uma lufada de vento gelado o segue pela porta quando ele entra. Dominic olha ao redor, nota os pés dela calçados com meias, e tira os sapatos, colocando-os com cuidado para o lado. Percebe que ela o examina, mas parece não se importar.

— Temos os mesmos olhos — ele diz.

É verdade. Temos mesmo. Escuros, um pouco de forma amendoada. Ela sorri.

— Aceita alguma coisa?

Ele sacode a cabeça.

— Não, obrigado. Cheguei cedo e parei na 7-Eleven mais abaixo e tomei um copão de suco.

— É a 7-Eleven onde... — Ela engole em seco, parando a tempo. Estava para dizer *onde conheci o seu pai*, mas ele ainda não sabe quem é o pai dele. Não é justo jogar pequenos detalhes assim antes de ele estar pronto.

Educado, ele espera que ela termine o que ia dizer, e quando isso não acontece, dá uma olhada ao redor. Ela está retorcendo as mãos e se obriga a parar, apontando para a sala.

— Há fotografias em cima da lareira — ela diz. — Pode olhar.

Ele concorda com a cabeça e entra na sala de estar. Ela vai atrás, notando que ele realmente caminha como o pai. É interessante observar como algumas coisas são mesmo genéticas — coisas como a postura e a maneira de andar. Ele é todo Calvin, da cabeça aos pés, talvez com algumas pitadas de Walt.

Dominic pega a foto do pai e da mãe dela no dia do casamento deles, e um sorrisinho atravessa seus lábios. Geo percebe, e algo acontece com seu coração. Um enternecimento e dilatação ao mesmo tempo. Aquele sorriso é o dela. O sorriso pensativo dela.

Mesmo depois de tanto tempo, ela pensa, *nunca deixei de amar você*.

— Seus pais? — ele pergunta. Se ele nota o olhar no rosto de Geo, não diz nada.

— Sim, seus avós. Walter e Grace Shaw.

— Conheço um pouco sobre eles pelo que estava no arquivo — ele diz, colocando a foto de volta. Senta-se na cadeira mais próxima da lareira e estica as pernas. — Quando completei dezoito anos, escrevi para a agência de adoção e pedi todas as informações que pudessem me dar. Eles disseram que eu tinha acesso a tudo e me enviaram um arquivo. Ali não dizia muito mais do que eu já sabia sobre você, tirando as fotos em que apareciam você e os seus pais. Eu pesquisei, não descobri muita coisa sobre eles, mas a biblioteca tinha um arquivo com o obituário do jornal local de quando a sua mãe morreu. Havia uma foto dela. Ela tinha trinta e três anos quando morreu, não é? Você se parece muito com ela.

Geo sorri.

— Eu sei. Quando fiquei mais velha, cheguei a assustar o meu pai. Minha voz começou a ficar parecida com a dela. Ele chegou um dia do trabalho quando eu vim da faculdade fazer uma visita. Estava na cozinha, preparando o jantar, e me virei e ele estava parado ali, branco como um fantasma. Pensou que eu era ela. Agora sei como ele se sente... — Ela volta a se conter.

— Podemos falar sobre ele? — Dominic pergunta. — Meu pai, quero dizer. Sinto como se ele fosse um elefante na sala.

Geo respira fundo. Como ela vai encontrar as palavras? Mas ela tem que encontrá-las. De alguma maneira, sim.

— Claro que sim.

— Eu sei quem ele é — ele diz.

Geo jamais nomeou Calvin na certidão de nascimento. Ela com certeza não disse nada aos Kent. E mesmo nunca tendo especificado nada ao pai sobre Calvin, ele finalmente juntou os fatos durante o julgamento, já que a cronologia se encaixava.

— Fiz uma investigação — Dominic diz. — Minha mãe me falou o seu nome quando eu tinha uns onze ou doze anos. O papai já tinha sumido havia muito tempo, se casou de novo, e sua mulher já havia dado à luz o segundo filho deles. Minha mãe andava bebendo. Ela bebia muito. Não no começo, mas depois que eles se divorciaram.

— Sinto muito — sussurra Geo.

— Na época, morávamos em Vancouver, por uns dois anos já. Minha mãe conseguiu trabalho em uma das universidades, e os pais dela moravam lá. Ela queria morar perto deles depois do divórcio. Foi por isso que o meu pai concordou em entregar a minha custódia. Ela não podia se mudar para o Canadá sem o consentimento dele, mas pelo visto ele nem ligou muito para isso. Para ele, era tipo um alívio ter se livrado de mim, pelo que ouvi. Eu mal o via, aliás.

— Sinto muito — Geo diz de novo. O tom prosaico da narrativa do filho a fazia se lembrar de si mesma, e isso a machucava. Ela sabia que quanto menos emotivo ele fosse mais doloroso era na verdade.

— Eu não — ele diz. — As pessoas mudam. Dizem que dá para amar os filhos adotivos do mesmo modo que os filhos biológicos, mas eu sei que isso não é verdade. Lembro de visitar o papai e a Lindsay, a nova mulher dele, logo depois que eles tiveram o primeiro bebê. Um garoto. Ouvi o meu pai falando no berçário, através do monitor. Ele estava tentando colocar o Holden para dormir, e quando finalmente conseguiu, Lindsay disse: "Era assim quando o Dominic nasceu?". E o papai respondeu: "Não, isso aqui é melhor".

Geo estremece.

— Ah, meu Deus. Ele jamais deveria ter dito isso. E você jamais deveria ter ouvido. Nem todos os pais adotivos se sentem assim. — *Pelo visto só os que eu escolhi para você.*

Dominic dá de ombros.

— De qualquer modo, quando a mamãe me disse o seu nome, uns dois anos depois, procurei você, descobri o obituário da sua mãe de muito tempo atrás. Mais tarde, encontrei mais um monte de coisas. Nessa época, você estava testemunhando em um julgamento por assassinato.

Geo fecha os olhos.

— Sim, é verdade.

— O artigo que li informava que você e o acusado haviam sido namorados. Quando você estava no colégio, quando você tinha dezesseis anos. Fiz as contas. E depois vi a fotografia dele. Nós dois nos parecemos muito.

O eufemismo do século.

— Sim, vocês se parecem.

— Então é ele, não é? — Dominic diz. — O Estrangulador de Sweetbay é o meu pai?

Ela deseja ardentemente que ele não tivesse usado aquele apelido. Está até horrorizada por ele saber disso. E ainda que seu filho saiba a resposta, é claro que, pelo modo como a olha, ele precisa que ela confirme. Porque ela é a única pessoa que pode fazer isso.

— Sim. Calvin James é o seu pai.

Dominic não se move, não reage. Seus olhos ficam distantes, e por um instante, ele está em outro lugar, pensando em alguma outra coisa. Talvez na vida que poderia ter tido?

— Você a matou? — ele pergunta.

— Quê? — Geo pisca.

— Angela Wong — Dominic diz. — Eu acompanhei o julgamento. Você assinou um acordo. Mas você a matou? Muitas pessoas pensam que sim, e que você se livrou fácil disso.

Mais uma vez, ele fala sem nenhum traço de emoção, sem julgamento. Só há um modo de responder, que é dizer a verdade. Depois de tudo pelo que ele passou, a vida que teve, *e sua maldita genética*, o mínimo que ela pode fazer é responder às perguntas da forma mais honesta possível.

— Eu não a matei — ela diz. — Mas ajudei Calvin a escondê-la. E depois menti. Para os tiras, para os pais dela, para os nossos amigos, para todo mundo.

— E você conseguiu se livrar disso por muito tempo.

— Eu... — Geo quer que ele compreenda. — Sinceramente, eu pensei que seria presa. Achei que eles se dariam conta disso. Mas, de algum modo, ninguém deu. Ano após ano, ninguém se deu conta, até que se passaram quatorze anos.

— Por que você não se entregou? Se você não a matou, e tinha apenas dezesseis anos, por que não ficar limpa? Você era praticamente uma criança. Aposto que não iria acontecer nada com você.

Geo afunda na poltrona. É óbvio que ela esperava que eles falassem sobre isso, mas não esperava que a conversa fosse tão difícil, que Dominic fosse tão determinado em sua busca por informação. Ela quer desesperadamente responder de uma maneira que fizesse sentido para ele, mas não tem certeza de que isso seja possível, já que ela mesma não tem certeza se faz sentido para ela.

— Acho que me justifiquei dizendo a mim mesma que isso não iria trazer a Angela de volta — ela finalmente diz. — Que ela sabia que eu a amava, e que sentia muito e que jamais desejei que aquilo tivesse acontecido. Eu estava muito, muito bêbada naquela noite, e sei que não é desculpa para nada, mas eu estava, e se não estivesse, poderia ter sido capaz de salvá-la. Mas não fiz isso, e ela morreu. E a família dela... — Fechando os olhos, Geo respira fundo. — Eles sofreram por minha causa. Passaram anos pensando no que poderia ter acontecido com ela, adoecendo por causa disso, e todo esse tempo eu poderia ter dado a resposta a eles. Não fiz isso, e quatorze anos depois, quando a verdade apareceu, eles tinham uma dor nova, fresca, com que lidar.

— Dar cobertura para a morte dela foi um erro — Dominic diz. — Mesmo se você a tivesse matado, isso também poderia ter sido perdoado. Mas ter mentido tanto tempo sobre isso? Seguindo com a sua vida, enquanto os pais dela sofriam, imaginando o que poderia ter acontecido com a filha deles? Quero dizer, isso é uma questão de caráter. Essa é mesmo a parte que faz de você uma pessoa terrível.

Ele diz isso sem nenhum traço de humor, ironia ou maldade. São apenas palavras, emendadas de um modo específico, e cortam mais fundo que qualquer faca ou lâmina poderiam cortar. E não há como se defender. Ele está absolutamente certo. Seu filho, com apenas dezoito anos, a pegou com uma frase. Porque ela é uma pessoa terrível.

— Sim — ela sussurra.

— Agora eu sei de onde puxei isso. — Dominic estala os dedos, olhando outra vez na direção da lareira, onde as fotos de família estão. — Entre os meus pais biológicos e os meus pais adotivos, não havia mesmo esperança para mim, não é? Nori e Mark nunca me amaram de verdade, é o que eu penso.

— Mas ele amavam — Geo diz. Ela sabe que soa desesperada, mas quer que ele tenha algo de bom, algo de positivo em que se segurar. — Vi o rosto deles no dia em que você nasceu. Estavam nos céus de tanta felicidade.

— Não, você viu o rosto *dela* — Dominic cospe as palavras. — Minha mãe contou tudo sobre aquele dia. Ela estava emocionada, mas *ele* parecia que ia vomitar.

Merda. É verdade. A mente de Geo volta para a imagem do rosto de Mark Kent, o quanto ele estava pálido, como se não pudesse acreditar que aquilo estava acontecendo de verdade, seus olhos giravam de um lado para o outro, como se buscasse um modo de escapar. Ela realmente não havia percebido na época. Ou havia?

— Minha mãe sempre foi honesta comigo — ele continua. — Talvez honesta até demais, sabe? Tipo, talvez ela devesse ter filtrado algumas coisas, porque, como criança, havia certas coisas que eu provavelmente não tinha necessidade de saber. Ela me contou sobre o verdadeiro motivo de terem me adotado. Eles estavam juntos desde a faculdade, e o papai começou a ficar chateado. Ele já a havia traído várias vezes. Ela pensou que um bebê consertaria as coisas, que se eles tivessem uma família, ele não iria para outro lugar, mas ela não conseguia engravidar. Ela tinha *problemas no ovário*. — Ele disse as últimas palavras com a voz pingando de condescendência. — Então iniciaram o processo de adoção. Ela não esperava que conseguiriam um bebê assim tão fácil, eram jovens, não tinham muito dinheiro, haviam comprado a primeira casa. Talvez ela pensasse que o processo os faria se unirem de novo, que provaria para o Mark o quanto ela se sentia mal por não poder dar a ele os próprios filhos deles.

— Eu não sabia de nada disso — Geo diz, piscando para afastar lágrimas quentes. Está ficando cada vez pior, e ela nem havia lhe dito ainda o pior de tudo. — Não sabia mesmo. Eles pareciam tão apaixonados. Totalmente comprometidos.

— Acho que você viu o que queria ver.

Ela abaixa a cabeça. Mais uma vez, ele está certo. Ela havia entrevistado vários casais antes dos Kent, casais mais velhos, que estavam juntos há mais tempo, e haviam tentado muito mais ter um bebê. Por que ela não escolheu um deles?

Porque ela tem a porra de uma incapacidade de julgar. Em relação a tudo. O tempo todo. Essa é a razão.

— De qualquer modo, ela morreu — Dominic diz, o tom indiferente de volta. — O último namorado, o que estava abusando de mim, era alcoólatra. Eles estavam voltando de um jantar, ele havia bebido demais, como sempre, e esmagou o carro na parede de um edifício. Você sabe que esse merda ainda está vivo? Ela morreu no mesmo instante, os *airbags* não abriram corretamente do lado dela. Mas ele está vivo e morando em algum lugar em Idaho. Está paraplégico, mas que seja.

— Eu sinto muito. — Parece que Geo não consegue parar de dizer isso. Ela está chorando bastante agora e enxuga as lágrimas furiosamente. — Dominic, sinto muito. Jamais desejei isso para você...

— Então o que você queria? — seu filho pergunta. Seu olhar não vacila. Seu rosto está aberto, os olhos escuros, iluminados pelo que parece ser uma curiosidade autêntica. — Eu gostaria mesmo de saber, Georgina. O que você queria? O que você pensou, ficando grávida de um assassino, aos dezesseis anos...

— Eu não queria...

— Com certeza houve sinais — Dominic diz, sem se importar com a reação dela. — Sinais de aviso, alertas vermelhos, seja lá como você chame. Bem antes. Meu pai, o Calvin, não outro malandro qualquer, controlava você? Alguma vez ele bateu em você?

Geo está tremendo. Ela não consegue responder, porque não consegue falar. Mas é claro que tem que responder a essas perguntas, porque tem que contar a ele sobre Calvin. Sobre o monstro que o pai de Dominic é de verdade.

— Ele batia, não é? — Dominic diz isso com admiração. — Ele machucava você. E mesmo assim, você ficou com ele. Mesmo assim, fez sexo com ele. Essa merda excita você?

— Não foi sexo, foi... — Geo se interrompe pela terceira vez. Mas é tarde demais.

— Foi estupro — Dominic termina a frase por ela. As palavras ficam penduradas no ar por um instante, e depois ele joga a cabeça para trás e ri. É um riso profundo, gutural, vindo de um lugar de dor, não de diversão. — Puta que pariu. Essa merda fica cada vez mais interessante.

— Dominic...

— Tudo bem — ele diz. — Respira fundo. Você tinha dezesseis. Dois anos mais nova do que eu agora, e lembro bem como eu era maluco há dois anos, Georgina, sei bem como é. — Ele faz uma pausa. — Espera. Isso soa estranho. Posso chamar você de Georgina?

— Você pode me chamar como quiser — ela diz, abafando os soluços. — Geo está bom.

— Geo — ele diz. — Gostei. Você tem mais fotografias? Dos meus avós. Será que tenho tios ou tias? Primos? Me conta mais sobre a minha família.

— Há mais alguns álbuns lá em cima, no quarto do meu pai — Geo responde. Ela se levanta, agradecida pela oportunidade de ter alguns minutos para se recompor. — Mas quando eu voltar, ainda há coisas que preciso contar para você.

Ela sobe a escada e vai direto para o banheiro. Tranca a porta, depois abre a torneira de água fria por completo. Chora com vontade por exatamente mais dois minutos, soluçando como uma criança, e depois se força a parar, jogando água no rosto até os espasmos pararem. Ela se olha no espelho, sua pele manchada, o delineador borrado. Ela limpa tudo com um lenço de papel.

Sim, é um desastre completo. Mas que merda ela pensou que aconteceria?

Ela não pensou, esse é o caso. Anos da infância do seu bebê, passados com pais que não o amavam de verdade, ou um ao outro, de fato. Um pai que o abandonou. Uma mãe com um namorado alcoólatra que abusava dele. Parentes indiferentes. Abrigo. Uma mãe biológica que vai para a prisão por encobrir um assassinato. Um pai biológico que é assassino em série.

E a melhor parte — a cereja do bolo, como diria Walter Shaw — é que ela ainda nem teve a oportunidade de dizer a seu filho que a vida dele corre um grande perigo.

Antes de sair do banheiro, ela dá uma olhada pela janelinha para verificar se o carro de polícia ainda está estacionado no meio-fio. Está, e do ângulo estranho do seu pescoço, o policial parece estar adormecido. Que ótimo. Que belo jeito de proteger e servir. E ela faz uma nota mental para se queixar com Kaiser.

De volta à escada, ela vê alguém em sua cama. Dominic tomou a liberdade de subir ao andar de cima, e está sentado ao pé da cama, olhando para um de seus antigos anuários escolares. Ela para na porta, e a visão dele provoca nela uma onda de vertigem.

Sentado ali, despreocupado, sem ligar para o mundo, quando o pai dela não está em casa. Tal como Calvin.

Ele olha para cima, sorri, e é como se não houvesse existido a conversa horrível que tiveram no térreo há três minutos. Ele dá uma palmadinha no lugar ao lado dele.

— Sente-se — ele diz, como se fosse o pai, e ela, a filha. — Isso aqui é legal. Seu anuário de caloura, acho. Não achei o anuário seguinte... e suponho que faz sentido, porque você estava grávida de mim.

Ela se senta na cama ao lado dele.

— Sim, terminei o ano em casa.

— Essa é ela? — ele pergunta, apontando uma foto em preto e branco, granulada, de Geo com Angela. Havia sido tirada depois de um dos jogos de futebol nas noites de sexta-feira, uma foto espontânea das duas rindo, rabos de cavalo dançando, pompons brancos nas mãos, vestidas com suéteres de manga comprida e saias minúsculas com o emblema dos Bulldogs. — Essa aqui é a Angela?

— É — Geo diz. Ela não vê essa foto há décadas, e dói vê-la agora.

— Ela era linda — ele diz, e mais uma vez sua voz não revela nenhum traço de julgamento. — Mas você também era.

— Eu não achava isso na época.

— Dá para ver a razão — ele diz, e ela olha para ele. — E não é porque tivesse alguma coisa de errado com você. Contei pelo menos umas dez fotos dela neste anuário. A estrela dela brilhava de verdade, não é? Posso imaginar que isso faria qualquer outra coisa, mesmo outra estrela, parecer pálida em comparação.

— É muito gentil você dizer isso. — Ela sorri. — E até poético.

— Como você conheceu o meu pai?

Geo lhe conta a história da 7-Eleven e de como se apaixonou desde o momento em que o viu.

— Passávamos muito tempo juntos — ela diz. — Minhas notas estavam caindo. Eu ficava acordada até tarde. Às vezes, ele vinha de fininho até aqui, quando o meu pai estava em casa e eu não podia sair. Mas a gente nunca... ele era um cavalheiro.

— Até deixar de ser.

Ela acena com a cabeça.

— São os detalhes que me deixam curioso — Dominic diz, fechando o anuário. — Li bastante sobre vocês dois. O caso foi amplamente noticiado por todos os grandes jornais aqui do noroeste. Foi fácil ter acesso a essas coisas lá na biblioteca de Vancouver, e quando nos mudamos de volta para Seattle, ficou ainda mais fácil. Mas há muitas coisas que os jornais não dizem.

— O que você quer saber?

Ele dá de ombros.

— Como eu disse, os detalhes. Lembro de ter lido uma vez um perfil dele que mencionava que ele adorava corações de canela. Eu também. — Ele mete a mão no bolso e tira de lá um pacotinho. Já está aberto, e metade já tinha sido comida. Ele lhe oferece um e, mais uma vez, uma onda de *déjà-vu* a invade.

— Não, obrigada, detesto esses corações — Geo sussurra, e embora não tenha sido dito como piada, Dominic dá uma risada. — Detalhes, vejamos...

Ele sempre tinha um cheiro bom. Era bom com carros. Gostava de música ao vivo, fomos a vários shows juntos. Soundgarden. Pearl Jam.

— Então ele tinha bom gosto para bandas. — Dominic joga um doce na boca e depois deixa o pacote de lado. — Então. Onde você acha que ele está agora?

— Sinceramente, não sei — Geo diz, e ela percebe que é a hora de contar a ele. Este é o momento. Ela respira fundo e se vira para encará-lo. — Dominic, com certeza você sabe que o Calvin fugiu da prisão há cinco anos, pouco tempo depois que eu fui presa. Então a polícia está à procura dele.

— Eu sei.

— Mas não estão procurando por ele só porque fugiu da prisão. Ele fez algumas coisas... — Geo respira fundo novamente. — Calvin cometeu mais quatro assassinatos. Duas mulheres... e os filhos delas.

Dominic não se move.

— Filhos *dele* — Geo diz, sua voz falhando. — Carne e sangue dele. Ele está caçando essas crianças, e depois as matando. E eu receio... Receio que ele esteja atrás de você. Por isso é que o carro de polícia está aí na porta. É para a minha proteção. E sua.

É difícil ler a expressão de Dominic. Ela não consegue dizer se ele está ou não chocado. Seu filho tem o estoicismo de Walter. Isso é absolutamente certo.

— Então esses corpos sobre os quais andei lendo nos jornais, foi Calvin que os matou? — Dominic se inclina um pouco, o anuário escorrega do seu colo e cai no chão. Nenhum dos dois se move para pegá-lo. — Ele é o homem que cortou essas mulheres, estrangulou as crianças e depois desenhou corações com um batom? Agora faz todo sentido. Que babaca doentio. Nossa.

— Sim — Geo diz, seu coração doendo. Ele tem apenas dezoito anos, pelo amor de Deus. É coisa demais para ele. É coisa demais para qualquer um. — Pelo menos é o que a polícia pensa. E sei que eu também penso assim.

Ele concorda com a cabeça, seu rosto está inexpressivo.

— Os tiras sabem que eu estou aqui? Aquele seu amigo de escola, o tal que prendeu você, ele sabe que eu estou aqui?

— Não — ela diz, novamente surpresa. Se ele sabe que ela e Kaiser foram amigos no colégio, então fez uma pesquisa de verdade. — Eu queria te contar primeiro, sozinha. Mas acho que devo ligar para ele agora. Ele vai querer colocar você em um lugar seguro. Preciso ir lá embaixo pegar o celular.

Ela tenta se levantar, mas Dominic coloca a mão em seu braço.

— Não ligue.

— Tenho que fazer isso. — Ela encontra o olhar dele. — Você não está a salvo. Nós dois não estamos a salvo. Você leu o que ele fez com as outras crianças...

Então ela percebe. O que seu filho acabou de dizer sobre o batom, sobre os corações desenhados. Esse detalhe não foi publicado em lugar nenhum, nem nos jornais nem na televisão. Kaiser foi o único que lhe contou sobre isso. Ninguém sabia disso fora da investigação.

O olhar de Dominic está fixo em seu rosto, e ela vê como esse olhar muda na medida em que ele também percebe o que disse. Ele não deveria falar nada sobre o batom. Ele não deveria saber nada sobre isso.

Mas ele sabe. E agora sabe que *ela* sabe.

Ela salta da cama, mas, antes que possa dar um passo, é puxada com força de volta para o colchão. Ela sente fios de seu cabelo serem arrancados da cabeça. Ele é forte, talvez até mais forte que Calvin naquela época, e está por cima dela, prendendo-a com o peso de seu corpo, enquanto ela chuta e se contorce. As mãos dele estão ao redor de sua garganta, apertando tão forte que ela sente como se sua traqueia pudesse se partir ao meio.

Ele lambe com languidez a lateral do rosto dela, a ponta da língua se movendo do seu queixo até a maçã do rosto, seu hálito quente cheirando com o fogo da canela.

— *Mamãe* — ele sussurra, olhando bem nos olhos dela. — Você está me vendo?

Ele mantém uma das mãos em sua garganta, enquanto a outra arranca sua *legging*, depois seu próprio jeans, nunca afastando os olhos.

Os olhos de Calvin eram verdes. Os de Dominic são castanhos. Como os seus. É como se ela estivesse encarando a si mesma.

Ela luta com força, com mais força do que jamais usou antes, lutando com cada centímetro de seu corpo, compreendendo, em algum nível, que o círculo se completa. Isso terminará onde começou, e esse sempre foi seu destino, ser destruída pela própria besta que criou.

Cada decisão que ela tomou, tudo o que ela fez, conduziu a isso. Seu filho é um monstro, sim. Mas não herdou tudo isso do pai.

Algo disso ele herdou dela.

Quando os novos cadáveres apareceram, cortados em pedaços, ela já deveria saber que não era Calvin.

32

JÁ ERAM QUASE DUAS DA MADRUGADA quando conseguiram levar o corpo de Angela, enrolado na colcha xadrez, para fora. A rua estava silenciosa, a vizinhança, adormecida. Calvin carregou o corpo no ombro e desceu as escadas do seu estúdio até a calçada da entrada, a madeira rangendo sob seus pés. Geo seguia atrás dele, usando um dos suéteres dele por cima do vestido de algodão fino. Quando chegaram à calçada, ele entregou as chaves do carro para ela. Ela abriu o porta-malas, ficando de lado, enquanto ele enfiava a garota mais popular da escola lá dentro.

Ele levou algum tempo para arrumar o cadáver de Angela, de modo que o porta-malas fechasse. Geo se afastou do carro, para perto da calçada, respirando fundo várias vezes. Um nevoeiro pesado desceu, o que não era incomum para aquela época do ano, e isso parecia tão protetor como sufocante, mesmo à luz da lua cheia. Os postes da rua estavam acesos, e cúpulas nebulosas de luz emanavam de cada um, pontilhando a calçada nas duas direções. Sua casa estava a vinte minutos de distância a pé, cerca de dezesseis quarteirões. Ela podia começar a andar. Podia ir para casa, ligar para a polícia, comunicar a morte.

Comunicar o assassinato.

Era fácil imaginar o que aconteceria se ela fizesse isso. Já havia visto muitos filmes para entender a sequência básica de como as coisas caminhariam. Carros de polícia com luzes piscando chegariam a sua casa, e depois na de Calvin, e depois em toda a vizinhança, enquanto os policiais dirigiam por ali, caçando-o. Prisões seriam feitas. A dela, a de Calvin. O interrogatório. Perguntas e mais perguntas, durante a noite toda. Seu pai estaria sentado ao lado dela, ainda vestindo as roupas do hospital, seu rosto uma máscara de horror e desapontamento, incapaz de entender ou processar o que havia acontecido. As manchetes dos jornais, berrando em letras maiúsculas o que Calvin e Geo tinham feito, seus retratos granulados impressos abaixo das manchetes, os dois parecendo criminosos de cara limpa, Angela parecendo incrivelmente maravilhosa. As fofocas na escola iriam crescer, todos saberiam o que ela havia feito, os sussurros, os boatos, Tess DeMarco insistindo que Geo sempre teve ciúmes de sua suposta melhor amiga e que ela não estava nem um pouco surpresa por Angela ter sido assassinada. Os rostos chorosos do Sr. e da Sra. Wong, tornando-se zangados e acusadores ao perguntarem a Geo por que ela não o deteve, por que sua garotinha estava morta. O julgamento. Mais manchetes nos jornais. Prisão, com certeza. Ela já tinha dezesseis anos, não quatorze, e certamente iria para a prisão.

— Entra — Calvin disse, seu hálito saindo em uma corrente longa e branca. Ele vestia jeans e uma camiseta, mas se estava com frio, não parecia. Estava corado, as bochechas vermelhas pelo exercício de mover um cadáver desde o andar de cima da casa até seu carro. O porta-malas do Trans Am estava fechado, e era difícil imaginar que lá dentro havia o corpo de uma garota que ela tinha amado por quase toda sua vida. — Anda logo.

Geo deu uma última olhada pela rua. Estava tão silenciosa, tão imóvel. Todos estavam dormindo, quentinhos em suas camas, inconscientes do horror que já havia acontecido e desprevenidos do horror que ainda viria. O nevoeiro, pesado e branco na luz suave dos postes de luz, obscureciam a vista mais ao longe; ela não via nada além da quinta ou sexta casa. Ela se virou e olhou para o outro lado. Também nublado.

Visibilidade bastante reduzida.

Não havia um caminho claro.

Ela entrou no carro.

Geo conhecia a área melhor que Calvin; ela cresceu ali, ele não. Ela indicou o caminho para sua rua, e quando ele entrou na Briar Crescent, ela disse:

— Apague as luzes.

Ele fez isso, e os dois mergulharam na escuridão. A Briar Crescent não tinha postes de luz. O nevoeiro os rodeava como um casulo.

— Não consigo ver nada — ele disse.

Ela podia sentir o cheiro do suor que vinha dele. Como cebolas maduras e sal.

— Siga em frente. Dirija devagar.

Ele dirigiu pela rua até chegarem ao final do beco sem saída. Só então ele compreendeu onde estavam.

— É a sua casa — ele disse. — Você está indo para casa?

Ela deu uma olhada pela janela na direção da casa, na qual morava desde que nascera. Não havia ninguém em casa. A luz do alpendre estava acesa, e através da neblina, ela podia distinguir o azul fraco da porta.

— Ainda não — respondeu.

Os dois saíram do carro, e Calvin abriu o porta-malas. Qualquer ruído parecia alto no silêncio da noite. Tiraram o corpo de Angela do porta-malas, e Calvin mais uma vez o colocou no ombro. Ele entregou a lanterna que levava no chaveiro a ela, mas Geo não precisava disso. Ela sabia onde estava a trilha, que não era demarcada, apenas um trecho de grama muito pisada que levava para dentro do bosque, onde ela costumava brincar quando era criancinha. A luz da lua era o suficiente.

Geo sabia que, a qualquer momento, um vizinho voltando tarde de uma festa poderia vê-los levantando do porta-malas do carro de Calvin algo comprido, e pesado, e enrolado em um cobertor. A qualquer momento, um vizinho com a bexiga cheia poderia acordar para usar o banheiro, olhar pela janela, notar o Trans Am estacionado no final do beco, e sentir-se obrigado a sair para investigar. A qualquer momento, um vizinho que não conseguia dormir poderia deixar seu livro de lado e olhar pela janela a neblina pesada que havia descido, para contemplar seus segredos e imaginar o que estaria escondendo. A qualquer momento, qualquer pessoa que morasse em Briar Crescent poderia perceber as sombras se movimentando pelo nevoeiro, no final da rua, perto da entrada do bosque, e decidir ligar para a polícia só para ter certeza.

Mas ninguém fez isso.

Ninguém viu ou fez porra nenhuma.

Eles pararam quando chegaram a uma pequena clareira a cerca de cem metros, o comprimento de um campo de futebol. Geo não havia percebido o quanto estava suando até que tirou um cabelo grudado do rosto, só para perceber que estava ensopada de suor. Finalmente, ela ligou a lanterna, a luz brilhante, mas pequena, e a usou para olhar ao redor.

— Aqui é o único lugar onde podemos deixá-la — ela disse. — Há muitas árvores em qualquer outro lugar.

Ele balançou a cabeça, concordando. A mudança foi tão sutil que praticamente nenhum dos dois notou o que tinha acontecido. Agora era Geo quem estava no controle. Ainda que não dito, isso estava claro.

— Volte até a minha casa e vá até o barracão no quintal. Não está trancado. Pegue as duas pás e dois pares de luvas. Meu pai não está em casa, mas vá em silêncio, porque a porta do barracão range ao abrir e ao fechar. Anda.

Ela entregou a lanterna a ele e ficou ao lado do corpo na escuridão, sentindo o ar frio se chocar com seu suor quente. Ela sentiu como se estivesse fumegando. O chão parecia amolecido sob seus pés, e o cheiro era terroso, úmido. O ar tinha o mesmo cheiro, e ela inalou fundo. Em algum lugar mais adiante, houve o som de passos e folhas farfalhando, mas o barulhinho lhe disse que era um esquilo. Ela não entrou em pânico. Nem se moveu. Era quase como se estivesse lá no fundo de si mesma, longe do caos, bem fundo naquele lugar que todos temos dentro de nós, mas que dificilmente alcançamos.

O lugar no qual não sentimos nada.

Alguns instantes depois, Calvin estava de volta com as pás, e os dois vestiram as luvas. Começaram a cavar. No começo foi fácil — a camada superior do solo era densa, mas macia. Mas a cerca de uns trinta centímetros mais ao fundo, a terra estava mais dura. Rochosa. Não demorou muito para que os braços de Geo doessem com o exercício. Ela parou para descansar, deixando Calvin continuar por mais alguns minutos, até que ele também teve que parar. Eles haviam cavado dois buracos, um perto do outro, mas separados uns trinta centímetros do que lhes pareceu ser pura pedra. Parecia não haver modo de ligar os dois para criar o túmulo que pretendiam fazer.

— Está com um metro de profundidade, mas parece que não consigo nem alargar nem ir mais fundo — ele disse. — É muito rochoso.

— A gente tem que continuar cavando — Geo disse, calma, mas apesar de ter dito *a gente*, ambos sabiam que significava *você*.

— Não dá. Seria preciso uma escavadeira.

— Volte até a casa e o barracão. Pegue um serrote. Há três pendurados na parede dos fundos. Traga o maior para cá. Você vai saber quando o vir. — Mesmo reconhecendo a própria voz, parecia que era outra pessoa quem estava falando. Com o tom neutro, mas direto de sua voz, era como se ela estivesse lendo as notícias.

Ele voltou alguns minutos depois, o serrote na mão, sua camiseta colada na pele. Ele tinha vindo, voltado, e repetido tudo. A cada minuto crescia o risco de eles serem vistos.

Mas de novo, de alguma forma, ninguém viu.

Ele olhou para ela, esperando instruções. Naquele momento, não importava que fosse ele que tivesse estuprado e assassinado Angela, e que ele já tivesse vinte e um anos e ela, apenas dezesseis. Ela estava no comando. Ele precisava que ela lhe dissesse o que fazer.

— Corta ela — Geo disse.

— O quê? — Calvin respondeu, olhando para ela. — Eu...

— Vou começar a cavar outro buraco. Já que não podemos cavar um buraco maior, temos que cavar vários. Corte ela.

— Não. Porra nenhuma. Não vou fazer essa porra nunca. — O rosto dele era uma máscara de repugnância. — Você perdeu a porra do juízo? Não faço isso de jeito nenhum.

— Chegamos até aqui — Geo disse. — Você quer ou não acabar com isso?

Ele desenrolou o cadáver, rolando-o da colcha, grunhindo com o esforço. Ambos se assustaram quando viram a pele de Angela. Apesar de ela estar morta há pouco tempo, sua pele se tornara pálida, com uma sombra cinza que não estava ali antes. Seu rosto mostrava uma frouxidão, um peso na maneira como seus braços e pernas caíram, os olhos embotados, ainda abertos.

Ela não parecia estar dormindo. Não parecia inconsciente. Ela parecia morta.

Calvin se abaixou com o serrote, seu rosto contorcido em uma careta. Olhou para Geo uma última vez. Ela balançou a cabeça, começando um novo buraco a meio metro de distância dos outros dois.

— Não consigo — ele disse, a voz fraca.

Ela o ignorou. Continuou a cavar, enfiando a pá na terra. Empurra, colhe e joga fora. Empurra, colhe e joga fora.

Alguns segundos depois, ele voltou a dizer:

— Não sei nem como começar.

Ela levantou a cabeça, irritada. Ele estava ensopado com o próprio suor, o cabelo úmido pregado na testa, o rosto ainda contorcido de nojo e repulsa. Era uma versão dele que ela jamais havia visto. Estava feio. Fraco. Naquele instante, ela não conseguia lembrar por que havia se apaixonado por ele.

— Comece pelo meio — ela disse, voltando a cavar.

O barulho de carne sendo rasgada não é como outros sons. Não é ritmado, como ao cortar a madeira. Não é silencioso, como cortar uma massa. De algum modo, é mais profundo, mais molhado, um pouco resistente, até finalmente ceder. Para a frente e para trás e de novo para a frente e para trás, o serrote rasgava sua melhor amiga. Ela escutou o momento em que o serrote alcançou um osso. Fez um barulho de raspagem.

Ela olhou quando ele se engasgou, bem a tempo de vê-lo vomitar sobre si mesmo. Lágrimas escorriam por seu rosto. Angela jazia na lama, sua perna quase cortada de seu quadril, mas não por completo.

— Eu não consigo... — ele disse, se engasgando.

Geo apertou o cabo da pá. Ela podia sentir o cheiro do vômito dele, uma mistura coagulada de pizza, cerveja e sucos gástricos, quase idêntico ao cheiro provocado pelo vômito dela mais cedo, no quarto dele. Ela nunca havia visto Calvin tão vulnerável, e naquele momento, não teve dúvida de que poderia caminhar até ele, bater em sua cabeça com a pá, com toda força e quantas vezes fosse preciso, até que ele também estivesse morto. Talvez o nevoeiro se mantivesse por tempo suficiente para que ela cavasse buracos para os dois.

Mas ela não era assassina. Não sabia que diabos ela era, mas não era isso.

— Venha aqui e pega a pá — ela ordenou.

Eles trocaram de lugar.

Geo pegou o serrote, o cabo de madeira ainda quente das mãos de Calvin, apesar das luvas que ela usava. Seu pai era médico de emergências, havia conversado sobre seu trabalho muitas vezes com ela, tinha até lhe dito detalhes sobre as aulas de cirurgia que havia feito na Faculdade de Medicina. Geo tinha algum conhecimento de como cortar nas juntas para ter o mínimo de resistência. Não havia feito isso com asas de frango para o jantar da outra noite? Não conseguia se lembrar agora. Talvez tivesse sido na semana passada. Ou no último mês.

Ela se ajoelhou ao lado de Angela, cujos olhos ainda estavam abertos. Passou a mão sobre o rosto de sua melhor amiga. Agora os olhos estavam fechados.

Não olhe, meu amor. Não olhe.

Ela levantou o serrote, apertou os dentes, e terminou o que Calvin começara, os dentes da lâmina rasgando sua melhor amiga, profanando o corpo humano de Angela.

Profanando a alma de Geo.

Quando ela terminou, os dois colocaram as partes de Angela nos buracos conforme cabiam, jogando e batendo a terra em cima e pressionando com firmeza. Deixaram o bosque coberto de sangue e vômito, em algum momento depois das quatro da madrugada. A essa altura, o nevoeiro havia diminuído um pouco.

Ainda assim, ninguém viu.

Calvin lavou as pás e o serrote com a mangueira do quintal, a água limpando o vermelho que escorria na grama e logo desaparecia. Eles voltaram para a frente da casa. Calvin tentou falar com Geo antes de entrar no carro, mas ela não respondeu. Ele foi embora, dirigindo. Passariam dias antes que ela voltasse a vê-lo, antes que ele aparecesse na janela do seu quarto no meio da noite, com a mochila na mão, para se despedir e arrancar à força o pouco que restava dela.

Até então assumindo que eles não seriam pegos, é claro. Nos filmes, parecia que os bandidos nunca escapavam.

Por enquanto, tudo havia terminado. Geo fez a única coisa que faltava fazer.

Ela foi para casa.

33

DOMINIC AINDA ESTÁ EM CIMA DELA, seu peso cada vez mais insuportável. Ele está atrapalhado, e furioso, porque o que ele veio fazer ali não está funcionando. E se ele não conseguir fazer isso, simplesmente irá matá-la.

E isso era o que Geo preferia. Embora o sistema legal possa discordar, existem coisas piores que assassinato. Agora ela sabe disso. Estupro não é sobre sexo. É sobre domínio e controle. É sobre como arrancar a melhor parte de uma pessoa e deixar a casca vazia para trás.

Ela sente a ameaça da inconsciência. A mão de Dominic ainda está em sua garganta, e ele é terrivelmente forte. Geo não consegue gritar, mal consegue se mexer, e pouco a pouco, sente que está perdendo a luta.

Então, um segundo depois, ele é arrancado de cima dela. Com a súbita ausência da dor, há um alívio, e ela perde a força, ofegando em busca de ar. Sua visão está nublada, e tudo que consegue ver é uma sombra por cima de Dominic, que agora está no chão.

A sombra através da visão nublada faz Geo se lembrar da neblina na noite do assassinato de Angela. Quando sua visão finalmente fica clara, ela vê a razão disso.

Calvin.

Ele está de pé ao lado de Dominic, que está atordoado, um vergão vermelho-escuro se formando em seu rosto, no lugar onde foi esmurrado. Seus lábios estão entreabertos, e ele está deitado de lado, machucado e vulnerável. Nesse instante, Geo finalmente vislumbra o garoto que ela poderia ter conhecido se tivesse escolhido ficar com ele.

— Você está bem, Georgina? — Calvin pergunta.

Ele não está parecido em nada com a última vez que o viu. Seu cabelo está mais comprido, mais claro, e uma barba cerrada, com manchas grisalhas, cobre metade de seu rosto. Está vestido com roupas velhas. Ela se senta na cama, e seu olhar desce até sua barriga e coxas, que estão despidas. De repente, ela se dá conta de que está exposta, e lágrimas quentes enchem seus olhos, enquanto freneticamente puxa sua *legging* para cima.

Porque alguém viu. Alguém foi testemunha do que o filho tentou fazer com ela. Mesmo que esse alguém seja Calvin, ainda assim é a pior coisa que alguém pode saber.

No chão, voltando a si, Dominic solta uma risada curta. Calvin olha para baixo e chuta sua cabeça.

— Espera. — Geo suspira, tentando falar. Ela ainda está na cama. E se arrasta o mais distante que pode, até conseguir colocar suas costas na cabeceira. — Calvin, espera. Só... só se afaste dele. — Ela se esforça para entrar em foco. — Como você entrou aqui? Há um policial na frente da casa.

— Eu cuidei do tira — seu ex-namorado informa, franzindo a testa. Seu olhar se move dela para o jovem no chão e de volta para Geo. — Tenho ficado de olho em você. Esses novos assassinatos não têm nada a ver comigo. Eu jamais machucaria uma criança.

— Sei disso. — Ela fecha os olhos por um instante. O policial designado para sua guarda não deve ter mais de trinta anos. Coitada da família dele. Coitada da mãe dele.

Outra risada de Dominic.

— Posso vestir a minha calça? — o jovem pergunta, e apesar de suas palavras estarem um pouco roucas porque seus lábios começam a inchar, ele soa quase agradável. — Estou sentindo um friozinho aqui embaixo.

A arma que ela pegou com o irmão de Ella ainda está onde ela a escondeu, e Geo desliza a mão por baixo do travesseiro. O pequeno punho se encaixa confortavelmente em sua palma, e quando ela a sente firme na mão, solta a trava de segurança. O som é abafado pelo travesseiro.

— Não, seu babaca — Calvin diz, também soando agradável, com o tom arrogante que não mudou em quase vinte anos. — Parece que você não teve problema nenhum em abaixá-la, então por que não deixa aí mesmo?

— Mamãe — Dominic diz, sem se mexer. Geo olha para baixo e vê seu sorriso. É um sorriso horrível. — Talvez você possa dizer para o papai que não é bonito se referir ao próprio filho como um babaca. Não faz bem para a minha autoestima.

Calvin arregala os olhos e se volta no mesmo instante para Geo, instintivamente procurando a confirmação de que isso não é possível.

— Surpresa — Dominic diz, a voz escorrendo sarcasmo. — É um menino.

— Como? — Calvin pergunta, fixando os olhos nela. — Como é possível?

— Então o pênis ereto do homem entra na vagina da mulher... — Dominic começa com a voz monótona, parodiando o que alguém poderia ouvir em uma aula de educação sexual no ensino médio.

— Cala a boca — Calvin diz, mas não o chuta novamente. Seu olhar está fixado em Geo. — Como? — pergunta, com mais urgência.

— Você sabe como — ela diz, a voz fraca. Seu olhar se desvia para a tatuagem de coração do lado interno do pulso de Calvin. Ela não tinha visto isso antes, mas deve estar ali há bastante tempo, pois a tinta vermelha está um pouco esmaecida. Ela consegue ver as iniciais dentro. GS. Ele a havia imortalizado em seu maldito braço.

— Por que você não me disse? — A voz dele está suave. — Eu gostaria de ter sabido.

— Você desapareceu — ela responde. — E eu fiquei feliz com isso. Jamais quis ver você de novo.

Calvin a encara por mais alguns segundos, depois desvia o olhar para o jovem no chão, ainda deitado de lado, mas observando a conversa com os olhos brilhantes.

— Levanta. Vista as calças. E não faça nenhum movimento súbito ou eu arranco o seu pescoço.

Dominic obedece, lentamente ficando de pé. Lado a lado, não há dúvida de que é filho de Calvin. Os dois têm a mesma altura, os mesmos traços. Mas enquanto Calvin mostra confiança, seu filho mostra presunção, e as duas coisas não são as mesmas.

— Meu Deus — Dominic diz, rolando os olhos de modo brincalhão. — Agora sei de onde vêm as minhas tendências violentas.

— Cala a *boca* — Calvin repete.

Geo puxa a arma. Os dois homens olham para ela, seus rostos com idênticas expressões de surpresa. Dominic dá um passo na direção dela, mas Calvin agarra seu braço. Ele acena com a cabeça para Geo, que se levanta da cama e fica de pé diante deles. Calvin puxa Dominic para trás, perto da parede, e cria uma distância de uns dois metros entre eles e Geo. Mas parece ser apenas dez centímetros. O quarto parece minúsculo e tremendamente quente.

Ela foca o olhar no filho.

— Como você quer que isso termine, Dominic?

— Ah, agora eu tenho escolha? — ele diz, com outro sorriso terrível. — Você está deixando que eu decida o que vai acontecer comigo? Que legal. Você deveria ter me abortado, aliás. Por que não fez isso?

— Porque eu amava você — ela diz, e é verdade.

Ele não acredita nela, e ela não o culpa. Ele não sabe como é o amor. Ele não sabe como é sentir o amor. Amor — o amor saudável, do tipo que não fere ou machuca ou liquida com a autoestima de ninguém — não se parece com nenhuma outra coisa importante na vida. Tem que ser ensinado.

— Eu odeio você — Dominic diz, e sua voz fica engasgada. Mas não por tristeza. Pela fúria. É ela que pinta suas palavras, enfatizando cada sílaba. — Como eu odeio essa porra que você é!

— Sinto muito — ela diz.

Calvin observa os dois, sem dizer nada.

Há um impasse. Ela não sabe o que fazer. Não sabe se consegue atirar em qualquer um dos dois, mas também não pode deixar que escapem. Especialmente seu filho. Pessoas feridas serão sempre pessoas feridas, e as dores cinzeladas em Dominic através dos anos jamais poderão ser curadas. São profundas demais.

— Bem, essa merda é hilária. Depois de dezoito anos, finalmente estou com os meus pais — Dominic diz, e está rindo. É um riso histérico, o riso de alguém que cai na gargalhada mesmo que nada engraçado esteja acontecendo, uma expressão de emoção tóxica exacerbada. — Seus babacas. Vejam o que vocês fizeram.

Ele ri ainda mais, seu corpo inteiro se sacudindo. A distância, há sirenes. Que se tornam cada vez mais altas, seus gritos enchendo a vizinhança normalmente silenciosa. A polícia se aproxima.

Dominic joga a cabeça para trás, quase em convulsão.

— OLHEM O QUE VOCÊS FIZERAM!

Não é bem um uivo, tampouco um rugido, e sim algo entre os dois, animalístico, predatório, insano, e enche Geo com uma tristeza que vai além do pesar e da culpa.

— Como você sabia? — ela diz, dirigindo a pergunta para Calvin. — Como você sabia que tinha que vir aqui?

— Voltei assim que soube das duas primeiras mortes — Calvin diz. — Eu soube. Enterrados no bosque, os corpos retalhados do mesmo modo... é claro que eu voltaria. Senti como se alguém estivesse tentando me chamar para casa.

O olhar dos dois se encontra. É o único segredo que ainda compartilham, depois de todos esses anos. Ele jamais contou à polícia a história completa do que aconteceu naquele dia fatídico — sobre o serrote, o vômito, como Geo assumiu e terminou aquilo —, nada disso apareceu no julgamento. E Calvin poderia ter revelado tudo, poderia ter contado toda a verdade, não apenas sobre ele mesmo, mas sobre ela. Mas nunca fez isso. Nunca disse uma palavra. Em vez disso, ali está ele, uma tatuagem boba em seu punho com as iniciais dela dentro, mesmo que nunca, jamais, os dois pudessem ficar juntos. Era o clássico Calvin, tal como o pote de corações cheio de doces que ele havia lhe dado, mas só ele terminou comendo.

Ela encara os dois. Seu primeiro amor e seu último amor. Será que isso é o amor? Será que é isso, enlouquecido e deformado, doente e monstruoso?

— Agora eu entendo — Calvin diz, olhando para Dominic. — Por que você também matou as crianças. *Meus* filhos. Você fez isso para me ferir.

— Não, seu idiota de merda. — Dominic deu uma risada triste. — Fiz isso para machucar *ela*. Por que as outras crianças tinham boas mães? Por que eles não eram uns fodidos? Por que só eu? Quero terminar o que comecei, *papai*. Quer ajudar? Deixo você ir primeiro. — Ele ri novamente, e o som é tão triste quanto o primeiro. — Ei, espera. Você já fez isso.

— Georgina, saia — Calvin diz, sem tirar os olhos do filho. — Saia agora mesmo. Não vou deixar que ele machuque você. Vá pela janela.

— Não posso deixar isso assim — ela diz. Agora ela está tremendo, o peso de dezenove anos de segredos e mentiras ameaçando esmagá-la de dentro para fora. — Ele é nosso filho.

— Sim, ele é. E pessoas como ele, como *eu*, não deveriam existir.

Ele está certo, é claro. E se sair, Geo não tem dúvida de que matarão um ao outro. O olhar no rosto dos dois é idêntico. Eles estão além do alcance, além da esperança. E, pela primeira vez, ela toma a decisão que nunca tomou em todos esses anos.

— Eu amo vocês — ela diz, as palavras engasgando-se na garganta. — E sinto muito. Sinto muito mesmo.

Ela aponta o revólver e atira.

Depois aponta de novo e atira mais uma vez.

Seus dedos ficam insensíveis. O revólver cai no chão, pousando silenciosamente no carpete do quarto. Ela colapsa ao lado da arma, soluçando tanto que sente como se seu interior estivesse quebrado, chorando ainda mais do que fez na manhã seguinte ao parto.

Ela se arrasta na direção de Dominic, alcançando-o e colocando sua cabeça no colo. O peito arfando, ela acaricia o cabelo suado, afastando os fios soltos de seu rosto. Acaricia seu rosto, seu queixo, a ponte do seu nariz, o arco de sua testa. Coloca o nariz na testa dele e o aspira. Os olhos dele estão abertos. Através do borrão de suas lágrimas, ela vê o filho olhando para ela.

São os olhos dela. Os olhos de sua mãe. Castanhos. Suaves. E agora opacos com a ausência de vida atrás deles.

Seu filho. Seu lindo filho.

Ela abre a boca e solta seu lamento. O grito é gutural, diferente de qualquer som que ela tenha produzido antes e, no começo, ela não percebe que vem dela. Ao lado deles, no chão, Calvin tem espasmos. Sua perna se move, depois seu braço. Ele está abatido, mas não está morto, apesar do buraco que a bala abriu em seu peito.

Continuando a acariciar o cabelo do filho com a mão, Geo pega a arma com a outra e atira na cabeça de Calvin.

Talvez fosse assim que deveria terminar, afinal de contas.

EPÍLOGO

O TÚMULO DE ANGELA WONG está em um descampado do cemitério Rose Hill, no lado que recebe mais luz. Seus pais escolheram uma lápide de quartzo rosado para ela, e manchas prateadas e douradas brilham quando o sol está alto, exatamente como agora.

Geo está de pé diante do túmulo, seu cardigã enfiado na bolsa enorme, desfrutando da suave brisa primaveril em seus braços nus. Dessa vez, ela trouxe rosas cor-de-rosa. Mas em vez de colocar todo o buquê na base do túmulo, como fez nas últimas meia dúzia de vezes que o visitou, ela despetala cada flor, uma por uma, e as espalha ao redor. As pétalas rosadas ficam bonitas no contraste com a grama verde, e ela pensa que Angela iria gostar disso. Inclinando-se, toca na lápide, traçando com os dedos as letras gravadas no quartzo que soletram o nome, a data de nascimento e da morte de sua melhor amiga.

Angela Wong viveu dezesseis anos, dois meses e vinte e quatro dias. Uma fração de tempo do que deveria ser uma vida longa e frutífera.

— Eu te amo — Geo diz, em voz alta. Um jardineiro está a uns dez metros dali, aparando as moitas que bordeiam essa seção do cemitério. Ele não pode escutá-la, e mesmo se pudesse, já viu e ouviu esse tipo de coisa antes. — Trouxe raspadinha para você, de uva, é claro, mas bebi tudo no caminho até aqui. Você devia me ver agora. Engordei dez quilos. Queria que você estivesse aqui para dizer que as minhas coxas estão gordas.

Ela sorri. Pela primeira vez desde que Angela morreu, ela consegue pensar em sua melhor amiga e sentir mais felicidade que pesar, ainda que essas emoções continuem a existir, lado a lado, como velhas amigas. A diferença é que já não interferem uma com a outra.

— Sinto sua falta, Ang.

Ela fica mais algum tempo ali. O jardineiro olha e lhe faz um aceno. Eles se familiarizaram um com o outro, ainda que não saibam os respectivos nomes e nunca tenham conversado. Ela acena de volta e começa a andar pelo caminho pavimentado que serpenteia ao redor da colina até o outro lado do cemitério.

O túmulo de sua mãe está na sombra, embaixo de um carvalho gigante. Só recentemente que Geo soube que seus pais tinham um lote familiar, adquirido décadas atrás pelos pais de Walt quando se mudaram para a região. Um dia haverá espaço para Geo, se ela quiser, mas ela esperava que essa não fosse uma decisão a ser tomada tão cedo. Está frio embaixo da árvore, então ela tira o suéter da bolsa e o veste. A lápide de sua mãe é mais simples e menor que a de Angela, feita de mármore branco. Grace Maria Gallardo Shaw viveu trinta e três anos, sete meses e cinco dias. É difícil para Geo compreender que agora ela já é mais velha que sua mãe quando ela morreu. Não por muitos anos, mas parece estranho. Ela se lembra da mãe como a pessoa mais sábia e bela do mundo.

Com algum esforço, ela se senta entre o túmulo da mãe e o que está próximo dela, que é mais novo. A grama já cobriu por completo o espaço, e a lápide, que Geo encomendou meses atrás, finalmente foi entregue. Tem uma forma similar à de sua mãe, mas o mármore é de um cinza-escuro. E lhe provoca dor ao vê-la, porque, ao contrário das demais, essa perda é recente.

Seu celular toca, e ela o tira da bolsa para ver quem é. Sorri e atende a chamada.

— Oi — ela diz.

— Oi — Kai diz. O ruído de fundo a informa que ele está dirigindo e usando o viva-voz. — Como você está?

— Não estou assim tão mal. Estou no Rose Hill, fazendo uma visita. A lápide foi entregue, finalmente. Vim ver como ficou.

Há uma breve pausa, e ela sabe que Kaiser está pensando quais são as palavras certas. Mas tudo que sai é:

— E então?

— Está bonita. Estou contente por termos feito isso.

Outra pausa. Ela escuta um carro buzinando ao fundo.

— Estou bem — ela finalmente completa, mesmo sem ele ter perguntado.

— Sei que está. — Ela consegue ouvir o sorriso de Kaiser pelo celular. — Estou a caminho de casa. Vou pegar frango frito. Você disse que estava com desejo disso, e agora toda vez que você tem um desejo assim, eu também tenho. Seu pai confirmou se virá? Se ele vier, vou pegar a cerveja que ele gosta.

Geo consegue dar uma risadinha.

— Esse é o seu jeito de puxar o saco.

Os dois desligam, ela fica um tempo sentada na sombra, olhando a lápide que agora está perto da sua mãe. Dominic Kent viveu dezoito anos, seis meses e dois dias, até ser morto por sua mãe biológica na casa de seu avô biológico. Mark Kent foi notificado da morte de seu filho pela polícia, e eles o convidaram a vir e identificar o corpo, uma vez que a autópsia fosse feita. Mark declinou e não fez objeções quando Geo disse que o queria. Foram necessárias algumas manobras para transferir o corpo de Dominic do necrotério para o cemitério, mas ela conseguiu, trazendo-o para Rose Hill para ser colocado no lote da família.

Sim, houve muitas sobrancelhas levantadas, particularmente entre aquelas da vizinhança. Mas os grafites horrorosos na garagem do seu pai finalmente pararam. Nunca acharam quem estava por trás disso, e as pessoas pareciam seguir adiante. De qualquer modo, Geo não esperava que alguém compreendesse. A melhor maneira que ela conseguiu explicar isso para si mesma é que ela desejava dar a seu filho a paz e a segurança na morte, o que ela deveria ter dado em vida.

Ela também jamais perguntou a Kaiser o que a polícia fez com o cadáver de Calvin.

Walter não havia protestado. Ao contrário, seu pai tinha oferecido pagar pelo enterro e, depois, pela lápide. Porque ele amava a filha. E se escolhas diferentes tivessem sido feitas, poderia também ter amado seu neto. Em todo caso, ele teria uma segunda oportunidade. Geo massageia a barriga, sentindo o bebê se mover.

Antes de sair, ela procura dentro da bolsa e tira o pacote de corações de canela que havia comprado na 7-Eleven quando vinha. Coloca o pacote na lápide de Dominic. O jardineiro provavelmente os comerá, mas tudo bem. O pensamento a faz sorrir.

Geo se vira e caminha para casa, saindo da sombra e seguindo em direção ao sol.

NOTA DA AUTORA

EMBORA TODOS OS MEUS LIVROS sejam independentes entre si, eles estão ambientados no "mundo" semificcional do Noroeste do Pacífico sobre o qual escrevo desde meu primeiro romance, e essa é a razão pela qual personagens de antigas histórias com frequência aparecem para dizer um "oi" em um livro novo (Kim Kellogg e Mike Torrance, quem mais?). Se você leu algum dos meus romances anteriores, irá reconhecer lugares como a vizinhança de Sweetbay, a Universidade Estadual de Puget Sound, e a cafeteria Grão Verde, que são todos inventados (e ainda bem, já que pessoas são assassinadas em Sweetbay).

O Centro Correcional Aveleira, onde a primeira parte do romance é ambientado, é uma prisão feminina completamente ficcional. Os escritores inventam lugares por muitas razões, mas a principal é sempre porque isso é melhor para a história. Neste caso, as experiências de Geo dentro da "Inferneira" brotam de uma mistura de várias prisões verdadeiras que pesquisei (incluindo a Washington Correction Center for Women, no estado de Washington), incluindo a minha própria imaginação distorcida. No entanto, compreendo que algumas pessoas possam preferir, na ficção contemporânea, apenas lugares verdadeiros, e, como sempre, espero que me perdoem.

**ASSINE NOSSA NEWSLETTER E RECEBA
INFORMAÇÕES DE TODOS OS LANÇAMENTOS**

www.faroeditorial.com.br

CAMPANHA

Há um grande número de pessoas vivendo com HIV e hepatites virais que não se trata. Gratuito e sigiloso, fazer o teste de HIV e hepatite é mais rápido do que ler um livro.
FAÇA O TESTE. NÃO FIQUE NA DÚVIDA!

ESTA OBRA FOI IMPRESSA
EM FEVEREIRO DE 2025